墨桑

闲听落花 著

第一册

中信出版集团

闲听落花

22.11.25.

能和你相识 相知 相伴这几年 已经足够幸运 足够美好了.

遇到你 对我 是锦上添花 是多出来的一段绚烂！

闲听落花
22.11.4.

闲听落花 著

墨菜

中信出版集团｜北京

图书在版编目（CIP）数据

墨桑 / 闲听落花著 . -- 北京：中信出版社，
2022.12
　　ISBN 978-7-5217-4568-9

　　Ⅰ．①墨… Ⅱ．①闲… Ⅲ．①长篇小说－中国－当代
Ⅳ．① I247.5

中国版本图书馆 CIP 数据核字（2022）第 128045 号

墨桑

著　　　者：闲听落花
出版发行：中信出版集团股份有限公司
　　　　　（北京市朝阳区惠新东街甲 4 号富盛大厦 2 座　邮编　100029）
承 印 者：天津丰富彩艺印刷有限公司

开　　本：880mm×1230mm　1/16　　印　　张：18.75　　字　　数：380千字
版　　次：2022年12月第1版　　　　印　　次：2022年12月第1次印刷
书　　号：ISBN 978-7-5217-4568-9
定　　价：54.80元

目录

第一章　夜奔

夜半，北洞县，平吉码头。

细密的雨丝中，孤零零泊着一只半旧的商船，正满船酣睡。

船舱中的文诚被噩梦惊醒，一把握住枕边的长刀，"呼"地坐起。

刀柄绷簧弹开，低脆的撞击声把文诚从最后一丝残梦中拽拖出来。

文诚愕然地看着一身劲装、站在船舱中间的李桑柔，下意识地说了句："我做了噩……"一句话没说完，就被李桑柔竖指抵着嘴唇制止。

文诚脸色变了，刚要松开握刀的手，立刻又握紧刀柄。

李桑柔指了指，示意文诚穿鞋，自己则悄无声息地走到船舱门口，如鬼影一般紧贴在门柱后。

船舱外，雨丝细细。

船舱另一边，比常人高出半截、宽出一半的大常，正在系牛皮护甲最后一根襟带。金毛和黑马一左一右，握刀护在大常两边。

黑马迎上文诚的目光，忙咧嘴笑着致意。黑暗中，黑脸上一双黑眼睛贼亮。

大常扣好护甲，刚刚拎起那根巨大的黑铁狼牙棒，船头就响起了船工们一连串短促的惨叫。几乎同时，李桑柔猛地拉开门，黑马和金毛一前一后，人随着刀，冲了出去。大常却是往后两步，抢起狼牙棒，扫向船尾。

一片尖锐凄厉的木板破碎声，盖住了生铁砸在肉体上的"噗噗"声，以及几声压抑至极的死亡惨哼。

"跟上我！"李桑柔头也不回地喊了一句，矮身蹿出正在倒塌的船舱，手里托着只玩具般的钢弩。钢弩咔嗒声不断，每一声后，都连着重物砸在甲板上的闷响。

1

文诚心神微恍，急忙握刀，背对李桑柔，紧跟而出。

李桑柔和她三个手下这份默契到如同一人的配合，让他在这样的时候生生看愣了神。

这四个人，是他在南梁江都城遇险后，重金雇下的保镖。从江都城到北洞县，走了一个来月，一路上平平安安。

同处一船的这一个来月，李桑柔每天切菜做饭，饮酒喝茶，和寻常女子没什么不同。

这会儿，看到她和她的弟兄们凶猛狠厉的另一面，让他在这样的时候还是生出了几分恍惚之感。

"退！"李桑柔一声厉喝。

大常大吼一声，手里的狼牙棒猛力砸在后舱甲板上，借着这一砸之力，跃起跳到前甲板，落地时，踏得前舱板发出一连串清脆的爆裂声。

"跟上！"爆裂声中，李桑柔头也不回地招呼文诚，端着手弩纵身前跃，正好落在大常身后。

文诚急忙纵起跟上。

李桑柔半蹲半跪，躲在大常身后，端着手弩不停地放冷箭。

几乎同时，金毛和黑马聚拢过来，一左一右护在大常侧后。

文诚落后半步，示意金毛和黑马他来断后。

大常的狼牙棒摧枯拉朽，几棒下去，靠近深水的那半边船舷就碎成了木屑。

趴满了船舷的黑衣刺客支离破碎地漂满水面，在船周围混成了血红的碎骨烂肉汤。

扫荡了满船蝗虫般的刺客，大常急忙蹲身，放下狼牙棒，一把抓起缆绳，一声闷喝，用尽全力拉动缆绳。

船猛地向前冲去。背对着船头，正一刀刺前的文诚猝不及防，连人带刀撞上迎着他扑上来的刺客。

黑马一把拽起他，推着他跟在李桑柔后面，从已经冲上浅滩的船头跳了下去。

从李桑柔一声"退"，到几个人聚到前甲板，再跳下船，不过七八息的工夫。

冲过浅水，金毛和李桑柔冲在最前面，大常提着狼牙棒断后，黑马护着文诚跑在中间。

文诚扭头看了眼正奋力从水里爬出来的水鬼们。

"娘的，真有钱！个个穿着鱼皮服，在水里厉害，到岸上可就跑不动喽！"

黑马顶着满头满身血，不但有空跟文诚解释几句，还顺便扭头冲或是一身鱼皮服往前冲，或是停下来用力往下扒鱼皮服的众水鬼们呸了一口。

文诚没理他，紧冲两步赶到李桑柔侧后，急急提醒她："小心埋伏！"

话音刚落，前面黝黑的树林里，几支火把亮了起来。

李桑柔和跑在她侧前的金毛没有半分停顿，略微打弯，往火把东面树林里冲去。

"快截住后面的！"黑马一蹿老高，一声大吼，语音、语调竟然和北洞县土著一般无二！

这会儿正是夜半时分，残月昏暗。

举着火把、冲在前面的兵卒根本看不清楚哪个是哪个，听到熟悉的方言，随着本能，放过李桑柔四人，挥刀往后面冲杀过去。

黑马这一声吼，让他们多了十几息的时间，这已经足够众人一头扎进小树林，在林中奔跳狂逃。

跟进树林的追兵明显是两拨人。聚拢在火把四周，刀剑盔甲叮咣作响，喊得震天响，跑得不急不躁、明晃闪亮、腔调十足的，是一群；而散在暗处，快如鬼魅，和那些水鬼气质完全一样的黑衣人，是另一群。

渐渐地，鬼魅般的黑衣人把明刀亮甲的那群官兵甩得老远，如附骨之疽，紧缀在文诚等人身后。

树林东边和一片山峦相连。金毛伸着脖子，连蹦带蹿地跑在最前面，带着众人往那片山峦扎进去时，身后，响起了几声轻微却刺耳的弓弦声。

"弓！"

"藏！"

文诚的示警和李桑柔的命令同时发出。

金毛跃起蹿到一棵巨树后；黑马一个狗啃泥，扑进侧前的灌木丛中；大常一步冲前，连人带棒先护住李桑柔，紧跟着她的步子，两步就蹿到了金毛藏身的那棵巨树后。

文诚跟着黑马，一个鱼跃扑进黑马藏身的灌木丛后。

没等大常站稳，七八支黑黝黝的长箭就钉进了几个人刚刚跑过的地方。

李桑柔心头一阵狂跳。靠！差一点儿被穿成一道透明窟窿！

长箭几乎没入地下，这样的力道，配的至少是一石的强弓。

黑夜，又是树林中，能射得这么准，这样的好弓手，千里挑一，居然一下来了七八个！

3

这个文诚真的只是个王府参赞？这十万两保镖银，果然不是那么好挣的。

"杀掉他们！"文诚就地一滚，到了李桑柔旁边，屈膝半跪警戒着对面，一声建议如同将军下令。

李桑柔"嗯"了一声，强弓在后，掉头截杀是唯一的法子。

"你藏好别动。"这一趟是走镖，首先要保证货物安全——李桑柔一直是个合格的生意人。

"不行！"文诚心底涌起丝丝暖意，却断然否定了李桑柔的提议，接着安排道，"大常诱敌，黑马随我劫杀，你和金毛接应！"

安排简洁明了，大常和金毛却一动没动，黑马也没动，只扭头看向李桑柔。

李桑柔轻声交代了一句："大常小心。"

得了李桑柔的许可，黑马急忙跃起站到文诚身边，不停地舔着嘴唇，黑脸兴奋得泛着红光。能和北齐文家人并肩战斗，这是多么大的荣光啊！

金毛握着薄薄的柳叶长刀，往前半步，接替大常站到李桑柔侧前。

大常提着那根巨大的狼牙棒弯腰蹲下，紧贴着灌木丛往弓弦响起的方向跑得飞快而静谧。

看大常跑了几步，李桑柔弯腰摸了块石头，朝着大常前进的方向用力甩出。随即，长箭破空声随之响起，一簇七八支箭齐齐落在石头落下的地方。

李桑柔惨叫出声，双脚跳起来，重重落在地上，仿佛重伤倒地。

弓弦响起处，一阵急促的窸窣声由远及近。

李桑柔蹲在树根后，平举手弩，微眯着眼睛，盯着前方，嘴里却凄惨地叫个不停："爷……不要管我，你快走！"

那阵窸窣声响得更急、更快了。

文诚高抬着眉毛，说不出什么表情地瞥了眼李桑柔藏身的那棵老树。

不远处，十几个黑衣人蹿得飞快，越来越近。

文诚眯眼盯着黑衣人。

身手不错，没想到永平侯府还能训练出这样的人手，从前倒小瞧他们了。

最前头的几名黑衣人蹿过李桑柔扔出的那块石头，大常"呼"地暴起，双手握棒全力扫出。

几声骨折肉碎声后，那根威力无比的狼牙棒就被一棵碗口粗细的树拦住。那树应声而断，树冠带着狼牙棒的余力轰然倒下，将黑衣人的队形砸乱了套。

文诚和黑马一前一后挥刀冲出，金毛也纵身跃出。

李桑柔平举手弩，依然半蹲在大树后，机栝轻响。黝黑的小箭飞出两支，两名黑衣人捂着喉咙跟跄倒地。

林子太密，大常的威力连一成都没能发挥出来。李桑柔看得遗憾。她最喜欢看大常风卷残云的扫荡。早知道这帮小黑这么爱上当，就该把他们诱到林子边上，让大常好好抡上两个来回，把他们扫成一摊不分你我的肉泥，那才叫痛快淋漓！

诸人缠斗在一起，李桑柔一时找不到放手弩的机会，干脆凝神看向文诚。

文家的功夫真是不错！李桑柔看得惊讶。

黑马和金毛凭的是一股子悍不畏死的狠劲儿，以及自小在乞丐群里打架打出来的灵活机变，正面对上这些训练有素的黑衣人，也就是略占上风而已。

林子太密，大常的狼牙棒舞不出威力，那股子罕见的勇力也只堪堪敌住两人来斗。

文诚周围却有三四个黑衣人围住缠斗。他手里那把长刀招式狠辣刁钻，以一敌多，倒是黑衣人显得手忙脚乱。文诚却姿态从容，竟有几分闲庭信步的味道。

她头一回发现这个文诚帅得出奇，杀人时风采无限。

看了片刻，李桑柔皱起了眉头。这样缠斗对自己一方极其不利，后面还有那些明晃晃的追兵呢，虽说不顶用，可蚂蚁多了，照样能咬死大象，得赶紧想办法速战速决。

李桑柔从树根后挪出半边身子，手弩微微下垂，悄悄往文诚那边挪过去。

文诚眼角余光正好瞄见李桑柔，隐约猜到李桑柔的意图，一刀横劈，将一个黑衣人逼得倒翻而退。

李桑柔的手弩比翻飞的黑衣人快多了，袖珍黑箭悄无声息地钉进了上身后仰的黑衣人喉咙。黑衣人脸朝上重重摔在地上。

另外三个人没看到李桑柔和那支黑箭，同伴的莫名暴死，让他们有些慌乱。

文诚自然不会放过这一线之机，手里的刀狠辣劈下，一个黑衣人的左胳膊带着半边身子随刀飞出。

另外两名黑衣人下意识地连退两步。一个黑衣人重又扑向文诚，另一个却顿足冲向李桑柔隐身之处。

大常一眼瞟见，大吼一声，将一个黑衣人连人带树砸倒，全然不顾另一个黑衣人正挥刀劈向自己，奋不顾身地冲向李桑柔。金毛也尖叫一声，抽身回跃扑向李桑柔。黑马离李桑柔最远，急得嗷一声，纵身扑了上去。

他也要赶紧去救他们老大。

天大地大，老大最大！

李桑柔的手弩是用牛皮带缚在胳膊上的，她一手攥拳，挥动手弩迎向扑面而来的利刃，另一只手摸出一把狭长的匕首，如蛇信般直刺黑衣人的喉咙。

黑衣人的短刀和手弩撞在一起，火星四溅时，喉管被李桑柔那柄见血封喉的匕首轻轻巧巧地挑开，顿时血如喷泉。

随后扑到的大常人未到，狼牙棒先到，一棒将还没完全咽气的黑衣人砸进了土里。

金毛的刀比狼牙棒晚了一分，一刀砍在肉堆旁，激起的尘土落在那堆血肉上。

有人砸坑，有人培土，这是唯一能入土为安的黑衣人了。

大常三人不管不顾地撤出战圈，扑救李桑柔，余下的黑衣人立即齐齐杀向文诚。

他们的任务极其明确：杀掉那个人！

至于李桑柔他们，都是些绊脚的石头，只要不绊脚，就犯不着理会。

几名黑衣人带着令人心颤的决绝，握刀直扑文诚。

杀了他！哪怕自己碎成肉泥！

文诚被大常三人的惊恐扰乱了一丝心神。在凄厉的决绝面前，一刹那的分神足以酿成大祸。

文诚的刀一砍一挑杀了两人。第三把斩向文诚后背的刀，等文诚急往前扑时，已经来不及了，刀尖撩过文诚的后背，文诚痛得叫了一声。

黑马一眼瞥见，转身急扑，将欣喜若狂、正要补刀的第三名黑衣人拦腰劈成了两段。

李桑柔气得简直想跳脚大骂。百密一疏，临门一脚时，货被人家砍了，看样子活不成了。

"把甲脱了，狼牙棒也扔了，抱上他，快跑！"李桑柔指示大常。

大常飞快地扔了皮甲和狼牙棒，抱起文诚。

李桑柔顾不上查看文诚的伤势，从荷包里倒出一大把颜色各异的药丸，一起塞进文诚嘴里，连拍带打："都是解毒的，咽了！"再一把扯下自己身上那条半裙，用力撕成几条，将文诚那皮肉翻开的后背紧紧裹住扎好。

几个人像是刚从血里捞出来一般，却什么也顾不得了，只管往小山峦狂奔。

文诚在大常怀里没颠几下，就垂头晕了过去。

6

等他悠悠然睁开眼，先映入眼帘的，是李桑柔一脸的担忧和关切。

"你醒了？感觉怎么样？你后背的伤虽说深了点儿，好在没有毒，也没伤着骨头，五脏六腑也都好好儿的，运气不错。"李桑柔的解释里透着浓浓的歉意。

这趟是十万两银子的镖，头一回遇险就把货重伤了，而且他受伤还是因为大常他们临阵失措，她这心里歉意浓厚。

这一句"运气不错"，其实是说她自己运气不错。

这人要是死了，十万两银子也就没了，那她这一趟，亏损就太大了。

"没事。"文诚忍着后背的剧痛，转头四看，"这是哪儿？"

"北洞县城。"李桑柔带着几分尴尬道。

"大常伤得不轻，金毛和黑马也都带了伤，这样的伏击，再有一回，我们肯定撑不住——我的意思是，你得亮出身份了。"李桑柔顿了顿，眼皮微垂。

"照理说，我们只管走镖，不该多管你是谁，是什么身份，可这会儿……"李桑柔抬眼看向文诚，一脸苦笑，"实在没办法了。"

"这北洞县紧邻建乐城，不管北洞县县令是谁的人，你亮明了身份，再怎么着，他也不敢明刀明枪地对付你。

"再说，亮出身份，你的人找你也方便。"

"好！就交给你了。"文诚答得极其干脆。

"亮哪个身份？"李桑柔一句话问得文诚一怔。

"当初接镖时，你说你要防的那个永平侯，再蠢，也不会为了杀一个王府幕僚，在建乐城边上动用那么多重弓手，闹出这么大的动静。"

"你猜到我的身份了？"沉默片刻，文诚直视着李桑柔问道。

"你是睿亲王世子，不是他的幕僚。"李桑柔看着他。

"嗯，我姓顾，单名晞，字悦道。"

"就亮这个身份？"李桑柔眉梢微挑，她还真猜对了！

"好。"李桑柔刚要站起来，远处传来一片尖厉的呼喝声："闲杂人等闪开！快闪开！官府捉拿人犯！都是杀人不眨眼的亡命徒！快闪开！"

李桑柔脸色变了，抄起手弩，一边往手腕上扣，一边冲到窗前，透过窗户缝往外看。

这里是二楼拐角，一面窗下是客栈正门所在的热闹街道，另一面则对着客栈后面的一条深巷。

这会儿，那条热闹街道的两头，都有望不到头的衙役和厢兵，叮叮咣咣地奔跑过来。

"黑马,你背上文爷,金毛跟着我,大常跟在黑马后面。你别往前冲了。"李桑柔一边吩咐,一边抄起油灯,将灯油泼洒在被子上。

金毛几个都是跟她跟惯了的,见她抄油灯,金毛急忙摸火镰打火,火星迸到灯油上,火苗立刻蹿起来。

李桑柔抓起已经烧起来的被子,一脚踹开房门,将被子扔到门外木栏杆上。

火立刻沿着木柱往上舔。

李桑柔看着火起来了,猛一脚将熊熊燃烧的栏杆踢到楼下,转身进屋,关上门,纵身跳到客栈侧边的深巷子里。

黑马先用绳子将顾晞顺下去,跟着跳下,背起顾晞,几步跟上李桑柔,往巷子外狂奔。

几个人从巷子里冲出来,迎面撞上了几个厢兵。李桑柔眼明手快,扬手射杀了一个。大常迎着另几名厢兵直冲上去,抡圆胳膊打得几人飞了出去。

"黑马,问他们是什么人,竟敢劫杀朝廷命官!"李桑柔叫道。

"呔!尔等何人!竟敢惊动我家大官爷!"

黑马猛一声暴喝,惊得顾晞一个愣神,随即忍不住想大笑出声。

他这是唱戏呢!

"我是睿亲王世子,同中书门下平章事顾晞。赵丰年呢?让他来见我!"顾晞气势如虹,声色俱厉。

对面一下子安静了。厢兵们齐齐呆看着被黑马背在背后的顾晞。

"世子爷出使南梁,还没回来呢!大胆贼人!竟敢冒充世子爷,杀了他!"厢兵后面传出声音,却看不到人。

前排的厢兵顿时凌乱了,你看看我,我看看你,犹豫不定,队形也有些乱了。

"是不是世子爷,叫你们县令过来看看不就知道了?"李桑柔高声喊了句。

黑马伸长脖子赶紧接道:"就是!呔!快快叫你们县太爷出来跪啊迎啊呀呀呀!"

顾晞的尊贵冷厉被黑马这一句"呀呀呀"扫得一干二净。厢兵们哄笑起来。

"他娘的,这年头,连戏子都敢杀人越货了!还敢冒充世子爷!"

李桑柔气得恨不能一脚把黑马踩成一摊烂泥!

"快杀了他们!杀一个赏银一千两!杀两个赏银五千两,杀了他们!"厢兵背后的声音又冒出来,透着狠厉和急慌。

厢兵们两眼放光，你挤我，我挨你，一手盾牌，一手长刀，一步步压上来。

大常上前一步，挡在最前面的李桑柔身前，双手握拳，猛地吼了一声。厢兵们脚步一顿，片刻后，又开始一步步往前压。

李桑柔身后，客栈那幢木楼里猛地蹿出条长长的火舌，呼啸着蹿向半空。火焰爆吐，火星四溅。

在火舌的呼啸声中，李桑柔扳动手弩，走在最前面的两个厢兵应声而倒。

厢兵们惊恐地尖叫着，连连后退。

"快叫弓箭手！快！"

李桑柔脚尖点地，正准备冲杀上去，厢兵背后，远远地，尖厉的哨音一声紧过一声："秦王车驾！回避！回避！"

顾晞轻轻吐了口气，总算来了。

"你的人？"李桑柔顿住脚，头也不回地问了句。

"是！"

"这里！这里！"黑马听到顾晞一个"是"字，立刻扯着嗓子跳脚狂叫。

得了指引，哨音直冲而来。

一名银甲白马的少年冲在最前，一路上挥动长枪，用枪杆拍开挡在他前面的众厢兵，眨眼工夫就冲到了顾晞面前。

马还没停稳，银甲少年就纵身跳下，扑前半跪："世子爷，您，我还以为您……"

银甲少年话没说完，眼泪差点出来。

"咱家世子爷没事……咦？大常！"黑马一边放顾晞下来，一边一脸笑地凑上去接话，刚接了半句，眼角瞄见大常身子摇了几摇，一声尖叫，甩开顾晞，急扑过去，没扶住大常，却被轰然倒地的大常压得仰面倒下，痛得惨叫连连。

"俺滴个娘哎！压死……了……死……了……"

顾晞靠着黑马，被黑马这一甩，猝不及防，摔了个结结实实，两眼直冒金星。

金毛离得略远，见大常轰然倒下，急得眼睛都红了，往前急扑，却被大常的脚绊住，一头砸在大常身上，压得最底下的黑马又是一阵痛苦的"娘哎"。

李桑柔一步上前，伸手按在大常腕脉上，片刻后，微微松了口气——脱力了，性命无碍。

放心了大常，李桑柔忙转头看向顾晞。

顾晞已经被银甲少年扶起来，正一脸狠厉地对围在他周围的一群人不停地发号施令。

李桑柔放松下来，长长地舒了口气，腿一软，一屁股坐在大常身边。

他们几个背着昏迷不醒的顾晞，绕了不知多少冤枉路，后半夜才赶到北洞县城，天蒙蒙亮时进了城。不过是给顾晞重新包扎伤口、换个药的工夫，就又被人跟上了。

这会儿松下这口气，她累得实在站不住了。

顾晞被一顶软轿抬进了城外的北洞县驿，大常和李桑柔几个也同样被抬了进来。

李桑柔看着大夫给大常查看伤势，诊了脉，听大夫说确实是失血过多，脱力晕倒，这才放了心，洗个澡，收拾好自己的伤口，倒头直睡到第二天。

第二章　故人

李桑柔一觉醒来，拉开帘子，窗外阳光灿烂，绿树摇曳，颇有几分岁月静好的感觉。

李桑柔痛痛快快地伸足了懒腰，慢悠悠地穿衣梳洗，拉开门，一个喜眉笑眼的清秀小厮迎上来见礼。

"小的如意，给李姑娘请安。"

"如意？这名字真吉祥。你是谁的小厮？"

李桑柔了了大事，睡足了觉，心情很好，上下打量着如意：上好的天青绸长衫，腰间系的是丝绦，丝履雪白……没有喉结。

"小的在世子爷身边当差，世子爷吩咐小的在这儿候着李姑娘醒了，先侍候姑娘用早饭，再请姑娘过去说话。"如意一双眼睛黑亮灵动，话音清晰悦耳。

能在顾晞这样的贵人身边当差，自然都是聪明的可人儿。

"我先去看看大常。"

"常爷就在外院，李姑娘这边请。"如意一句多的话都没有，转身就引着李桑柔往外院去。

李桑柔嘴角弯出丝丝笑意。下人的嘴脸，常常是主人态度的真实表达。

大常已经醒了，金毛和黑马正一人拿着一根老山参争得面红耳赤。

"我告诉你，就是这么吃！"

"屁！从来没听说这人参能生啃的！"

"老子可是大家出身……"

"得了吧你！"

"老大！老大来了！老大，你给评评理……"黑马面对屋门，一眼看到李桑柔进来，像是看到救星一般。

"老大，您得好好管管他，非说这人参直接啃就行。你唬我就算了，也不怕害了大常哥！"金毛也跳过来，冲黑马挥着手里的老山参。

"大常怎么样了？"李桑柔没理他俩，径直走到炕前。

大常脸色苍白，精神却不错："我没事了。"

李桑柔掀开薄被，细细查看了一遍伤口，这才回头问黑马和金毛："哪儿来的人参？世子送过来的？"

"不是，是文四爷，就是昨天白盔白甲、威风凛凛的那个！"金毛一脸崇拜。他看戏，最喜白盔白甲，个个儿又威风又好看，原来真是这样！

"瞧你那没出息的样儿！"黑马撇嘴斜睨着金毛。

"肯定是世子爷让他送来的，他就是个跑腿的！"

"要不是世子爷，他认识你是谁？你瞧你这没见过世面的样儿！"

"你见过世面？"金毛一句不让。

"把这老山参切成薄片给大常吃，一天吃三五片就行了，不要多吃。"李桑柔不理会黑马和金毛斗嘴，只吩咐正事。

"听到了吧！"黑马挥舞着手里的老山参，满脸红光。

"我就说，直接吃！你非得跟我犟。我告诉你……"

"黑马去厨房，要只一年左右的大公鸡，炖锅鸡汤给大常喝。"李桑柔从黑马手里拿过老山参，递给金毛，"把这两根都切了，你和黑马也吃几天。"

李桑柔出来，跟着如意去吃了早饭，往隔壁的正院去见顾晞。

驿站内护卫林立，正院门口雁翅般钉着十几对锦衣侍卫。进了院门，沿着两边游廊，锦衣侍卫五步一对。

天井里，大太阳底下，垂手站着十几个服色不一的文武官员。

李桑柔毫不掩饰自己的好奇，一边走一边来回转着头细细打量。她是头一回见到这个时代最上层的威严奢华。

离正屋门口不远，帘子掀起，一个满脸灰败的中年官员踉跄而出，两眼直直怔怔，擦过李桑柔，一路踉跄了出去。

李桑柔站住，目光尾随着中年官员，看了片刻，才抬脚进屋。

也许是因为屋里冰块放得太多，一股浓烈的肃杀之气扑面而来。顾晞头戴金冠，穿着件靛蓝底绛丝团花长衫，半躺半坐在榻上，脸色苍白阴沉。榻前，一边站着昨天的银甲少年，一件杏黄长衫，微圆的脸上带着笑，没有了昨日的杀气，看起来竟然一团和气；另一边站着位青衫男子，身材颀长，过瘦，过白，显得有几分病弱，却另添了一股令人心软的忧郁。

李桑柔直直地盯着青衫男子，如五雷轰顶。

是他！

他也来了？

迎着李桑柔直勾勾的目光，青衫男子眉梢微挑，下意识地看向顾晞。

顾晞眉毛高挑，惊讶地看着李桑柔直直的双眼和满脸的震惊，片刻，看向青衫男子。青衫男子迎着顾晞的目光，摊开手，摇了摇头。

李桑柔恍过神，下意识地往后退了一步。

"姑娘见过守真？"顾晞盯着李桑柔问道。

"嗯？"李桑柔心神恍惚，被顾晞问得一个怔神，竟然没反应过来。

"他就是文诚，字守真，我的记室参军。一路上，我借用的就是他的身份。"

"姑娘见过守真？"顿了下，顾晞指着青衫男子解释了一句，再次问道。

"他如果没见过我，那我大约也没见过他。不过，他很像我的一位故人。"李桑柔看了眼打量着她的文诚，垂下眼帘，冲顾晞欠身答话。

顾晞再看了眼文诚，"喔"了一声，指着昨天的银甲少年介绍道："他也姓文，名顺之，字致和，是我的护卫统领。"

"文四爷。"李桑柔冲文顺之欠身致意。

"不敢当，姑娘称我致和就行。"文顺之忙拱手还礼，一笑起来，露出一颗虎牙，一团和气里又添了几分稚气。

"这是十万两银子。"顾晞示意文诚。

文诚拿出个大红封，却递给了文顺之。文顺之接过，递给李桑柔。

顾晞斜眼看着文诚将大红封递给文顺之，再看着李桑柔接过大红封，打开，拿出银票子，捻开数了数，再放进去。

"多谢。"李桑柔冲顾晞拱了拱手。

"姑娘有什么打算？"顾晞问道。

"你什么时候启程？"李桑柔没答顾晞的话，反问了一句。

"先在这里歇几天。这里到建乐城，快马也就一个时辰。"

"要是不打扰，我们也想歇几天再走。"李桑柔答得很快。

"好，你们只管安心休息。"顾晞爽快答应。

李桑柔欠身谢了，告辞走人。

看着李桑柔走远，顾晞吩咐文诚："挑个妥当人看着些。"

"是。"文诚欠身答应。

"你见过她？"顾晞突然问了句。

文诚摇头。

"或许你和她碰过面，你没留意，或是忘了？"顾晞再问。

"不会。"文诚答得极其肯定。

"这位姑娘不是寻常人，只要碰到过，不可能留意不到，更不可能忘了。"

顾晞沉默片刻，看着文诚道："她也许想找机会和你说说话，你看看能不能套些话出来。我这趟能平安回来，全赖她倾力相助。这姑娘是江都城夜香行老大。接手夜香行之前，她号称丐帮帮主，江都城的大小乞丐对她唯命是从。赵掌柜很敬重她，说是只要这位姑娘肯接手，我必定能平平安安回到建乐城。"说到赵掌柜，顾晞神情微黯。为了救他，年过半百的赵掌柜惨死客栈。

"她功夫极好，警觉机敏，缜密谨慎，读过书，见识不凡。她从未提及出身过往，我问过几回，她都避而不答。"顾晞顿了顿，"我看不透她。"

文诚凝神听着，低低"嗯"了一声。

李桑柔出了正院，径直回到大常休息的那间屋。

金毛刚好切好老山参回来，见李桑柔进来，忙将一大盒参片递到她面前："老大，你看，切出来这么多！这人参真香，老大，你也吃一片。"

李桑柔捏起一片放到嘴里，将手里的大红封递给大常："这是十万两银票，收好。"又转头看向金毛，"这两天，你去城里逛逛，买辆车，咱们歇几天，再起程去建乐城。"

金毛一个怔神："那世子爷他们……"

迎着李桑柔的目光，金毛一句话没说完，"呃"了一声："钱都拿到了，这笔生意就做完了。我去买车。老大，咱们是到建乐城就走，还是留在建乐城？这车买个什么样儿的？"

"先在建乐城待一阵子，能落脚就留下。"李桑柔叹了口气。为了这趟十万两的生意，他们已经成为南梁通缉的要犯，在江都城的基业也早已被武家军抄了个底朝天，这会儿，只能先留在北齐了。

"那我知道了，我现在就进城！"金毛将老山参盒子放到大常面前，连蹦带跳地出去了。

李桑柔坐到窗旁的扶手椅上，看着窗外浓绿的银杏树怔怔出神。

她没想到还能再见到他。

一阵浓烈的痛楚涌上来，李桑柔闭上眼睛，慢慢吸了口气。

14

她对不起他。从前种种，她的母亲，她的弟弟妹妹，她那些亲人、朋友，那些人，他们对不起她。

只有他，是她对不起他。从头到尾，从始至终，他没负过她，没有一丝对不起她的地方。是她欺骗了他，辜负了他。

李桑柔头往后仰，将满腔的酸楚苦涩仰回去。

"炖……"黑马一头冲进屋，迎着大常摆着的手，赶紧咽下后面的话，瞄着怔怔出神的李桑柔，踮起脚尖，屏着气往里挪。老大想事儿呢。

过了一会儿，李桑柔站起来出了屋。

文诚从正院出来，就看到背着手、站在不远处树下的李桑柔。

李桑柔看着不紧不慢走向她的文诚，心里酸涩之余，又有几分轻松。

他不是他。他只是长得像他，像到一模一样。

他看到她，总要笑出来，不管他正在做什么，哪怕正在发脾气。他也从来没能迎着她的直视，这样从容自若过。

"李姑娘在等我？"离李桑柔三四步，文诚站住，微笑着问道。

"嗯。"李桑柔微微仰头，目不转睛地看着文诚。

文诚迎着她的目光，微笑，等她说话。

"唉。"片刻，李桑柔移开目光，低低叹了口气，"你不是他。"

"他是谁？"文诚紧跟着问道。

"从前一位朋友。他待我极好，帮了我很大的忙，大到救了我的命，我却辜负了他。刚才，我差点以为你是他。"李桑柔平和的声调中透着丝丝隐隐的苦涩。

"姑娘怎么知道我不是他？"文诚眉梢微挑。

"你是他吗？"李桑柔看着文诚。

"我从来没见过姑娘。"文诚微微欠身。

"嗯，后会有期。"李桑柔后退一步，冲文诚微微额首，转身走了。

文诚眉梢微挑，看着李桑柔的背影，默立片刻，才转身往外走。她说后会有期，这是准备在建乐城落脚了。至于他像她的朋友，他不怎么相信她的话，一时却推想不出她这样做的用意。

不过，既然她打算留在建乐城，那就有机会看个明白。

顾晞和他那数目庞大的随从队伍在驿站里歇了六天。李桑柔四人，也在驿站里歇了六天。每天过来侍候听传唤的，一直是那位叫如意的小厮。

李桑柔没再见到顾晞，也没见到文诚。这六天里，他们好像忙极了。

顾晞要启程回建乐城的信儿，是如意禀报给李桑柔的。

顾晞申初启程。午饭后，黑马和金毛就扶着大常上了车。车子两三天前就买好了，是一辆可以拉人，但多半时候是用来装货的半旧太平车，拉车的两匹大青走骡壮健漂亮。

顾晞的人，已经从那条被偷袭的船开始，沿着他们走过的路，一直到那家客栈，都细细搜查了一遍。

李桑柔他们落在船上的行李、大常丢在林子里的皮甲和黑铁狼牙棒都已经捡回来，送还给了李桑柔，堆在了太平车上。

扶着大常靠着那堆行李坐好，黑马坐到最前面赶车，金毛坐在车尾，李桑柔脸朝外，坐在高高的车栏杆上。黑马甩了个鞭花，愉快地喊出一声"驾"，两头大青走骡随即拉着太平车，出了驿站。

"老大，咱们到建乐城，还做夜香行生意？"金毛晃着腿，看着越来越远的驿站问道。

"那位世子爷说过，建乐城三十万户呢，这生意可比江都城大得厉害！等大常养好了伤，咱们就动手？"黑马回头看着李桑柔，一脸的期待和兴奋。

"你到过建乐城？"李桑柔先问金毛。

金毛赶紧摇头。

"你到过？"李桑柔又转头问黑马。

黑马也摇头。

"我没到过建乐城。"不等李桑柔问，大常闷声道。

"我也没来过。建乐城长什么样，咱们都不知道，现在打算什么都是白打算，先进城看看再说。"李桑柔从行李里翻出她那包瓜子，摸了一把，慢慢悠悠地嗑起来。

大常往下挪了挪，靠着行李闭眼养神。

黑马屈起一条腿，甩着鞭子，高一声低一声地唱起了一首不成调的小曲儿。

金毛和着黑马的小曲儿吹着口哨，不时停下来连笑带骂："娘的，老马，你这调儿跑哪儿去了！"

大青骡拉着太平车，悠悠哉哉地走了两个多时辰。宽阔的驿路两边，小摊、店铺渐渐连成了片，远远地，已经能看到巍峨高耸的建乐城城墙和城门了。

黑马嗷呜一声，蹿起来站到车上，坐在车尾的金毛兴奋地喊了一声："老马！快看后面！"

正在打盹的李桑柔转过头。车尾方向，一队人马疾驰而来，人马之后，尘烟嚣腾。

黑马从车上跳下，急忙牵着骡子避到路边。

被众人簇拥在中间的顾晞经过太平车，看了眼坐在车上闲闲嗑着瓜子看热闹的李桑柔，露出丝笑意。

黑马不错眼地看着疾驰的队伍扑面而来，再疾驰远去，满脸羡慕，赞叹不已："多威风！威风凛凛！太威风了！不愧是咱们世子爷！"

"天快黑啦。"李桑柔瞥了眼口水都要流出来的黑马，懒洋洋说了句。

"赶紧赶路，你瞧你那没出息的样儿！"金毛弯腰捡了块小石头，扬手砸在黑马头上。

顾晞的队伍冲进城门，直奔皇城。

宣德门外，顾晞下了马，准备直冲进去，走到一半，一个小内侍脚步急促，迎面而来。离得还有七八步，小内侍就扬声传旨："陛下口谕，晞哥儿到垂福宫觐见。"

顾晞顿步，欠身应了是，越过小内侍，继续疾步往前。

垂福殿东厢，皇上半躺半坐在南窗下的榻上，看到顾晞进来，直起上身："你受了伤？伤得怎么样？快过来让朕看看！"

"是。"顾晞规规矩矩地磕了头，见了礼，靠近榻前，屈膝半跪，"在江都城伤得重，到现在也没能完全恢复，以至于在北洞县遭遇伏击时再次受伤。让皇上担忧了。"

皇上伸手拉起顾晞的长衫下摆。层层包扎的后背，雪白的细棉纱布上，有一长条血渍渗出来。

皇上轻轻放下长衫，看着顾晞问道："江都城是怎么回事？是南梁人？"

"臣觉得不全是南梁人，臣已经在查了。"顾晞垂眼道。

"在北洞县，有重弓手？"皇上紧皱着眉。

"是，不止一个，都是千里挑一的好手。这件事，请皇上彻查。"顾晞抬头看向皇上。

皇上脸色凝重阴沉："嗯，这是大事。你先回去，好好歇一歇，把江都城和北洞县的事细细写份折子递上来。密折吧，事涉南梁谍报，不宜声张。"

"是。"顾晞应了，站起，退到殿门口，转身出去。

皇上看着顾晞的背影，脸色更加阴沉。

顾晞从禁中出来，沿着东西大街，径直进了挨着晨晖门的明安宫。

明安宫是皇长子顾瑾的居处。

顾晞紧几步上了台阶，就看到坐在轮椅上的顾瑾。

顾瑾看到他，先松了口气，后露出笑容："你回来了，瘦了很多。"

"嗯，大难不死，回来了！大哥气色不好。"顾晞几步冲到顾瑾身边，仔细看了看顾瑾，转过去，推着顾瑾往里去。

"这些天都没睡好，不知道你能不能回来。"顾瑾语调缓而沉。

"我回来了。"顿了顿，顾晞声音落低，"在江都城，我中了毒，功力全失。"

顾瑾脸色变了，一脸震惊地看向顾晞。

顾晞迎着他的目光，紧紧抿着嘴唇，点了下头。

他自小修炼的文氏功法，在大成之前，有几味药是碰不得的，吃了就会功力全失，力气全无，快则要半个月，慢则要一个多月，才能慢慢恢复功力。

文氏功法的这个弱点，极少有人知，知道的那几个人，都是他的至亲。

"过了江，在江宁城靠岸时，江宁城正在严查护送我过江的那几个江湖人，说他们是杀人不眨眼的江洋大盗，只要看到，就格杀勿论。"顾晞接着道。

顾瑾往后靠到椅背上，没说话。江宁城守将邵明仁，是永平侯府门下出身。

"到北洞县前一天，船在随家集码头采买补给，我到船头站了一会儿，应该是那时候被人看到，一路尾随，当天夜里就动了手。"顾晞接着道。

"从江宁城过来的每一个码头上，应该都有人盯着。这一路上，你只在随家集码头出来过？"顾瑾蹙眉问道。

"嗯。"顾晞应了一声，将顾瑾推到殿内榻前，弯腰抱起顾瑾，放到榻上。

顾瑾看着顾晞："皇上想过要拆分睿亲王府，和我说过，和你也提过一回吧？"

"嗯。"顾晞垂下眼皮。

"皇上有皇上的考量，你身兼文家和睿亲王府，位高权重，他又觉得你性子暴烈，怕万一有什么不可收拾之事，倒是害了你。"

"大哥的意思呢？"顾晞看向顾瑾。

"我不是很赞成。"顾瑾迎着顾晞的目光。

"皇上的拆分，是打算把睿亲王府降为两个世袭郡王府。另一个世袭郡王交到你那两个弟弟手里，就等于交到沈氏手里。老二性子软懦，过于重情，他和永平侯府以及沈氏极其亲近，毕竟是他的外家。永平侯府和沈氏野心勃勃却不够聪明，他们若是权势过重，才是真正的祸患。你性子是烈了些，却明智明白。我觉得性子烈没什么，愚蠢才是最可怕的。"

"已经没有文氏了。"顾晞叹了口气。

"你在，文氏就在。南梁有武家军，北齐就不能没有文氏，以后，要从你的子嗣中挑一个承继文氏。这是先皇当初答应过文家的。"顾瑾轻轻拍了拍顾晞，转了话题，"你在江都城的意外，和南梁有关吗？"

"我觉得没有。就算有，也是南梁被人利用。"顾晞的话顿住，脸上露出丝丝愧色。

"到江都城隔天，我去见谍报副使，他拿了份《江都城防图》给我，说是刚刚拿到的。我过于高兴了，光顾着看那份图，失了警惕，喝了他递给我的一碗擂茶。喝了两口，我觉出不对时，已经晚了。我拼着最后的力气杀了副使，也被他伤了腹部和大腿。挣扎着出来时，留在外面接应的人不见了。城里缇骑四出，说是有人闯进帅府偷了城防图。我忌讳的药，必定是我身边的人拿给谍报副使的。这人必定在使团内。当时，我没有自保之力，不敢再回驿站，更不敢再联络当地的谍报人员。幸好在赵明财的客栈附近，我就逃进了客栈。城里搜得极紧，赵明财立刻去找了当地夜香行的老大，是位姑娘，姓李，名桑柔。"顾晞看向听得专注的顾瑾，解释道。

"原本，李姑娘只肯送我到江宁城，再替我雇条船北上。原以为，李姑娘送我出城这事神不知鬼不觉……"顾晞的话顿住，喉咙微哽，"当时，赵明财一个人拖不动我，叫来妻弟帮忙，没想到被妻弟举报。大约是怕自己熬不住刑，看到官兵上门，赵明财一头撞在柜台角上，当场就死了。可武将军还是查到了夜香行，李姑娘在江都城的基业财产毁于一旦。李姑娘不能再回江都城，这才答应护送我到建乐城，保银十万两。"

"能这么快把你送回来，又只在北洞县遇了险，这位李姑娘不简单。"顾瑾轻轻呼了口气，带着丝丝赞叹道。

"很不简单。我看不透她。路上这一个来月，在北洞县出手之前，她日常就是做饭洗衣，闲了就嗑瓜子看书，看的都是地理志、游记之类，看起来就是位极寻常的女子。在北洞县出手时，她狠辣刁钻，料敌极准。她功夫非常好，是杀手路数。还有，她日常供奉简而不陋，识音律，懂诗词，极有格调，应该出身不凡。我探问过几次，她都避而不答。她那三个手下，视她如神。"

"会不会是南梁的人？"顾瑾听得皱起了眉。

"我觉得不会。"顾晞答得快而肯定，"她打算长居建乐城，我让守真盯着她看一阵子。"

"嗯，这样最好，一来以防万一，二来也防着那些人往他们身上栽赃。你的伤怎么样？功力恢复了没有？"

"到北洞县之前，功力就恢复了。要不然，北洞县那场劫杀，我活不下来。在北洞县，后背又被砍了一刀，得再养一阵子。"顾晞抬了抬胳膊。他这两条胳膊抬得略高，就疼痛难忍。

"回去歇着吧。记着，别任性，咱们都长大了。阿爹有句话说得对，做事情，都是退一步，再进两步。"顾瑾心疼地看着顾晞脸上掠过的一缕疼痛，交代了一句。

"嗯，我先回去了。大哥好好睡一觉，你脸色很不好。"顾晞站起来，先扬声叫了内侍进来，才告退出去。

风卷残云般的队伍过去，李桑柔坐回车上，四下打量着，听着金毛和黑马一替一句地你损我、我贬你的废话，过了瓮城门，再进了城门。

"哦哟！这街真宽！瞧这气派，不愧是皇城！瞧瞧这气派！"进了城门，黑马瞪着能并排走上几辆大车的宽阔街道，激动得连抖了几个鞭花。

"你瞧瞧你这没出息的样儿！这有什么稀奇的？老大，这城真大，真热闹！这路怎么这么宽？这也太宽了！"金毛习惯性先贬了黑马两句，又几步过去，凑到李桑柔旁边，兴奋不已地打量着四周。

"找个干净的地方落脚，天快黑了。"李桑柔将瓜子装进袋子里，吩咐道。

金毛连声答应，几步蹿到黑马旁边，和黑马一起，开始挑剔各家客栈。

"真热闹。"大常也坐了起来，瓮声道。

"嗯，北齐这个都城，果然名不虚传。要是没什么意外，咱们就在这里安身吧。"李桑柔打量着四周，声调愉快。

这条宽阔大街两边的店铺，家家富丽堂皇。黑马和金毛对每一家客栈都批一句华而不实。挑剔了七八家，两人拉着大青骡进了一条小街。

这条小街上的店铺装饰简单，看起来就实惠无比。没走多远，两人就挑中了一间店面干净、伙计利落的邸店。邸店门脸不大，进去却十分宽敞。店里生意很不错，余下的空房间不多。空院子只有一处，挨着马厩。黑马先是嫌弃马厩臭不可闻，又说他们至少要住一个月，便和掌柜的讨价还价。

金毛腿脚极快，不等黑马谈好价，就把整间邸店转过一圈了。

李桑柔依旧坐在车上，一声不响，慢慢转头打量着四周。

黑马谈好价，几个伙计上前，帮着安顿骡子、大车和人。

李桑柔看着大常躺下，吩咐金毛去买了两只母鸡，炖了一大锅鸡汤，再到旁边酒肆里要了六七个菜、一摞饼，几个人吃好就歇下了。

顾晞从晨晖门出来，文顺之已经带着诸小厮、侍卫候在晨晖门外了，见顾晞出来，忙迎上去。

顾晞上了马，被众人簇拥在中间，直奔睿亲王府。

睿亲王府门口，顾晞同父异母的两个弟弟顾昀和顾暎，早就等在府门里了。

见顾晞等人风卷而至，顾昀和顾暎迈出门槛，疾步迎出来。

"大哥！"两人见了礼，跟在一步没停的顾晞身侧，一边快步往里走，一边说着话。

"听说大哥在南梁遇险，阿爹和阿娘担心极了。"顾昀连走带跑，才能跟上脚步极快的顾晞。

顾晞淡而无味地"喔"了一声："父亲呢？"

"领了查看京畿农事的差使，昨天一早就出门了，说要七八天才能回来。"顾昀答得十分详尽。

"嗯，你们母亲呢？"顾晞又问了句。他父亲睿亲王顾悦昨天一早出城这事，他昨天就知道了。

"在妹妹院子里，妹妹前天夜里受了凉。"顾昀笑答道。

连走带跑跟得有点喘不过气的顾暎，听到"你们母亲"四个字，心跳了跳，忍不住看了眼顾晞。在母亲前头冠上"你们"两个字，他是头一回听到。

"我伤得重，先回去歇着了，得空再去正院请安。"到了二门前，顾晞脚步微顿，淡淡交代了句，径直往他那占了小半座府邸的院子走去。

顾昀和顾暎站住，看着顾晞和跟在他后面的文顺之等人都走远了，才相互看了眼，转身往另一个方向走。

"二哥，你刚才听到了吗？大哥说'你们母亲'。"顾暎压着声音道。

顾昀"嗯"了一声。他当然听到了。

"头一回！是不是出什么事了？"顾暎的声调里透着几分不安。六天前，都说他大哥已经死了……

"不是第一回，是第二回。上一回你还小，我也才七八岁，大哥跟我说'你

21

的母亲'。"顾昀的话顿了顿，声音压得更低，"好像就是从那个时候起，大哥就再没吃过咱们这边的东西，一口东西不吃，一口水不喝。"

"外头有流言，说阿娘想让大哥死……"

"都是流言！"顾昀打断了顾暅的话，声调微微往上，"阿娘说过，她归她，咱们归咱们，不管她跟大哥怎么样，咱们跟大哥都是嫡亲兄弟。"

顾暅看了眼顾昀，没接话。

顾晞径直进了书房院子。

文诚迎在台阶下，转身和顾晞一起往里走。

顾晞放慢脚步，和文诚并肩进了院门。

"使团大后天下午到京城，潘定邦打发了个小厮过来，说是他得先过来找你，和你一起觐见缴旨，说他是副使，你是正使，没你不行。还说，他有话跟你说。"文诚边走边说。顾晞哼了一声。

文诚接着笑道："我照咱们议定的，说您已经递折子弹劾他了。"

"嗯，李姑娘进城了？"

"是，投宿在紧挨着陈州门的王员外邸店——一间专供贩夫走卒歇脚暂住的小店，是家老字号。自进店到刚刚，就金毛出去过一趟，从隔壁小饭铺要了不少饭菜，又买了两只老母鸡。"文诚答得极其详细。他对那位李姑娘以及她那三个手下十分好奇。

"嗯，别盯太紧，那位姑娘机敏得很。"

"是。"

第三章　彻查

早朝后，华景殿偏殿内，副使潘定邦跪在中间。

潘副相看着小儿子潘定邦那浑身的委屈劲儿，又是郁闷又是生气。这一趟出使南梁，一来贺南梁皇上六十寿辰，二来和南梁约为兄弟之邦，永不再动刀兵。原本是一趟花团锦簇的差使，他替这个没出息的小儿子求了个副使。原本想着，这一趟出使，正使又是顾世子，这是稳稳当当拿到手的一份功劳，谁知道竟然出了顾世子几乎命丧南梁这等大事。

顾世子遇刺这事，水深且黑，原本是一件能避多远就避多远的事，可这会儿，除非他狠心把这个混账蠢小子折进去，否则，只怕他是避不开了。

"说说，晞哥儿没回去，你怎么就离开江都城回来了？"皇上缓声问潘定邦。

"有个小厮，拿了世子的印信，说是传世子的话，让我带着使团启程，他在江宁城等我，我就启程了。"潘定邦直身答话。

"小厮呢？"皇上接着问道。

"还没到江宁城就跑了，跳到江里，一眨眼就看不见了。"潘定邦苦着脸答道。

"那印信呢？"皇上皱起了眉。

"那个小厮拿走了。那小厮给我看印信的时候，我是想拿过来的，可那小厮说，他们世子的规矩重，世子印信，不能交到外人手里。我一想也是，就没强要，谁知道……"潘定邦说着，看向顾晞，"世子，我真没害你，我哪敢！"

顾晞抬眼往上看，没理他。

"潘副使所言，过于儿戏了。"坐在轮椅上的顾瑾，看着皇上道。

23

皇上沉着脸"嗯"了一声。

潘定邦脸都白了："我说的都是真的，真是这样！我怎么可能害世子？我害了世子，对我有什么好处？我……"

"闭嘴！"潘副相实在忍不住了，瞪着潘定邦，压着声音训斥道。潘定邦缩起脖子，不敢出声了。

"皇上，世子在江都城遇刺这件事，骇人听闻，臣以为，南梁嫌疑最大。"潘副相转向皇上，欠身道。

皇上揉着太阳穴，看起来极是烦躁。

"这件事一定要彻查，只是事涉两国，不宜声张。南梁谍报那边，由你主理，务必彻查清楚。要记着，以国事为重，不可任性。"皇上看向顾晞，吩咐道。

顾晞欠身应是。

"北洞县这边，你看呢？"皇上看向顾瑾，问道。

"查北洞县劫杀，离不开江都城遇刺的事。这件事也不宜声张，知道的人越少越好。臣以为，不如让潘相统总。"顾瑾看着皇上，恭敬答道。

潘副相听到"北洞县劫杀"这几个字，脸都青了。北洞县还有场劫杀？

劫杀！

再听到让他统总，恍过神，刚要找借口推出去，皇上已经点了头："嗯，潘相一向稳妥，就由潘相统总吧。"

接着皇上转向顾晞吩咐道："你跟潘相说说经过，把你找到的那些东西也交给潘相吧。"

"是。"顾晞欠身答应，斜了眼潘定邦，"臣在江都城被人设套陷害，这事和潘副使必定脱不开干系。臣以为，应将潘副使收监待审。"

潘定邦脸都白了，看着他爹，急得差点叫出来。

皇上看着急白了脸的潘定邦，沉默片刻，点了头。

潘定邦委顿在地，撇着嘴，想哭却不敢哭出来。

真不是他！他哪敢害这位满京城没人敢惹的世子爷！他巴结他还来不及呢！

李桑柔在邸店的小院里足不出户，歇到第三天，大常的外伤已经好得差不多了，用脱的力气也歇回来了。第四天开始，大常继续歇着，李桑柔带着金毛和黑马出了王员外老店，满城闲逛。

建乐城比江都城大得太多了，这一整天，三个人逛了七八条街，最后逛进

24

了东城瓦子。黑马和金毛连听了两出戏，李桑柔坐在茶坊里听了一下午的闲话，出来时，天已经黑透了。

第二天，三个人接着往外逛。一连逛了十来天，李桑柔带着黑马、金毛将建乐城大街小巷逛了个遍。

"老大，您看好了？咱们做哪行？这建乐城夜香行分了六家，家家还都那么阔气。老大，要是都收到咱们手里……"

"老大还没说话呢，你瞧你废话多的！"黑马的话还没说完，就被金毛照头一巴掌打断了。

"先买座宅子，住店太贵了。"李桑柔接过大常递过来的牛皮袋子，捻出两张银票，递给黑马。

"就是上个月差点灭了门的那家宅子？"黑马捏着两张银票，一脸兴奋。

他兴奋，不是因为买宅子这事，而是因为那座宅子要卖了，这个信儿，是他告诉他家老大的！昨天他们路过老君观时，正好一群道士出来，是他上去多问了两句，不但知道了他们是去那座宅子做法事，还知道了请老君观做法事的，是隔了一条街的牙行。老大果然看中了那座宅子！

"嗯。你跟金毛去买宅子，我跟大常去城外码头瞧瞧。"李桑柔一边说一边站起来，将牛皮袋子交给大常收好。四个人一起出门，出了巷子口，各奔东西。

李桑柔带着大常过了桥，搭上艘航船。大常坐在船头，李桑柔坐在棚下，看着航船时不时停下上人下人、装货卸货。

出了南水门，航船扯起帆，顺风顺水，很快就到了建乐城南边最大的码头——通远码头。

两人下了船，直奔几十级台阶之上的那条牙行街。

李桑柔脚步迅捷，大常一步两个台阶，慢悠悠跟在李桑柔身后。上到牙行街入口，大常往后看了眼。李桑柔没回头，却仿佛看到了大常回头看的那一眼。

"不用理会，让他们跟着。"

大常"嗯"了一声，跟上李桑柔，走到街中间，进了一间牙行。

"这位兄弟真是好身膀！"坐在门槛上、端着壶喝茶的一个船老大看着大常，忍不住惊叹了句。

"过奖。何老大在不在？"李桑柔应了句，顺口问道。

"早上刚到。老何！有人找！"一路小跑迎出来的牙人扬声叫道。

"来了！"院子里有人应了一声。片刻，一个敦实的中年人连走带跑地进来，看到李桑柔和大常，"哎"了一声，笑起来："刚卸下货，正说要进城，您就到了。这里……"

"就在这里说话。"李桑柔打断何老大的话，示意旁边一张空桌子。

"行。"何老大让过李桑柔，跟过去，和大常一左一右坐到李桑柔两边。

"六条船都到了，我是最后一条。照老大的吩咐，都跟平时一样，找了合适的货，连我这条船在内，从上货那会儿到现在，什么事都没有。这会儿，船都在这码头上，都没接货，等老大吩咐。"

"一，跟大家伙儿说，我打算搬到这里来了，愿意跟过来的，一人五两银子安家费，自己想办法接家人，或是不接，随各人的意；不愿意跟过来的，一人二十两，让他们自己想办法回江都城。"

"是。"

"二，不接到南梁境内的货。"

"是，到江宁城的呢？"何老大问道。

"可以。别的规矩都跟从前一样。"李桑柔一边说话，一边站起来往外走。

何老大送到牙行门口，看着李桑柔走远了，才转身进去。

李桑柔带着大常径直往码头去，经过一家包子铺时，买了三十多个大肉包子当午饭，上了艘船，回建乐城去。

两人回到邸店时，金毛和黑马已经回来了，正一左一右蹲在邸店门口，嚼着肉干闲嗑牙。

看到李桑柔转进巷子口，黑马一蹿而起，冲迎上去。金毛晚了一瞬，紧跟在黑马后面冲上去。

"老大，您回来了，宅子买下来了。老大，您猜猜，才花了多少？八十两！一共！连牙行的钱、官府的钱都在内！牙行就没跟咱们提钱这个字！"

"老大！"金毛总算找到了话缝，"那宅子还有人要买，不过他们去晚了，听说我跟黑马已经买下了，那眼神可不怎么对……"

"眼神怎么啦？咱们兄弟怕过谁？你瞧你这没出息的样儿！"黑马嘴角扯得不能再往下了。

"谁要买？"李桑柔看着金毛问道。

"黑马去办官府税契的时候，我没去，留在牙行打听了这事。说是姓阴，是个专做凶宅买卖的。咱们这宅子，那位阴大爷早就盯上了，可惜晚了一步。那个牙郎还说，咱们办官府税契，是明白人，还说，为了省那几个税钱吃了大亏的，他见过好几个了。老大，我觉得这话有意思。您说，是不是说那姓阴的，他那凶宅买卖做得不地道？"金毛一边说，一边兴奋地搓着手指。

26

他家老大最喜欢黑吃黑。

"老大，咱们要做凶宅买卖？这凶宅买卖怎么……"黑马的话还没问完，就被大常从后面揪着衣领拖后几步。已经到邸店门口了，别拦了老大的道儿。

"今天有人盯着你们没有？"进了小院，李桑柔问道。

"有！跟这些天一样，一出巷子口就看到了。后头我在牙行，黑马去府衙，我这头儿，他那头儿，都有人盯着。"金毛压低声音道。

"是两拨人，味儿不一样。"黑马伸头过来，抽了抽鼻子，接了句。

"老大，这得盯到什么时候？"金毛这一句里，一多半是牢骚。

"一头，盯到他们放心为止，另一头，等到那位世子遇刺的事有了说法，应该就差不多了。"李桑柔进屋坐下，倒茶喝茶。

"老大，得防着他们栽赃。"大常瓮声瓮气地道。

"对对对！我也是这么想，正想说！"黑马急忙接话道。

"要是咱们被人栽了赃，不管大小，这建乐城就不是能落脚的地方，咱们立刻就得走。这事不用防，警醒点儿就行了。"李桑柔看着大常道。

大常"嗯"了一声。黑马一脸莫名其妙："老大这话……"

"咱们要是被人栽上赃，要么是那位世子爷想害咱们，要么就是那位世子爷斗不过那什么侯府，这都不懂？你瞧你笨的！"金毛伸手往黑马头上拍了一把。

"那咱们还买宅子？"

"宅子又不值钱！"金毛白了黑马一眼。

"买宅子是因为我喜欢住在自己的房子里。"李桑柔极难得地正面答了黑马一句，"咱们明天就搬过去。你们两个，明天一早，去置办该置办的东西。大常去牙行找几个人，把宅子打扫干净。"

第四章　暗访

第二天一早，黑马和金毛赶着大车去买东西，大常先往宅子里看了一遍，出来找了家牙行，挑了几个人打扫清洗。

李桑柔一个人出了邸店，沿河逛到一家小饭铺门口，挑了张河边的小桌子坐下，要了一笼汤包和一碗鸡粥，看着河里匆匆来往的大船小船，慢慢悠悠吃得十分自在。

"姑娘不是本地人？"隔壁桌一个微胖的老者端着半碗馄饨，转身坐到了李桑柔对面。

"不是。"李桑柔看了眼老者，带着微笑，客气却不热情。

"姑娘是从哪儿来的？"老者很热情。

"江宁城。"李桑柔微笑着答道。

"江宁城是个好地方。姑娘到咱们建乐城是路过，还是打算长住？"老者吃着馄饨，接着笑问。

李桑柔看向河中缓缓划过的一条船，船尾蹲着个妇人。妇人一边哭骂，一边捶洗衣服。

哭骂的妇人越来越远，被其他船挡住了，李桑柔收回目光，看向老者微笑道："还没想好。"

"建乐城是个好地方。"老者看起来不怎么高兴了，馄饨也不吃了。

"是。"李桑柔笑意融融，捏了只包子接着吃。

"姑娘真是滴水不漏。"老者脸上的笑容淡得看不见了。

李桑柔微笑，没接话。

"姑娘要到咱们建乐城，是早有打算吧？"老者不笑了。

"先生认识我吗？我认识先生吗？"李桑柔脸上的微笑没变。

"我姓范，姑娘称我范先生就行。我在刑部领一份差使，现奉命深查睿亲王世子在江都城遇刺一案。世子爷遇刺的事，姑娘都听说了什么？"

"我们兄弟的事，和世子遇刺有关的，世子都知道；世子不知道的，都和他遇刺这件事无关。"李桑柔微笑着道。

"姑娘这样子，太过了吧。难道姑娘没听说过破家县令，灭门令尹？"范先生有了几分怒意。

"没听说过。"李桑柔极其干脆地答了一句，端起碗，喝起了鸡粥。

范先生呼地站起来，眯眼看着悠然喝着鸡粥的李桑柔，冷哼一声，拂袖而去。

李桑柔不紧不慢地喝完鸡粥，吃完包子，站起来，沿河往前逛。

顾晞回到睿亲王府，文诚迎在院门口。

进了上房，顾晞示意文诚："说吧。"

"王爷午后回来，听说了世子遇刺的事，大怒……"

"大怒？"顾晞一声冷笑。

文诚眼皮微垂，掩下眼里的怜惜，接着道："王爷责令潘相务必要尽快查清、查明，绝不可漏过、错过、放过，还责令潘相每天向他禀报进展，且留了两名幕僚协助潘相。这个，咱们已经料到了。放到潘相手里的线索，都是咱们已经查清证实的，不过经他的手，缉拿归案而已。"

顾晞冷着脸"嗯"了一声。

"北洞县城拿到的长随这条线，从牙行往上，看来已经查不到什么了。林子里找到的那几支箭，同一批箭，只有顺之领过十捆，已经清点过了，咱们领的箭都在。余下的都在兵部，总计三万一千九百一十三支。兵部说，这批箭交进来时，总数应为三万两千支，这中间，多出来几支、十几支，或是二十支、三十支，甚至五十支、一百支，都是有过的，只许多，不许少。这一条线，极难查出什么。余下的两条线，江宁城那边，照那位李姑娘查到的，你觉得该是永平侯身边的长随祥实，可祥实确实没离开过建乐城，传话的，只能是另有其人。兵部确实收到了南梁谍报的急信，说是你到北洞县的那一两天，有南梁暗探经过，兵部就责令北洞县以及沿途各县的厢兵随时警戒。你遭劫杀那晚，有人拿了兵部的勘合调动北洞县厢兵以及北洞县衙。因为有之前兵部那份谕令，北洞县自然没觉得有什么不妥。勘合还在，是兵部的，不过是两年前被偷的那一副。你在江都城遇刺，流落在外这件事，知道的人极少，兵部应该不知道。兵部和北洞县应该都是被人利用，不该过多责备。使团这边还在审。我回来前，还没审出有用的。查到现在，算是全无线索。真要是永平侯府，这场刺杀劫杀，安排得令人赞叹。你能逃出条命，靠的是运道。咱们从前太小看永平侯府了。"

"你真觉得那些弓手是永平侯府的人？"顾晞沉默了好一会儿，看着文诚问道。

"这件事，得查清楚。"文诚看了眼顾晞，垂下眼皮低声道，"南梁谍报和使团这两处，必定都埋伏了人手，特别是南梁谍报那边。还有就是往江宁城传话的人这条线，使团都在咱们手里，江宁城咱们也能派人去查。就是南梁那边，咱们派人过去，只怕没查出什么，反倒会着了谍报的黑手，折在那里。"

"嗯。"顾晞脸色不怎么好看，沉默片刻，转了话题，"那位李姑娘，最近怎么样？"

文诚还没开口，先露出笑意："李姑娘这份精明……"后面的话，文诚好像不知道怎么说才好，笑着"唉"了一声，"今天早上，刑部范立在汴河边上和李姑娘偶遇，想盘问几句，却被李姑娘堵了个滴水不漏。范立很生气，说李姑娘打着世子的旗号，过于嚣张了，这于世子声名有碍。"

"嚣张？比我还嚣张？"顾晞斜瞥着文诚问了一句。

文诚失笑："那应该不至于。"

"李姑娘能白手起家，在江都城混得风生水起，要是连范立这样的都对付不了，那不成笑话了？她护送我回建乐城，这一路上，哪一件事是能说给他范立听的？让人查查范立，是真的蠢到这份儿上，还是别有所图。"顾晞说到最后，脸色阴冷。

"嗯。"文诚应了一声，看着顾晞，"你的意思是，想请李姑娘走一趟吗？"

"你看呢？"顾晞看着文诚反问道。

"南梁谍报有问题的，应该就是江都城这一块儿，李姑娘是江都城的地头蛇，她肯走一趟，确实极其合适。只是，万一……南梁谍报就要全军覆没，过于冒险了。"文诚拧着眉。

"我在想李姑娘肯不肯走这一趟。如果不肯，要怎么才能说动她。"好一会儿，顾晞慢吞吞道。

文诚看着顾晞，苦笑失声："世子就是过于无所顾忌，才招来这一场劫杀。"

"我就算比大哥更加谨小慎微，难道他们就不嫌我碍事，就不再一心一意想着让我消失了？我束冠之后，刚刚回到这府里，他们就想毒死我，难道也是因为我无所顾忌？我是横在他们和睿亲王位之间的巨石大山，是他们一定要毁掉搬开的障碍，这跟我有所顾忌还是无所顾忌毫不相干。"顾晞冷冷道。

文诚沉默片刻，低低叹了口气。

李桑柔闲闲散散逛到傍晚，买了一大包卤肉，往她新买的宅子走去。

她新买的宅子不算小，三进院子，两边各有一个略小的院子。东南角两扇如意门已经重新刷了油漆，通红鲜亮，门楣上方一层层雕刻繁杂的砖雕刚刚用水洗过。

李桑柔仰头看了一会儿那些寓意吉祥的砖雕，抬脚进了敞开的大门。

大门里青砖影壁上的雕刻更加繁杂，李桑柔扫了眼，绕进影壁。

牙行洒扫的人已经走了。

正院里，大常正将院子中间堆了一大堆的各色物什往各屋摆放。黑马和金毛一人一边，抓着只半人高的鱼缸，一边用力往自己这边拉，一边扯着嗓子吵。

"这是荷花缸！就得放石榴树下！老子是大家出身……"

"呸！屁的大家！荷花种缸里，亏你想得出！人家卖缸的明明说这是太平缸！"

"老子就是大家……"

"老大回来了，让老大评评理！"金毛先看到李桑柔，急忙松手，一路小跑迎上去。

"老大您看，这明明是荷花缸。"黑马后来居上，一把推开金毛，指着大缸和李桑柔急急道。

李桑柔走到大缸前看了看，拍了拍缸沿："放到厨房门口，养鱼用。"

黑马和金毛都是一脸胜利地斜瞥着对方，抬起大缸往厨房门口挪。

对他俩来说，只要对方不对，那就是自己赢了。

李桑柔将卤肉递给大常，各屋看了一圈，拖了把椅子过来，翻着本书等吃饭。

大门外，一个小厮扬声喊了句："李爷在家吗？"

李桑柔抬头，示意黑马去看看。

黑马出去回来得极快，连蹦带跳地冲到李桑柔面前："老大！老大！是世子爷！说是请您喝茶说话！"

李桑柔合上书，站起来往外走。

黑马眼巴巴地看着李桑柔的背影，抬起手挥过来挥过去。

这是世子爷的邀请！他十分想去！

可这肯定是大事，说不定又是趟十万两银子的买卖，老大没发声，他不敢开口。

李桑柔出来，跟着小厮，穿过两条巷子，拐了三四个弯，从后门进了一家酒楼。

绿树掩映下的雅间里，顾晞背对着门口，正看向窗外，听到动静，转过身，看着李桑柔进来，略一颔首："听说李姑娘置了产业，恭喜。"

"多谢。"李桑柔欠身微笑。

"请坐。"顾晞一边坐，一边示意李桑柔。

李桑柔在顾晞对面坐下，看着顾晞倒了杯茶，推到她面前。

"早上的事，姑娘处置得很好。"顾晞看着李桑柔。

李桑柔只微笑，没答话。

他请她来，绝对不是为了告诉她，早上的事，她处置得很好。

"我遇刺的事查到现在，别的地方都还好，只是江都城那边查得艰难。"顾晞沉默片刻，干脆直截了当。

这位李姑娘是少有的聪明敏锐，再说，他遇刺这件事，用不着在她面前藏藏掖掖。

"这会儿去江都城太冒险。再说，世子遇刺这事牵涉太大，我们兄弟不想卷入朝堂争斗。"李桑柔明白顾晞的意思，直截了当地拒绝了。

"银子好商量，姑娘只管说个数。"

"再多的银子也得有命花才行，世子另请高明吧。"李桑柔边说边站起来，冲顾晞拱了拱手，退后两步，转身往外。

顾晞看着李桑柔出了雅间，猛一拳砸在桌子上。

文诚没想到顾晞回来得这么快，急急从屋里迎出来，还没到垂花门，就看到顾晞带着扑面而来的怒气直冲进来。

文诚忙侧身贴在游廊墙上，让过顾晞，再急急跟上他。

"那位李姑娘？"文诚不确定地问道。世子刚刚出门去找李姑娘说去江都城的事，到这会儿不过两三刻钟，出什么事了？

"她说她不去。"顾晞硬邦邦地答了句，直冲进屋。

文诚一怔，跟着进屋，瞄着顾晞的神情，笑道："她和她那三个兄弟现在是南梁通缉的要犯，江都城武将军又精明过人，她不愿意去也是人之常情。"

顾晞脚步顿住，斜瞥着文诚，片刻，抬起手往外点了点："你去一趟，你去跟她说。"

文诚无语地看着顾晞，不等他说话，顾晞接着道："你去试试。"

文诚犹豫了片刻，叹气道："好吧。"一来，江都城那边，除了李桑柔，实在是没有更好的人选了；二来，世子的吩咐，他不能不听。

李桑柔回到新宅子，端起一碗饭还没吃几口，大门外，文诚的小厮又来请了。

黑马和金毛两个人惊叹地仰视着李桑柔。他家老大太厉害了，这一会儿的工夫，俩大人物都找上门了！

大常带着几分关切地看着李桑柔。李桑柔冲他摆摆手，示意没事。

这一回李桑柔没走多远，文诚就等在巷子外的茶楼雅间。

看到李桑柔进来，文诚忙站起来，欠身致意："李姑娘。"

李桑柔微笑额首，坐到文诚对面。

"刚才，世子爷找过姑娘？"文诚这一句问话更像是陈述。

李桑柔点头。

"让姑娘走这一趟，确实有些强人所难，可江都城那边，实在没有更好的人选。"文诚上身微微前倾，谦和中透着歉意。

"姑娘既然已经打算在建乐城落脚了，走这一趟，虽说冒险，可对姑娘这好处，也极为难得。"顿了顿，文诚接着道，"世子爷的出身、权柄、脾气，这些天，想来姑娘也知道了不少……"

"你想让我走一趟？"李桑柔打断了文诚的话。

文诚一个怔神，随即点头："是，走这一趟，对姑娘……"

"好。"李桑柔干脆答应，"既然你想让我走一趟，那我就走一趟。"

文诚大瞪着双眼，看着李桑柔，原地凌乱。

文诚一头乱麻地回到睿亲王府，对着顾晞期期艾艾地说了李桑柔干脆答应这事，一脸苦相地摊手道："我真不认识她，北洞县之前，我真没见过她。"

顾晞瞥着文诚，慢吞吞道："这话，你已经说过三遍了。"

"唉，我不是……"文诚脸都要急白了。

"大哥教导过你，我也跟你说过不知道多少遍，致和也常说你——不要谨慎得太过了，你怎么就是不改呢？"顾晞站起来，脸几乎凑到文诚脸上，说道。

文诚上身后仰，"唉"了几声，摊着手，却没能说出话来。

他这哪能叫谨慎太过啊！

隔天天还没亮，李桑柔就从睿亲王府一间隐秘角门进去，在角门旁的一间小屋里看了一上午名册卷宗，出来回到新宅子，午饭后，带着金毛出了门。

这一天，天黑透了，顾晞才回到睿亲王府。

文诚迎在二门里，转了个身，一边和顾晞一起往里走，一边皱眉道："李姑娘看了一上午卷宗，什么也没拿就走了，午饭后，只带了金毛一个人，出门去了东水门码头。到东水门码头不到一刻钟，就盯不到人了。我得了信儿，加了人手，码头里里外外都找遍了，也没找到。天快黑的时候，我让人悄悄去找了一趟大常，大常说，他家老大找了份厨娘的活儿，早就走了。"

"厨娘？"顾晞脚步微顿。

"嗯，我查了，今天下午从东水门码头起程，能请得起厨娘的船，一共三艘，都是南下。一艘是吏部王侍郎母亲返乡，另两艘都是官船，这两艘官船一个是赴任光州知府的船，一个是兵部到舒州巡查军务。要不要再查下去？"

"之前盯得轻轻松松，看来是故意让咱们盯着的？"顾晞站住，看着文诚问道。

文诚苦笑："我觉得是。"

"她厨艺极好，不管在哪条船上，都能应付自如，不用再查了。她既然能在建乐城摆脱咱们的盯梢，想来江都城之行，应该能顺顺当当查个清楚。"

顾晞看起来心情不错，加快脚步往里走去。

赴任光州的赵知府船上的厨娘金娘子在寿州病倒了，病得很重。赵知府媳妇孙氏呸了几口晦气，给了金娘子二两银子，在寿州码头把她放下了船。

金娘子拿了十个大钱，央人把她送到城外的慈济堂。半夜，化名金娘子的李桑柔等到金毛，径直南下。

十月将近，凌晨时分的江都码头，早起的船夫已经穿上了棉袄。一个低眉顺眼的小媳妇从一艘远道而来的运船上下来，跟着前面踩着登山步的老实男人往城里去。

入夜，江都城守将武将军府邸。

阔大宅院一角的一处两进小院里，苏姨娘进了垂花门，随手掩上门，整个人就松垮下来，打着哈欠往上房走，进了上房，宽衣洗漱，穿着拖鞋，一边往里间进，一边吩咐："菊香去换一遍泡花生的水，荷香四处查看一遍，就去歇下吧。"

菊香和荷香答应了，掩上了门。

苏姨娘打了个大大的哈欠，掀帘进屋，嘴还没闭上，就看到坐在床前圆桌旁正解着只荷叶包的李桑柔。

苏姨娘忙弯腰从床头柜子里摸了瓶黄酒出来，又拿出两只茶杯，快步过去，坐到李桑柔对面："说你是北齐的暗谍？"

"暗谍个屁！同福邸店的赵掌柜找到我，出五千两银子，托我送个人出城，我就接了。"李桑柔摊开荷叶包，揪了只卤鸡腿咬了一口，将荷叶包往苏姨娘面前推了推。

苏姨娘倒了两杯酒，推了一杯到李桑柔面前，伸手揪了只鸡翅膀。

"没想到要送的人是北齐那位世子。武将军和你说过那位世子吗？"李桑柔咬着鸡腿，喝着酒，声音有些含混地问道。

"没有。武将军从来不跟后宅妇人说军国大事。世子出什么事了？怎么没回他们使团？"苏姨娘答得干脆。

"他被他们谍报和使团的人联手暗算，受了重伤，不敢回使团。本来说好送到江宁城，替他找条船北上。可刚到江宁城，我就觉得不对，悄悄回来一看，我和大常他们成逃犯了，家业也被武将军给抄了。世子出价十万两银子，请我们送他到建乐城，我只好接了。"

"阿清说夜香行那边一个人也没抓，我就想着只怕是你犯的事说不得，就用这暗谍不暗谍的做借口。那天晚上，正好出了偷图的事，大约是顺手就按你头上了。那你现在回来干吗？这江都城你没法待了。"苏姨娘又撕了一只鸡翅膀。

"从世子手里接了桩活儿，替他查查江都城里是谁算计了他。江都城的城防图真丢了？"

"瞧我们武将军那样子，心情好得很，肯定没丢。城防图这事，我正好听到一点儿。有一回，武将军有点儿小病没好，去巡查的时候，就把我带在身边侍候。他们在前舱说话，我在后舱都能听到。正好说到城防图，说是放在衙门的那图要怎么改，陷阱放哪里，放在书房的又怎么改，看样子有不少假图。"

李桑柔"嗯"了一声，又撕了一只鸡腿。

"赵掌柜那事，阿清说，是他小舅子告的密。"苏姨娘啐了一口，"说是拿到手一百两赏银，赵掌柜那家邸店，也被他占了，听说现如今得意得很。你别放过他。"

"嗯。"

"你这一趟，办好事就走？啥时候再回来？"苏姨娘啃完了鸡翅膀，用帕子抹了把手，端起茶杯，抿了口酒，问道。

"嗯。你家武将军太精明，只要他在江都城，我尽量不回来。"李桑柔喝了一大口黄酒，"我在你们后宅小厨房旁边的柴房里歇一晚，走的时候就不跟你告别了。"

"你小心点儿，阿清说将军吩咐他，至少春节前，要外松内紧。还有，走前要是有空，来说说话。你这一走，我连个说话的人都没了。"苏姨娘嘱咐了一句。

李桑柔点头，又撕了一大块鸡胸肉吃了，用苏姨娘的帕子抹了手，站起来告辞："我走了。"

"好。"苏姨娘没动，看着李桑柔推开窗户跳出去，呆坐了一会儿，将桌子上的荷叶包、鸡骨头用帕子包了，扬声叫了菊香进来，重新净手漱口，吩咐菊香把鸡骨头埋在花树底下。

第二天，天色大亮，靠近码头的渔市里，人声鼎沸。

李桑柔渔妇打扮，蹲在一大片架起的渔网边上，熟练地补着渔网。

金毛一身渔行伙计打扮，蹲到李桑柔旁边，将手里的肉饼递了一个给李桑柔。

"在小陆子家过的夜。小陆子说，那天晚上，咱们走后也就一个来时辰，官兵就冲进咱们总舵了。小陆子说，丁三儿当场就叛变了，带着官兵到处找咱们，抄了咱们三个地方，还指点着画咱们三个的像。官兵一走，丁三儿就自说自话地说他是老大了，带着他那几个兄弟先占了账房，当天夜里就开了香堂，但凡有点儿油水的地方，全换上了他的人。那份得意，照小陆子的话说——风月得没边儿了。小陆子说，他当时气坏了。丁三儿大剌剌地坐到您那张椅子上时，他想冲上去捅了丁三儿，是田鸡把他按住了。田鸡不让他们动，说，他们都是老大您教出来的，讲究谋定而后动，不与傻子较长短。隔天，你不是回来了一趟，让田鸡先管着咱们夜香帮吗？小陆子说，他们得了瞎爷的传话，心里有了底，纵着丁三儿蹦跶了半个来月，找了机会，把丁三儿按进了屎车里，

36

拉到城外沤粪去了。丁三儿那个厉害婆娘，还有他那帮人报了官，说是田鸡杀了丁三儿。这事落到了苏草包手里。小陆子说，当时他们担心坏了，怕苏草包拿了丁三儿他们的银子，不管三七二十一。谁知道苏草包根本就没接这案子，说丁三儿说不定在哪个粉头屋里睡着了，要说死了，那得先把尸首找着再说。后来他们听人说，苏草包说他最恨丁三儿这样吃里扒外背主的货，说死了那是该死。"说完，金毛一脸的笑。

"真没想到，老大，您说苏草包一点儿也不草包，还真是。还有，小陆子听说咱们要在建乐城长住，说想去建乐城。我说这事得等我回来问问您。老大，咱们这趟回来，啥事？"

"查清楚是谁让咱们成了逃犯。"李桑柔吃完肉饼，在渔网上搓了搓手，接着补渔网。

"嗯？不是杨贤那混蛋吗？还有别人？"金毛惊讶了。

"嗯，得从世子被人暗算算起。先从偷城防图这事入手。那图是假的，偷图这事，说不定也是假的。"李桑柔补好了一块，挪了挪，换个地方。金毛如影随形地挪过去，一脸赞同。

"可不是！要是世子没被人暗算，咱们就接不了这趟镖，接不了这趟镖，就当不了逃犯。老大，城防图真假都得在武将军手里，武将军那里，可不好查。"

"一，让米瞎子打听打听，那天闹贼，最早是从哪儿先闹起来的；二，你去打听打听城东骡马行的牙头儿范平安是怎么死的，埋在哪儿了。"李桑柔吩咐道。

"好。"金毛答应得爽利愉快。

他净瞎操心，搁他家老大手里，哪有难事？他家老大无所不能！

李桑柔补了大半天渔网，挣了二十个大钱，在一群补渔网的妇人中间，不算多，也不算少。

收好二十个大钱，李桑柔抱着一包梭子渔线出了渔市，往赵掌柜的同福邸店走去。

同福邸店最后面一排十四五间倒座房，常年住满了比乞丐略强的穷男女。这里一晚上两个大钱，一早一晚有大桶热水，满江都城找不着第二家。西头三大间是女客房，和男客房用墙隔开。

李桑柔给了守门兼烧水的婆子两个大钱，进了最西头的女客房，找了个空床，倒头就睡。

一觉睡到天黑透，李桑柔爬起来，从破布包里摸了只大粗碗，出来舀了碗开水，蹲在黑暗角落里，慢慢喝着听闲话。

小小的院子里到处都是人，蹲着、坐着喝水的，掺一点点热水洗衣服的，蹲着洗头擦身子的，还有七八个孩子满院子乱窜。

"我今天在衙门口瞧见杨掌柜又往衙门里递状子去了！"一道老而尖厉的声音在嘈杂声中脱颖而出，吸引了满院子的注意力。

"又递状子了？告啥？"

"还能告啥，肯定是告赵大爷不孝！上回枷了五天，差点没死了，这才几天，又敢不孝了！"

"赵大爷啥时候不孝过？"正烧着火的守门婆子虎着脸接了句。

"那衙门里都判下来了，生生枷了五天呢，那就不是不孝？衙门还能判错了？"洗衣服的枯瘦妇人瞪着守门婆子，气势昂扬地怼了回去。

守门婆子抽出根燃烧的木柴，用力拍打着，不说话了。

"娘！饿！"一个孩子揪着他娘尖叫起来。

"老姐姐，不是说这里晚上放吃的吗？还有鱼有肉？"被孩子揪着的枯瘦妇人怯生生地问了句。

"赵掌柜死了就没有了。剩菜剩饭，杨掌柜还要拿去卖钱呢，哪有东西给你们！"守门婆子没好气地答了句。

院子里一下子安静下来，好一会儿，才又说起话来。

"赵掌柜是个好人，有一回瞧我病着，他请隔壁的大夫给我瞧了病，拿了药，还给了我十个大钱，唉。"离李桑柔不远的一个老婆子叹着气。

"听说赵掌柜是北齐的细作，通敌卖国呢！"

"那杨掌柜这是大义灭亲了，可了不得！"

"杨掌柜说了，这个月底就把这一排房子扒了，改成马厩，省得前面的贵人们的马住得太挤。"守门婆子一脸的幸灾乐祸，扬声道。

院子里顿时安静无声。

好一会儿，刚才叹气的婆子颤声道："眼看就进腊月了，大冷的天，这到哪儿找地方住？"

"好人没好报，各人管各人吧。"守门婆子凉凉接了句，看着水烧开了，撤了火，拍拍手走了。

李桑柔将碗放回去，出了门，刚拐进另一条黑巷子，靠墙蹲在黑暗中的金

38

毛就站起来，递了个包袱给李桑柔，然后背对着李桑柔，凝神听着动静。

李桑柔换上包袱里的衣服，摸出把梳子，重新梳了头，包好换下的衣服，示意金毛："走吧。"

"瞎爷说，那天酉正一刻，帅司衙门突然闹腾起来，喊着叫着有贼，说是好多人都看到了，一个黑衣人沿着屋脊往驿馆方向跑得飞快。"金毛跟上，先说正事。

"城东骡马行的牙头儿范平安，说是喝多了酒，回家路上没走稳，一头扎进河浜里，就是骡马行边上那条河，说是肺里呛了水，隔天人就没了。他掉进河浜，是咱们接镖前一天晚上。"金毛瞄着左右，往李桑柔身边凑了凑，声音压到最低，"老大，这范平安，就是……捅了那啥的那个？"

"嗯。咱们先去帅司衙门瞧瞧。你晚饭吃了没？"黑巷子里，李桑柔声音极低，脚步很快。

"吃了俩曹婆子肉饼，半饱。"

"咱们去衙门对面的高瘸子家吃烤肉。"李桑柔舔了舔嘴唇。这一两个月，她很想念高瘸子家的烤肉。

"今天有事没有？能不能吃个十成饱？"金毛流着口水问了句。

"不能。回到家之前，咱们得随时准备搏命。"李桑柔说着，从黑暗的巷子走进了热闹的大街，放慢了脚步。

两个人在热闹的人群中，边走边逛。

过了驿馆，就闻到了浓郁的烤肉香味。前面没多远，斜对着帅司衙门的巷子口，写着"高瘸子烤肉"五个大字的灯笼高高挂着。灯笼下坐满了食客，吆五喝六，十分热闹。

两个人挑了个角落坐下，要了一大块烤羊腩、一条葱烤清江鱼，还要了盆浓白的羊肉萝卜汤。李桑柔切了块羊腩，一边吃着，一边打量着周围的食客。

武将军挂着帅司的头衔，却只有一桩差使，那就是负责沿江几百里的防务。帅司衙门，也就只有军务，进进出出的，全是将士兵卒。

高瘸子原是个军户，一条腿换了桩军功，脱籍出来，开了这家烤肉店。因为这些，这家烤肉店成了帅司衙门大大小小的参将统领们常来的地方。

周围的闲扯鸡零狗碎，李桑柔心不在焉地听着，从帅司衙门瞄向驿馆，盘算着帅司衙门闹起盗图贼到世子遇刺的时间节点。

帅司衙门是酉正一刻闹起来的，世子进同福邸店旁边的茶坊时，是酉正二刻。

世子说他见到人，看图用了将近一刻钟，遇刺再杀出是瞬间的事，差不多是酉正三刻。

从帅司衙门闹贼，到缇骑四出，差不多两刻钟，这个时间，卡得非常好。

可从帅司衙门盗图出来，再到同福邸店旁的茶坊，除非会飞，否则一刻钟是无论如何都到不了的。

图是早就盗出来的。

当天闹盗图，是为了让帅司衙门缇骑四出，截杀万一没当场死掉的世子？

李桑柔慢条斯理地吃了个六七成饱，和金毛出来，拐进条黑巷子，在一条条的黑巷子里穿行了两刻多钟，进了一座破败的观音堂。

李桑柔警惕着四周，金毛钻到一段塌了一半的矮墙后，飞快地刨了只小箱子出来，递给李桑柔。

李桑柔先从箱子里摸出一身黑布衣裤穿在外面，再蒙了头脸，扣好手弩，拿了短刀飞爪，低低吩咐金毛："你到猫耳胡同等我。要是帅司衙门突然闹腾起来，不用管我，赶紧跑。"

"好。"金毛答应干脆。

李桑柔往后隐身在树下黑暗中，在黑暗里跑得飞快。

江都城临江一面，一半是码头，另一半是高耸如悬崖的江岸，帅司府就建在高高的江岸上。观音堂一边是码头，另一边离帅司府不远。

李桑柔仰头看着崖岸，瞄准方位，甩出了飞爪，然后拉着钢索，如猿猴一般，往上攀爬得飞快。

第三次甩出飞爪，扣上了帅司府的围墙。李桑柔拽着钢索上了围墙，伏在围墙上，收好飞爪，沿着围墙爬了一段，跳上一棵树，滑到地上。

帅司府里戒备森严，三人五人的小队不停地来回巡逻。

李桑柔躲在阴影处，在巡逻小队巡逻的空隙里，往存放假城防图的阁楼靠近。

阁楼两丈见方，高三丈许，瘦高挺直，从下到上，全是光滑无比的青石墙，三面无窗无门，只有一面开了扇只容一人进出的小门。小门紧锁，门外站着两名持枪护卫。

李桑柔仰头看了看黑暗中的阁楼，在下一队巡逻士卒到来之前，往来路退回。

金毛蹲在猫耳胡同的黑暗角落里，看到贴着墙疾步过来的李桑柔，急忙蹿

40

起来迎上。

李桑柔先将飞爪扔进金毛撑起的牛皮袋子里，然后解下手弩，脱了外面的黑衣服。

金毛收紧牛皮袋子，甩到背后，跟上李桑柔，问道："还去哪儿？"

"范平安埋在哪儿了？"

"范家集东边，出了城还有四五十里路。"

"去米瞎子家。"

"好！"金毛愉快地应了一声，侧身贴墙，挤到李桑柔前面，脚步轻快，在黑暗的巷子里，好像一条自在的游鱼。

米瞎子住在城南三清观边上。最早的时候，米瞎子的家是贴着三清观围墙搭的一个破窝棚，因为紧挨着三清观的屎池子，臭气熏天，这地方就没人跟他抢。到李桑柔收拢了江都城的夜香行，要给他置宅子时，他不但不肯搬走，而且连旁边的屎池子也不让动，说那屎池子是他的风水根。

李桑柔往三清观施了两三千两银子，买得三清观把围墙往里折进去两间屋的地儿。李桑柔给米瞎子起了两间屋，外面又圈了一丈多宽的一个小院，再把旁边的屎池子加了盖，另开了地方掏屎。米瞎子这家，才算像模像样了。

米瞎子没在家，照例只要人不在，就院门敞开，屋门敞开。

金毛先溜进去转了一圈，在院子里招手示意李桑柔。

李桑柔径直进屋，摸了把竹椅拎到门口，坐在门里的黑暗中，慢慢理着思绪。

外面，米瞎子哼着小曲儿一步三摆地跨进门槛，抬脚把两扇院门踹着关上，举着胳膊用力伸了个懒腰，穿过院子，抬脚要进屋时，看到了李桑柔。

"我就知道你回来了，黄毛那猢狲，他以为他不说就能瞒得住我？"米瞎子一个趔趄，顺势坐到了门槛上。

"到哪儿鬼混去了？"李桑柔闻着米瞎子身上的脂粉气和酒气，问道。

"桥头桃红那儿。桃红要从良了，给她贺贺。娘的，从什么良？好不容易熬满了十年典期，她那个男人也死了，从此自由自在，多好！非给自己再找个主儿！这往后呐，眼瞅着全是苦日子了。我头一回见她，一瞧她那个傻样儿，就知道是个苦命的主儿，果然！"米瞎子拍着大腿感慨。

"老大说过，甲的糖，乙就是砒霜，你这闲事，管得太宽了。"金毛蹲在米瞎子旁边，冲他撇嘴。

"屁！"米瞎子一个"屁"字，喷了金毛一脸口水。

41

"下床干骡马的活儿，上床被男人骑，日夜不得歇，一年吃不上一口肉，搁谁都是砒霜！唉！"米瞎子一声长叹，悲伤起来，"老子管个屁的闲事，老子哪有本事管闲事，就是说两句。算了，不说了。黄毛说你回来有事？"

"我没这么说！"一句话说得金毛急眼了，"我是说，我回来有事，我啥时候说老大回来了？"

"那不是一样？"米瞎子一巴掌拍开金毛，接着和李桑柔说话，"你真给北齐当谍报了？"

"我从来不给自己找个主儿顶着。"

"我就说你是真的聪明！"米瞎子冲李桑柔竖着大拇指。

"我接了桩活儿。"李桑柔没理会米瞎子的夸奖，"刚才去了趟帅司府，看了藏图的那幢楼。你去过帅司府没有？"

"去过！我见过那楼，嗷嗷喊着偷图那天，我就觉得有猫腻。能从那幢楼里偷出东西的，怎么可能满屋脊乱蹦得是个人都能看见！"米瞎子撇着嘴。

米瞎子天生一对灰绿瞳孔，大太阳底下看着，跟没眼仁一样，都以为他是个瞎子，他也装瞎子装得毫无破绽。其实他那双眼睛比绝大多数人的都好使。因为这个，他这个算命瞎子的算命本事在江都城小有名气。

"图确实丢了，闹腾之前就拿走了。这事，要么有高人，要么就是帅司府设的局。你觉得是哪种？"李桑柔看着米瞎子问道。

"是个什么局？"

"杀人，要杀北齐那位世子。"

"半边肩膀担着文家的那位世子？"米瞎子那对灰绿瞳孔闪着光。

"嗯。"

"那肯定是武将军设的局！那位世子要是死了，北齐文家就算是真正、彻底地断了根，那武将军得多高兴呢！这事可不好查。"

"武将军自己设不了这局，他应该就是帮了一把，就是不知道是谁找他帮的这个忙。"李桑柔接着道。

"这个更不好查。你要是有别的路，走别的路，别在这条道上费劲了。"米瞎子连连摇头。

"嗯，你以后多往帅司府那一带走走。"李桑柔沉默了片刻，对米瞎子道。

"行！"米瞎子答应得极其爽快，接着问道，"你这接的还是那位世子的活儿？"

"嗯。"

42

"听说那位世子貌比潘安？"米瞎子捅了捅正听得呆怔的金毛。

金毛急忙点头。这句他懂！戏文里常唱。世子比台上那些貌比潘安的可好看多了。

"你可别被美色迷了眼，色字头上一把刀！"米瞎子并着两根手指，在李桑柔眼前晃了两趟。

李桑柔没理他，一边站起，一边对金毛说："你就歇在这里吧，明天一早出城，咱们去范家集瞧瞧。"

"好！瞎爷越来越能瞎说！"金毛站起来往外送李桑柔。

"哎，我说，你可别挑得两家打起来了，好不容易过了几年太平日子！"米瞎子在李桑柔背后喊道。

李桑柔没理米瞎子。金毛送走李桑柔，关了院门，冲米瞎子撇嘴道："哪两家打起来？南梁跟北齐？瞎爷，你可真敢胡说八道！咱们都是小虫小蚁，屁都算不上，这话可是你说的！"

"小虫小蚁那是你，她可不是！"米瞎子抓着门框站起来，突然扯着嗓子唱了句，"香消了六朝金粉……"把金毛吓了一跳。

第二天一早，李桑柔和金毛一对乡下小夫妻打扮，金毛推着辆独轮车，车上堆着犁头、铁锹、木锨，还有一辆崭新的纺车。

秋忙过后，拾掇农具是勤俭之家的常规动作。

两个人走走歇歇，申初时分进了范家集，在范家集找地方吃了饭，出范家集往东时，已经夕阳西下。

范家那片坟地从小山坡延伸下来，大大小小的坟头之间种满了柏树、槐树。

金毛放好车子，和李桑柔一左一右，挨个儿看墓碑，寻找范平安的名字。

离冬至没几天了，江都城一带的习俗，冬至前要添坟修坟，上坟祭祀。这会儿的范家坟地里，刚刚修整过、添过土的坟头到处都是，墓碑也都擦得十分干净，看不出哪个是新坟，哪个是旧坟。

两个人来来回回找了大半块坟地，太阳落到地平线上时，金毛一跳老高冲李桑柔招手。他找到范平安的坟了。

李桑柔直奔放独轮车的地方，拿了两把铁锹，扔了一把给一路冲下来的金毛。

两人三步两步冲到范平安坟旁，闷头就挖。新坟土松，两个人很快就挖平坟头，挖到了棺木。

李桑柔拄着铁锹，看着直接土埋的棺木，叹了口气。

43

文顺之说他是北齐在南梁的谍报副使，领着四品武官衔。可现在，死在这里，埋在这里，有棺无椁，有墓无室，还要被自己挖坟刨尸，他那位新任顶头上司还想把他碎尸万段。

实在凄凉可怜。

"老大，我要撬开了。"金毛用手巾蒙住口鼻，铁锹扎在棺缝里，回头提醒李桑柔。

埋了两个来月，一开棺必定尸臭熏天。

李桑柔也用手巾蒙紧口鼻，上前一步，将铁锹扎进去，和金毛一起，撬开了棺盖。

棺木中的范平安看起来没什么变化，在棺里睡得端正标准，嘴里塞的米粒太多，撑得嘴巴大张，双手相扣放在胸前，手里握着个满雕经文的楠木圆筒。

李桑柔戴上鱼皮手套，轻轻抽出那根楠木筒，放进金毛张开的牛皮袋里。

接着，李桑柔从范平安头发查起，一点点查了一遍，又解开衣服，摸了摸范平安坍塌的胸骨，将范平安从侧边拉起，往身下仔细看了看。

放下范平安，李桑柔从牛皮袋子里拿出那支楠木筒。楠木筒看起来浑然无痕，外面细细地封了一层蜡。

李桑柔揉开蜡，蜡里面是一层漆封。李桑柔用力拧开楠木筒，倒出卷得十分紧实的一卷生宣。拉开生宣纸卷，两张经文中间，夹了一张写满字的纸。

金毛已经点着一根粗线香，递给了李桑柔。

李桑柔借着线香头上的一点点微光，看了两行，就将线香掐灭递给金毛，重新卷好纸条塞进楠木筒，示意金毛："把他埋好，咱们赶紧回去。"

回去的脚程就快了，上半夜他们就到了城门外，找了个地方蜷着睡到天明，然后混在头一批进城的贩夫走卒中进了城。

两人回到米瞎子屋里时，米瞎子正院门敞开，屋门敞开，睡得呼噜震天。

李桑柔坐在门里，摸出楠木筒，抽出那张纸，仔仔细细看了一遍，低低叹了口气，示意金毛："把他叫醒。"

金毛猛一巴掌拍在米瞎子头上，拍得米瞎子一蹦而起，瞪着金毛就骂："你个猢狲！"

"是老大叫你。"金毛愉快无比地答了一句。

"你这只黄毛猢狲！"米瞎子又骂了一句，转向李桑柔，"挖出来了？人没错？"

"嗯。你帮我查个人。这个人是八月十二号前最多一两天到的江都城，住在安福老号，八月十三号上午走的。应该是独自来，独自走的。四十岁左右，中等个儿，不胖不瘦，面皮白净，眼袋明显，胡子是粘上去的，很可能是个阉人。走的时候骑了匹高大黑马，马很神俊。十二号那天，穿了件月白茧绸长衫，系了条月白丝绦，戴着四季平安扇袋、如意荷包，都是月白色，头发上用了根羊脂玉簪。十三号走的时候，穿了件香云纱长衫，香云纱披风，墨灰软脚幞头——查得越细越好。还有，把安福老号八月的店历偷出来。"李桑柔说得又快又轻。

米瞎子竖着耳朵听得专注，一边听一边点头。

金毛满脸崇拜和赞叹，他家老大实在是太厉害了！

米瞎子拎着他的瞎杖，精神十足地出了门。

金毛找地方补觉，李桑柔去香水街洗了个澡，出来去了同福邸店，缩在最里面的空铺上，一直睡到午后。

一觉醒来，李桑柔出来，舀了碗水，用手指沾着水擦擦眼角、嘴角，算是洗了脸，倒了水，蹲着发了一会儿呆，放下碗出了门。

已经死了的赵明财赵掌柜的家，和同福邸店隔了一条街。李桑柔走到赵掌柜家后角门，瞄着四下无人，用细铁钎子捅开锁，闪身进门。

和她上次过来时相比，这会儿的后园很是衰败。

眼看十一月了，是该衰败了。李桑柔在心里郑重地分辩了一句，沿着墙根往正院去。

没走多远，前面一棵树叶落尽的老石榴树下，赵掌柜的大儿子，十六岁的赵大郎背靠着树干，垂着头，整个人团成一团，像块石头般蹲在树下。

李桑柔站住，凝神听了一会儿四周的动静，放重脚步，往前走了两步。

赵大郎抬起头，怔怔地看着李桑柔。

李桑柔又往前几步，蹲到赵大郎面前，冲他笑了笑："我姓李，他们都称我桑姐。"

赵大郎的眼睛一点点睁大："你……"

李桑柔竖指唇上："是我。你阿爹和你说过什么没有？"

"没有，阿娘也不知道。"赵大郎眼泪涌了出来，声音哽咽，"舅舅说阿爹是北齐的暗谍。那天，官兵从店里出来，就去了夜香行，说你也是暗谍。你知道我阿爹是怎么死的？我阿爹真是暗谍？"

"真聪明。"李桑柔一颗心松弛下来，露出笑容。有这份聪明，以后是能撑起赵家的。

"你阿爹原来是北齐人，因为你阿娘才到了这江都城，这你知道吧？"

"知道，阿爹之前是北齐文家家生子。"赵大郎连连点头。

"你阿爹死那天，睿亲王世子被人暗算，逃进了同福邸店，你阿爹救了他，又托我将他送到建乐城。你阿爹不是北齐的暗谍，他只是不忍心看着旧主死在自己面前，出手救了他。你舅舅又告你不孝了？你阿娘呢？怎么不管管你舅舅？"

"阿娘管不了舅舅，阿娘最疼舅舅。听到阿爹的死讯，阿娘就病倒了。"赵大郎泪水横流，"舅舅不让请大夫，说阿爹通敌，他死了，阿娘应该高兴，不该病。阿爹还没落葬，舅舅就告我不孝，说阿娘的病都是我气的，还说我要成心气死阿娘，让官府判我绞立决——我没敢跟阿娘说。阿爹以前常说，阿娘性子娇，不要什么事都跟阿娘说，跟阿娘说了也没用。这回舅舅又告我，我还没敢告诉阿娘。"赵大郎哽咽得说不下去了。

"我会杀了杨贤。往后，你不要再哭，要站直站稳，把赵家撑起来。"李桑柔柔声道。

赵大郎瞪着李桑柔，由呆滞转为惊喜。

"有两句话，你要记好，"李桑柔郑重道，"第一，虽然经历过这样的事，你还是要和从前一样善良。束发为人，第一件事，就是要善良。只是，善良也要善良得有刺。你阿爹做得很好，你阿娘只有善良，却没有刺，这不好。第二，城南三清观边上住着的那个米瞎子，算命算得好，特别是你这命，以后有什么难事，你就去找米瞎子，让他给你卜上一卦。记下了？"

"记下了，为人要善良，有事去找城南三清观边上的米瞎子。我知道他，他没有眼仁。"

"你还有两个妹妹、一个弟弟？都多大了？"

"大妹妹十二岁，小妹妹七岁，弟弟只有两岁。"

"嗯，照顾好妹妹、弟弟，也要教导好他们。你是兄，也是父，往后，你妹妹出嫁，你和你弟弟成亲的时候，记得跟米瞎子说一声，请他给你卜个吉日。"李桑柔一边说着，一边站起来，"你见过我这事，藏在心里。"

"好，桑……姑姑，你真能杀了舅……杨贤？"赵大郎跟着站起来。

"嗯。明天一早，你就去请个大夫。还有，不该说的，先不要告诉你阿娘，让她清清静静养好了病，再告诉她。我走了。"李桑柔笑着，冲赵大郎挥了挥手，头也不回地走了。

离小院门还有十来步，李桑柔就听到米瞎子那破锣般的嗓音，掐着捏着在唱："……雨丝风片，烟波画船，锦屏人……"

李桑柔忍不住揉了揉耳朵，实在太难听了。

推开院门，蹲在门外的金毛看到她，捂着耳朵，一脸痛苦地站起来，在李桑柔身后关了院门，几步冲进屋，贴在米瞎子耳朵上叫道："别唱了！老大回来了！"

米瞎子没理他，翘着兰花指，接着唱："……试看得这韶光贱。"

"店历拿到了？"李桑柔进了屋，等他落了音才问道。

"此等小事，马到功成！"米瞎子胳膊挥了两下，得意扬扬。

金毛扑上去，从米瞎子怀里掏了本厚厚的店历出来。

"八月十一号申正进的安福老号。从掌柜到伙计，个个都记得他，傲得鼻孔朝天，一进门就嫌脏。当着他的面擦了两遍，还嫌脏，掌柜气得差点不想做他的生意。"

李桑柔一边听米瞎子说，一边飞快地翻到十一号那几页。

"刘云？"

"就是他！"米瞎子愉快地手指乱点。

李桑柔仔细看了一遍店历上的记载，合上店历，将店历和楠木筒一起放到牛皮袋子里，束好递给金毛，愉快地吩咐道："准备准备，明天城门一开就走，去江宁城。准备好了，跟我去一趟同福邸店。"

李桑柔一边吩咐金毛，一边往外走。

"帅司府那头儿还看不看？你下回啥时候回来？"米瞎子忙跟在后头问道。

"看。能不回来就不回来。"李桑柔随口答了句。

米瞎子看着李桑柔出了院门，呆了一会儿，背着手也出了院门，踢踢踏踏地往柳花巷去。

李桑柔这句"能不回来就不回来"，说得他心里难过，他得找地方疏散疏散。

同福邸店。

李桑柔坐在和柜台一墙之隔的库房里，拿着瓶酒慢慢喝着，凝神听着隔壁的动静。

酒是上好的竹叶青。

李桑柔喝了口酒，有点儿伤心。这竹叶青是赵掌柜亲手泡制的，味道极佳，她喝了两年了，以后，再没有这样的竹叶青了。唉。

隔壁，杨贤还在训斥账房。

李桑柔安静地听着，等着。

夜深人静，账房先生拖沓的脚步声越来越远，李桑柔站起来，悄无声息地出了库房。

半人高的柜台后面，杨贤哼着小调，正将散碎银子一块块摆进钱匣子里。

李桑柔一脚踩进柜台，在杨贤抬头看向她时，手里那根细狭短剑准确无误地刺进了杨贤喉结下一寸。杨贤双眼圆瞪到眼珠凸出。

李桑柔松开短剑，伸手揪住杨贤的发髻，将他拖出柜台，对着厚重坚实的柜台角，笑问道："你姐夫是在这儿撞死的吧？"

杨贤已经开始抽搐。李桑柔将他拖近柜台角，抬脚踩在他膝窝处，踩得他跪在地上，将他上身紧抵在柜台角上。

片刻，杨贤就一动不动了。

李桑柔拔出短剑，小心地避开满地的殷红，将门闩死，从窗户跳了出去。

太阳高高升过头顶时，头一拨从江都城驶往江宁城的江船，缓缓靠近了江宁码头。

李桑柔披着件灰绸面银鼠皮鹤氅，戴着帷帽，一身富而不贵的妇人打扮，缓缓从最上层的雅间出来。金毛一身长随打扮，提着包袱，扛着藤箱跟在后面，一起下了船。

上了长长的石阶，金毛招手叫了辆车，吩咐车夫去聚福楼。

李桑柔挑了二楼拐角的雅间，进了屋，推开窗户，看着隔了一条街的守将府。

"上回咱们打听到的那个人，世子爷不是说他知道是谁了？"金毛伸长脖子，也看向守将府。

"咱们的画像，这位邵将军是从哪儿拿到的？他见过咱们？"李桑柔冲守将府努了努嘴，问道。

金毛一呆，随即恍然大悟："对呀！他又没见过咱们，他怎么知道咱们长什么样儿？他怎么知道咱们护送世子爷过江的？就隔了一夜，他就全知道了，谁告诉他的？"

"我觉得是武将军。你晚上溜到对面签押房找找看，也许有武将军发过来的公函。"

"啊？这事能发公函？这……"

"怎么不能？明面上协助通缉江洋大盗，两国友好嘛。至于暗地里，自然心知肚明。咱们出去走走。"

李桑柔关上窗户，换了件半旧棉披风，和金毛一起出了聚福楼，往码头方向逛过去。

码头上来的两条街上，货栈和牙行之间，一座座的大杂院里，住满了船工和他们的媳妇、孩子。船工和他们的媳妇多半是水上人家出身。一条船上住不了许多人，一家子要是有好几个儿子，儿子一成亲，就得搬下船。搬下船的，男人去当船工，媳妇、孩子就租住在这样的大杂院里，等挣够钱了就买自己的船，一家人就搬到船上，再做水上人家。不过，能买得起自己船的人家不多，倒是死在水里的船工比买得起船的多多了。

九月里就刚刚翻了一条船，满船的人一个都没能回来。

李桑柔在一间大杂院前站住，看向院子。院子中间铺着厚厚一摞船帆，帆布上坐着四五个身穿粗麻孝服的妇人，正一边说着话，一边手脚麻利地缝补船帆。旁边几个忙碌着的妇人也都是同样的粗麻孝服。

李桑柔示意金毛在外头等着，自己提着裙子进了大杂院。

院子里的忙碌顿时停了下来，船帆上坐着的妇人以及旁边几个纳鞋底的、磨豆腐的一起抬头看向李桑柔。

"何当家的是住在这里吗？"李桑柔笑问道。

"哪个何当家的？俺们这条街上三个何当家的呢。"磨豆腐的孝服妇人言词爽利，先接话笑道。

"这位姑奶奶问的是原来住在俺们这儿的何当家吧？"坐在船帆上的一个妇人也不知道是和李桑柔说话，还是和磨豆腐的妇人说话。

"让我想想，他没有儿子，只有三个闺女，大闺女好像今年年初嫁出去的。"李桑柔带着几分不好意思，看起来和何当家的又熟又不熟。

"那就是原来住俺们隔壁的何当家。"磨豆腐的妇人笑起来，用围裙擦着手，"他搬走啦，这个月初刚搬走。你找他干吗？有货？俺弟弟那船正闲着，他是个老实人。你要去哪儿？"

"这会儿没货，我往扬州去，经过这儿，过来看看。何当家的是个好人，帮过我。"李桑柔一边说着话，一边走到那摞船帆旁，"没想到他搬走了。我从城北一路走过来的，脚都酸了，容我歇会儿。"

"坐坐坐。"船帆上的几个妇人忙挪过去，将李桑柔面前那块地方拍了又拍，又拿几块干净布铺在上面，"您身上这是好衣服，别坐脏了。"

"福姐儿，给这位姑奶奶倒杯茶，拿那个白瓷杯子。"磨豆腐的妇人扬声吩咐女儿。

"多谢。"李桑柔坐下，笑着颔首，一一致谢。

福姐儿捧了茶过来。李桑柔接过茶，从袖袋里摸了袋荔枝糖出来，递给福姐儿："拿去分给弟弟妹妹吃。"福姐儿没敢接，看向她阿娘。

"拿着吧。"磨豆腐的妇人爽快地笑道。

"几位姐姐这是？"李桑柔示意几位妇人身上的孝服。

"唉，这院子里的都是苦命人。就上个月，俺们当家的那船接了趟往北的活儿，结果船翻了。唉，苦命啊。"磨豆腐的妇人不磨豆腐了，用围裙擦着手，走过来坐到船帆边上，和李桑柔说话。

"那几位姐姐往后怎么生活？家里还有什么人吗？"李桑柔关切地看着聚拢过来的六七个孝服妇人。

"是何当家的接的活儿，说是那东家厚道，只是眼下不宽裕，说是那船就当那东家顶下了，就当那船还在，工钱照原来的给，一年分两回送过来。何当家的真是个好人！"

"这是不幸中的万幸。"李桑柔叹着气，感慨道。

"谁知道能送几回？"挨着李桑柔的一个圆脸壮实妇人叹了口气。

"统共十四家呢，一年可不少钱。本来就不宽裕，能养俺们几年？唉。"

"我跟宋嫂子想的一样，不能全指着这钱，万一没了呢？您说是不是？还是得想法子自己挣钱。俺们自己能挣点儿钱，再有这一年两回的工钱，这日子可就宽裕了。万一这工钱没了，俺们这一家老小也能活下去，您说是不是？您看，像这个缝缝船帆什么的，这都是咱们干得了的活儿。就是抬进抬出，俺们人多，男人俩人抬，俺们就四个、六个，一样抬进抬出。这儿有这豆腐，你看我正试着呢，听说这豆腐赚钱得很呢。"磨豆腐的妇人说起话来又快又利落，看起来在一院子妇人中间是个领头儿的。

"何当家的搬哪儿去了？还回来吗？"李桑柔看着磨豆腐的妇人笑问道。

"那倒没说。何当家的自己有条大船，咱们江宁是大码头，不管他家搬到哪儿，这儿必定都是常来常往的，就是什么时候来，那得看他接的货了，那可没个准头儿。"磨豆腐的妇人笑道。

"看样子要见他不容易了。我歇好了，多谢几位姐姐，我走了。"李桑柔站起来，笑着告辞。

李桑柔回到聚福楼，再没出去，第二天一早，带着金毛，搭了条商队，离开江宁城北上。

建乐城。

送走李桑柔和金毛，黑马蹲在台阶上，无聊地看着站在院子里一下一下举石锁的大常。

"大常，老大让我打听打听姓阴的，你说，老大是不是打算做凶宅生意了？你再说说，这凶宅生意怎么赚钱？这凶宅生意能比夜香行还好？夜香行多挣钱呢，两头赚！"

"咱们截了姓阴的财路，做不做生意，都得多打听打听。"大常闷声答了句。

"这话也是。可这姓阴的从哪儿打听呢？我连他家住哪儿都不知道。他家住哪儿倒是好打听，牙行肯定知道。找到他家，蹲他家门口看着？我这鼻子好使，这眼，老大说这眼看不到东西，蹲门口肯定也看不到啥，还是算了。要不，我先去牙行打听打听？做宅院生意，不管是凶宅还是吉宅，肯定离不了牙行，是不是？哎！大常，你说咱们做牙行生意怎么样？牙行那可是无本买卖，来钱快得很！要是这建乐城的牙行全是咱们家的，那得多少钱？"黑马自说自话，说得两眼放光。

大常没理他，放下石锁，退后两步，蹲下摸了摸已经被他踩得断裂下陷的青砖。老大说得对，这地不行，太松太软，明天得找人把院子里的地重新夯一遍，再浇几遍江米汁。

第二天一早，大常和黑马一起出门，各去各的牙行。

黑马晃着肩膀，进了买宅子的那间牙行。

一大清早，牙行门板还没卸完，几个小学徒还在洒扫，在屏风后换衣服的一个牙人急忙扣着钮子迎出来："这位……是马爷，您今儿真早。"

"是挺早，你忙你的，不用管我，我随便看看，没事没事，你忙你的。"黑马热情客气地冲牙人摆着手，一个斜步，往旁边柜台后看过去。

牙人急忙跟上，把黑马往外拦："马爷，那里头乱，您这边坐。勤伢儿，给马爷沏碗茶。"

"没事，没事，这儿哪乱了？一点儿也不乱。你放心，我就看看，不乱翻。"黑马说着不乱翻，顺手掀开本厚册子。

"这里头记得乱七八糟，马爷，您这边请。"牙人急忙上前按住厚册子，挤着一脸笑。

"咱都不是外人，这里头写的啥？不能看？"黑马伸手再去翻另一本。

"茶来了，马爷，您喝茶！"牙人张开胳膊往外让黑马。

"行行行，能有什么好看的，这都是什么？都不让看？"黑马被牙人推着，一边往外趔趄，一边伸长脖子看着柜台里一摞摞的厚册子。

"都是乱七八糟的东西，马爷您这一大清早，这是要买宅子？看中哪座宅子了？"牙人张着胳膊，把黑马按进一把椅子上坐下。

"刚买了座大宅子，还是你们经的手，哪能再买宅子，哪有那么多闲钱。"黑马坐下，拎着长衫前襟抖了抖，盖到二郎腿上，气派十足地答了句。

"马爷，您这一大清早就来，小的还以为您要买宅子。"牙人不动声色地刺了句。

"你们这牙行，招不招人哪？"黑马上身前倾，认真严肃地问了句。

牙人被黑马这一句问傻了。他们牙行招什么人哪！

"马爷这话……"

"你看我到你们牙行行不行？"黑马指着自己，极不客气地自荐道。

牙人呛着了："马爷真会玩笑。小的这房牙虽然不值一提，可也是从小学起，做上十年八年学徒才能穿上这身牙人衣裳。"

"我这人聪明，学什么都快得很。你说说，做你这房牙，都得懂啥？没事，没事，你尽管说！"黑马一向自视甚高。

牙人牙痛无比地咧着嘴，连干笑都笑不出来了："马爷真会开玩笑，您是做大生意的……"

"大海不择细流，终成大海！这是我们老大的话。你说说，说说！"黑马打断牙人的话，认真催促。

牙人气乐了，话里有话道："头一样，得学会待人接物，这脾气，一定得好……"

"这我行啊！我这人特别有眼色，脾气特别好。你接着说。"黑马拍着胸口表示他确实特别有眼色！

牙人咽了口口水："做我们这一行，得懂风水……"

"这个我懂，我特别懂！你接着说！"黑马再次把胸口拍得啪啪响。

牙人无语至极地看着黑马，吸了口气："马爷，您真要进我们牙行，那得找我们管事的。我一个小牙人，这样的大事上头，可说不上话。"

"嗯！这话实在！那你们管事的呢？姓什么？在不在？"黑马连连点头。

可不是？这事确实得老大、当家的拍板。他真是糊涂了，白跟个喽啰耽误了这半天事。

"您等着，我去看看我们管事的在不在。"牙人交代了句，刚要抬脚，一眼瞄到柜台，忙先扬声叫了两个学徒过来"侍候"着黑马，这才疾步往后面去。

黑马这一等，足足等了小半个时辰。

后头，牙头儿老黄时不时过来瞄一眼黑马，两根眉毛越拧越紧，拧成了一团。唉，看样子这个夯货真要等下去了，不能老让他在这儿坐着啊，耽误生意。

老黄硬着头皮踱出来，离黑马两三步，拱着手，打着呵呵道："一直忙着点儿要紧的事，让马爷久等了。"

"不客气，不客气。"黑马忙站起来对着拱手。

"听说马爷很看得起我们这些小营生？"老黄让着黑马坐下，客套无比地直入正题。

他打算干脆地、尽快地把他打发走。

"对！你看看我，天生就是干你们这一行的好材料！"黑马点着自己的鼻子，十分自信。

老黄差点笑出声，猛咳了几声，正要三五句话把他打发出去，一个牙人从后面疾冲出来，一头冲到老黄面前："黄师父！您得赶紧来一趟，急事！要紧事！"

老黄见那牙人脸色都变了，急忙站起来，冲黑马拱了拱手："见谅，见谅。"一边说着，一边跟着急得火烧眉毛一般的牙人往后面冲。

这一回，老黄进去出来得极快，离黑马七八步，就一脸热情笑容，连连拱手："让马爷久等了！马爷刚才说，想做我们这一行？可不是？马爷做我们这一行，那是再合适不过。马爷打算从哪儿入手？"老黄热情得不能再热情了。

"我就说，你是个识货的！像我这么合适的，到哪儿找去？你说是吧？"黑马愉快地拍着茶几。

"对对对，可不是！马爷肯屈就小号，那真是蓬荜生辉，蓬荜生辉啊！"老黄看起来比黑马还愉快，"马爷您看，您想从哪儿入手？什么时候过来？"

"择日不如撞日，就今天吧。至于从哪儿入手，哪儿都行。我这个人，别的长处没有，就是学东西快，一看就会，你看着安排吧！"黑马自信非常，爽气非常。

"那是，那是！搁马爷您手里，我们这房牙，哪有什么东西，可不就是一看就会？要不，马爷您先跟着小宋看看房子？听说马爷精通风水。"老黄瞬间就做出了决定。

小宋脾气最好，最会揣摩客人的心思，一会儿他再交代几句，总之，得把这位马爷侍候高兴了。

黑马跟着小宋愉快地看了一天房子，傍晚回到他们的新宅子时，前院的青砖已经全部掀了起来。

黑马转圈看着，进了正院。

"大常，你这够快的，这已经动工了？"黑马见院子里没人，一头扎进厨房，对正挥刀砍肉骨头的大常啧啧道。

"嗯，你那头儿没什么事吧？"大常将砍好的肉骨头放进锅里。黑马坐到灶前烧火。

"有！娘的，有人想算计咱们，这人挺厉害，那牙行听话得很！不过那家牙行是家小牙行。你说，会不会是那姓阴的？"黑马啐了一口。

"不像是姓阴的。姓阴的要是能指使得动牙行，咱们这宅子牙行就不会放出来。"大常剁好骨头，挽了粗粗一团葱结，又拍了一大块姜扔到锅里，"我这头儿也有事。我去找人夯地，都说好了，被人截了活儿。我出了一成的价，他也接了。"

"喔喔！娘的！这是趁老大不在家欺负咱们呐！你把活儿包给他了？几成的一成？二成？三成？"

"十成。"

"哟！"黑马抽了口凉气，高高竖着大拇指伸到大常面前，"常爷！"

"这价难得，不能光夯正院，我打算把这院子里能夯的地方全夯一遍。"大常嘿笑了几声。

黑马笑出了声，随即又曝着牙花子愁起来："你这儿的便宜占起来容易，我那边怎么办？总不能白白放过这机会吧？"

大常瞥了他一眼，没理他。

午后，顾晞正在枢密院查核年底各路军的封赏，文诚的小厮百城跑得一额头细汗，请见顾晞。

顾晞忙叫了他进去。

"怎么了？"顾晞皱眉打量着百城那一脸的汗。

"世子爷。"百城一句"世子爷"后，瞄着坐了一圈的枢密院诸人，不说话了。

顾晞站起来出了屋。

"出什么事了？"

"回世子爷，炒米胡同那位常爷到衙门递状子打官司去了，说是给他家夯地的苦力偷了他家银票。我家大爷让小的赶紧过来请世子爷的示下。"

顾晞眉梢扬起。大常叫到炒米胡同夯地的那帮人，十有八九是永平侯府的人，他们偷银票？

不是偷银票，这是在找他们觉得有用的东西！

"吉祥，去跟四爷说一声，让他过去看看。"顾晞吩咐了一句，再转向百城道，"你跟四爷一起过去看看，回去好跟你家大爷禀报。"

百城答应了，退出来，打发小厮回去跟他家大爷说一声，自己一路小跑去找文顺之。

文顺之得了吩咐，急忙往府衙赶去。

赶到府衙时，衙门口已经聚了不少人。

建乐城里闲人众多，但凡有官司，必定有不少人看热闹。

离衙门一射之地，文顺之就下了马，带着百城和自己的两个小厮，挤到衙门一角，伸着脖子往里看。

偷儿张银票这事，在建乐城可算不得什么大案子，用不着惊动府尹。在上头高坐着的，是乔推官。

大堂正中跪着四个人，一边肩挨肩跪了三个，大常一个人跪在另一边。他块头大，要是论占地儿，他一个人和那边三个人相差不多，看起来也算势均力敌。

那三个人正对着乔推官磕头分辩以及赌咒发誓，并再三请乔推官搜身，他们确实没偷什么银票！

乔推官紧拧着眉头，一只手不停地揉着太阳穴，等那三人说完，转向大常道："你说他偷了你家的银票，可有人证物证？这事，可不能光凭你嘴说。"

"回官老爷，有！"大常瓮声瓮气道，"我们老大说我太粗、太傻，怕我看不住银票，就把放屁虫捣碎了，装了一瓶子，让我每天点一遍银票，抹一遍放屁虫。偷了我家银票的，身上、手上肯定全是放屁虫的味儿，请大老爷让人闻一闻，只要闻一闻就知道了。"

旁边三个人中，跪在中间的那个眼睛都瞪圆了，不等乔推官问，就急急解释道："我早上捏死了一只放屁虫，早上到他家干活儿时，这手就是臭的。"

"大冬天的，哪儿来的放屁虫？"大常闷声怼了句。

"去闻闻。"乔推官饶有兴致地示意衙役。

几名衙役上前，抓起三个人的手。

"官爷，我真没偷他家银票！"中间那个人看着衙役那副恶心欲呕的样子，急得叫起来。

"那你说说，你这手上哪儿来的臭味儿？"乔推官点着中间的人问道。

"回官爷，小的真没偷，小的……"中间的人连连磕头，却是舌头打转，含糊不清。他就翻翻，他真没偷，他要找的，根本就不是银票！

可这怎么说得清呢？

一个管事打扮的中年人一路小跑挤进衙门，往前几步跪下，冲乔推官磕了头，直身拱手道："小的是牙行管事，领了我们掌柜的吩咐，禀告官爷，这人是小号前儿刚招来的，只看着他手艺不错，没想到竟然是个手脚不干净的。都是小号的错。常爷这边丢了多少银票，小号愿意如数赔偿。请常爷恕罪，请官爷恕罪。"

"嗯，确实该你们担待。"乔推官舒了口气，捻着胡须，对管事这样的态度十分满意，接着转向大常问道，"丢了几张银票啊？一共多少银子？不可胡说，这可都是能查得到的。"

"一共三张，一万两一张，一共三万两，都是四海通的红头金印票。"大常答得干脆详尽。

"多少？"乔推官吓了一跳。

"三万两。我们兄弟替人保镖，提着脑袋拿命换来的。"大常冲乔推官高举着三根手指头。

"一共三万两，你听清楚了？"乔推官看向中年管事，也竖起三根手指头。

"是。"中年管事咬牙应道。

乔推官两根眉毛高高挑起，从中年管事看向大常，又从大常看回中年管事，片刻，猛一拍惊堂木："既然你认了，那就这样吧。你现在赶紧去拿三万两银票，当着本官的面交还给常山，此案就算了结。"

"要红头金印票！"大常忙瓮声喊了句。

文顺之看着中年管事交割了三张一万两的四海通红头票给大常，这才挤出人群，回去禀告顾晞。

晚上，顾晞回到睿亲王府，进了自己院里，看到迎上来的文诚，话没说出来，先哈哈大笑起来。文诚也忍不住笑。

顾晞一直笑进了屋，用帕子按了按眼角笑出来的眼泪，看着文诚道："你上次说，他那宅子夯地的工钱，十分之一都没给到？"

"嗯，上次致和已经叹服不已了，说能把价压成那样，真够狠，没想到……"文诚摊着手，再次失笑。

"你看，蠢成这样，这才是永平侯府。劫杀我那回，实在是太聪明了。"

文诚沉默了片刻，才低低道："秦王爷说过，不宜多想。"

"大哥劝我退一步，看待这座睿亲王府，就像现在这样，一分为二。"顾晞垂眼道。

"二爷平庸软懦，皇上百年之后，秦王爷辅政，您身负文氏，要是再兼有睿亲王府……"文诚的话顿住，低低叹了口气。

"实在是过于位高权重，皇上的担忧也是情有可原。若是沈大姑娘为后，沈氏再执掌了睿亲王府，朝廷里至少不是一家独大了。"

"你也觉得我该退这一步？"顾晞斜着文诚。

文诚迎着他的目光，没说话。

"我不想退。"顾晞昂起了头。

"成人不自在，我们不想或者想的事，一件一件多得很，可有几件能得偿所愿？"文诚神情晦暗，低低道。

"唉，宁和的事，你不要总是自责，这事和你无关，别多想。"顾晞拍了拍文诚。

第五章　不平则鸣

建乐城头一场大雪飘飘洒洒下了两夜一天。

天明时分，雪渐渐停了。李桑柔和金毛从一支北上商队的大车上跳下来，付清了搭车的钱，袖着手，缩着头，踩着厚厚的雪，进了建乐城。

"先去睿亲王府。"出了城门洞，李桑柔和金毛说了句。

金毛"哎"了一声，走在前面，从一条巷子钻进另一条巷子，很快就到了睿亲王府东侧门。东侧门开在顾晞这一边。

顾晞平时进出还是走正门，这东侧门是世子属官，比如文诚以及下人们进出的地方。

李桑柔等在十来步外。

金毛冻得鼻子通红，时不时吸溜一下清鼻涕，袖着手，塌肩缩脖凑到东侧门旁边下人进出的小门，想伸脖子又怕冷，干脆跐起脚，将上半身探过去，冲斜瞥着他的门房赔笑道："这位大爷，文大爷在不在府上？就是那什么参军的那个。"

"你是谁？找文大爷有什么事？"门房强忍着嫌弃问道。

"是文大爷叫俺们来的，烦您通传一声。"金毛抬袖子蹭了把鼻涕。

门房恶心得差点屏不住，下意识地往后退了两步："你等着。"

文诚听了通传，以及门房对金毛的描述，怎么也想不起来他什么时候叫过这么个腌臜货。他好像也没跟这么腌臜的人打过交道吧？犹豫了片刻，文诚站起来道："我去看看。"

他是个极谨慎的人，既然上门指明找他，他绝不会因为对方腌臜猥琐就直接拒而不见。

金毛蹲在上马石避风的那一边正一下接一下地打着哈欠，听到身后门房的声音："文爷，就是他。"金毛忙拧过头，看到文诚，赶紧站起来。

文诚已经看到了几步外的李桑柔，急忙小跑下了台阶，侧身往里让李桑柔："大当家的来了，里面请。"

因为裹得太厚太脏，这会儿的李桑柔雌雄难辨。

李桑柔一言不发，只冲文诚拱了拱手，上了台阶。

金毛紧跟在李桑柔后面，一溜小跑上到台阶上，先冲文诚哈腰，再冲门房哈腰。

门房急忙还了礼，大瞪着双眼，看着文诚落后半步，侧身让着李桑柔疾步进去，慢慢呼出口长气，一脸后怕地拍了拍胸口。不知道这是哪路真人，可真是真人不露相，幸好刚才他没什么不恭敬的地方。

这做人吧，就是得良善和气！

要不是他一向和气为人，刚才要是没通传，或是发了脾气，这一件事，就够把他们一家子发到极北的庄子里了。世子爷的脾气，可不是闹着玩儿的！

文诚将李桑柔请进书房，看着肮脏不堪的李桑柔犹豫道："我让人侍候李姑娘洗一洗？世子爷还没散朝，反正得等一会儿。"

"不用，脏倒不怎么脏。有吃的给一点儿，从昨天中午到现在，还没吃过东西。"李桑柔不客气地要求道。

"姑娘稍候。"文诚几步出屋，吩咐人赶紧送些饭菜过来。

饭菜送得很快。文诚透过窗户缝瞄着屋里。屋里两个人，一个慢条斯理，吃得优雅斯文，一个呼呼噜噜，狼吞虎咽。

文诚看了片刻，往后退到游廊拐角。世子爷回来之前，他还是在外面等着吧。

顾晞回来得比文诚预想得快不少。他大步流星地冲进垂花门，迎着文诚急问道："回来了？人呢？"

"在屋里。"文诚掀起帘子，让进顾晞，自己跟着也进了屋。

李桑柔和金毛已经吃饱喝足，桌子上也收拾干净了。

李桑柔正坐在椅子上，一只手端着茶杯，一只手有一下没一下地敲着茶几发呆。金毛蹲在地上，后背靠着李桑柔坐着的椅子腿，袖着手，下巴抵在膝盖上，已经打着呼噜睡着了。

"两位辛苦了。"顾晞看着睡得香甜无比的金毛，冲李桑柔欠身道。

"世子客气了。"李桑柔站起来，微笑拱手。

"查得怎么样？"顾晞坐到李桑柔对面，有几分急切地问道。

李桑柔弯腰抓过放在地上的破牛皮袋子，从里面一堆乱七八糟的东西中，先摸出一根楠木筒递过去："这是从范平安棺材里找到的，两张超生经文中间，夹着范平安的一封遗书，应该是他的亲笔，你看看吧。"

顾晞欠身接过，拧开楠木筒，从两张经文中间抽出那封遗书，一目十行看了，紧紧抿着嘴，将遗书递给文诚。

李桑柔再拎出那本店历："这是从安福老店偷出来的。去江都城的人叫刘云，八月十一号申正进的安福老号，长相衣着和范平安所写符合。安福老号的人都记得他，极傲气，看哪儿都嫌脏。"李桑柔将店历递给顾晞。

顾晞飞快地翻到八月十一号刘云那一页，仔细看着上面记录的馆券详情。

"你看看这个，竟然是咱们这建乐城开出去的馆券，这是打量着我绝无活路，还是以为这一回的依恃可以让他们肆无忌惮？"顾晞将店历拍到文诚面前，咬牙切齿道。

"这是从江宁城邵将军签押房偷出来的文书，这是从收文清册上撕下来的。"李桑柔再拿出一份公函以及两张皱巴巴的纸递给顾晞。

顾晞看了公函，又瞄了眼那两张收文清册，一起递给文诚。

"姑娘真是仔细。"顾晞指着那两张收文清册笑道。

"算不上仔细吧。这两张清册上有邵将军收函的时辰，还写明了邵将军的指示，可比公函要紧多了。"

李桑柔随口答着话，看着文诚看完公函和收文清册，目光转向顾晞，正色道："现在，我想替范平安说几句话。"

李桑柔冷着脸，从顾晞斜向文诚。

"文四爷说，范平安是军户世家，从小聪慧难得，几岁起就跟他父亲学着做捉生将，从军之后，是你们北齐数一数二的捉生将。因为智勇双全，极其难得，你们才选了他潜往南梁做谍报。他在南梁一待就是十七年，为你们北齐立下了汗马功劳。他这个谍报副使，领的四品官衔，都是他踩着刀尖一步一步踩上去的。这样的人，有信念，有感情，有想法，有见解，会思会想，自然会判断，所以他写下了这封遗书，写下了他的愤怒和不甘。我很替他不值。有血有肉、有思有想的国之栋梁，被你们用作刀剑自相残杀。他死得极其窝囊，极其不值。他受命刺杀你，成了，他先做刀剑，接着就要做替罪羊；不成，他送了命，还要承受你的愤怒。而且，无论成与不成，他都要背负完全和他无关的罪责和骂

60

名，也许还要连累家人。你们逼得他走投无路，所以他去找了武将军，他想从武将军那里借张假图，武将军想借他的局杀了你。他在刺杀你的前一天安排自己落水，应该是想着万一能杀死你，他还能活着，就借此死遁，给自己留一条隐姓埋名活下去的后路。这些都不能怪他，是你们先负了他。"李桑柔说着，站起来，踢了踢金毛。

金毛一骨碌爬起来，一脸迷糊，跟在李桑柔身后往外走。

"李姑娘。"顾晞急忙站起来。

"不知道李姑娘想要什么样的谢仪？"

"替范平安正个名吧。"李桑柔头也不回地答了句，掀帘出门。

"我去送送她。"文诚对顾晞说了句，跟在李桑柔后面往外送。

顾晞呆站了片刻，坐回来，拿起范平安那封遗书，仔细看起来。

文诚回来得很快，看着脸色极其阴沉的顾晞，指着那本店历道："馆券是建乐城开出去的，要查出来，极容易。"

"去查，立刻！"顾晞猛一巴掌拍在厚厚的店历上。

"能一份口谕把范平安逼到这份儿上的，除了世子爷您，就只有宫里了。"文诚站着没动，看着顾晞，声音低而涩。

"查！"顾晞眯眼斜瞥着文诚，一脸狠厉。

"他要杀我，就明刀明枪地来！他使这样的阴招，我就把他这阴招晒到太阳底下！我倒要看看，他和我，谁更肆无忌惮！谁更不在乎这帝国！谁更不在乎这天下大乱！"

"好！"文诚站起来，拿笔抄了店历上的记载，掀帘出去。

李桑柔和金毛从睿亲王府角门出来，绕到一条热闹的大街上，在香粉铺伙计掩不住的诧异目光下，买了一大堆上上品澡豆、香脂、口脂，装了满满一藤箱。金毛扛着，进了炒米胡同的家。

黑马没在家，大常把院子里的雪铲出来，刚刚在院门口堆出两个雪人。雪人比他还高一头，一边一个，十分威武。

看到李桑柔和金毛从巷子口拐进来，大常急忙迎上去，从金毛手里接过藤箱，一只手托着送进正屋，又急忙出来用大铜壶烧水。

老大得好好洗洗。

李桑柔慢慢悠悠、痛痛快快地洗了个澡，倒头睡到午后，裹了件狗皮大袄出来。

黑马正和金毛并排蹲在廊檐下说话，看到李桑柔，一蹿而起："老大！"

李桑柔将黑马上上下下、仔仔细细打量了一遍，满意地"嗯"了一声，转头看着已经没有了青砖的院子，走下去来回踩了踩。

"这地夯得不错。"

"那可是！大常不错眼地看着夯的。咱们这宅子，但凡能夯的地方，都夯过了，用最好的江米汁儿，足足浇了十遍！"黑马紧跟着李桑柔的脚步，得意地胳膊乱划。

"老大，您不知道，您刚走，就有人想坑我跟大常。老大，您想想，我是好坑的？不粘毛我都比猢狲精！还不知道谁坑谁呢！咱们这前前后后整座宅子，所有的地儿，全夯了一遍，只花了三百多两银子，骨折价！满天下都没有的便宜！这还不说，他们看您不在家，竟敢溜进咱们屋里翻咱们的东西！真以为我跟大常好欺负？呸！瞎了他们的狗眼！我跟大常看着呢，那蠢家伙，头一趟溜进屋，就着了咱们的道，硬生生赔了咱们三万两银子！三万两！三张金灿灿的四海通红头金印票！"黑马越说越得意，叉着腰哈哈大笑。

李桑柔斜瞥着他，等他笑完了，慢吞吞道："这事刚才世子说了，是永平侯府想探咱们的底，连工钱在内，被大常坑了三万四千多两银子。抹放屁虫是你的主意吧？那银票得臭成什么样？还能不能用了？你就不能抹点儿别的？还有，我让你打听的事呢？你打听得怎么样了？"

"那个……"黑马舌头打起了结。

"对啊，你说了半天，全是大常的事，你的事呢？这一两个月，你不会是光跟着人家转圈，到现在还没找到下嘴的地儿吧？"金毛凑到黑马面前，一脸兴奋。

"胡扯！我能像你那么笨？我是谁？大家出身！知书识礼！这点小事能难得住我？"黑马先气势无比地驳斥了金毛，再转向李桑柔，那气势立刻就落没了。

"没抹银票上，抹包袱上了，是臭得很，早扔得远远的了。打听是打听了，没啥有用的。姓阴的叫阴景生，还是个秀才，说是从他祖父起就做凶宅买卖。他自己还开了间学馆，不小，有四十多人。他家买了凶宅，有便宜赁出去给人住的，有赁给人家开店的，他自己家的学馆就是座凶宅。还有的买到手就扒了拆平，往边上扩扩，重新起房宅。说是他家本钱厚，反正凶宅买得也便宜，在手里放上十几二十年，什么凶不凶的也就过去了。老大，这生意来钱太慢，咱们可等不了十几二十年。"黑马和李桑柔说着话，大常从厨房里端了只大炭盆出来，放到廊下，再在炭盆上架上红铜锅，接着端了几大盆的羊肉片、大白菜、冻豆腐出来。

四个人围着红铜锅坐下，一人端着一只碗，痛痛快快地吃了顿饭。

把东西收拾好，金毛往炭盆里添满了炭，四个人围着炭盆，喝茶烤火。

"从现在起，都把该带的东西带好，夜里睡觉别脱光，随时准备逃命。"李桑柔抿了半杯茶，语调平和，话却不平和。

"出什么事了？"大常抬头看着李桑柔。黑马和金毛满脸愕然。

"在江都城刺杀世子的，是北齐在江都城的谍报副使范平安。世子到江都城前三天，有一个从建乐城过去的阉人当面密令范平安，趁着要面见世子，杀死世子。世子在出使南梁前，北齐朝廷已经谕令在南梁的北齐谍报，所有在南梁的谍报交由世子统管。"

大常脸色变了。李桑柔抬手拍了拍他的肩膀，接着道："范平安选择动手，而不是报告给世子，那只能是……"李桑柔的话顿了顿，似有似无地叹了口气。

"给范平安下令的这个人，是站在睿亲王世子、同中书门下平章事以及南梁谍报总领这三合一身份之上的人。"

"那是谁？皇上？"黑马大瞪着双眼。

"这样的人，除了皇上，睿亲王大约也行吧。还有那位二皇子，板上钉钉的未来皇上，甚至还有那位大皇子，也许还有其他不显山不露水的实权人物。"李桑柔声调悠悠，再次叹了口气。

"范平安是个聪明人，知道刺杀世子这事成功了要死，失败了更要死。为了求一条生路，他去找了武将军。我不知道他跟武将军透露了多少，又是怎么跟武将军说的。总之，他说动了武将军。武将军拿了张假图给他当诱饵，他则把和世子约定见面的时辰、地点告诉了武将军。由范平安当面刺杀，武将军在外埋伏，原本是必杀的局，没想到世子命大，反杀了范平安，活着逃进了同福邸店。赵掌柜找咱们找得极快，咱们出城更快。武将军查到咱们时，应该就知道了世子已经出了江都城。他立刻附上咱们的画像，行文江宁城的邵将军。邵将军是永平侯门下出身，这事，武将军肯定知道，也肯定知道邵将军跟他一样，希望世子赶紧死了。两方都心知肚明，所以，江宁城一大清早，邵将军就拿着咱们的画像严搜严查。他们要杀的是世子，咱们是添头。"

金毛眨着眼，听明白了。黑马也听明白了，冲金毛竖着大拇指："这都是你跟老大查出来的？"

"是老大查出来的。别说话！老大没说完呢！"

"说完了。现在人证、物证俱全，就看下一步了。"李桑柔接着叹气。

她真的很喜欢建乐城，不过现在看来，十有八九是待不下去了。那下一步去哪儿呢？在南梁，他们已经是通缉犯了；在北齐，眼看着他们也要当上通缉犯了。

真他娘的晦气。

"下一步会怎么样？咱们怎么办？"大常看着李桑柔，闷声问了句。

"第一，要是世子死了，赶紧逃；第二，要是啥事没有，天下太平，赶紧逃。"李桑柔竖起一根食指，又竖起另一只手的食指。

"那怎么才不用逃？得杀了谁的头？"黑马往自己脖子上划了一下，嘴里"咔嚓"了一声，头往下一歪。

"不知道，谁知道他们把谁推出来。不过，死的这个人位置越高，越重要，这建乐城就越是个好地方。都听明白了？最近一阵子，随时准备好，十二个时辰轮流值守，别吃太饱。我再去睡一会儿。"李桑柔说完，站起来，打着哈欠进了屋。

明安宫里，顾晞和顾瑾相对而坐。

两人中间的桌子上，放着李桑柔带回来的那根楠木筒、安福老号的店历、从江宁城邵明仁那里偷来的公文和公文清册，以及从建乐城开出去的那份馆券底单和一沓子口供。

顾晞坐得端直，脸色阴沉，目不转睛地看着对面的顾瑾。

顾瑾正一样样细看桌上的东西。

一样样看完，顾瑾抬头，看向顾晞。

"刘云就是内侍省少监云喜，随太监的徒弟。八月里，他正好回乡祭祖，不在宫里。我已经让人去查他祭祖的事了。云喜是拿着玉符，对上了口令，才驱动了范平安。玉符，也许云喜能偷到；这口令，只能是别人告诉他的，是谁告诉他的？让我功力全失的药草是云喜交给范平安的，这药草又是谁给云喜的？知道这些药草的有几个人？去写这张馆券的，是永平侯府大管事周福，周福说是奉了沈赟的令。真是奉了沈赟的令？沈贺不知道？"顾晞一字一句，咬牙切齿。

"你打算怎么办？"顾瑾脸色苍白，看着顾晞问道。

"我已经写好了折子，明折递上。明天早朝，把这些罪证当众呈给皇上。"

顾晞微微昂着头，眼里闪着一股不顾一切的疯狂。

顾瑾垂眼看向桌上的东西。明折递上，这折子递到皇上手里之前，就要抄到各处各部，也就是明发天下了。

"我去见皇上。"沉默良久，顾瑾看着顾晞道，"我还是觉得这事和皇上无关。你就在这里等我。"

"好。"顾晞干脆答应。

顾瑾摇铃叫进内侍，内侍推着他出来，换上肩舆，往寿宁殿请见。

不过一刻来钟，顾瑾就从寿宁殿出来，上了肩舆回去了。

寿宁殿里，皇上阴沉着脸，看向从屏风后挪出来的随太监。

"你都听到了？"皇上移开目光，看向殿门外的艳阳。

随太监跪倒在地，俯身下去："云喜恶逆难容……"

"瑾哥儿的话，你没听到？这事不是云喜能担得下来的。"皇上皱着眉，打断了随太监的话。

随太监僵住了。

"你在朕身边侍候了几十年，辛苦了。"皇上看着他，缓缓道。

随太监额头触地，好一会儿，哑着声音道："能在皇上身边侍候几十年，是老奴的福分，谢皇上。"

"去吧。"皇上不再看随太监，挪了挪，拿起了一本折子，"那些弓手，你也一并担待了吧。"

顾世子遇刺案在一片泥泞、毫无头绪中，呼啦一下冰融水泄，真相大白，潘相却没什么轻松之意，只觉得后背发凉。

随太监偷了玉符，指使身在南梁江都城的谍报副使刺杀顾世子，又和永平侯嫡亲的弟弟沈赟勾连，假借皇令，调动弓手，在北洞县截杀顾世子。

随太监被判了绞刑，他的徒弟，少监云喜和其他三十六名内侍宫人，斩立决。

沈赟斩立决，永平侯沈贺未能齐家，杖五十，罚俸三年，并至睿亲王府负荆请罪。

顾晞拎着随太监那份口供，冷笑连连。

坐在他对面的顾瑾揉着眉间，一脸倦意："你还想怎么样？还能怎么着？"

顾晞冷哼了一声，没说话。

"杀了睿亲王？那是你亲生父亲。父杀子，除了受，不过一个逃字，你能怎么样？你想怎么样？要弑父吗？杀了永平侯？永平侯倒是能杀，你甚至可以灭了沈氏一族。可杀了他，以后还有哪家能与你抗衡？敢与你抗衡？没有了永平侯府，你让皇上怎么放心以后？你岂不是把自己放到了刀锋之上？你随时能杀的人、能灭的族，留着更有好处，还是留着好！永平侯只有沈赟这一个弟弟，沈氏嫡支，也只有永平侯和沈赟两支，如今斩断一支，够了。"顾瑾直视着顾晞道。

顾晞眼睛微眯："随太监十来岁就跟在皇上身边侍候，他无父无母，无儿无女，就连这个随姓，也是在随家集捡的，他比皇上还大几岁。他这样的人，为将来计，要讨好永平侯府，讨好沈家，悖逆皇上，做下这样大逆不道的事，他有什么将来？他要为谁做将来计？简直是个笑话！"

"你能看到、想到，别人也能。"顾瑾抬手揉着眉间，声音倦缓，"这几十年，谁不知道皇上最信任随太监，视他如亲人一般，可皇上还是舍出了随太监，这就足够了。这份歉意，也只能这样了。不然，你还想怎样？你还能怎样？"

顾晞紧紧抿着嘴，好一会儿，深吸了口气："沈贺要上门赔罪，让他在王府门口跪上一天！"

"随你。"顾瑾点头。

李桑柔和黑马、金毛三个人，挤在人群里，踮着脚尖，伸长脖子看着睿亲王府门口的热闹。

大冷的天，永平侯沈贺上身只有一件单衣，背上背着荆条，垂头跪在睿亲王府大门外。

四五个红旺无比的炭盆围在永平侯身边，十来个门房低着头站在台阶下，时不时塌着腰过去，半蹲半跪着换炭盆里的明炭。

左左右右看清楚了，李桑柔退后几步，示意黑马和金毛："看样子还早呢，找个地方坐一会儿，早饭还没吃呢。"

"老大，你怎么知道还早呢？"黑马袖着手，紧几步跟上李桑柔，问道。

"你没看到炭盆？要不是知道还得跪一会儿，用得着放炭盆？"李桑柔心情愉快，认真地教导了黑马几句。

随太监死了，永平侯的亲弟弟死了，永平侯再这么一跪，这建乐城，他们就能待下去了。

她很喜欢建乐城。

"老大总说你这眼睛看不见东西，真是！你瞧瞧你，那五六个大炭盆，都不是秃子头上的虱子了，那是秃子头上的大马猴！你竟然还要问！"金毛立即撇嘴鄙夷黑马。

"那炭盆我看到了，我是没想到，难道你想到了？你敢说你想到了？"黑马瞪着金毛。

"那家铜铺门口的那几个炭盆样式不错，吃完饭咱们去瞧瞧。"李桑柔心情愉快地往旁边的红铜铺子点了点，抬脚进了一家小分食店。

三个人吃好早饭，买好炭盆，又买了两车炭，让人送到炒米胡同，再吃了中午饭，永平侯还在睿亲王府门口跪着。

李桑柔不看了，吩咐已经买了不少赌注的黑马和金毛看着，自己往炒米胡同逛回去。

大常先收了十几个红铜大炭盆，又收了两大车炭，看到李桑柔回来，话没说出来，先笑起来："腊月里找不到人，今年来不及了，开了年就叫人来修地龙？"

"好。"李桑柔笑应了，将手里的松子糖和一大包瓜子递给大常，"累了这几个月，先好好过个年。"

"那明天一早，我和黑马去买头猪，再买几只羊，还有鸡、鱼、鸭子，好些东西，腊八都过了，得赶紧办年。"大常摘下挂在廊下的竹筐，把松子糖和瓜子放进去。

李桑柔随口应着，拖了把竹椅出来，坐在太阳底下，晒着太阳看着书，看得打起盹来。

这些天，她日夜紧绷警惕，累坏了。

腊月的天黑得早。

黑马和金毛看热闹一直看到天黑透，睿亲王世子顾晞总算出来，接受了永平侯的歉意。

两人在建乐城的头一次下注，输了个精光底儿掉。

炒米胡同。

李桑柔刚听完黑马和金毛一替一句的描述，院门外就传来了门环拍打声。

黑马一跃而起，去得飞快，回得飞快："老大，老大，是世子爷！说在外头等你呢，是世子爷！"

"嗯。"李桑柔站起来，进屋拿了件细布面灰鼠里披风，一边往外走，一边将披风披到身上。

"老大……"黑马"老"字喊出来了，"大"字卡在喉咙里，卡出了一片幽幽怨怨，眼巴巴地看着李桑柔出了门。

他也想去啊！十分想去！

可他不敢说。

李桑柔出了胡同，跟着小厮转了几条巷子，进了上次的那家酒楼。

整座酒楼，安静得只有李桑柔自己的脚步声。

李桑柔跟着小厮，进了后院湖边的暖阁。暖阁四面的窗户全部敞开，暖阁里却没什么寒意。

顾晞面向湖面，坐在一张舒适摇椅上，听到动静，拧身回头，示意李桑柔："坐。"

李桑柔坐到顾晞旁边的摇椅上，晃了晃，摇椅很舒适。

"想喝什么酒？"顾晞举着杯子问李桑柔。

"建乐城什么酒最好？"李桑柔反问了句。

顾晞笑起来。

"给李姑娘拿一壶玉魄。"吩咐完小厮，顾晞转向李桑柔，笑道，"李姑娘到建乐城这几个月，难道从没喝过酒？"

"嗯，没敢喝。"李桑柔摇晃着摇椅，人随意，话也随意。

"没敢？"顾晞眉梢扬起，"姑娘就这么信不过我？姑娘难道没打听过我？"

"到哪儿打听？怎么打听？打听什么？你差点被人杀死，这真相，该到哪儿打听？"李桑柔斜瞥了眼顾晞，极不客气地道。

顾晞被李桑柔一串问话噎得咽了口气。

"那从今天起，姑娘敢喝酒了？"

李桑柔"嗯"了一声，看着小厮倒了酒，端起来，抿了一口，很是满意："这酒不错。"

顾晞斜瞥着李桑柔看了片刻，伸手从旁边矮几上拿了一沓纸，递向李桑柔："这是范平安的军功帖子和恩荫的文书，我已经让人去江都城接回他的尸骨了。他本姓洪，叫洪建，去南梁之后，就和家里断了音信。他家里人都以为他已经死了，几年前，已经给他起了座衣冠冢。"顾晞顿了顿，叹了口气。

现在，他确实死了。

"他有两个儿子，大儿子已经有了头生子，是个女孩，小儿子今年年初成的亲。他家离京城不远，二百来里路，你要去看看吗？"

李桑柔接过军功帖扫了一眼，放到旁边矮几上："不去。我和他素不相识。那天替他说话，不过是路见不平，随口说几句。"

顾晞看着她，片刻，移开目光，抿着酒，接着道："指使范平安的玉符和口令，是随太监拿给云喜的，就是化名刘云的那个阉人。云喜的馆券是永平侯嫡亲的弟弟沈赟出面开具的。随太监绞，云喜等三十七人斩，沈赟斩，永平侯府所涉十七名家奴斩。江宁城守将邵明仁私通南梁，邵家七岁以上男丁斩，女眷发卖为奴。"

李桑柔凝神听着，挑眉问道："北洞县的弓手呢？"

"随太监说是他假传皇命，调动的云梦卫。"顿了顿，顾晞解释道，"先皇为皇子时，皇子众多，都有为帝之能、之心，龙争虎斗了将近三十年。云梦卫是先皇开府建衙后着手建立的私军，后来传到皇上手里。前两年，皇上说过一回，打算在他之后，将云梦卫归入军中。"

"文家就是在那一场争斗中衰微的吧？"李桑柔顺口问了句。她听说过北齐的那场劫难。

"嗯，文家只忠于皇上，没有任何投靠。诸皇子都想拉拢文家，使尽手段之后，就翻脸捅刀子下杀手，以免文家为他人所用。那一场，不光是文家的劫难，也是大齐的劫难。我外祖被害那年，南梁武家军长驱直入，前锋直抵建乐城下。"顾晞声音低沉。

李桑柔叹了口气。

两人沉默了好一会儿，李桑柔斜瞄着顾晞问道："这么说，一切都是随太监所为？"

"不是。"好一会儿，顾晞垂眼道。

"喔。"李桑柔寡淡无味地应了一声，举了举杯子，"这酒，还是不能肆意地喝。"

"武家军前锋攻到建乐城下时，皇上当时站在城楼上，吓得失声痛哭。"顾晞摇着水晶杯里的酒，"我要是死在南梁，大齐军中的愤怒可以南引到南梁身上；我要是死在这建乐城，怎么办？大哥说，皇上心中只装着大齐的江山社稷。"

李桑柔高挑着眉毛，片刻，笑起来，一边笑，一边冲顾晞举了举杯子。

"我是在宫里长大的。"两个人沉默着喝空一杯酒，顾晞又给自己斟了一杯，看着空旷的湖面，悠悠道。

李桑柔正斟着酒，侧头看了眼顾晞，斟满了酒，抿着酒听闲话。

"我阿娘生我时不顺，熬了几天，没能熬过去。先章皇后和我阿娘是表姐妹，两人一起长大，情分极深，如嫡亲姐妹一般。我阿娘死在了先章皇后怀里，临死前，将我托付给了先章皇后，先章皇后当时就抱着我进了宫。我小时候一直和大哥睡一张床，在一张桌上吃饭。先章皇后总是一只手搂着大哥，一只手搂着我。我十二岁冠礼那年，被封了世子，才回到睿亲王府。头一趟回去，那时候先章皇后已经病得很重，坐在步辇上，牵着我的手，从睿亲王府大门进去，沿着王府中轴线，把睿亲王府一半圈成了我的院子。先章皇后说，没有我阿娘，就没有睿亲王府，这是我该得的。"

李桑柔举起酒杯，冲空中举了举，敬这位气势昂然的先章皇后。

"秦王是怎么残疾的？"李桑柔问了句。

"十岁的时候，生了场病，说是软脚瘟。"顾晞沉默片刻，才低低答道。

李桑柔慢慢"喔"了一声。

"你怎么凡事想那么多？还净往不好的地方想。"顾晞斜瞥着李桑柔道。

"你也想过是吧？所以我什么都没说，你就说我想多了。"李桑柔笑眯眯地看着顾晞。

顾晞噎了一下，仰头喝了酒。

"嗯，是想过，也查过，太医院里的脉案整整齐齐、详详细细，没有任何不妥。"

"你大哥比你大两三岁吧？怎么还没成亲？软脚瘟又不妨碍生儿育女。"李桑柔又倒了杯酒。

"两岁。不是都能生儿育女，大哥不行。先章皇后病重前后，大哥就倾心全真道，到今天，已经潜心修行了将近十年，只是不出家，不忌荤腥而已。"顾晞低头看着杯子里的酒。

李桑柔再次"喔"了一声，片刻，叹了口气。

"那你们北齐下一个皇帝，就只能是二皇子了？永平侯嫡亲的外甥？你刚刚把他另一个舅舅斩了。听说他一共就俩亲舅舅。"

"嗯，二爷。"顾晞顿了顿，好像在想怎么说，"他和我同岁，性子软懦，心肠极软，小时候看小内侍黏知了，那知了拍着翅膀挣扎，他都能心疼得掉眼泪。他从小就喜欢诗词歌赋，厌恶史书政论，现在还是。大哥残疾之后，皇上开始把他带在身边习学政务，问他有什么看法时，他经常有惊人见解，让人无言以对，直到现在还是这样。后来皇上就把大哥也带上，每天听完政务下来，让大哥再教他一遍。"

"教会了？"李桑柔笑问道。

"这是能教会的？教了这十来年，只教得他极听大哥的话，特别是政务上。"

李桑柔拖长声音"喔"了一声，又啧啧了两声："怪不得。"

"怪不得什么？"顾晞再次斜瞥着李桑柔。

李桑柔笑着举了举杯子："说不得。"

潘定邦满腔委屈地等在睿亲王府大门口。

他这趟出使，前半段风光无限，愉快非常，后半段，从那天顾世子没回来，他就有点儿不安。再到那个小厮跳进江里没影了，他这颗心就提了起来，整整提了一路，替顾世子担心了一路！直到快到建乐城，进城前两天，听说顾世子已经平安回到建乐城，他这颗心才算落回肚子里。

原本想着见了顾世子，复了旨，赶紧回家好好睡上几天，好好歇一歇，好好抚慰抚慰他这颗提了一路的心，再找顾世子好好说说他这一路上提心吊胆的苦。谁知道从宫里出来，他直接就进了大理寺监牢！

在监牢里这三个来月，天知道他是怎么熬过来的！好几回，他都以为自己熬不下去了。

好不容易回到家，那股子监牢的味儿还没洗干净呢，他爹就逼着他上门去给顾世子赔罪！他有什么罪？这件事从头到尾，他有什么错？

他跟顾世子从小就认识，这么多年的交情，顾世子竟然信不过他，竟然怀疑他，竟然说他要害他！一想到这个，他就委屈得又想大哭一场。

他爹的话他不敢不听，他爹又不容他辩驳，可他真觉得，该顾世子给他赔礼。他怎么能信不过自己呢？

顾晞得了禀报，一脸厌烦地冲文诚挥手："你去把他打发走，我这会儿没心情，懒得见他。"

文诚答应，出来见潘定邦。

"世子不在？"潘定邦一脸丧气，心情相当不好。

"世子今天繁忙。"文诚委婉地避过了潘定邦这一问。

"嗯。"潘定邦满身的丧气不悦好像又浓了一点，垂着头，准备站起来告辞。

"七公子这一阵子可还好？"文诚瞄着潘定邦满脸的丧气不悦，决定多说几句，看看能不能让他高兴点。

"瞧您这话问的！"潘定邦横了文诚一眼，"也是，大理寺监牢，您怕是连见都没见过。"

"大理寺监牢我常去，刑部监牢也常去。"文诚捱着笑意，"大理寺监牢有一多半在地下，刑部监牢都在地下。前一阵子，大理寺监牢后院那一片是特意腾出来的，使团回来前，让人再三打扫过。使团的人都关在那里，一个不少。那一片，前两三个月我去得极多，不说天天去，但也差不多。使团那么多人要一个个审问一遍，这也是潘相的吩咐。"

"照您这么说，没把我关进地牢，我还得谢谢您和世子爷了？"潘定邦话不客气，语气却有了点儿松缓。

"使团里还真查出了两个人，去的时候往外递送世子爷的行踪，回来的时候往外递送您的举动。其中一个是您打了保票推荐进去的。这事潘相都知道。潘相跟您说过了吧？"文诚一脸笑，看着潘定邦。

潘定邦吓得"呃"了一声。他爹没跟他说这事……他爹从来不跟他说正事。

文诚看着潘定邦脸上的惊吓仓皇，接着笑道："潘相当时气坏了。是世子爷打了保票，世子爷说，他跟您自小的交情，都是深知的，这事必定是您被人蒙蔽了，您怎么可能要害世子爷呢？"

"对啊，对啊！就是这话！"潘定邦松了口气，啪啪拍着茶几叫道，"我跟世子爷自小一起长大，我能害他？那不是笑话嘛！"

"世子爷也是这么说的。所以您看，我来来回回往大理寺去了那么多趟，可是一句话也没问过七公子您。七公子这里不用问，都是信得过的。让七公子在大理寺住这两三个月也是不得已。七公子，您想想，世子爷遇刺，这是多大的事啊，整个使团都关起来了，就七公子您回相府了，那使团其他人怎么想？这京城的人怎么想？碰到想得多的，说不定以为是七公子您坑了他们呢。七公子，您说是不是？人心难测啊，七公子，您说是不是？世子爷也是为了您好，都是自小儿起的交情。"文诚笑眯眯地看着潘定邦，一番话语重心长。

"嗯，可不是？世子爷从小就义气，我就说嘛。"潘定邦愉快地往后靠在椅背上。

"世子爷在江都城被人暗杀，不是一重，而是中了三重埋伏，先是中了毒，功夫全失，接着又被刺客伤到腹部和大腿，伤得极深。最后一重，七公子也知道，那天，武将军假称丢了什么图，满城搜索，出动的都是精锐啊，那都是奔着世子爷去的。世子爷是躲在夜香桶里逃出城的。"文诚语气沉痛。

听到躲在夜香桶里，潘定邦恶心地猛呕了一声。

"全赖世子爷福大命大，才死里逃生，撑过了这场大难。到现在，世子爷后背一条刀伤，这么长，这么深，夜里翻个身，还往外渗血水呢。一路上，真不知道世子爷是怎么熬下来的。"文诚手抚着胸，一脸揪心之痛。

"太惨了！"潘定邦听得眼泪汪汪，"这事也怪我，不该听那混账小厮说了几句混账话，就从江都城起程了。我当时该去找武将军，无论如何也得把世子爷找回来。要是找回世子爷再走，世子爷就不用受这趟大罪了。这事怪我。"

"这哪能怪七公子呢，谁能想到竟然有人敢谋害世子爷呢？"文诚笑着宽慰。

"就是啊！你这人最明理！这事真是万万没想到，搁谁也想不到是不是？"潘定邦再次啪啪拍着茶几。

"这一阵子，世子爷重伤未愈，就要和潘相一起彻查被刺杀的事。七公子也知道，世子爷手头的公务又极繁重。这份忙累苦楚，七公子想想。不瞒七公子，世子爷这一阵子脾气大得很，连致和都被训斥了好几回了，什么错都没有，就是世子爷心情不好。"

"致和多仔细的人，那么好的脾气！"潘定邦顿时感慨道。

"可不是？不过也不能怪世子爷，事都挤到一起了，搁谁都得脾气大，七公子，您说是不是？再说，世子爷原本就是个暴脾气。"

"对对对！"潘定邦连声赞同，一声长叹，"真是难为世子爷了，我要是病了，那脾气也大。这人一生病，你不知道有多难受！"

"七公子是明白人，这一阵子，我们世子爷若有什么不周之处，还请七公子包涵。"文诚冲潘定邦拱手。

"瞧您这话说的，我跟世子爷自小的交情，能计较这个？再说，别人不知道，我还能不知道他那脾气？我跟你说，世子爷脾气暴归暴，人品没得说。行了，我先走了，等世子爷好了，我再来给他赔罪。"潘定邦边说边站起来。

"赔罪可当不起。"文诚跟着站起来。

"也是，我跟世子爷这交情，赔罪不赔罪的，倒见外了。等他好了，我摆酒给他……唉，我阿爹不让声张，这一场大罪还不能说，都是什么南梁，什么以大局为先，呸！就是摆酒吧，压惊这两个字就不说了。行了，我走了，您别送，都不是外人。"

潘定邦别了文诚出来，一边走一边琢磨，等世子好了，得好好请他一回。怎么请呢？得足见他的诚意，还得有点儿新意才最好。这事得好好想想！

大常他们三个，杀猪宰羊，收拾鸡鸭鱼，也就两三天，就挂了满院子的鲜肉腊肉、咸鸡风鸭。

李桑柔起来时，院子里已经忙得热火朝天。

大常袖子高高捋起，从一只大铜盆里将长长的、油浸浸的面条盘进另一只大铜盆里。

大常旁边，简易大灶已经架好烧了起来。金毛坐在小杌子上烧火，黑马正往大铁锅里倒豆油。烧没了豆腥味儿，还要再加一桶香油，最后再加几块猪油。

这是老大的教导，单一样油吃起来不香。

李桑柔自己去厨房拿了两个肉包子，倒了杯茶，站在廊下，吃着喝着，饶有兴致地看着忙得欢天喜地的三个人。

就是过年这几天，确切地说，从祭了灶到年三十，大常忙得顾不上给她做饭，黑马和金毛忙得顾不上理她。

李桑柔对过年这事全无兴趣，可眼前这三个，办年、过年的这股子兴奋劲儿，仿佛他们活着，就是为了过年！

李桑柔慢悠悠吃好喝好，进屋拿了件靛青细布面狢子皮披风，穿上出来，和三人交代道："我去开宝寺上炷香，中午不回来。晚饭我不吃这些油货，烧一锅羊肉白菜吧。"

"开宝寺远，老大，你叫辆车。"金毛烧着火，伸头道了句。

"老大还能不知道叫车？还用你说？老大，您慢点儿！"黑马坐在高凳上，拨着油锅里的头一把馓子，忙得光说话，顾不上转头。

李桑柔摆了摆手，出了巷子，走出半条街，才叫到辆车。

这种连叫辆车都难的不方便和这满街仓仓皇皇的忙乱，也是她不喜欢过年的原因之一。

一到过年，怎么就都这么不淡定了呢？

车夫也充满了要过年的慌乱，急急慌慌将李桑柔送到夷山脚下，又急急慌慌往回赶。

这会儿的夷山，倒比平时安静很多。开宝寺在山下的头道山门前，几乎没什么人。

李桑柔没走正山门前那条宽广石阶，围着山脚转了半圈，跟在几个挑夫后面，从一条小路拾级而上。

开宝寺在半山处，飞起的明黄檐角笼罩在袅袅飘动的青烟之中，清越的钟磬声穿破厚重的诵经声，悠悠远扬。

李桑柔站住，仔细听了一会儿，继续往上，沿着开宝寺围墙往后门去。

听说永平侯府正在这里给那位沈赟沈二爷做法事，看样子是真的。

开宝寺进出杂物、秽物的那扇后门应手而开。李桑柔探头进去，看了看，见四下无人，抬脚进了开宝寺。

寺院的布局大同小异，李桑柔经过厨房后墙时，站住，侧耳听了听。厨房里正一片忙碌。

开宝寺僧人众多，今天客人也不会少，至少下人不少，这厨房确实得从早忙到晚。

过了藏经楼，李桑柔贴着墙角站住，打量了一圈，往药王殿侧后的那一排出檐很宽的厢房后面走去。

这一排厢房前花草葱茏，几盆盛开的红梅、绿梅更是清雅别致，明显是精心布置过的。

这里，必定是沈家人歇息的地方了。

厢房后墙没有窗户，左右各有两个高高的圆窗。

李桑柔仰头看着圆窗。她只是随便看看，犯不着跳上去那么高。

转了一圈，李桑柔正要放弃，厢房前面，一阵急促却不乱的脚步声夹杂着一个婆子的声音传来："大娘子，公主来了，已经进来了！"

李桑柔几步蹿到厢房侧边，贴着墙，透过放在廊角、用作遮挡的一大盆枫树的叶子看向厢房。

厢房里，先冲出来的是一位个子高挑的少女，穿着齐衰孝服。这定是永平侯的掌上明珠沈家大娘子沈明青了。紧跟在沈明青后面的两个小姑娘，大的刚开始长个儿，腿长胳膊长，牵着个六七岁的小姑娘，两人都是斩衰孝服。这肯定是沈赟的两个女儿，二娘子沈明蕊和三娘子沈明樱。

三个人急匆匆迎出，没多大一会儿，三人陪着位一身素白的少女慢慢走着，说着话进来。

李桑柔挨个儿打量着四个人。走在最右的沈明青眉眼飞扬，颇有几分磊落之意，正微微侧头，专注地听旁边的少女说话。中间的少女中等个儿，穿着件长到脚面的素白绸面白狐斗篷，杏眼亮闪，满脸娇憨。

李桑柔多看了她几眼。

宫里只有一位公主，便是那位先章皇后的女儿，大皇子嫡亲的妹妹，宁和公主。

先章皇后大约不是她这样的神情、长相，这样娇憨天真的面相，可做不出坐着步辇圈半座睿亲王府这样的事。

宁和公主手里牵着沈明樱。七岁的沈明樱形容幼小，还看不出什么。沈明樱旁边的沈明蕊微垂着头，透着丝丝缕缕的阴郁。

沈明青突然看向李桑柔藏身之处。李桑柔闪身到墙后，沿着墙飞快地退了出去。

怪不得永平侯最疼爱这位沈大娘子，确实敏锐出色。

"怎么啦？"宁和公主微微踮脚，跟着看过去。

"好像有人在看咱们。你们去瞧瞧。"沈明青笑应了句，转头吩咐跟在身后的婆子。

"这儿哪能有人？肯定早清干净了。"宁和公主失笑。

"嗯，我最近是有点儿心神不宁。"沈明青叹了口气。

"我也是。"宁和公主一脸苦恼，"三哥遇险的事，大哥先头没告诉我，等三哥回来我才知道的。三哥后背这么长一条伤口，说是深得很。三哥不让我看，说怕吓着我。"宁和公主只顾看着沈明青说话。

走在另一边的沈明蕊生硬地别开了头，用力拉了拉沈明樱。沈明樱看了眼姐姐，垂着头，一点点将手从宁和公主手里抽出来。

"明蕊带着妹妹先去听经，我一会儿就过去。"沈明青眼角余光从沈明樱抽出的手上掠过，看着沈明蕊道。

沈明蕊"嗯"了一声，拉着妹妹，冲宁和公主屈膝告退，转身往大殿走去。

"明青表姐，我已经快三个月没见到文先生了，我觉得他又在躲着我了，他一直躲着我。"看着沈明蕊牵着沈明樱走出十来步，宁和公主迫不及待地和沈明青诉起了苦。

"最近事多，你三哥遇险的事，不都是文先生在查吗？他肯定忙得很。"沈明青委婉安慰。

"那现在不是水落石出了？唉，你看看我，总是这么不懂事，我应该先去大殿给沈家舅舅上炷香的，大哥还交代我替他也上炷香呢。对了，大哥说他就不过来了，让我跟你说一声，还说让你多陪陪二娘子和三娘子，说她们幼小可怜。"

"嗯，请王爷放心。"沈明青微微欠身，郑重应是，让着宁和公主，说着话，往大殿而去。

一夜鞭炮声后，大年初一的建乐城里，大街小巷，到处都是步行、骑马，或者坐车到处拜年、送拜帖的男男女女。

李桑柔四个人既没有可拜年的人，也没有给他们拜年的。

一大清早，李桑柔给大常三人派了压岁钱，吃了大年初一的饺子，四个人四身新衣出来，直奔梁门。

大年初一这一天，一定得从里到外、从头到脚焕然一新。这事，大常很坚持。李桑柔无所谓，那就随大常的意思。

金毛对大年初一的饺子相当执着，这一顿饺子还得是素饺子，鸡蛋韭菜馅最正宗。李桑柔更无所谓，那就随金毛。

至于压岁钱，黑马觉得没拿到压岁钱就不能叫过年。李桑柔也无所谓，那就随黑马。由李桑柔这个老大，大年初一一早，给三个人一人派了一个小金锞子来压岁。

四个人在满城的喜气洋洋中，直奔梁门外。

大年初一到初三关扑开放。过冬至的时候也放了三天关扑，不过那时候李桑柔和金毛去江都城了，大常和黑马要防着被人家摸了底，又要挖空心思多占点便宜，连冬至放没放关扑都没留意。

李桑柔听了不知道多少关于关扑的传奇，却没见识过。

江都城严禁关扑，武将军最厌恶恶赌，他在的地方，不许有"赌"这个字。现在，她想去见识见识。

顾晞大年三十照例在宫里过，先陪皇上吃团圆饭，再到明安宫和顾瑾一起守岁。

初一的正旦大朝会，照例是从早到晚一整天。隔天，二皇子代皇上到大相国寺上香祈祝，顾晞则和南梁使臣一起，到城外御苑宴饮射猎。

初三日正好是立春。二皇子这个名义上的府尹要在城里鞭一天春牛，劝耕祈福，顾晞则要跟二皇子一起，一身农夫打扮，陪同以及调度，忙到半夜。

直到初四日，顾晞才有了点空，坐在自己院里，和文诚、文顺一起，喝上一杯闲茶，翻着薄薄一摞帖子。

每年春节，虽然他送出去的拜年帖子不过寥寥几张，可收到的拜年帖子要用筐装。

只是能经过文诚，再递到他手里的，就没几张了。

"没有李姑娘的？她没回？"顾晞翻了一遍。

"不是没回，是没送出去。她和她那三个手下，大年初一一大早就直奔梁门外关扑去了，天黑透了才回去。初二去了封丘门外，昨天去了宋门外，直到子时前后锣响，关扑结束了才回。"文诚一脸苦笑，"我想着，半夜三更敲门送拜年帖子，实在不怎么合适，这帖子就……"

照习俗，拜年帖子出了初三就不宜再送。他家世子爷斟酌再三写的那份拜年帖子，没能送出去。

顾晞脸色有点不好看。毕竟，他的帖子竟然送不出去，长这么大，这还是头一回。

文顺之瞄着顾晞的脸色，和文诚笑道："李姑娘这么爱关扑？"

"说是李姑娘一把也没扑过，只看着她那三个手下扑。她那三个手下，运气都不怎么好，都是输多赢少。"

"一把也没扑？只看？"顾晞惊讶了，这有点不能理解。

"嗯，说是看得十分专注。"文诚摊着手。他也十分纳闷，只看不扑，竟然能连看三天。

顾晞高抬着眉毛，片刻，将手里几张帖子扔到矮几上，看着文诚道："听说黑马把人家牙行的陈年老账抄了个遍，还是让人家牙行自己抄给他的？"

"嗯。"文诚神情复杂。李姑娘这俩手下那份胆大包天的狠劲儿，他叹为观止。至于永平侯府，像世子说的那样，实在是太蠢，也太狠厉。

这两家牙行实在可怜，一家赔上了三四万两银子，一家的老底儿被人家抄了个干净。

"那个金毛，肯定也不是个省油的灯。这样的三个人，对李姑娘唯命是从，视之如神，可见李姑娘从前行事……"顾晞拖着声音，后面的话没说出来，从文诚看向文顺之，接着道，"以后对上李姑娘，不可大意，不要失礼。还有，把人撤远些，大体知道她在做什么就行了，不必时时盯着。我觉得，她不想让咱们知道的事，只怕咱们也盯不到。"

"好。永平侯府那边？"文诚问道。

"你这是担心谁？李姑娘，还是永平侯府？"顾晞打量着文诚，问道。

文顺之笑出来。

文诚有几分窘迫："不是，毕竟……咳，是我过于谨慎了。"

"永平侯跪到王府门口之前，那位李姑娘在咱们这建乐城连酒都不敢喝一口，她为什么不敢喝？不就是怕我这棵树不够粗，不够牢靠？永平侯敢用官威压她，她立刻就会扯出我这面大旗再压回去。放心吧！"顾晞斜睨着文诚，一句"放心吧"，说得颇有意味。

文顺之眉梢微挑，却是斜瞥着顾晞。文诚一脸苦笑，垂下头没说话。

大常、黑马和金毛三个，痛痛快快赌了三天，李桑柔愉快无比地看了三天。

到大年初四，李桑柔睡了个懒觉起来，已经将近中午，带着大常三人，出门直奔仁和店。

建乐城号称正店七十二家，家家有自酿的好酒和几样拿手菜。李桑柔准备先把这七十二家吃一遍，就从离家最近的仁和店开始。

仁和店门口车水马龙，李桑柔一脚踩进欢门，喜眉笑眼的小厮疾步迎上来，恭敬客气地问道："贵人可是年前订好了的？"

"没订好就没位子吗？"李桑柔反问了句。

"回贵人话，可不就是这样？正月十六前，小号都订满了，定得早的，一年前就订下了。"小厮一脸笑，客气极了。

李桑柔冲小厮拱了拱手，退出来，再去姜店。

姜店也早就订满了。从姜店再到宜城楼，再到班楼，直到刘楼，已经快过午末了，刘楼里正好空出来一张桌子，位子不怎么好，在二楼拐角，一张八仙桌。

李桑柔倒觉得坐在二楼拐角，眼观六方，可不能算位子不好，就算不好，她也不挑剔。

四个人上楼坐下，李桑柔点菜一向豪气：店里现有的菜都来一份，自酿酒先来四瓶。

他们四个人饭量都不错，特别是大常，打起架来以一抵十，吃起饭来也差不多。

茶酒博士亮声答应，先往桌子上摆了四五样果品，上了香茶。

李桑柔正抿着茶，二楼尽头的雅间门推开，永平侯沈贺的长子沈明书让着潘相幼子潘定邦，一前一后从雅间里出来。

黑马急忙伸头凑到李桑柔面前介绍："小的那个，穿鹅黄长衫的，是永平侯府的大公子，叫沈明书，十七岁，不对，过了年了，十八岁了。旁边那个，叫潘定邦，是世子爷的副使，一回来就被关进了大理寺监牢，刚出来没几天。对了，他是潘相最小的儿子，还是嫡出呢！相府公子，大贵人，贵得很！"黑马语速飞快地介绍完，仰慕无比地砸巴了几下嘴。这建乐城就是好，磕头碰脑全是贵人。

黑马屁股坐回椅子，沈明书和潘定邦已经离李桑柔那张小八仙桌只有十来步了。

沈明书看起来认识李桑柔，眯眼狠盯着她。李桑柔笑容灿烂地冲沈明书挥了挥手。

"那是谁？你认识？瞧着可挺粗野的。"潘定邦看着肯定是冲他们挥手的李桑柔，十分好奇。

"不认识！"沈明书生硬地答了句，别过了头。

"嗯？"潘定邦一个"嗯"转着弯儿往上扬起，忍不住多看了李桑柔好几眼。沈大郎这样子，可不像不认识！只怕不但认识，还有点什么和什么！

可沈大郎怎么会认识这样的人？

不过，那小妮子长得挺不错，那股味儿更是特别！可大郎一向修身严谨，不好女色……

这可难说，像他这么大，十七八岁，哪有不好女色的？

那小妮子真挺不错，就是太野性了……大郎竟然喜欢这个味儿的？

不过这女人吧，就是有刺才有味儿……潘定邦越想越觉得有意思。真是新年新气象啊！

欢门门口，一个四十岁左右的中年人避到路边，让过沈明书和潘定邦，进了刘楼。

上了两步楼梯，中年人抬眼看见面对楼梯、正抿着酒的李桑柔，如同遭了雷击一般，双眼圆瞪，脸色雪白，在李桑柔看向他之前，闪身避过李桑柔的目光，仓皇逃出。

楼上拐角，黑马和金毛正在细品几个凉碟，大常捏着筷子，耐心地等他们品。他们品完了，他端起盘子一扫而光。

李桑柔慢慢地抿一口酒，吃一口菜，细细品味。嗯，还不错，不过这酒比起玉魄，是差了点儿。

"老大，你刚才干吗跟沈大公子打招呼？人家可没理咱们。"黑马一样样品完了菜，才想起来刚才还有个疑惑没问，都怪这菜上得太快了。

"人家没少照应咱们，见了面，招呼总要打一个。"李桑柔心情好。

"就是，三四万两银子呢，冲着银子也得打个招呼。"金毛立刻接了句。

"老大啥时候把银子放眼里过？你瞧你这眼皮子浅的！"黑马立刻喷向金毛。

"你们老大啥时候都把银子放眼里的，你们老大只把银子放眼里。"没等金毛答话，李桑柔直接堵了回去。

金毛哈地笑出了声，黑马跟着笑。被老大教训，那是荣光！

他们老大可是挑剔人儿，一般二般的，老大连骂一句都嫌浪费口水呢。

初五日。

午后，顾晞手里捧着一只素面花梨木匣子，进了明安宫。

顾瑾坐在廊下阳光里，正看着本书，见顾晞进来，放下书，微笑着看他走近自己。

"昨天歇了一天？看你气色好多了，前些天把你累坏了。"

"是。"顾晞将匣子放到顾瑾面前的矮几上，坐到顾瑾旁边，用力伸直长腿。

"前一阵子是累坏了，从祭了灶开始，天天忙到半夜。大哥也累瘦了。"

"我还好，就是平时没事，也睡得很少。不像你，爱睡觉。小时候，你天天跟阿娘抱怨，说自己没睡够。"顾瑾欠身拍了拍顾晞的肩膀。

"我是真没睡够。"顾晞笑起来，"现在觉少了，昨天一天没什么事，原本想着睡个够，谁知道还是卯初就醒了，醒了竟然睡不着了。"

"你长大了。要是阿娘还活着，看你长得这样高大，该多高兴。"顾瑾声音微哽。

"大哥也很好。姨母在天之灵，看着咱们都这么好，一定很高兴。"顾晞用力眨着眼，眨回几乎要涌出来的眼泪，岔开了话题，"明天是大哥的生辰，大哥看看这个，肯定喜欢。"

顾晞说着，将花梨木匣子推向顾瑾。

顾瑾从匣子看向顾晞："生辰是明天，怎么今天就送来了？"

"明天，我得去城外巡查。"顾晞垂下眼皮。

"明天拿过来，还有守真和致和，一起过来。"顾瑾语气温和，却带着丝不容置辩。

"大哥，沈赟刚死，连一个月都没有，多不好。明天还是避一避好。"顾晞一脸别扭。

"过了一个月就能好了？再说，谁避谁？"顾瑾不客气地问道。

"我不想见到那边院子里的人，还有沈家人。"顾晞紧抿着嘴，片刻，直视着顾瑾，直截了当道。

"你不想见的人，就能不见了？你要是阿玥，那倒差不多。反正，有我和你这两个哥哥呢。"顾瑾语气轻缓。

顾晞肩膀垂了下去，片刻，闷声道："我明天过来。"

"阿弟，你还记得阿娘的话吗？从冠礼那天起，咱们就是大人了，就不能再任性。"顾瑾轻轻拍了拍顾晞的肩膀。

"记得。"顾晞眼圈红了，"我知道了。大哥，我很想姨母。在江都城，我躺在不知道什么车上，听到姨母叫我阿弟，让我别睡着，还说一会儿就到了。那会儿，我迷迷糊糊觉得，要是我死了，就能再见到姨母了。"

"阿娘已经往生了，就算死了，咱们也见不到她了。记着阿娘的话，好好活着。不说这个了，把匣子打开，我先看看你给我准备了什么礼物。"顾瑾提高声音，用力将自己从惨痛中扯出来。

第六章　拜寿

　　第二天一大早，皇上的赏赐就被送进了明安宫。

　　顾瑾谢了恩回来，睿亲王府另一边兄妹三人：二爷顾昀、三爷顾曈和大娘子顾晜就到了。

　　顾瑾看着三人行了大礼，笑道："每次都要行这样的大礼，我就当你们这是欺负我拦不住你们。"

　　"我最敬重大哥，怎么敢欺负大哥？想都没敢想过！"顾昀一边笑一边拱手。

　　"不是每次，也就今天。"大娘子顾晜跟着笑道。

　　"阿晜过来让大哥瞧瞧，听说你去年冬天总是咳嗽，好些没有？"顾瑾招手叫大娘子顾晜。

　　"早好了。"顾晜走到顾瑾侧前，笑答道，"本来就没什么事，我就是怕寒气，呛进嘴里就要咳两声，没什么事，可阿娘每次都要大惊小怪。"

　　"这就是当娘的心肠。呛着寒气就咳嗽，那是肺气弱，补气益肺的药吃上一年，就能好一些。我记得你怕吃汤药，那让太医给你做些蜜丸吃。"顾瑾仔细看了看顾晜的气色，笑着交代道。

　　"我是讨厌吃药，所有的药，不管是汤药还是蜜丸。"顾晜郑重声明了句，接着笑道，"不过大哥既然说了，回去就让他们做几盒蜜丸吧。"

　　"你比阿玥听话多了。"顾瑾笑起来。

　　顾瑾又和顾昀、顾曈两人说了几句话，外面通传声响起："永平侯府大爷沈明书、二爷沈明义和大娘子沈明青到了。"

　　"你们替我迎迎。"顾瑾笑着示意顾昀兄妹三人，接着吩咐小内侍，"催一

83

催宁和，她离得最近，反倒最晚。"

顾昪奔着沈明青一路跑过去，顾曖迎下了台阶，顾昀站在门槛外，笑看着越来越近的沈家姐弟。

顾曖和沈明书见了礼，两人说着话，一起上了台阶。

顾昪先拍了拍十岁的沈明义，随口夸了一句长高了，和沈明青并肩，说笑着，往后堂进。顾昀站在门槛外，让进诸人，跟在后面进了后堂。

沈家姐弟三人站成一排，给顾瑾拜寿见礼。

顾瑾欠身往前，笑着阻止沈家姐弟："快起来，我这个世外之人，不讲这些俗礼。阿昀，阿曖，赶紧把他们拉起来，还有阿昪！看看你们，光笑不动。唉，我就知道，你们不听我的话。"

在顾瑾语笑亲切的阻止中，沈家姐弟磕拜成礼，站了起来。

一群人你谦我让，刚刚坐定，宁和公主顾玥在通传声中进了门。

"沈姐姐已经到了？怎么这么早？"沈明青忙站起来迎出去。顾昪慢吞吞站起来，侧头斜瞥着连走带跑进来的宁和公主。

顾曖站起来，迎出几步。顾昀和沈明书正专注地说着什么，好像没听到通传声。沈明义看着沈明书，他大哥没站起来，他也不理会。

"姐姐好，大娘子好，二堂哥好，沈家哥哥好，两位弟弟好。"宁和公主语笑叮咚，一边说，一边团团见礼打招呼。

"你自己晚了，竟然怪别人早。"顾瑾的目光从诸人身上收回，点着宁和公主笑道，"寿礼呢？赶紧拿来给大哥瞧瞧。听说你昨天跑去找你三哥讨礼物去了？是不是忘了给大哥准备礼物了？"

"怎么会！"宁和公主忙示意侍女将她的礼物递过来，接过捧着，送到顾瑾面前。

"不是去讨礼物，是想让他替我看看，这礼物做得行不行，大哥会不会嫌弃。我去年送给大哥的那柄玉如意，大哥就不喜欢。"

"不是不喜欢，是太贵重了。今年这个就极好。"顾瑾掀起托盘上绣着不断头"寿"字的大红绸，看着托盘里一枚粗糙的木簪笑道。

"大哥已经知道了？肯定是三哥告诉你的！这是他给我出的主意，说大哥只用自己手刻的木簪，让我亲手做一个给大哥用。我本来想用紫檀，可是太硬了，花梨、黄杨都硬得切不动，这是桐木的，大哥别嫌弃。"

"桐木最好，'高梧百尺夜苍苍，乱扫秋星落晓霜'。"顾瑾笑起来，仔细看了看，示意小内侍给他换上。

"我也该找世子讨个主意，看来，我今年的礼物又送得不好了。"沈明青看着顾瑾换上宁和公主的木簪，和顾暴笑道。

"你去找了也没用，大哥哪是轻易替人出主意的。"顾暴端起了茶。

"大哥怎么没过来？往年他一向到得最早。"顾昀看着顾瑾笑道。

"昨天来过一趟了，说是今天要先出城巡视一趟。"顾瑾笑道。

"二爷也没过来。"顾瞠说着话，看向沈明书。沈明书是二皇子伴读，和二皇子一向亲密。

"沈娘娘犯了气喘病，我让他晚些过来。"顾瑾接话道。

"娘娘这气喘病，从腊月初犯到现在，听说一直没见好。"顾昀叹了口气。

沈明青斜瞥了一眼顾昀。沈娘娘是听说沈赟被斩那天病倒的。

沈明书神情黯然："娘娘最疼……娘娘是个重情的人。不说这个了，今天不宜。我今年也是很用心给大哥准备了礼物，大哥看看喜不喜欢？"

"好，都拿过来，我一个一个看。"顾瑾只当没听见沈明书前半句话，只笑着答后半句。看了没几件，二皇子顾瑗就到了。

"先替我迎一迎！来人，扶我起来！"小内侍通传声还没落下，顾瑾就急忙示意众人，又急急吩咐内侍。在他这句吩咐之前，顾昀和沈明书已经站起来，疾步冲了出去。

年幼的沈明义紧跟他哥。顾瞠站起来，犹豫了下，往炕前几步，去扶顾瑾。沈明青站了起来。顾暴瞄着门口，听到脚步声近了，才慢吞吞站起来。宁和公主和顾瞠一左一右扶着顾瑾，话语不停："大哥干吗非要迎出去？二哥又不是外人。三哥来的时候，大哥从来没迎过。大哥小心点儿，慢点儿。唉，说了不用迎，你看，二哥已经进来了。二哥快过来，大哥非要出去迎你。"

"大哥好好坐着。"顾瑗赶紧往前跑了几步，按着顾瑾坐回去，"我是来给寿星公拜寿的，可不是来给大哥添乱的。"

"都是阿玥添乱。"顾瑾轻拍了下宁和公主，坐回去，冲二皇子顾瑗欠身见礼。

"不敢当！给大哥拜寿。"顾瑗忙欠身拱手还了礼，退后几步，就要行拜寿大礼。

"快扶起来！"顾瑾急忙阻止道。

沈明书动作极快，在顾瑾话语之前，已经上前拦住顾瑗。顾昀慢了一线，上前拦在顾瑗另一边。顾瑗拜不下去，只好拱手再三，算是拜了寿。

顾瑾让着顾瑗坐到他左边上首，从小内侍手里接过茶，递给顾瑗，关切地道："娘娘怎么样？今天是不是好些了？"

"阿爹陪她说话呢。娘娘一向心思重，成天心事重重，要不然，这气喘病也不至于总是不除根。"顾瑮叹了口气。

"娘娘最疼二叔。"沈明书瞥了眼顾瑾。

"沈赟犯下的事，阿爹和你说过吗？"顾瑾看着顾瑮微笑问道。

"说过。"顾瑮悲伤起来，"还有随大伴……"

"二爷既然知道，你二叔犯的事，想来你更加清楚明白。"

顾瑾没理会顾瑮后面的悲伤，转头看向沈明书："听说你阿爹冻着了，今年元旦朝会也没见着他，他可好些了？说起来多亏了你二叔，你阿爹不过冻一冻，病一场，很快就能好了，不至于送了性命。"

顿了顿，顾瑾看着脸色发青的沈明书，微笑道："昨天世子过来，我劝了他半天。都说世子脾气暴，受不得委屈，从这一回看，倒是世子更能顾全大局，你说呢？"说到最后，顾瑾看向还是一脸悲伤的顾瑮，笑问道。

"世子一向极识大体，阿爹也常夸他。"顾瑮急忙答话道。

"今天是大哥生辰，咱们不说这些乱七八糟的事。大哥给我们准备了什么好酒？今天要一醉方休！"顾昀笑着岔开话。

"你们各人喜欢的酒，每一样都备足了，今天都要放开量。"顾瑾紧接着顾昀的话，扬声笑道。

后堂内刚刚热闹起来，外面一声"世子到了"，就像一勺凉水洒进沸腾的锅里，屋内瞬间静声。

"就数他来得晚，一会儿一定要好好罚他几杯。"顾瑾扬声笑道。

"我去迎一迎。"顾瑾话音没落，宁和公主已经提着裙子冲了出去。

顾瑾看着疾冲出去的宁和，眉头微蹙，又立刻舒开。

顾昀和顾曈两人已经迎了出去。顾瑾示意瞄着二皇子的沈明书："你和明义也去迎一迎。"沈明书垂眼答应，和沈明义出了殿门。沈明青站起来，却没迎出去。顾曟侧头斜看着门口，看到顾晞进来，才慢吞吞站起来。

顾晞走在最前，脸上仿佛有那么一丝的笑意，掀帘进屋。

二皇子顾瑮下意识地想站起来，却被坐在他旁边的顾瑾按住手。顾瑾笑看着大步进来的顾晞："怎么来得这么晚？一会儿可要先罚酒三杯！"

"一大早就出城了，原本想着能早点过来，没想到事情多，竟然绊住了。"顾晞笑应了句，站住，理了理衣服。文诚、文顺之跟在后面，三人郑重地给顾瑾磕拜祝了寿。

顾晞站起来，冲和顾瑾并肩而坐的顾瑔拱了拱手，坐到了顾瑾另一边。

顾晞身后，沈明书眼睛微眯，满脸愤然，看着只冲二皇子顾瑔拱了拱手的顾晞。

沈明青推了推宁和公主，往前两步，正巧挡在沈明书和顾晞中间，屈膝笑道："有大半年没见世子了，世子可还好？"

"尚可，多谢。"顾晞微微颔首，含笑应答。

"都入席吧。"顾瑾欠身示意众人。

顾晞站起来，弯腰要去抱顾瑾。顾瑾推开他，笑道："还是坐椅子方便。"

旁边内侍已经推来了一把略高一些的轮椅。顾晞让过一边，和内侍一人一边，架着顾瑾的胳膊，将他架到轮椅上，然后屏退内侍，亲自将顾瑾推到圆桌上首。

顾瑔和顾晞抬手让了让对方，坐在顾瑾两侧。二皇子顾瑔招手叫宁和公主："阿玥坐这边。"宁和公主却拉着沈明青不松手，站在顾瑾对面笑道："我要和大姐姐坐在一起。大姐姐，我们就坐这里好不好？"

"公主要是坐了下首，我和表弟岂不是得坐到屋子外头去了？"顾昀笑道。

"阿玥想坐那儿就坐那儿吧。大哥修行之人，不讲俗礼。"顾晞没看顾昀，只点着宁和公主看中的最下首示意道。

"你大哥说得对，我这里不讲究该坐哪里，不该坐哪里，喜欢坐哪里就坐哪里吧。"顾瑾看着顾昀笑道。

"是，是我俗气了。"顾昀忙欠身笑应。

宁和公主愉快地坐了最下首，沈明青挨着宁和公主坐下。

顾晟斜瞥着宁和公主，正要到宁和公主另一边坐下，却被沈明青一把拉住："阿晟坐这里。"顾晟似有似无地哼了一声，坐到了沈明青旁边。顾昀看着沈明书挨着二皇子顾瑔坐下，过去坐到了顾晞旁边。顾暟和沈明义各自挨着对方兄长落了座。

一直站在最外圈的文诚和文顺之自然是末座，也就坐到了宁和公主旁边。文顺之挨着宁和公主，文诚挨着顾暟。

小内侍斟了酒，顾晞先举杯笑道："祝大哥长命百岁！"

顾瑾举杯笑道："大哥量浅，可经不得你们一个个地上来，这一杯，大家一起吧。"

众人七嘴八舌地说着吉利的祝福话，各自饮了杯中酒。

顾瑾放卜杯子，拍了拍顾晞，看向众人笑道："你替我一人敬一杯，一定要酒满饮尽。"

顾晞笑着站起来，从小内侍手里接过酒壶，转过去，从顾瑈开始敬酒。顾瑈虽说酒量不算好，喝酒却爽气，一口喝了，和顾晞笑道："你的伤还没全好，酒不能多喝。"

"这是二爷体恤，不过二爷这杯酒，世子可不能不喝。"沈明书紧接着二皇子顾瑈的话笑道。顾晞斜睇了他一眼，喝了杯中酒，示意小内侍给沈明书添了酒，冲沈明书举了举空杯，似笑非笑道："把酒喝了，今天是大哥的生辰，大家都要高高兴兴。"

两人侧对面，顾昀一脸笑看着两人。沈大郎这个皇子伴读，最见不得人家不把二爷当太子爷看待，可这会儿拿话刺他这个大哥，就有点太没眼色了。二爷是必定要承大位的，可这会儿毕竟还只是个郡王位，在大爷这位大哥面前，又是在大爷生辰的时候，太不知变通了。

唉，沈家就没有一个能真正识大体撑家主事的，这一点，他和他阿娘一样发愁。

沈明书瞄着顾晞手里的空杯子，正犹豫着是自己给他添上酒，还是叫小内侍添酒。顾晞伸出手指，在沈明书手里的酒杯上敲了敲："赶紧喝，再不喝我可要灌了。"

"还不赶紧喝了？"顾瑈吓了一跳，赶紧拍着沈明书催促。上回沈明书被世子拿着酒壶灌酒，呛得足足咳了大半个月。

沈明书仰头喝光了杯中酒，举给顾晞看时，顾晞已经转向顾瞳。

"不敢当，我自己来。"顾瞳忙站起来，从小内侍手里接过酒壶，给自己满上，冲顾瑾举了举，仰头喝了。挨着顾瞳的是顾晁，捏着杯子站起来："我量浅，就这些吧。"

顾晞没说话，只冲顾晁举了举杯子，越过她，站到沈明青旁边。沈明青站起来，冲顾晞屈膝笑道："不敢当，该我敬大哥和世子的。"

"量浅不必勉强，大哥一向讲究'随心自在'四个字。"顾晞冲沈明青举了举杯子，喝了杯中酒。沈明青笑谢了，将杯子满上，几口喝了。

宁和公主正越过文顺之，时不时看一眼文诚，想找机会说上话。可文诚全心全意地关注着酒桌上的每一个人，只除了她。

"阿玥是好酒量，喝了这杯。"顾晞往宁和公主的杯子里加了些酒。

"一会儿我也替大哥敬一圈。"宁和公主端起杯子，几口喝了，对顾晞笑道。

"你还是少喝几杯，一喝多了就发酒疯，回回都闹得人头痛。"顾瑾忙接话笑道。

顾晁"扑哧"笑出了声。沈明青一边笑一边拉着宁和公主坐下。

"就一回……"宁和公主脸涨得通红，嘟囔着坐下。

顾晞一圈敬下来，二皇子顾瑗又举杯让了一圈，顾晁就扶着头，声称量浅酒多了，她得回去歇着了。顾瑾并不多留，吩咐顾晞替他送诸人出去。

顾晞最后一趟送走二皇子顾瑗和沈明书，回到眨眼间就收拾干净的后堂。看着微微有一丝倦意的顾瑾，坐到他旁边，皱眉抱怨道："年年都这样，又热闹不起来。照我说，你就别难为自己了，拉不到一起的。"

"我知道，不是为了要拉到一起，只是要告诉他们，也是要告诉大家，再怎么样，眼下顾、沈都是一体，都要一体！"

顾瑾说着话，往后靠在靠枕上，看着顾晞微笑道："小事见大事，你一直都能顾全大局；沈家，一直都像今天的沈明书分不清轻重，掂不出深浅，看不到真假。你经历了这一场劫难，也算有点好处，皇上应该不再想着拆分睿亲王府了。"

"只是暂时不想而已。"顾晞呵笑了一声。

"皇上一年比一年病弱，别想太远。"顾瑾看着顾晞。

顾晞"嗯"了一声，说起了闲话。

文诚和文顺之出了晨晖门，同时长舒了一口气。

"年年都有这么一回，不瞒你说，从进了腊月，一想到这场子事，我都要做噩梦。"文顺之一边说，一边做了个抹把汗的动作。

"是尴尬了些。可这点子尴尬就能让你做噩梦了？"文诚看着夸张抹汗的文顺之，忍不住笑。

"怎么能不做噩梦？我最怕这样的尴尬。再说，要是别人家的尴尬也就算了，退一步看个热闹，可这是大爷的生辰，可不是别人家的尴尬。唉，真不知道大爷是怎么想的，尴尬成这样，还非得年年来一回。"文顺之连声叹气。

"这是大爷的态度，也是这一半睿亲王府和那一半睿亲王府以及永平侯府的态度。不知道多少人盯着这场尴尬的生辰宴呢。"文诚声音很低。

"唉，大爷不容易。"片刻，文顺之低低应了句。

两人沉默往前，走出一段，文顺之脚步微顿，侧头看着文诚："刚才，公主跟你说了那么多话，你一句不接，也太……"文顺之一只手平摊出去，再平摊出去，他不知该怎么说文诚那份不近人情。

"都是没话找话，用不着接。"文诚声音极低。

"就是没话找话，你也不好一句不接。到后来，你拧着头没看到，公主那样子，眼泪都快掉下来了。"文顺之语调、神情里，都透着薄责。

"一句不接才最好。公主小孩子脾气，过一阵子就好了。"文诚低着头，看着自己扬起落下的长衫下摆。

"唉！"文顺之沉默了好一会儿，一句话没说出来，只叹了一口气。

有了头一天连跑几家的经历，对于京城酒楼第一梯队的七十二家正店，李桑柔有了直观的认知。

吃了午饭，李桑柔让金毛和黑马兵分两路，先把七十二家正店余下的六十多家问了个遍。哪家哪天有空座，哪家虽然没空座，但晚点过去也能吃到，以及哪家今年正月里肯定是吃不上了，都拿小本本记好。

一圈儿问下来，隔天的晚市，乳酪张家正巧有个退出来的雅间。

乳酪张家正店紧挨着新曹门，离李桑柔他们住的炒米巷很远。李桑柔和黑马、金毛三人，早早就出了门，叫了辆车，直奔新曹门。

昨天在刘楼的那顿饭，让大常对建乐城的高档酒楼失去了兴趣。菜碟子不管大小，菜都是一丁点儿，不够他一口吃的。实在是太寒碜了！

光寒碜就算了，还贵得吓人，吃一口菜，跟吃一口银子差不多！

他不去了，还是在家炖一大锅肉骨头啃着痛快。

雅间还是比楼梯角的八仙桌舒适多了，乳酪张家的酥螺和几样乳酪点心让李桑柔吃出了千年后的风味，店里的奶酒也极合李桑柔的口味。这一顿饭，吃得舒心畅意。

悠悠闲闲地吃完了饭，李桑柔又买了十斤奶酒，黑马和金毛一人拎着一只五斤的酒坛子，出了酒楼，往炒米巷逛回去。

正月里的建乐城，是座不夜城。

各式各样的灯笼已经挂得到处都是，稍大一点的空地上必定搭着灯棚，杂耍卖艺、说书小唱，诸般种种，从瓦子里流溢出来，流到大大小小的空地灯棚下，一团团的叫好声此起彼伏。

三人沿着东十字大街走一路，看一路，过了御街时，三更的梆子已经敲响了。

李桑柔打了个哈欠，看着金毛问道："有近点的路没有？"

"有，从前面那条巷子进去，一路走巷子，能近一半。"金毛愉快地答了句，紧两步走到最前带路。

进了黑魆魆的巷子，刚走没几步，李桑柔突然笑问道："黑马，你小名叫什么来着？"

走在前面的金毛立刻顿住步，将酒坛子提到胸前，全神戒备。

"老……"黑马一句"老大"还没喊完，手里的酒坛子就砸了出去，"日你娘的！"

酒坛子砸在了从上扑刺下来的雪亮长刀上，坛子粉碎，奶酒四下扑溅。

李桑柔如离弦的箭一般，直扑上去，在那把被砸歪的雪亮长刀变招前，细狭黝黑的狭剑已刺入黑暗中微闪的一只眼瞳。

裹在黑衣中的杀手发出一声压抑不住的惨叫。黑马飞脚踹在杀手拿刀的手上，扑上去夺过了刀。

李桑柔一刺即中，立刻拨出细剑，拧身扑向金毛。金毛手里的酒坛子刚刚砸出去，趁着第二个杀手闪避的空档，就地一滚，顺手摸了块瓦片。

杀手没理会金毛，挥刀砍向李桑柔。李桑柔灵动得仿佛流水一般，避过凌厉的刀锋时，手里的狭剑划过杀手的脖子。全力扑杀的杀手直挺挺扑砸在地上。

"老大！金毛！"黑马从杀手胸口抽出刀，旋身上前。金毛急急爬起来，先猛一脚踩在差点压到他身上的杀手手上，弯腰抠出刀，然后才喘着粗气答话："我没事。老大？"

"赶紧走，往前。"李桑柔抹了把脸。

"好！"金毛踩过尸体，握着刀，飞跑往前。

李桑柔跟着金毛，黑马断后，三人在漆黑的巷子里，跑得飞快。

三人一口气冲进炒米巷。

大常已经睡着了，被黑马拍醒，睁眼闻到血腥味，一跃而起："出事了？老大呢？"

"路上有人扎黑刀。老大好好儿的，我也好好儿的，金毛胳膊上被划了一刀，小伤，不要紧。老大说烧点水，得洗洗。"黑马一边说着，一边出来，站在廊下脱衣服。

大常定下心，披了件衣服出来，很快烧好了几大铜壶热水。

李桑柔洗干净，裹着她那件狗皮大袄出来，坐到廊下椅子上。

"是永平侯？"大常递了杯热茶给李桑柔，蹲在李桑柔面前，低低问道。

"应该不是。"李桑柔接过茶捧在手里，舒服地吁了口气。

"那是谁？咱们刚到建乐城，还没来得及得罪人呢。"黑马也捧着杯茶，蹲在大常旁边，纳闷道。

"那个姓阴的？"金毛抬了抬胳膊。他的胳膊被刀锋划着了，虽说很浅，有个十天八天就能好，可痛还是很痛的。

"养打手费钱得很，一般人养不起，不像是姓阴的。"大常闷声道。

"这会儿想不出什么，别瞎猜了，费神，都先歇下吧。明天一早，你去那边看看。"李桑柔看着黑马吩咐道。

"好，天亮前我就去。"黑马忙点头，见李桑柔捧着茶站起来，忙跟着站起来，问道，"老大，这事，要不要跟世子爷说一声？"

"咦，为什么要跟他说？"李桑柔看着黑马，一脸奇怪地问道。

"也是哈。"黑马一脸干笑，"可不是？干吗跟他说！"

"就算是永平侯府的刺客，咱们也得先查清证明了，再去找他。"李桑柔一边说，一边挥着手，示意都回去睡觉。

第二天天刚蒙蒙亮，李桑柔就起来了，先去厢房看了金毛的伤。伤口没肿没烂，只边上略红而已，看样子刀上没抹毒。

李桑柔心里松缓下来，进屋洗漱，然后裹着狗皮大袄出来，坐在廊下。

大常搬出桌子，再搬出满桌子的包子、馓子、稀饭、咸汤。三个人刚刚坐下来准备吃早饭，黑马一头蹿了进来："老大，事可有点怪！"

"不要急，先坐下，喝口汤缓一缓再说。"李桑柔示意黑马。

"你瞧你这扑腾样！老大怎么教你的？泰山塌了也得站稳了，你瞧瞧你！"金毛隔着桌子，用筷头点着黑马，一脸鄙夷。

黑马横了一眼金毛，一脸的"我在说正事，懒得理你"。

"老大，我去的时候，那俩一个横着，一个竖着，还在。我没敢停下来看，赶紧走过去，绕了个圈子，再回来时，就有个更夫蹲在巷子口守着了，边上站了两三个闲人。我还是没敢停，绕个小圈再回来时，看热闹的人多了，我就站在旁边看。去的是府衙里的张衙头，他家离那地方近，带了个仵作，姓孙的那个。张衙头站在巷子口没进去。孙仵作进去，连半刻钟都没有就出来了，和张衙头嘀咕了几句，张衙头就挥着手喊着散了，散了，说是俩人打架打死的，没啥好看的。张衙头喊了几句就走了，孙仵作和更夫蹲在巷子口看着。两刻来钟后，漏泽园的人就来了，把那两具尸体抬上车，拎了几桶水冲了地，大家就都散了。"黑马甩着手，一脸的不敢置信，"老大，您说说，一横一竖俩大死人，他怎么能就这样，就散了？"

"啊？怎么会这样？"金毛愕然。

"真是永平侯府？"大常看着李桑柔。

"要是永平侯府，就太胆大包天了。"

李桑柔沉默片刻，看向金毛，确认道："昨天你那边那个刺客，是奔着我来的？"

"对！"金毛赶紧点头。

"要是永平侯府，肯定是都杀了，用不着分谁跟谁。再说，世子遇刺的事刚刚了结，就算永平侯府想杀咱们泄愤，也不会这么急。永平侯府这样的人家，再怎么，也不至于连这么点耐性都没有。再说，大过年的，贵人们比咱们讲吉利。"

"嗯。"大常点头。老大说得极在理。

"从现在起，就算睡觉，也要把防身的家伙什带好。你们两个，一会儿去找孙仵作或是张衙头聊聊。"李桑柔吩咐黑马和金毛。

两人答应了，进屋收拾好，一起出门，去找张衙头或是孙仵作，搭话聊天。

大常进屋，先拿着那只小手弩出来，递给李桑柔。李桑柔接过手弩，仔细地缠在了手腕上。

她这只小手弩就是射程太近，稍远一点，力道、准头就差了。箭上要是抹点毒，力道、准头差点也不怕。可建乐城是个什么样的地方，那一层熙熙攘攘、安居乐业下面，是个什么样的世界，有什么样的规矩，她还一无所知。米瞎子配的那些乱七八糟的毒，她暂时不敢往箭头上乱抹。

大常从屋里抱出一堆长长短短的刀枪，以及他那根狼牙棒，坐在李桑柔旁边，一件件检查，磨利，擦上油。

午饭前，黑马和金毛就回来了，一左一右蹲在李桑柔两边，讲起他俩打听到的稀奇事。

"老大，说是杀手，杀手！"金毛惊奇地伸着一只手乱挥乱抖。

"你瞧你这没出息的样！杀手怎么啦？老大，孙仵作真是这么说的！说一看就是杀手！老大，真有杀手？"黑马惊奇地屏一口气，吸一口气，吸一口气，再屏一口气。

"好好说话！"李桑柔皱眉瞥着两人。

"杀手怎么啦？瞎爷不是说过，老大就是杀手路数。"大常闷声说了句。

"可不是？我先说！"黑马猛抽了口气，往前挪了挪，"老大，是这样，我跟金毛先去了衙门口。还没到衙门口，就看到张衙头坐在衙门斜对门那家小饭铺子里正吃饭呢，一圈围了五六个人，全是他们衙门里的。我和金毛就坐到挨边的桌子旁，要了两笼包子、两碗汤，也吃饭。我们听了几句，就听出来了，他们说的，就是巷子口那俩。"

"老马端着碗就凑上去了。"金毛忙凑上来接了句。

"我就说，我俩是外乡刚来的，就住在旁边崔家老号，说没想到建乐城这么不太平，太吓人了。"

"老大，你也知道，黑马最会装可怜。"金毛抢过话头，"张衙头和那几个衙役都笑了，说老马，你吓什么吓，那都是杀手，就你这样的，可值不起杀手钱。张衙头还拍着老马的脖子说，你这脖子，洗干净送到人家面前，人家都不带看一眼的。人家杀手杀人，那可都是大价钱。"金毛连比画带说。

"我和金毛就多问了几句。"黑马无缝接上。

"张衙头说，死的两个人，一个在手腕上，一个在脖子上，都挂着生死由命的小牌子，说是尸首上啥也没有，就只挂着这牌子的，那就是杀手，杀了别人拿大钱；自己死了，生死由命，不给衙门添乱。"

"张衙头还说，杀手贵得很，一般人可请不起。"金毛又补了一句。

"永平侯府？"大常看着面无表情的李桑柔，问。

"金毛去一趟睿亲王府，找文先生，跟他说，我要见他，有事，越快越好，就在上次那家茶坊；黑马去你那家牙行，说说闲话，问问他们听没听说过杀手这个行当。"李桑柔沉默片刻，吩咐道。

黑马和金毛再次出门，李桑柔坐在廊下发呆。

大常把一堆刀枪放到各处，又把自己那身牛皮护甲搬出来，仔细擦着油，时不时看一眼李桑柔。

李桑柔抽出那把狭剑，举在面前。她醒过来时，身边就只带着这把剑。

她闭上眼睛，脑海空明的时候，这具身体知道怎么用剑，怎么杀人，仿佛是另一个人……确实是另一个人。她花了一个多月时间，才把自己带进了这具身体。

米瞎子说她是个顶尖的杀手，世子说她走的是杀手路数……

这具身体不可能没有过往，那些过往，很可能是一个杀手的过往。

如果真有杀手这个行当，那这个过往可就精彩了。

文诚没在睿亲王府，金毛得了门房热情无比的指点，直奔皇城宣德门外。

文诚正陪着顾晞查看宣德门外的鳌山，今天天一黑，灯山就要上彩了，一年中最热闹喜庆的灯节就要正式开始了。

小厮请出文诚。

顾晞后退半步，微微伸头，从小厮和护卫的缝隙间，瞄着一脸笑与文诚说话的金毛和一脸严肃的文诚。

文诚过去回来得极快，迎着顾晞瞥过来的目光，忙笑道："是李姑娘，说是有事要见我，在炒米巷口那家茶坊，还说越快越好。"

"喔。"顾晞只寡淡无比地应了一声。

文诚等了片刻，见顾晞没了下文，只好硬着头皮赔笑道："咱们这会儿正忙，要不，让致和去一趟？"

"人家找的是你，致和去有什么用？你想去就赶紧去，我这儿有你没你一个样！"顾晞一边说，一边背着手往前走。

文诚一脸尴尬。文顺之同情地拍了拍他，往外努了努嘴："不去不好，赶紧去，赶紧回，回来赶紧禀报。"

"唉。"文诚烦恼无比地叹了口气，转身往外。

文诚到茶坊时，李桑柔已经在等着他了，看到他进来，站起来，微笑致意。

文诚坐到李桑柔对面，看着李桑柔面前只有一杯清茶，摆手示意茶博士他什么都不用。

"李姑娘找我，说是有急事？"文诚开门见山。

"你听说过杀手这个行当吗？"李桑柔比文诚更加直截了当。迎着文诚愕然的目光，李桑柔笑着解释道："今天早上，在西角楼大街前面一条巷子里，死了两个人，衙门里来人，直接让漏泽园拉走了。黑马正好撞见，就打听了几句，说是听衙门里的人说，那两个人身上挂着生死由命的牌子，是杀手。这建乐城，有杀手这个行当？"

"李姑娘……"文诚刚说出"李姑娘"三个字，就顿住，咽下了后面"你自己不就是个杀手"这话。

李姑娘"也许是杀手出身"这件事，只是基于世子爷对她的功夫是杀手一路的猜测。他要是把这份猜测说出来，那就太不谨慎了。

"打听这个做什么？"文诚转话极快。

"挺好的一个行当，文先生必定知道不少。"李桑柔笑道。

"我知道得极少，只是听说有人拿钱买凶，有人拿钱杀人。李姑娘不知道吗？"文诚答得极其圆滑，又话里有话地反问道。

"追杀你们世子的人中，有杀手吗？什么价？"李桑柔没答文诚的问话，只盯着文诚接着问道。

"听说他们不接官身人委托，不杀官身衙吏。"

"这样啊。"李桑柔愉快地敲了下桌子。

"李姑娘打算做杀手生意？建乐城里可做的生意极多，李姑娘想做哪一行当都极容易。若论挣钱，比起杀手都是只多不少。"文诚看着李桑柔一脸的愉快，忍不住委婉劝道。

"多谢。"李桑柔冲文诚拱了拱手。

"李姑娘客气了。"文诚站起来，和李桑柔拱手告别。

一路紧赶回到宣德门外，顾晞正在看鳌山最后一遍吸水、试水。

文诚走近顾晞，低低说了他跟李桑柔简短的几句对话。

"……我记得你说过，李姑娘的功夫是杀手路数，难道她从前真是杀手？现在要重做旧行当？"

顾晞拧着眉，片刻，落低声音吩咐文诚："挑个妥当人，悄悄去看看那两具尸首。不是她要做杀手，只怕是她碰上杀手了。"

文诚一呆，随即高高扬起了眉——他竟然没想到！

"她要见你，而不是我，是因为你跟她不熟，她探话方便。你以后小心点，这位李姑娘，七窍玲珑心，九曲十八弯，狡诈得很。"顾晞看起来心情不错。

文诚"嗯"了一声，出来几步，叫过小厮百城，吩咐他带两个人，去漏泽园看看早上收的那两具尸体。

刚吃了午饭，黑马就回到了炒米巷。

"光顾着说话，没吃饱，给我拿把肉丸子。"黑马蹲到李桑柔旁边，先跟金毛说了一句。

金毛跑进厨房，再跑出来得飞快，拿了个装满肉包子、虾肉丸子、馓子、麻叶的竹筐，塞到黑马手里。

"牙行要出了十五才开门，我就去了小肖家，他家就在牙行边上。小肖听我问杀手，吓了一跳。我就说了早上的事，说我这个人就爱打听事，要是不打听明白，能憋屈病了。小肖就说，这事他真不知道，不过猪头巷有个姓杜的帮闲，听说认识杀手。这老杜我正好认识，有一回他找小肖借钱，正好让我碰到，给了他几个大钱。我就去找老杜了。"黑马往嘴里塞了个肉丸子，紧咬几口，伸脖子咽下。

"老杜这个人，要啥没啥，当了一辈子帮闲，从来没上过台盘，现在老了，又瘸了一条腿，穷得吃不上饭，我就请他到猪头巷口那家小店，叫了一桌子肉菜，又买了几瓶酒，他就全说了。不过，他知道得真不多。他说，拿钱杀人的杀手，真有！"黑马猛咬了一口羊肉包子。

"他说他年轻的时候，有个杀手病了，雇了他抓药买饭，照看了一两个月。他说他那时候年轻，好稀奇，想方设法地想多打听几句。他说那杀手说，杀手接生意是有地方的，一排排标着价，说是起价就得一千两。还说，要是头一个接生意的杀手没杀了货，自己死了，这一单再要挂出来，这价码至少得翻个倍，再一回又是杀手死了，这价还得再翻个倍。老大，咱们这单生意，现在至少两千两了！"黑马冲李桑柔竖着两根手指头，看起来十分兴奋，相当得意。

"昨天可是一回死俩，这算死一回还是死两回？"金毛跟黑马一样兴奋，竖着指头问黑马。

"这我不知道，老杜就知道这些，别的，肯定就是他自己瞎想、瞎扯的了，什么杀手要是死了，直接化成一摊黄水啦，什么杀手都会御剑，飞起来千里取人头啦，一听就是个没见识的。"黑马撇着嘴，一脸鄙夷。

李桑柔"嗯"了一声，看着三人，总结道："这件事查到现在，咱们知道的不算少了。第一，那两个人是杀手；第二，这些杀手不接官身人委托，不杀官身衙吏，所以这事，应该跟永平侯府没关系；第三，杀手有杀手接单碰头的地方。这样的地方，要不引人注目，最好在城里，茶坊、酒楼之类。茶坊最好，不拘时辰，进出一趟，也就是一杯茶的工夫。这间茶坊或是酒楼必定很不错，但又不是最好、最招眼的那几家，这样才能既方便杀手进出，也方便那些有钱的委托人进出。咱们得把这个地方找出来。"李桑柔说完，往后靠在椅背上。

这一天的工夫，在这人生地不熟的建乐城能查出这些，她很满意。

"那接下来呢？咱们怎么办？挨家找？这建乐城光正店就有七十二家，茶坊还不知道有多少。"黑马挺发愁。这建乐城什么都好，就是太大了。

"瞧你那傻样！还挨家找，那你还不如挨家敲门问呢，哎，你家是杀手店吧？"金毛撇着嘴鄙夷黑马。

"我能像你这么笨？你连字都不识几个，你懂啥？老大，咱们怎么办？"黑马怼回金毛，看着李桑柔问道。

"该怎么办就怎么办，晚上哪家有空座？"李桑柔看着金毛问道。

"遇仙店！一直往南，比乳酪张家近！"金毛愉快地答了句。

傍晚，明安宫里。

顾晞和顾瑾对面坐在炕上，朝向院子的窗户大开，挂满了各样灯笼的院子里明亮温暖。

顾瑾抿着酒，侧耳听着从晨晖门外传进来的一阵哄然叫好，笑起来："上元节一年比一年热闹。"

"可不是，这会儿，外面就已经热闹得不堪了。"顾晞跟着笑起来，"刚过了午时，鳌山四周就有人等着看上彩，离上彩还有一个多时辰，周围就挤得水泄不通。一到上元节，才发觉咱们建乐城竟然有这么多人，大街小巷，到处都挤满了人，也不知道这么多人，平时都到哪儿去了。"

"连着几年，收成都不错。看今年的天时，多半又是一个丰年。"顾瑾心情更好，"永嘉库今年的以新换陈，你悄悄过去看看，再抽几仓起出来看看，若有人胆敢往粮仓伸手，杀无赦。"

"好。"顾晞应声干脆。

"我打算把户部转到你手里。你花上两年的时间，把各地的粮仓彻查一遍，还有咱们之前商量的几个地方，这两年把粮库修好，存满新粮。东西作坊和军器所交给潘相。"顾瑾声音落低。

"户部是永平侯署理。"顾晞眉梢微挑。

"调他署理礼部，储相嘛，他不是一直望着相位吗？"顾瑾轻笑了一声。

"要彻查粮仓，握住粮食，户部就得调换不少人，这可又是一场争斗。"顾晞看着顾瑾，扬眉笑道。

"嗯，打理户部的是沈赟，不是沈贺。两年前我就打算把户部拿过来，尝试过几回，沈赟握得紧紧的，极不好下手。沈赟这个人，闷声不响，却极有主意，露过几回升迁的机会给他，他也不为所动。现在，沈赟死了，这件事可以动手了。等开了衙，就先从沈赟空下来的这个户部侍郎开始。你回去和守真挑好一应人选，该见的人，从明天起就要开始见一见了。"顾瑾一脸笑意。

"好！"顾晞愉快答应，冲顾瑾举了举杯子。

两人饮了杯中酒，顾晞欠身给顾瑾斟上，垂眼道："元旦大朝会后，我看皇上脸色不怎么好。"

顾瑾低低叹了口气："嗯，皇上的身体一年不比一年。昨天我见皇上，说了册立太子的事，皇上有些犹豫，说到下半年看看，要是他的病还不见好转，就年底册立太子。"

顾晞皱起了眉："皇上一直拖着，不正名，不册立，说什么不想委屈大哥，真是……"后面的"假惺惺"三个字，顾晞硬生生咽住，"可这太子一天不册立，永平侯府那一群混账就一天不放心，不放心大哥，不放心我，想方设法地闹腾，皇上又护着他们。户部这事，咱们要拿到，就得给他们一块好处才行。可咱们又不是为了自己！"

"把吏部放给他们。"顾瑾垂眼道。

"吏部？"顾晞瞪眼了。

"吏部是伍相分管，有伍相按着，出不了大错。再说，在京朝官去年刚刚考核调任好，三年一考，离下一考还早呢。至于例行磨勘，沈赟已经死了，沈贺父子要想理出点头绪，少说也得两三年。再说，他们也不一定有这个耐心。开衙后，先动户部，等永平侯府吵闹一阵子，再把吏部放他。这中间，怎么也能有两三个月的余地。这两三个月里让守真把永平侯那边的人手理一理，熟知吏部，或是人聪明、上手快的，给他们挑个好地方，略升一升也无妨，然后把他们调出京城。"顾瑾笑道。

"好。"顾晞答应一声，沉默片刻，声音落得极低，"两三年，大哥觉得……"

"皇上自幼年跟在先皇身边，夺嫡争斗，九死一生，身体亏损得厉害，病根深种。唉，也就两三年吧。"顾瑾连叹了几口气。

顾晞挪了挪，坐得舒适些，冲顾瑾举了举杯。

李桑柔和黑马、金毛三个人，在遇仙店细吃慢喝，吃好喝好出来，沿着朱雀门大街，往御街逛过去。

今天灯山上彩，巨大的鳌山被点亮，闻名天下的建乐城上元灯会正式开始。

这会儿，朱雀门大街上热闹得李桑柔简直想叹气。

黑马和金毛一边一个，紧挨着李桑柔。挤出几十步，黑马忍不住，拉了下李桑柔，俯耳道："老大，你瞧这么多人，这要是冷不丁捅一刀，杀几个人，可容易得很。"

"你俩挨我这么紧，是怕我被人捅了？"李桑柔站住了。

黑马和金毛一起点头。

李桑柔抬手抹了把脸，叹了口气，伸手揪着黑马和金毛的胳膊，将两人推到自己前面："瞧瞧这满街的红男绿女，要是这会儿当街杀了人，血肉模糊的，是不是立刻就得乱了？得乱成什么样儿？"

"那得踩死不少人。"黑马答得极快。金毛不停地点头。

"不光踩死人，还会撞翻灯，走了水也说不定。真要这么闹，搁官府眼里那就不是杀手了，那是反贼！猪头巷那个老帮闲年轻的时候就有杀手，那这杀手行肯定很有些年头了。这么多年还好好儿的，那就说明他们聪明得很，知道哪些事能做，哪些事不能。要学会见微知著！"

"老大，这见微知著……"黑马一脸为难。金毛无缝接话："太难学了！学不了啊，老大！"

"那就放心逛，刚才吃得有点儿多，消消食，逛好了，咱们抄近路回去。"李桑柔背着手往前走。

两人同时松了口气，这才开始大瞪着眼睛，看起花灯和热闹。

沿着御街过了龙津桥，李桑柔侧头看着伎馆街后面那条黑魆魆的巷子，努了努嘴，问道："这条巷子有名字吗？"

"有，叫梨花巷。"金毛答得极快。

"从这里能抄近路吧？"李桑柔说着，往梨花巷斜步过去。

"能！"金毛愉快地应了一声，几步赶到李桑柔前面，一头扎进了幽暗的梨花巷。

第七章　梨花巷

梨花巷旁边的伎馆街上丝竹声声，小曲儿婉转。

"这个唱得不错。这唱的是什么？葡萄架下？"李桑柔悠闲地点评着小曲儿。

"像是《思夫》。"黑马侧耳听了听。

"唱得不错，哪天得空，咱们去听听。"李桑柔闲闲说了句，突然提高声音，"金毛！"

走在最前面的金毛立刻顿住步，弯腰从靴筒里抽出了短刀。

李桑柔一声"金毛"声音还没落，就已经一个转身，一把揪过黑马，抬手扣动了手弩。

几乎无声无息出现在黑马背后、正要挥刀砍下的黑衣杀手脚步踉跄了一下，闷吼一声，接着往前砍。

李桑柔另一只手按在黑马肩上，飞脚踹在黑衣杀手握刀的胳膊上。黑衣杀手手里的刀掉落，人往前扑倒。李桑柔顺手接住黑衣杀手掉下来的那把刀，刺向扑上来的第二个杀手。

黑马顺着李桑柔一揪一推之力，就地滚倒，拔出刀，转身扑上去。金毛背对黑马和李桑柔，警戒着前方。

梨花巷两边都是高墙，窄得容不下两人并排。

李桑柔左手的长刀直捅上去，右手握着狭剑，越过第二个杀手，划开了紧贴第二个杀手、一起扑上来的第三个杀手的动脉，顿时热血如喷泉，淋了第二个杀手满脸满身。

李桑柔手里的长刀被第二个杀手挡飞出去，黑马手里的刀紧贴着李桑柔的胳膊，"噗呲"一声扎进了第二个杀手的胸口。

李桑柔后退一步，狭剑往回收时，划过第二个杀手的脖子。

"看看。"李桑柔后退几步，避开满地的黏稠，吩咐了句。

黑马动作极快地搜了一遍，从其中一个的脖子上揪出一个牌子，道："就是这个样的，三个都有。"

"放回去，咱们走。"李桑柔再往后退了两步。

黑马"哎"了一声，踩着黏稠出来，飞快地脱了脏靴、脏衣服。金毛脱了自己的大袄包住。三个人顺着巷子，跑得飞快。

一口气冲进炒米巷家里，大常冲迎上来，闻着血腥气，急问道："都伤着没？"

"没。"冲在最前面的金毛喘着粗气，将怀里的脏靴、脏衣服塞到大常怀里。

"我去烧水。"大常听到个"没"字，松了口气，抱着脏衣服进了厨房。

李桑柔洗干净出来，黑马已经把自己洗干净，正接过金毛洗干净的脏衣服，一件件晾到刚刚扯在院子中间的长绳上。大常拎着甩棍巡视了一圈刚回来。

"老大，这回仨！就是身手不咋的。"黑马看到李桑柔，赶紧晾好衣服，凑过去。

"昨天才死了俩，今天又有仨，到明天，这价得翻成什么样。"金毛也忙凑上去。

大常放下甩棍，把盆里的水端走倒掉，回来给李桑柔端了杯热茶。

李桑柔双手捧着杯子，看着三人道："这三个，一起往前挤，一点儿章法都没有，应该是临时凑起来的。上次那两个也是，各自为战。能召两个三个杀手一起接单，咱这一单起价肯定不低。要杀咱们的人是个有银子的。从今天晚上起，大家睡一间屋，轮流值守。防虫防鼠的东西都放好了吧？"李桑柔看着大常问了句。

大常点头："都放好了。我守上半夜。"

李桑柔点头应了，裹了裹皮袄，进了西厢。

黑马和金毛熄了廊下的灯笼，也进了西厢，和衣而睡。大常抱着一包刀枪进屋，放好，挑了把刀拿着，坐在床上值守。

顾晞早上起来，正在吃早饭，文诚急匆匆进来。

"出什么事了？坐下说。"顾晞示意文诚。

文诚坐到旁边："龙津桥北边的梨花巷里，又发现三具杀手尸体。昨天晚上，李姑娘带着黑马和金毛在遇仙店吃饭。"

"怎么死的？"顾晞皱起了眉。

"我让百城带人去看的，一人短箭入眼，一个脖子被割开，第三个胸前被捅了一刀，脖子被划开。"

文诚将包在帕子里的一枚两寸多长的小箭小心地放到桌子上："这应该是李姑娘的箭，一模一样。"

"她这是惹了谁了？"顾晞看了看那枚小箭，纳闷道。

"想不出。"文诚拧眉，"想要她命的人，看起来很着急，也有几分财力。要不要让人去炒米巷问一句？"

"暂时不用。"顾晞沉吟片刻，摇头，"十有八九，是她从前的旧恩怨。她的旧恩怨，只怕都是江湖恩怨。江湖上的事，咱们不宜贸然插手，除非她主动求助，否则，只怕是帮倒忙。再说，李姑娘也不是善茬，更不是只顾面子的人。她要是应付不了，需要咱们帮忙，肯定会来找咱们。让致和去一趟京府衙门，责令衙门严加巡查。还有，让衙门出个告示，警告不法之徒不可肆意妄为，否则朝廷就要出手清剿。"

"好，我去跟致和说。"文诚站起来。

顾晞看着文诚出了门，喝了半碗汤，示意侍立在旁边的如意："你去挑几样点心，再把昨天宫里赏过来的那几根黄瓜拿上，去一趟炒米巷，就说……不用多说，只说请李姑娘尝尝鲜吧。"

李桑柔起得不早，刚刚洗漱好，黑马就满脸红光地带着如意进来了。

如意提着一只黄花梨提盒，东西简单，话更简单。

李桑柔看着如意出了二门，拎起提盒转圈看了一遍，打开，看着最上面的几根黄瓜，哈了一声。大冬天的，这几根黄瓜可稀罕得很。

"尝鲜"两个字，还真是尝鲜。

不过，大清早的，给她送这么几根黄瓜，他这是什么意思？

昨天的事他知道了？给她压惊，还是说用黄瓜表达一下：昨天的事对她是小菜一碟？

可这会儿，一斤银子都不一定换得到一斤黄瓜，这碟小菜可太贵重了……算了，不想了，先吃黄瓜吧。李桑柔拿了根黄瓜出来，看看挺干净，直接咬了一口，示意黑马："正好四根，一人一根。"

大常过来，拿了一根，黑马和金毛一起挤过来，三个人围在李桑柔身边，咔嚓咔嚓咬着黄瓜。金毛一边吃黄瓜，一边含含糊糊地道："头一回大冬天吃黄瓜，这黄瓜跟夏天的一个味儿。老大，咱们怎么办？得想个法子杀回去。"

"黄瓜还能有两个味儿？要的就是这大冬天的稀罕劲儿！就知道你不懂，世子爷这黄瓜吃到你嘴里，那就是牛吃牡丹！老大肯定有办法。老大，咱们怎么办？"黑马照例先嫌弃金毛。

"是得想个办法。只有千日做贼，没有千日防贼的，总有防不胜防的时候。"大常闷声道。

"这会儿也没什么办法，只能兵来将挡，水来土掩。下一回，看能不能捉个活口。还有，晚上接着出去吃饭。"李桑柔将黄瓜头扔进提盒里。

"晚上我也去。"大常连黄瓜头也扔进嘴里。

"你留在家里。应付杀手刺客，你不擅长，反倒拖累。"李桑柔摇头。

大常闷声应了，没再坚持。

傍晚，天快黑了，李桑柔才带着黑马和金毛慢慢悠悠地往班楼逛过去。

炒米巷离班楼不远，过了北巷口，前面是瓦子口监狱。

监狱门口自然没什么花灯，也没什么人。在两边的灯火通明之下，这一段显得分外黑暗。

李桑柔脚步微顿，黑马和金毛顿时警觉起来。李桑柔狭剑滑出，往前一步，踏入黑暗中。黑马和金毛紧跟李桑柔，也踩入黑暗。

李桑柔站住，片刻，突然一跃而起，狭剑举起挥过。头顶一棵老树上，一个杀手扑跌下来。黑马手里的钢刀斩向扑跌下来的杀手。金毛跟上李桑柔，和她背向而立。

四周人影晃动，刀光闪闪。

李桑柔不等金毛站稳，已经向着闪动的人影直扑出去。手弩的机栝声轻响，狭剑挥动。金毛跟着机栝声，握刀直捅上去。黑马迎上另一个杀手。

李桑柔转身极快。被狭剑割开脖子的杀手还没倒下去，李桑柔已经扑向和黑马对上的杀手，狭剑从背后插入，拔出来再划过脖子。

金毛从杀手身上抽出刀，背靠李桑柔。黑马也握刀回防。

李桑柔收回狭剑，吐了口气："好了，都死了。"

"娘哎！"黑马一声感叹，抬手抹了把汗，"这一回，四个？"

"可不是四个？咱们现在得值多少银子？肯定一大堆。"金毛也抹了把冷汗。

"搜一遍，仔细点儿。"李桑柔吩咐了句，蹲在一具杀手尸体旁，从头发摸起。

黑马和金毛急忙过去，仔细搜身。

李桑柔动作极快，一会儿就捏遍了两具杀手尸体，从一个的脖子上揪了个护身符下来，另一个却是什么都没有。

"老大，你看这个。"金毛摸出指头大小的两枚圆茶饼，递给李桑柔。

李桑柔接过圆茶饼，闻了闻，递给黑马。

"血味儿太浓。"黑马转着圆茶饼，仔细地闻着没沾血的那一小半。

"加了什么香料？很清凉的味儿。"李桑柔看着黑马，问道。

黑马仔细闻了又闻："不止一味儿，是合香，肯定有冰片。血味儿太重，都湿透了。"

"包好拿着。"李桑柔将已经慢慢被血浸透的两枚圆茶饼递给金毛。

四具杀手身上，除了刀剑衣服和生死由命的牌子，就只有这两样闲东西，倒是挺专业。

"走吧。"李桑柔往前走出几步，接着问道，"你们两个还能去吃饭吗？"

"得看看身上脏得厉害不。"黑马几步蹿到一团光下，举着胳膊看衣服上喷溅的血肉。

"翻过来穿，脸上干净就行。"金毛几步过去，示意黑马看他的脸。

"那去吃饭。先找个地方洗洗手。"

李桑柔低头看了看，将外面的长袄脱下来翻着穿上，一边走一边道："看样子，想让我死的这个人急得很。咱们慢慢吃，再慢慢逛回去，看看今晚有没有第二波。要是有，咱们就到睿亲王府借住几天；要是没有，就回炒米巷。"

"娘的，这建乐城，到底有多少杀手？"黑马啐了一口。

"老大，刚才那几个人身手不错。我觉得比上两回强。"金毛反穿了衣服，袖着手，跟上李桑柔。

李桑柔似是而非地"嗯"了一声。这几波杀手，大约都是杀手的底层，才这么轻易被她反杀。

她的从前，如果也是杀手，那杀手中间，至少有像她这样水准的，或者有比她高明许多的。她得在像她这样的杀手以及比她高明的杀手到来之前，找到要杀她的人。

三个人找地方洗了手脸，反穿着外面的大袄，进了班楼。

班楼里，从迎门小厮到茶酒博士，对着反穿大袄的三个人，一句多的话都没有，甚至都没多看他们一眼。他们是开酒楼的，又不是开邸店的，可没有盘问客人的职责，人家想怎么穿就怎么穿，他们可管不着！

李桑柔一边吃饭，一边翻来覆去看着那枚护身符和那两枚茶饼。

护身符就是块桃木牌子，很有些年头了，一半拇指大小，四周刻着不断头"万"字纹，中间一面雕着"平"字，另一面刻着"安"字。极其平常的护身符，到处都能买得着。想从这样一枚护身符上查出线索，几乎是不可能的。至于茶饼，已经被浸透了血，外面包着桑皮纸，纸上印着个"福"字，和所有包茶饼的桑皮纸一样。

李桑柔沉默想事，黑马和金毛一声不响闷头吃菜。

三个人吃个半饱，坐着喝了两杯茶，出了班楼——没走来时的路，而是沿着西大街，往金梁桥逛回去。

三个人走一会儿热闹不堪的大街，穿几条暗黑的巷子，一直逛到三更后，平安无事地回到了炒米巷。

进了二门，李桑柔长长吐了口气。看来，第一，来拿她这条命的，是挂牌出来为悬赏而来的杀手，不是自家养的杀手。挂牌找杀手和自己家养杀手，这是完全不同的两个量级。第二，这杀手行，要么跟其他牙行差不多，晚上不开张；要么，一单出去，是成是败，得过个一天半天才能知道。

这就好，她就有了足够的喘息时间。

李桑柔前一天回家很晚，第二天还睡得正沉，却被黑马一巴掌推醒："老大！老大！世子爷，世子爷在外头！就在外头！"

李桑柔气得眼睛还没睁开，就一巴掌打在黑马头上："嚎什么！"

"那个，老大，世子爷！"黑马的声音立刻往下落了差不多两个八度，可还是挣扎着往外指点，"是世子爷！"

李桑柔呼地坐起来，又给了黑马一巴掌："闭嘴！"

"是……世子爷……"黑马一只手捂着嘴，还是挣扎出了几个字，另一只手指着外面，不停地点。

李桑柔懒得再理会黑马，弯腰穿上鞋子，抬手拢了拢头发，打着哈欠出了屋。

院子中间，顾晞正背手站着，转头打量着四周。

看到李桑柔出来，顾晞上前两步，脸上说不上来什么表情，打量着李桑柔，拱手招呼："李姑娘。"

"你是因为那些杀手来的？"李桑柔忍回了哈欠。

"嗯，昨天晚上有四个？"顾晞眉头微蹙。

"连着三天，两个，三个，昨天四个了，身手都一般。这建乐城的杀手行，你知道多少？"李桑柔左右看了看，拖了两把竹椅放到廊下，示意顾晞坐。

"极少。应该远不如姑娘知道得多。"顾晞坐下，看着在他旁边坐下的李桑柔，皱眉道，"建乐城若有杀手行，和其他地方的杀手行应该差不多。姑娘对杀手行应该所知甚详吧？姑娘的功夫是杀手路数。"

李桑柔沉默片刻，垂眼道："世子曾经问过我的身世，我没答，那是因为我不知道。我是顺江漂到江都城的，混在一堆烂木头中间。黑马他们把我捞上岸，发现我还有口气，就救了我。我当时头上有伤，活过来时，一无所知，身边除了衣服，只有这把剑。"

李桑柔滑出那柄狭剑，递给顾晞："这把剑紧贴在我胳膊内侧，剑鞘颜色极似肤色，或者，就是人皮做的，长短厚薄处处都恰好，滑出收起，极其方便。"

顾晞仔细看了看狭剑，递还给李桑柔："这剑极好，可遇不可求。"

"嗯，一直到现在，我还是什么都想不起来。"

"这些杀手，是冲着你的从前来的？"顾晞一句疑问，却是肯定语气。

"我也这么想，可我实在想不起来什么，只好花点工夫，去查出来。"李桑柔微笑道。

"要我帮忙吗？"顾晞看着李桑柔，认真问道。

"暂时不用。"李桑柔笑着摇头，"也许查出来的东西不足为外人道呢？劳世子费心了。"

"那你小心。"顾晞站起来，刚要走，又站住，看着李桑柔，问道，"你手弩用的那些小箭，不易打制，在建乐城找到能打制的地方了吗？用不用我帮你打制一些？"

李桑柔犹豫了一下，点头道："若是方便的话，打一百支吧。昨天和前天的箭，都在世子那里？"

"嗯，过两天我就让人给你送过来。我走了。"顾晞说着，往外走去。

李桑柔跟在后面，送过影壁，站在院门口，看着从她家院门口一直延伸到巷子口再外面的冷厉护卫，抬手按在额头。这位世子这一趟来，不是为了关心她几句，而是为了摆出阵势，向那些杀手背后的人摆明他跟她是有关系、有交情的。

他这是示威来了。

李桑柔叹了口气，一个转身，差点撞上一脸激动的黑马。

黑马两只手按在胸口，迎着李桑柔瞪过来的目光，不停地点头："老大，您没看到！从巷子口，直铺过来！杀气腾腾！娘哎！咱们世子爷真是威风！威风凛凛！太威风了！"

李桑柔连个白眼都欠奉，绕过黑马，回去洗脸刷牙。

金毛一大早出门探听动静，连带买吃食。他出去时，顾晞没来；等他回来时，李桑柔已经洗好脸，刷好牙，顾晞自然早就走得没影了。

黑马可算找着能说话的人了，揪着金毛，激动不已地描述着他家世子爷那份威风，那份气势，那份可了不得……金毛上身往后仰得不能再仰了，侧着身子斜着步，来回拧着头，躲避黑马狂喷而出的口水，伸长胳膊往桌子上放一包包的水晶脍、汤包等。

世子爷的威风气势他没听出来，他只知道黑马的口水喷得他张不开嘴。

大常伸手拎起黑马，将他拎下台阶，放到院子里。金毛总算能透口气了，用袖子擦着满脸的口水。

李桑柔把那包水晶脍拿过去，吩咐大常拍几瓣蒜，再倒点醋过来，又拿了几只素包子，拎筷子吃早饭。

黑马被大常这一拎，再激动也不敢逮着金毛喷口水了，蹲到李桑柔旁边，伸手拿了只肉包子，狠狠咬起来。金毛拖了把椅子坐到李桑柔另一边，开始说一早上看到的动静。

"我到的时候，已经打扫干净了，漏泽园的车子刚走，那动静，跟死了几只野狗差不多。别的，就没什么了。"金毛的汇报简单明了。

"咱们要是失了手，也差不多。"大常闷声说了句。

"咱们可不一样！咱们有世子爷！咱们要是失了手，那动静肯定大得厉害！"黑马立刻扬声反驳。

从李桑柔到金毛，谁都没理他。

"老大，得想想办法，这三天三回了，一回比一回厉害，再有几回，万一失了手……"大常满眼忧虑地看着李桑柔。

"暂时不用担心。昨天找到那两枚小茶饼，算是一点儿线索。"李桑柔安慰了一句。

"可那茶饼上什么印记都没有，用茶饼的地方又太多了，茶楼、酒楼，还有伎馆，就是各家各户，哪家不喝茶？柴米油盐酱醋茶。"金毛刚咬了一块酱鸭，含糊道。

"老大上回不是说了？茶楼做杀手行最合适！老大的话，你都没听进去！"黑马立刻戗了金毛一句。

"先看茶楼吧，这会儿茶楼该开门了。赶紧吃，咱们先把这建乐城的茶楼挨家扫一遍。"李桑柔吃完最后几块水晶脍，吩咐大常看家，她带着黑马和金毛，从离家最近的茶楼开始，挨家去看。

顾晞一大早先去了炒米巷，文诚照往常时辰，到了吏部，却没看到顾晞，翻看整理了十来份官员磨勘考核卷宗，顾晞才大步进来。

文顺之跟到屋门口，迎着文诚的目光，冲他勾了勾手指。文诚和顾晞说了刚刚翻看的十来份官员履历，找了个借口出来。

文顺之拉着他往旁边走了几步，往屋里努了努嘴，压低声音道："刚才去了炒米巷，阵势摆得挺大，街口和半条巷子都封了。"

文诚眉梢扬起："我知道了。"

屋里，顾晞居上端坐，专心地翻看着那十来份履历。

文诚看着他看完了，才笑道："致和说你刚才去了趟炒米巷？"

顾晞头都没抬，"嗯"了一声。

"前儿世子爷那句'江湖事，江湖了'，我挺赞成的。"文诚极其委婉地表达自己的不赞同。

"不过就是去看一看。"顾晞合上手里的卷宗。

"她留在建乐城，本来就打着有我这棵大树，她可以靠一靠的主意，我不过替她扬一回旗。"顿了顿，顾晞垂眼道，"一连三天，三起，二、三、四人地往上涨。她在建乐城还人生地不熟，得让她有个喘息。"

"她从前也是这一行的？这是旧仇？"文诚低低"嗯"了一声，接着问道。

"她说她是顺水漂到江都城的，醒来时，连自己姓什么、叫什么都忘记了，直到现在，还是什么都想不起来。"顾晞看着文诚道。

文诚蹙起了眉："您觉得她这话是真？"

"我觉得是真话。她也觉得，这一连串的杀手是源于她的从前，只是她想不起来了。她说不用帮忙，要自己查。还有，让作坊给她打一百支小箭，挑个妥当人看着，越快越好。打好了，让如意给她送过去。"顾晞交代道。

"我让百城去看着。"文诚答应一句，出来叫过百城，吩咐下去。

李桑柔和黑马、金毛三个，这一次逛得很快。从他们居住的那一片起，一条街一条街地看茶楼。

李桑柔凭着丝丝隐隐说不清的直觉，一家一家，过得很快。一直逛到晡时，李桑柔站在东鸡儿巷的一间茶楼前，眼睛微微眯起。

茶楼是阔大的五间门面，楼上楼下，看起来十分气派。茶楼前面，高高挑着"山子茶坊"四个大字。

"进去看看。"李桑柔抬脚进了茶楼。

茶楼过厅十分阔大，两边都是散座，几乎坐满了人。前厅往后，是一大片绿树掩映的院落，院落四周是一圈房屋，楼上楼下，一间间的雅间窗户或敞开或半开，看起来生意极好。

金毛跟在李桑柔后面到处看。黑马则站在过厅两边的茶架前，对着琳琅满目、大大小小的各色茶饼，背着手，鼻子凑上去，挨个儿闻。

"老大！"黑马突然叫了一声。李桑柔几步过去。

黑马从放在高处的一个银托盘上，拿了个拇指大小的圆茶饼，再吸口气闻了一下，递给李桑柔："是这个。"

李桑柔闻了闻茶饼，递给金毛。金毛用力吸了几下。他闻不出来，不过黑马说是，那就肯定是。论闻味儿，也就狗能跟黑马比一比，人肯定不行。

李桑柔左右看着，找位子。

从他们进来起，就一直跟在后面却一直没能搭上话的茶博士忙上前笑道："几位贵人，楼上有雅间。"

"不用雅间，那里就挺好。"李桑柔指着紧挨着过厅的一张桌子道。

"是，贵人请。"茶博士将三人让过去坐下，看着李桑柔，恭敬笑道，"贵人爱喝什么茶？要些什么茶点？小号的召白藕、嘉庆子、栗子糕和酥螺几样，也算小有名气。"

"都来一碟。至于茶。"李桑柔将手伸到金毛面前。金毛急忙将那两团浸透了血的茶饼和那个护身符递给李桑柔。

李桑柔将茶饼和护身符递到茶博士面前："把这个拿给你们东家或是你们掌柜，告诉他，就要这个茶。"

茶博士闻着茶饼上散出来的血腥气，脸色都有点变了，不停地点头："贵人稍候，贵人稍候。"

茶博士过去回来得极快，用一个小银盘托着茶饼和护身符，站到李桑柔身边，赔着一脸笑道："回贵人，我们掌柜说，贵人拿来的这种茶饼，小号从来没见过，小号有的茶饼，都在那儿呢。"茶博士指了指刚才黑马闻过一遍的那一片茶饼。

"嗯。"李桑柔声调随意，"那就沏一壶你觉得不错的茶吧。"

"小号的东苑秋茶，这一阵子最得客人喜欢。给贵人沏一壶东苑秋茶？"茶博士赔笑建议道。

"好。"李桑柔答应得极其爽利。

黑马瞄着茶博士摆好茶点，点好茶，退下后，头从金毛面前伸过去，压着声音问道："老大，他们这是不承认？那咱们怎么办？冲进去先把掌柜的拿了？"

"喝茶。"李桑柔端起杯子。

"嗯？"黑马没反应过来。

"老大让你喝茶！"金毛抬手按在黑马头顶，将他从自己面前按回去。

"喝完茶呢？"黑马伸脖子再问。

"再要一壶。"李桑柔抿了口茶，眯着眼睛，细细品起来。

"啊？"黑马纳闷了。

"问那么多干吗？老大就是说了，你能听得懂？赶紧喝茶！"金毛再一巴掌把黑马按回去。

"你当我是你？老子知书识礼，你这大字不识几个的人，能跟我比？"黑马喷金毛那是毫不客气。

"呀呸！就你还知书识礼，你认识书，书不认识你！"金毛一句不让地喷回去。

李桑柔听着黑马和金毛两个人你来我往地贬损，悠闲地抿着茶。

晚饭时，李桑柔叫了个闲汉过来，从旁边小食铺里要了三碗海鲜面和几样小菜，慢慢悠悠地吃完，又让茶博士换了一壶茶，接着喝。

一直坐到偌大的茶楼里只有他们三个人，一排茶博士站在旁边等着关门了，李桑柔才慢吞吞站起来，出了茶楼。

这一晚，他们三人，一路上平平安安地回到了炒米巷。

顾晞很晚才回到睿亲王府，一进院子，小厮如意就禀报了两件事：第一件，是宁和公主让人递了话过来，说是想看花灯，问世子有没有空陪她；要是世子没空，能不能请文先生陪她看灯；第二件，是李桑柔从晡时起，就坐进了山子茶坊，到这会儿，还在山子茶坊里喝茶。

顾晞先叹了口气，又扬起了眉："明天你走一趟，给阿玥回个话——我忙得很，守真比我更忙，都不得空儿，让她去找沈大娘子看灯吧。"

"是。"如意垂手答应。

"山子茶坊……"顾晞沉吟了一下，"先看着吧。"

第二天早上，山子茶坊刚卸下门板，李桑柔就带着黑马和金毛进了茶坊，还是坐在昨天的位子，要了和昨天一样的茶和茶点，和昨天一样，悠闲自在地抿起了茶。

这一坐，就是正正经经从早到晚一整天，直到茶坊里只剩他们三个人，茶博士们排着队等着关门了，李桑柔才带着黑马和金毛，从山子茶坊出来回去。

一连坐了两天，第三天一早，山子茶坊刚刚卸下门板，李桑柔又准准儿地到了。

在后面暗间看了两天半的白掌柜一脸痛苦地按着太阳穴。这单生意，连折了两拨人时，他就有种不祥的感觉。可他还是没想到，这么快她就找到这儿来了！

他不怕她找上门，找上门的，也不是一个两个了，又能怎么样？

无凭无据！

可她后头竟然有尾巴。这尾巴，盯下来，不但是官面上的，还是那家位高权重的外戚。他们这些人，不宜见官，不宜见光。而且，外戚之家靠着根裙带，暴然而起，多半蛮横傲慢，不知深浅。

她这么天天来，那些尾巴也天天坐在他这茶坊里，他那些正经生意还怎么做？从她大前天下午进来起，到现在，他那些正经生意，可是一单没敢做过！

不能做生意还是小事，万一那些尾巴盯出点儿什么，或是找个什么茬儿……不光那些尾巴，就是这位姑娘，不好惹也是毫无疑问的，谁知道她坐着坐着……会不会坐出什么事来！

这事不能再拖了，得想办法让她走。

白掌柜打定了主意，从暗间里出来，绕了个圈，从前门进了茶坊，不紧不慢地走到李桑柔旁边，含笑招呼道："这位姑娘……"

李桑柔抬头看向白掌柜。白掌柜笑了一声，指了指李桑柔旁边的空座。李桑柔笑着示意他坐。

白掌柜坐下，指了指李桑柔面前的茶，笑道："今年这东苑秋茶，品质极佳。"

"是吗？我喝不出来。掌柜贵姓？"李桑柔将茶杯往外推了推。

"免贵姓白。"白掌柜脸上的笑容淡下来，看着李桑柔。李桑柔却没看他，也不说话了。

"姑娘一连来了两天，我还以为，姑娘爱上了这东苑秋茶。"白掌柜等了半天，只好再挑起话头。李桑柔看着白掌柜，微微笑着，没接话。

"像姑娘这样，从小号开门起就进来，一直坐到小号关门的，小号这茶楼开到现在，还是头一回遇到。"白掌柜只好再进一步。李桑柔看着白掌柜，还是没说话。

"姑娘只怕是有什么事吧？"白掌柜气得咽了口口水。这位姑娘真不是省油的灯！

李桑柔伸手到金毛面前。金毛急忙把那两粒茶饼和那枚护身符放到李桑柔手上。李桑柔将茶饼和护身符放到白掌柜面前："从我进来那会儿起，白掌柜就知道我有什么事。"

"姑娘这单生意，我们东家已经赔了双倍银子，退回去了。"白掌柜声音落低。

"是谁？"李桑柔看着白掌柜。

"这不合规矩。"白掌柜迎着李桑柔的目光。

"喔。"李桑柔似是而非地应了一声，错开目光，看向不知道哪里。

"听说睿亲王世子在江都城遇险，是姑娘护卫世子回到的建乐城。不知道姑娘做的是走镖行当，还是行船贩货，可不管哪一行，必定是行有行规。既入了行，就要守好规矩。'规矩'二字，不容有违，想来姑娘必能见谅一二。"白掌柜微微欠身。

"嗯。"李桑柔斜瞥了白掌柜一眼，应道。

"姑娘？"白掌柜再次咽了下口水。这位姑娘嗯是嗯了，可还是坐得稳如泰山，一动没动啊！

"怎么了？"李桑柔微笑着问道。

"姑娘这茶，可喝好了？"白掌柜点了点李桑柔面前的杯子。

"在你这茶坊喝茶，也不合规矩吗？"李桑柔斜瞥着白掌柜，问道。

白掌柜气得再次咽了下口水："姑娘，实在是……"

"生死攸关，白掌柜见谅。"李桑柔冲白掌柜拱了拱手。

白掌柜看着李桑柔，沉默良久，咬牙道："约了明天未时，过来结账。"

李桑柔站起身，冲白掌柜拱了拱手。黑马和金毛紧跟在后面，一行三人出门走了。

看着李桑柔三人出了门，白掌柜招手叫过阴影般跟在后面的一个中年人，咬牙切齿道："传话下去，要是再有敢顺手牵羊，偷茶饼子，揣杯子，摸勺子，顺筷子的，剁手！还有，什么护身符、平安符，管个屁用！再有敢出门不清理干净，带这些乱七八糟东西的，也剁手！"

"是。"中年人垂手答应。

一连三四天，顾晞回府都是先问炒米巷有什么信儿没有。像如意这般的玲珑人儿，自然把炒米巷的信儿排到了最前头。

虽说还是远远看着，不敢靠近，可消息递送得快而勤，只要有动静，就立刻递信儿回去。

如意得了李桑柔三人进了山子茶坊，没多大会儿就出来回去了的信儿，几乎没犹豫，立刻报给了顾晞。

顾晞看着对面的文诚："这是查到了？"

"从她进山子茶坊，安静了两三天了，看来是找对地方了。她到底是怎么找到的？"文诚又纳闷起来。从前天李桑柔进山子茶坊起，他就纳闷她凭什么认定是山子茶坊，还是，她根本没有忘记从前，或者，没全忘？

"我跟你说过，她心思灵巧、诡计多端。没想到，她这么快就找到了。再看看。"顾晞看起来很高兴。

"也够赖皮的。她要是一直在那间茶坊里这么守门坐着，山子茶坊还怎么做生意？"文诚笑道。

"永平侯府被她用成那样，只怕还自以为聪明盖世呢，一家子蠢货！"顾晞想着永平侯府，一脸鄙夷。

"这样不是正好？"文诚看着顾晞笑道。

顾晞失笑："也是。"

隔天，未时前一刻，李桑柔带着黑马和金毛到了山子茶坊。

一连三天接待他们的茶博士侧身让进，目光从李桑柔往上，一路看上二楼。李桑柔冲他似有似无地欠了欠身，致谢，也是示意"明白了"。

"还坐那儿？"黑马没留意到茶博士的目光，左右看了看，指着他们坐了两三天的位子问。

"楼上雅间吧。"李桑柔说着，上了楼，进了斜对着楼梯口的一个小小雅间。

茶博士一声不响地上了茶点，点好三杯茶，就退了出去。

黑马一步蹿起，站在雅间门口，伸长脖子看向楼梯下面。看着上上下下了几个人，他忍不住问道："老大，咱们又不认识，怎么看？"

"先看着。"李桑柔看着时辰差不多了，站起身来。黑马急忙让开。李桑柔贴门边站着，往外看。没多大一会儿，斜对面一片粉白墙壁上，突然裂出一扇门。白掌柜在后，堆着一脸笑，让着一个四十来岁的中年男子出来。中年男子阴沉着脸，气色很不好。

李桑柔看着中年男子还有两三步就要转下楼梯，突然拉开门，一脚踏了出去。

中年男子抬头看向李桑柔，迎着李桑柔的目光，圆瞪着眼，一张脸惨白如纸。

"我们是老相识了。"李桑柔看着中年男子，话却是对白掌柜打招呼。

"二爷，好久不见，里面说话吧。"李桑柔往前一步，拦到中年男子面前，往雅间里让。

中年男子惊恐得喉结乱滚，见李桑柔胳膊抬起，吓得从嗓子眼儿里叽了一声，往后连退了两步。

李桑柔眼睛微眯，狭剑藏在刚刚略抬起的胳膊下——看来他知道。他以为她要拔剑杀他，才会吓成这样。

"二爷放心，就是说说话。黑马，侍候二爷。"李桑柔一脸笑。

跟在中年男子后面的白掌柜已经悄悄往后退了又退，离两人六七步远了。

黑马蹿出雅间，连拖带架，将中年男子拖进了雅间。李桑柔跟进来，示意金毛站在门口看着。

黑马将中年男子按进椅子里，然后站在椅子后面，两只手卡在中年男子的脖子上。

李桑柔过去，站到中年男子面前，笑吟吟道："放心，至少这会儿，我还没打算杀了你。"

"你、你不是……"中年男子紧张得喉咙嘶哑，脸上、眼里却是浓烈的犹疑困惑。

"看来你对她知之甚深，这么一会儿，就吓成这样，还能看出来我不是她。"李桑柔把椅子拖出来些，坐到中年男子的对面。

"你是谁？"中年男子没那么紧张了。

"你是谁？姓什么？叫什么？做什么营生？"李桑柔问道。

中年男子紧抿着嘴，没答话。

"要么，咱们在这里喝着茶，吃着点心，好好儿说说话；要么，让他俩侍候你出去，到我家好好说话，你觉得哪个好？"李桑柔笑问道。

"我姓叶，叶安生，行四，做点药材小生意。"叶安生两只手紧攥着椅子扶手。

"叶四爷，是你杀了我妹妹？为什么要杀她？"李桑柔接着问道。

"你妹妹？"叶安生恐惧中透着困惑。她和她一模一样，可她肯定不是她！她妹妹？她们是双生姐妹？

李桑柔侧过头，眯眼看着叶安生。

"我没杀她！不是我！"叶安生被李桑柔看得恐惧到喉咙干涩。敏锐的直觉告诉他，她那个妹妹……要真是妹妹的话，是一把刀；眼前这个，却是恶鬼。

"我不是，我没想到……"过分的恐惧，让叶安生觉得，要说点儿什么才会安全，"是大郎，是大嫂，不是我！不是……"

"不要急，慢慢说。"李桑柔伸手按在叶安生的肩膀上。叶安生顿时浑身抽紧僵硬。

"黑马，侍候叶四爷喝口茶。"李桑柔抬起手，在叶安生肩膀上慢慢拍了两下。

黑马倒了杯茶，一巴掌打掉叶安生的软脚幞头，抓住叶安生的发髻，揪得他仰起头，另一只手端着杯子，将一满杯茶汤灌进叶安生的嘴里。叶安生呛得连声咳嗽。

李桑柔等他一阵急咳过去，跷起二郎腿："说吧。"

"姑娘真是湛泸的姐姐？"叶安生看起来不像刚才那样恐惧了。

"想探一探我知道多少，好掂量着怎么说，是吧？"李桑柔笑起来，"我什么都不知道，一无所知，叶四爷随便说。"

"不，不是，我是……从哪儿说起？"叶安生抖着手，抽出条帕子，抹了把茶水淋漓的胡须。

"我说了，随便。"李桑柔从叶安生的胡须往下，看着他脖子上的大动脉。叶安生下意识地往后缩了缩。

"是、是大郎，还有大嫂，以为杀了湛泸，就能把大哥的过错掩过去。"

"那掩过去了？"李桑柔笑问道。

"没有。"

"为什么没掩过去？"

"大哥为了养湛泸，挪用的银子数目太大，实在掩不过去。"叶安生目光闪烁。

"喔，既然是因为挪用银子，该想办法把银子补上才是，为什么要杀人？"

"大嫂以为湛泸是大哥的外室，不杀湛泸，大哥就会一直挪用银子。"

"一个外室能挪用多少银子，你们叶家，会把这点银子放在眼里？"李桑柔斜睨着地上那只幞头，幞头上缀的是极品羊脂玉。

"湛泸不是外室，是杀手。"叶安生下意识地瞄了眼李桑柔带剑的那只胳膊。

"杀手啊。那怪不得，养出来一个杀手，那可得不少银子。杀手可不是一天两天、一年两年能养出来的，要从小养起呢。这银子也是一年一年慢慢挪用的，是吧？挪用了多少年？十五年？二十年？怎么突然一下子就掩不住了？"李桑柔笑眯眯地看着叶安生。

叶安生紧攥着椅子扶手的两只手微微颤抖。

"是你告发的，是吧，你怕你大哥让湛泸杀了你，你就先下手为强，除掉湛泸。"

叶安生张了张嘴，一个"不"字却没敢吐出来。

李桑柔斜睨着他，片刻，才接着问道："你大哥为什么要养杀手？"

"大哥没说。"叶安生低着头。

"你问了，他没说，还是你没问过？"李桑柔拿了根筷子，托起叶安生的下巴。

"问了，大哥没说。"叶安生恐惧得发抖，往下看着顶着他下巴的那根筷子。李桑柔手里的筷子下滑到叶安生喉结下，点了点。

"你明知道你大哥养的是杀手，却告诉你大嫂是外室。做药材生意，是安济叶家吧？你大哥原本是要做族长的吧？那现在呢？谁接了你大哥的位置？"李桑柔转着筷子，慢悠悠问道。

"七爷。"这两个字，叶安生吐得十分痛苦。

李桑柔笑出了声："你连你大哥养杀手这样的事都能知道，看来，你是你大哥非常信任的人。心腹，是不是？心腹成这样，你又姓叶，那你从前跟在你大哥身边，你大哥还是族长，或者是未来族长的时候，你在你们叶家也算位高权重，是不是？你们叶家，可是真正的家大业大钱多。你是不是以为，只要把你大哥搞下去，你就能取而代之，坐到你大哥的位置上了？可你挖空心思，把你大哥搞垮台了，摔得最惨的，竟然是你！惨到连这间山子茶楼都敢轻易把你卖给我。"李桑柔一边说，一边笑得愉快无比。

叶安生神情惨然。

"怎么到哪儿都有你这种自以为聪明的坏货呢？唉。"李桑柔叹了口气。

"现在，去告诉你大哥，让他来见我。还有，白掌柜是不是已经赔了银子给你了？"李桑柔说着，欠身过去，在叶安生荷包以及袖管处捏了捏，从袖管里摸出几张银票，看了看，递给金毛。

"你大哥过来，最快要几天？"

"大哥在山里清修，不好找……十天。"叶安生说到一半，见李桑柔眼睛眯起，立刻给个天数。

"五天。"李桑柔将筷子拍到桌子上，愉快地拍了拍手。

"五天后，让你大哥在这儿等我。本来嘛，咱们素不相识，现在，托你的福，咱们认识了。你已经杀了我二三四，一共九次。不要再惹我了。你这个年纪，儿子、孙子一大家子了吧？你们一家子，再怎么，九条命总归有的了。"李桑柔上身前倾，笑道。

叶安生吓得上身紧紧贴在椅背上，拼命摇头，却说不出一个字。

李桑柔站起来："咱们走吧。"

李桑柔出了雅间，却没下楼，转弯直奔那间关了门就仿佛不存在的房间。刚才，叶安生就是从那里出来的。

李桑柔刚站到开门的地方，门就从里面拉开，白掌柜微微欠身，让进李桑柔，抬手挡住了黑马和金毛："请两位到楼下喝杯茶吧。"

黑马看向李桑柔，金毛紧盯着白掌柜。

"到楼下等我。"听李桑柔吩咐了，黑马和金毛退后两步，转身下楼。

白掌柜轻轻掩了门，看着背着手、仿佛视察一般打量着四周的李桑柔，片刻，才笑道："李姑娘好身手。"

"有个杀手，我想杀了他，怎么算价？"李桑柔看着白掌柜，微笑问道。

"李姑娘这样的身手，何必多虑？"白掌柜干笑道。

"天下没有万全之计，能防患于未然，何必冒险呢？"李桑柔直视着白掌柜。

"做杀手的，多半是畸零之人，孤单伶仃，若是还要担心从这里捅出去的明刀暗箭，那就过于寒酷了。这样的事，天道不容。杀杀手的生意，从来没有过。"白掌柜干脆明了地答道。

"这样啊。"李桑柔笑容露出，"那要怎么样才能从你这里接活儿，做上这个杀手？"

白掌柜呆滞了一瞬，随即失笑出声："李姑娘原来……李姑娘过虑了。"

"我长这么大，只有考虑不周的时候，还从来没有过虑过。"李桑柔叹了口气，冲白掌柜拱了拱手，"怎么样才能做这个杀手，请白掌柜指点。"

"第一，李姑娘还有三位兄弟，不是全无牵挂；第二，李姑娘和睿亲王世子的交情只怕不差，这两件都是忌讳。还请李姑娘见谅。"白掌柜冲李桑柔欠身拱手，委婉拒绝。

"听起来，白掌柜这里的生意，讲究还挺多？"李桑柔沉默片刻，笑道。

"越是世情之外的行当，越不能肆无忌惮，讲究自然会多一些。"

白掌柜明了地看着李桑柔，不用她再多问，接着道："譬如，不伤七岁以下孩童，不接无缘无故之单，不虐杀，不毁尸，不可连累无辜，不可行动于众目睽睽之下，林林总总几十条，规矩繁多。"

"不接无缘无故之单，怎么讲？"李桑柔凝神听着，问了句。

"有仇有恨。"顿了顿，白掌柜接着道，"李姑娘这一单，内情也许曲折，可李姑娘确实曾是别家奴仆，伤主逃遁，这一件是无误的。"

"你看到身契了？"李桑柔眉梢微扬。

"是。"

"身契上是什么名字？湛泸？"李桑柔带着一丝笑。

"桑氏女。"

"唉。"李桑柔叹了口气，"那是我妹妹，她已经死在托付你的那位叶四爷手里。叶四爷偶然看到我，惊恐万状，找到了你这里。托叶四爷这份惊恐万状的福，我这才知道我妹妹是怎么死的。白掌柜这里大约也没想到，不知者不该怪罪。"李桑柔微微欠身。

白掌柜愕然。

"实在是过于少见，李姑娘和令妹又……"白掌柜指了指李桑柔藏着狭剑的胳膊，"实在是没想到，请李姑娘见谅。"

顿了顿，白掌柜皱眉问道："李姑娘也和令妹一样，曾经同在一家？"

"不是。我和妹妹自小分别，只是，"李桑柔微笑，"白掌柜既然说少见，想必还是见过像我和妹妹这样的姐妹或是兄弟。我和妹妹两人如一人，虽各自长大，却还是走到了同一条路上。只是，她被拘为奴仆，我没有。"

"我确实见过一二。"白掌柜看起来十分感慨，冲李桑柔长揖到底，"虽说李姑娘和令妹这样的姐妹极其少见，那也是小号疏忽了，李姑娘大人大量。李姑娘放心，往后，小号和李姑娘以友相待。关于李姑娘的单，无论如何，小号不会再接。"

"多谢白掌柜。"李桑柔笑着拱手，和白掌柜告辞。

傍晚，大常炖了一大锅萝卜白菜咸蹄髈，把大炭盆搬到院子里，架上铁盘，抹了油，将一只咸羊腿片成厚薄合适的大片，摊在铁盘上。

铁盘上的咸羊肉刚刚油滋滋响起来，院门外传进来如意的声音："李爷在家吗？"

不等李桑柔吩咐，黑马一跃而起，直冲出去，再直冲进来："老大！老大！是世子爷！世子爷！"

迎着李桑柔瞪过去的目光，黑马脖子一缩："那个啥，说是，世子爷请您……好像是吃饭。"

李桑柔看着刚刚夹起来的一片两面焦黄的羊肉，烦恼地放下筷子，站起来往外走。

"老……"黑马在李桑柔身后，指着她身上那件男女不分的狗皮袄，一个"老"字都没敢吐全。刚才他太咋呼了，老大好像生气了。

"坐下吃肉，就冲你这没出息的样儿，老大指定不能带你去，太丢人了！"金毛用脚踢了踢黑马，一边说一边笑。

"放屁！老子大家出身，有的是出息！那是世子爷！能跟世子爷吃上一顿两顿饭，往后老子的墓志铭就有得写了，那可不一般！跟你说你也不懂！"黑马一屁股坐到金毛旁边，一筷子下去，夹起三四片肉，吹了吹，一口咬上去。

"咱们来的时候，一路一个多月，天天跟世子爷一个锅里吃饭，还一个床上睡觉呢，够你写墓志铭的了。"金毛拍了拍黑马。

"那时候世子爷虎落平阳，跟现在不一样。那个时候不算。你大字不识几个，又没见识，跟你说你也不懂！"黑马化愤愤为食欲，一筷子下去，再夹起三四片羊肉。

"不知道世子爷送不送老大回来。"正片着羊腿的大常闷声说了一句。

"老大不是说暂时没事了吗？"金毛停下了筷子。

"要不，咱们跟过去接一接？"黑马伸长脖子咽了嘴里的肉，急忙建议道。

"不用接，我说的不是这事。"大常将片好的一堆肉放到铁盘上。

"那是啥事？"金毛和黑马一起看着大常。

"没事。"大常闷声答了句。

李桑柔跟着如意，还是进了那家酒楼。

"这家酒楼叫什么？"从偏门一进去，李桑柔就问如意。

"这是唐家正店。世子爷爱喝他家的玉魄酒，也喜欢吃他家的菊花鱼和鱼面。"如意笑着，答了话，又解释了几句。

李桑柔一个"嗯"字，尾音微扬。她那个小本本上，唐家正店排在最难吃到的正店之首。他家的迎门小厮斩钉截铁地说：今年整个正月都没位子的！

嗯，等会儿尝尝菊花鱼和鱼面，这唐家正店就可以从小本本上划掉了。

"今天又是就你家世子爷一个人？你们早就订下的？听说最迟也要提前半年，才能在正月里订到他们家的座。"李桑柔听着自己的脚步声，和如意闲扯道。

"今儿是就世子爷，倒没怎么提前，今天未末过来打的招呼。"如意一脸笑，"世子爷一向行止随心，一顿饭的事，哪能提前半年就订下。"

"那，那些提前半年一年就订下今天的座儿的人呢？"李桑柔接着问道。

"大约赔点儿银子吧。世子爷往常来，多半是悄悄来，悄悄走，也就这一两回清了场。"如意答得委婉圆滑。

李桑柔"噢"了一声，没再说话。前面，已经是那间雅间了。

顾晞还和上次一样坐着，不过只看背影，李桑柔就觉得他今天心情相当不错。

听到动静，顾晞转过头，看着李桑柔那件狗皮大袄，眉梢高高扬起。

"坐！"顾晞示意旁边的椅子，看着李桑柔坐下，目光在她那件大袄上来来回回看了三四趟。

李桑柔坐下，看着旁边几上放着的酒壶和倒好的一杯酒，端起喝了一口，问道："你吃过了？"

"嗯，在明安宫和大哥一起吃的，大哥晚饭吃得早。"顾晞冲李桑柔举了举杯子。

"我还没吃呢，听说他家菊花鱼和鱼面不错？"李桑柔不客气道。

"让他们各做一份送过来，再看着搭配几样拿手菜。"

顾晞吩咐下去，转回头，再打量一遍李桑柔的狗皮袄，忍不住道："我让人挑些皮货拿给你，你去做几件袄子、披风什么的。高头街上那几家绣坊手艺都不错，守真常到那里做衣服。"

"不用，衣服我还能穿得起。下次过来，我换件衣服。"李桑柔拉了拉狗皮大袄，端起酒，抿了一口。

"我不是嫌弃……"话没说完，顾晞就笑起来，"是我唐突了。"

李桑柔笑着冲顾晞举了举杯子。

"你找到杀手背后的人了？"顾晞喝了杯中酒，笑问道。

"嗯。"李桑柔肯定地应了一声。

顾晞等了好一会儿，见李桑柔抿着酒，没有往下说的意思，忍不住问道："是谁？"

"从前一点儿旧恩怨。"

顾晞扬眉看着李桑柔。李桑柔迎着他的目光，一只手摊开："不足为外人道。"

顾晞沉了脸，好一会儿才悻悻道："不是要打听什么，只是守真有些担心你，顺口问一句罢了。"

"文先生肯定不会担心我，多谢你。"李桑柔听到门口有脚步声，一边扭头看，一边顺口答话。

顾晞斜瞥着她。

李桑柔没看到顾晞的斜瞥，她已经站起来，坐到桌边吃饭去了。

顾晞拧着身子看了片刻，也站起来，坐到李桑柔对面。

"这酥鱼做得不错，外脆里嫩，浇汁尤其好。怪不得他家座儿那么难订。"李桑柔将酥鱼碟子往顾晞那边推了推，示意他尝尝。

"这酥鱼也就过得去，他家豆腐丸子更好，你尝尝。"顾晞示意旁边一碟。

"那我尝一个。这两年我最烦吃丸子。年货里头，大常最喜欢炸丸子，年前非得炸上好几筐，吃到发霉。让他扔了，他说年货不能扔，洗洗能吃。"李桑柔一边说着话，一边夹了个豆腐丸子吃了。

"豆腐蟹粉，这外皮酥软的好吃，确实比酥鱼好。"李桑柔连吃了几个豆腐丸子。

外面小厮提着食盒，一路小跑进来。如意忙托起还在滋滋作响的菊花鱼，捧出来，放到桌子上。

"这是菊花鱼，你尝尝，他家最拿手的。"顾晞指着菊花鱼介绍道。

李桑柔欣赏了几眼满碟子盛开的金黄菊花，伸筷子夹起一块，一口咬下去，点着头示意好吃。

李桑柔几乎吃完了一碟子菊花鱼，又吃了一碗鱼面，满意地放下了筷子。

两人重新坐回对着湖面的椅子上，顾晞看着李桑柔笑道："李姑娘做的烤鱼，我以为最佳。"

"吃东西讲究当时当地，那会儿你觉得好吃，要是这会儿再吃，肯定远远不如这菊花鱼。"李桑柔倒了杯酒，连喝了两口。

"你去江都城，不就是找了份厨娘的活儿搭船过去的？那天起程的三家，都是很讲究的人家。李姑娘的厨艺，和李姑娘杀人的功夫一样好。"

李桑柔举着杯子，认真想了想，笑道："还是杀人的功夫好些。"

顾晞失笑："姑娘经手的那几具尸首，我去看过，确实不错。"

顾晞说着，冲李桑柔举了举杯子。

"虽说……"李桑柔拖着长音，"可是，认认真真做一顿饭，再认认真真吃一顿饭，令人愉快。杀人这事，不管何时、何地、何因，都不是一件让人愉快的事。"李桑柔叹了口气。

"守真要是听到姑娘这话，肯定很高兴。"

李桑柔笑着没说话。

沉默片刻，顾晞瞄着李桑柔笑道："姑娘头一次见守真，曾说守真极似你一位故人。"

顿了顿，顾晞接着笑道："可前几天，姑娘又说，忘记了前尘旧事。"

"你经常做梦吗？"李桑柔沉默良久，才看着顾晞问道。

顾晞点头。

"有没有做过似曾相识，是你又不是你的梦？比如在梦里，你在某座山里，大雪纷飞，四顾茫然。你又冷又饿，艰难跋涉。有时候，你一进到梦里就知道你来过，翻过这座山有什么，上次你在那里发生过什么事，可真要仔仔细细想清楚，又会模糊起来。"

李桑柔抿着酒，慢慢说着。

"我现在就好像这样，有些人或是事很清楚，比如我杀人的功夫，我知道怎么做饭，我很确定我有位故人和文先生长得极似。但我也很确定，文先生不是他。可更多的事、更多的人，我忘记得全无印象。还有一些很模糊，似是而非。"

李桑柔头往后靠在椅背上，慢慢晃着摇椅，看着圆月的光，看着微风轻拂的湖水。

她确实模糊了很多事，比如，爸爸死的时候，那满地的血，她是真的看到了，还是在梦中？爸爸的丧礼是风光大葬，还是只有她一个人跟在黑漆漆的棺车后？比如那满屋子狰狞的嘴脸是她杀光了他们，还是他们把她杀了？

"我没做过大雪纷飞的梦，只是常常梦到一个人走在空荡荡的宫殿里。不过，"顾晞提高声音，"多数时候，是梦到冲锋陷阵。还有一回，梦到下棋，下到一半，棋子活了，黑白厮杀。"顾晞说着，笑起来。

"我一直想把这把剑的过往找出来，这次，也许是个机会。"李桑柔滑出那把狭剑，举起来看了看，又滑进去。

"那些杀手和这些过往有关？"顾晞伸手想去拿剑，李桑柔已经将剑滑回袖筒。

"嗯，应该是。"

"找一找也好，否则暗箭难防。只是，你算是死过一回了，从前种种，皆是过往，不要陷进去。"顾晞沉默片刻，关切道。

"嗯，多谢。"

第八章　陈年旧账

虽说那天叶四爷叶安生看起来像是吓破了胆，可谁知道他是真破了胆还是将破没破，一回到家，那胆气又上来了呢？又或者，虽说吓破了胆，可是过于愚蠢，非要再干出点儿什么事来？

蠢货的破坏力才真正惊人。

而且，这建乐城的杀手行是就山子茶坊这一家，还是像鱼行、骡马行一样，到处都是，李桑柔可不敢确定。所以，之后几天，李桑柔几乎闭门不出，只等着约定的那一天。

到了约定的那一天，午饭后，李桑柔带着黑马和金毛，进了山子茶坊。

茶博士迎上去，带着李桑柔往楼上去。

上了几步楼梯，茶博士回头，对李桑柔低低笑道："一大早就来了，风尘仆仆的。"

"多谢。"李桑柔低低谢了句，进了上次的雅间。

面对雅间门口坐着一个瘦削苍白、相貌仪态极佳的中年人，看到李桑柔，双手撑着桌子站起来，脸上说不出什么表情，好一会儿才说出话来："竟然真是你。"

"你就是叶安平了？湛泸已经死了。"李桑柔坐到叶安平对面。

黑马和金毛一左一右，抱着胳膊站在李桑柔后面，虎视眈眈，瞪着叶安平。

"能和姑娘单独说几句话吗？"叶安平示意黑马和金毛。

李桑柔沉默片刻，吩咐两人："到楼下等我。"

黑马和金毛出门下楼。

叶安平看着金毛带上门，看着李桑柔，苦笑道："我买回湛泸时，她刚刚

125

生下来，湛泸没有双生姐妹，她是头生子，没有姐姐。"

李桑柔看着叶安平，一言不发。

"可你真不是湛泸，湛泸从来没有过你这样的眼神。我不知道发生了什么事，也不打算知道。这天下，多的是奇闻怪事。当初，连湛泸在内，我一共买了二十个刚刚出生的婴孩，十男十女，请乳母喂养，精心照料，现如今，都已经长大成人。这二十个人，从刚学走路起，我就请人教他们学功夫，学做杀手，可最后学出来的，只有湛泸一个。"

"其余十九个人呢？"李桑柔语调平和，仿佛在听一个不相干的久远故事。

她确实和叶安平说的这些隔阂极远。

"学不来杀手，能学些打斗功夫的，做了叶家护卫；学功夫也不行的，各择其长吧，伙计、账房，再不济，就是长随、仆妇，叶家多的是用人的地方。安济叶家做药材生意，到我这一代，已经是第六代了。能一代代延续下来，是因为我们叶家不种恶因。"叶安平凭着自己的理解，解释道。

"湛泸是怎么死的？"李桑柔没理会叶安平的解释，直接问道。

"从头说起？"叶安平沉默片刻，看着李桑柔道。

李桑柔点头，拿了只杯子，给自己倒了杯茶。

"十九年前，"叶安平刚说了句开头，话顿住，片刻，叹了口气，"还是从更早说起吧。我有个表妹，姓左，小名，柔娘。"

叶安平的喉咙哽住，好一会儿，才慢慢吐了口气，接着道："我比柔娘大五岁，我十三岁那年，就立志此生非柔娘不娶。柔娘待我也是如此。二十五年前，我刚刚开始接手药材采买这一块儿。药材行当，懂药、识药第一要紧，采买上头最不容有失。那一年，我跟着几位叔伯从北到南，到田间地头、深山密林，查看采买药材，一去就是三年零十个月。等我回到安庆府，家里人说柔娘已经死了三年了。"

叶安平的话顿住，好一会儿才接着道："左家跟我说，柔娘是得急病死的，其实不算是。我二月里起程，夏天里，当时的安庆府尹孙洲夫人王氏大宴宾客，几乎请遍了安庆城里的小娘子。当晚，宴席结束，别的小娘子都回去了，只有柔娘一去不返。隔天，孙府尹夫人王氏亲自到左家，说柔娘和她娘家侄子王庆喜一见钟情，已经成就了好事。两人怕长辈责怪，一早上就起程回无为老家了。王夫人娘家侄子王庆喜早已有妻有子，当时刚刚中了举，到安庆府是为了跟在孙府尹身边习学。我不知道王夫人给左家许诺了什么，左家欢欢喜喜送走王夫人，认下了这桩事。隔年春天，柔娘的小叔和长兄同榜考中了秀才。夏天，说是柔娘到了无为就一病不起，已经没了。我到家时，柔娘已经无影无踪了三年半，死了两年半了。"

叶安平垂着头，好一会儿，抬头看了眼李桑柔，苦笑道："我去了一趟无为。王家是当地大族，人才辈出。我到无为的时候，王庆喜在京城高中二甲，喜报刚刚递送到无为，整座城里锣鼓喧天。王庆喜确实在三年前的秋天带了个女子回到无为，说是很宠爱。但隔年夏天女子确实病死了。柔娘没被埋进王家祖坟，她一个妾，又无所出，她不配，就被埋在了义冢。我悄悄挖开，薄薄的棺木已经腐烂，人……"

叶安平喉咙再次哽住，好一会儿，才能又说出话来："我和柔娘自小两情相许，两家也觉得合适。柔娘知书达理，教养极好，聪慧善良，绝不会像个傻子一样，见一个清俊男子就投怀送抱。何况王庆喜当时已经三十五六岁，矮胖粗黑，并不清俊。柔娘必定是被王庆喜奸污，被孙洲夫妻联手害死的。"

李桑柔打量着叶安平。

听他这些话，他今年肯定五十岁出头了，看起来还是十分悦目，想来年轻的时候，相貌风采要远超"清俊"二字。叶家又是天下药商第一家，柔娘哪怕只有一丁点儿脑子，也确实不会看上矮胖粗黑、三十多岁、有妻有子的王庆喜。

"左家得了好处，欣然认下了这事，不过死了个女儿，左家有的是女儿。我和柔娘还没定亲，打不了官司，甚至，我都没有说话的立场，可柔娘的冤屈，我没法抛之不理。十九年前，我花了一年的时间，买了二十个刚刚出生的婴孩。你是最后一个，生在腊月。"

"你要杀了谁？孙洲夫妻，还是王庆喜？还是，已经杀了？"李桑柔扬眉问道。

"没有。我想杀了他们三人，可是，还没来得及。"叶安平低低叹了口气。

"湛泸是怎么死的？"李桑柔看着叶安平，片刻，问道。

"二十个孩子，到他们十一二岁的时候，已经只剩下湛泸一个人了。我对她寄予厚望，每个月都去看她，对她很好。"叶安平看着李桑柔，"她恋上了我。"

李桑柔眉毛飞起。这可真狗血！不过，想想也不奇怪，眼前的叶安平瘦削灰败，可依然是个很有魅力的男人。当年他没灰败的时候，肯定比眼前更有魅力。再说，他又是湛泸的主人，有钱有颜的主人。湛泸是被当作杀手驯养大的，大约在成长的过程中就没怎么见过男人，甚至没怎么见过人。

"到她学成出师的时候，她跟我说，她替我杀了那三人之后，我要把她收

127

到身边。二十多年前,我去过一趟无为,回到安庆府的当年,就娶了个门当户对的妻子陶氏。我要替柔娘讨个说法,需要很多银子。那二十个婴孩,相互不能知道,都是单独养大,单独请师父教练,以免学不成的放出去后泄露一切。后来,虽说只有湛泸一个人了,可给湛泸请的师父都极昂贵。这些银子单凭我从族里分得的一份养家银根本没办法承担下来,我得像父亲、祖父希望的那样,接手叶家,做一个叶家有为子弟。要是这样,我就不能不成家。成了家,像个正常人一样,我才能调动叶家如山似海的银子。"

李桑柔眉梢微挑,怜悯地看着仔细解释他为什么要娶妻的叶安平。

这不是对她的解释,这是他对自己的解释。

看来,他对那位柔娘,可真是念念不忘。

"从成亲前到现在,我没有过妾,没有过通房。不是因为陶氏,是因为柔娘。柔娘的死、柔娘的冤屈,时时刻刻压在我心里。叶家和陶家,像我这样没有一个妾侍通房的极少。这将近二十年里,特别是叶四投到我身边之后,在陶氏娘家姐妹,特别是叶四媳妇的捧哄之下,陶氏的妄心一天比一天浓厚。她觉得我和她是一生一世一双人,生死与共的夫妻。

"她捻酸吃醋,想方设法让人盯着我,时常因为一点儿小事就和我大闹,说我没把她放在心里。我去湛泸那里,好几次,差点儿被她跟踪过去。后来不得已,我让叶四替我去过几回。叶四虽然头生反骨,是个背主叛友的人,却极聪明。他看到了我分摊到每年账上的那笔银子,见了湛泸,他就明白了那笔银子的去处。他诓骗陶氏,说湛泸是我养的外室。陶氏醋性大发,在叶四和叶四媳妇的帮助下设了局,把湛泸诓了出来。当天,叶四就把我多年挪用公账的凭证交到族里,又把湛泸的事一起禀报给族里。他以为,湛泸必定大开杀戒,陶氏和我的两个儿子必定性命不保。可湛泸没杀人。陶氏说,湛泸是自己投的江。湛泸不会自己投江,是不是?"叶安平看着李桑柔。

"我不是湛泸。"李桑柔迎着叶安平的目光,"后来呢?"

"叶四在跟我之前,跟着九叔打理焙制药物这一块儿的事。九叔和七堂叔的儿媳妇有私,被他当场拿住,报给了族里,连带着又报了十几件九叔任用私人、挪用公账银子、公物私用等琐事,九叔被锁进祠堂三年,七堂叔的儿媳妇被沉了塘。到我,是第二件了。族老们说,他人品卑劣、恶毒,已经把他开革出族。只是因为这不是什么光彩事,没有往外声张罢了。至于我,湛泸死了,柔娘的仇已经没有指望,我活着,也不过是苟延残喘。我已经拜在迎江寺圆慧大和尚门下,只是没落发而已。"

"我不是湛泸。"李桑柔一边说，一边站起来。

"我能看看你那把剑吗？"叶安平指着李桑柔藏着那把狭剑的胳膊。

李桑柔斜瞥着他，没说话。

"那把剑叫湮凤，世所罕有，是我花了极大的代价才得到的。我还有些银子，能不能请姑娘出个价，就当还这把剑的人情了。"叶安平看着李桑柔。

李桑柔沉默良久："孙洲夫妻和王庆喜，现在何处？"

"孙洲夫妻就在建乐城。孙洲在安庆府尹任满之后，升任京西东路同知，后又升任京西东路转运使，之后就进了户部，现任户部右侍郎。王庆喜辗转了两任县令，现任京东东路青州府尹，这是第二任了。"

李桑柔听到户部右侍郎，眉梢微挑。年前被斩了的沈赟，是户部左侍郎，永平侯沈贺，领着户部尚书的差使。

"你刚才说的，只是一家之言，我得先查清楚，真要如你所言，我替你杀了首恶，不要银子。"李桑柔看着叶安平道。

"多谢姑娘！"叶安平从椅子上滑跪在地。

李桑柔看着他跪伏在地，缓缓磕头下去，叹了口气，转身走了。

第九章　街道司

李桑柔回到炒米巷，坐在廊下，慢慢晃着摇椅发呆。

大常端了一大杯茶递给李桑柔，坐在旁边看了一会儿，忍不住问道："是那位叶大爷？"

"嗯，应该没什么事了。"李桑柔叹了口气。

"老大，到底怎么回事？那什么湛泸？"黑马急忙挤上来问道。老大从楼上下来，脸色就不怎么好，回来的路上，一句话也没说，他跟金毛满肚子疑问，可一个字都没敢问出来。这会儿老大说话了，他得赶紧问问。

"湛泸死了，以后不要再提，这件事算过去了。"李桑柔摆了摆手。

黑马还要再问，被大常一把拉开。"那刀枪暗箭，撤不撤？"大常问了句。

"先放着，咱们过的这日子，小心无大错。"李桑柔再叹了口气。

大常应了，推着黑马，再拎一把金毛，将两人拎出几步，示意两人别打扰他们老大。

傍晚，如意提了一只提盒送过来，再捎了顾晞一句问话：事怎么样了？

李桑柔回了句没什么事了，如意提着大常塞到他手里的上一回的提盒，出门走了。

黑马和金毛提起提盒，把里面的精细点心一样样端出来。黑马夸一句，金毛就嫌弃一句："这是酥螺吧？瞧瞧人家这酥螺，跟那真花儿一模一样！多好看，多雅致！不愧是亲王府出来的东西，就是高贵！"

"就这么点儿，别说大常，都不够我一口吃的，吃都吃不饱，高贵有屁用！"

开年没两天，朝廷里就起了动荡。

散朝后，几位相公和顾瑾、顾瑗、顾晞等人，进了偏殿。

吃了皇上赏赐的一碗牛乳、两块点心，几件事后，议到沈赟空缺出来的户部左侍郎。

顾瑾笑道："礼部尚书周安年病倒不能视事，也快一年了，前儿听太医院说，病情没见好转，像是还重了些。从他病倒，已经上了四份请求致仕的折子，不如就让他致仕静养，另推人主持部务，礼部不能长年无人主事。"

"王爷思虑周到，臣昨天还在和杜相、潘相说周尚书这事，臣附议。"首相伍相欠身表示，他也是这个意思。

"嗯，前儿那一份着实情真意切，着他在京致仕，其余细节，你们先议一议，拿给朕看。两处空缺的人选都说说吧。"皇上有几分疲倦地斜靠在靠枕上。

"礼部尚书乃储相之位，宜多想一步，臣以为，永平侯最佳。"顾瑾不客气地先提议道。

永平侯沈贺正急急盘算着这个新空出来的尚书之位该推荐谁，能不能抓在自己手里，听到顾瑾的提议，愕然看向皇上。

站在顾瑗身后的沈明书听到一句"永平侯最佳"，瞪了眼顾瑾，急忙从顾瑾看向他爹，又顺着他爹的目光看向皇上。

皇上正垂着眼皮，慢慢啜着碗汤。

"礼部负教化之责，这礼部尚书，'德'字极为要紧。永平侯因为不能齐家，刚刚在睿亲王府门口当众跪了一天，他做礼部尚书，这'德'字上，是不是不大合适？"二皇子顾瑗看着顾瑾，迟疑道。

顾瑾没理会顾瑗。伍相等人也照例只当没听见二皇子顾瑗的话。

"二爷所言极是。臣只怕担不起，请皇上明察！"永平侯沈贺急忙接话道，说到"请皇上明察"时，加重了语气，急切地看着皇上。要是二弟还在，自己调任礼部尚书，荐二弟接掌户部，这是极好的事。可现在二弟被杀，自己在睿亲王府门口跪了一天，户部已经有些人心动荡，自己再要调任礼部，户部只怕就要拱手让人了。

礼部尚书虽然号称储相，可本朝从礼部尚书位置拜相的，还从来没有过！

"你们看呢？"皇上看向几位相公。

"刚才二爷所言很有道理。礼部负有教化之职责，可此教化之责乃部之职责。再说，沈侯爷虽齐家有失，但也不过是一时疏忽。臣以为，就是相位，沈侯爷也是担当得起的。"伍相先欠身答话。

"户部沈贽空缺，要是再调任沈侯爷，户部一尚书二侍郎，就只余孙洲孙侍郎。今年要清理调换永嘉库等几处大粮仓，春赋又迫在眉睫，粮仓赋税，都是入手极不易的事。臣以为，至少这会儿，沈侯爷不宜调任。"杜相一向有话直说。

"臣以为，若要调任，户部先得有合适的人选。"潘相把永平侯调任的事推到了另一件事上。

站在二皇子顾瑗身后的沈明书赶紧点头。就是啊！把他爹调任礼部，那户部尚书不就空缺出来了？哪有这么拆东墙补西墙的！潘相这话虽然没说到位，可好歹有那么点儿意思了。他站在二爷身后，只是个习学，没有他说话的份儿，要不然……

沈明书恨恨地斜瞥了顾瑾一眼。他要是能说话，早就把他驳得无话可说了！

顾晞坐在顾瑾下首，神情淡然，一言不发。

顾瑾看着皇上笑道："看今年的情形，纵不是前年、去年那样的丰年，也是个难得的好年成。连着三个丰年，从永嘉仓到各州县义仓，都该趁着丰年调换新粮，集出旧粮，趁着调换，再彻查各处粮仓。旧年里，一到调仓、查仓，常常水淹火烧，事端百出。臣以为，此事一定要行动迅速，刀锋要利，世子最合适。"顾瑾指了指顾晞。

永平侯沈贺气得气儿都不匀了，巧取强夺到这种地步，他真是开了眼了！

"臣的意思，"顾瑾接着道，"由世子权知户部部务，淮南西路转运使史平调任户部左侍郎。史平在淮南西路转运使任上两任期满，回京述职，年前已经回到京城。史平调任淮南西路转运使前，在户部做了十七年，由堂官到郎中，直至权户部右侍郎，两任转运使，考评皆是上佳。"

"你们看呢？"皇上沉默片刻，看向伍相等人。

"臣以为，合适。"伍相欠身，干脆答话。

"皇上，核查各处粮仓，以新换旧，这件事，年前臣就和二爷议过，也和皇上说过一回，户部已经着手在做了。至于到各处实地核查，臣以为，明书就十分合适，也正好给他一个习学的机会。"永平侯沈贺实在忍不住，抢在杜相之前道。

沈明书憋着一肚皮的话，也只能拼命点头。查看粮仓这事，他做过不是一回两回了，不就是过去看一趟，看清楚粮仓上的印字动了没有，还有什么？拿这个当借口，实在太过分了！

"臣以为，查看粮仓确实是大事，可世子亲自查看，是不是有些大材小用了？沈明书虽说年纪小，阅历、经验差点儿，可若是挑上一两个积年老成的户部堂官一同前往，臣以为也就十分稳妥了。"杜相欠身道。

永平侯沈贺不停地点头。就是这个意思！

"说起粮仓，几处军粮仓，是不是也要一并查核调换？臣以为，这事得问问庞枢密。"潘相照例扯到另一件事。

"嗯，再议吧。下一件是什么事？"皇上抬眼看向伍相。

又议了几件事，诸人散了出来。永平侯放慢脚步。临近东华门，沈明书连走带跑地从后面赶上来。

"阿爹！"沈明书赶得有几分气喘，"刚刚我跟二爷说了几句，让二爷凡事得有自己的主意，可二爷……"

沈明书烦恼得叹了口气："他就觉得，都是为国为民，不该多计较个人得失。我又不能多说。"

永平侯沈贺摆着手："二爷书生意气，皇上发过话，说他就是那样的性子，不让多说。他这里，以后再说吧。这事，得赶紧跟娘娘说一声，看看娘娘能不能跟皇上说一说。还有你小姑那边，也得赶紧去说一声，最好能说动王爷，进宫请见皇上，说上一句两句。"

"我这就去找小姑。娘娘那边，还是让姐姐去吧。阿娘往娘娘那儿，从来没能办成事过，娘娘最疼姐姐。"沈明书连声答应。

"不是娘娘最疼你姐姐，是你姐姐有见识，有本事说动娘娘。你赶紧去见你小姑，我回去就让你姐姐进宫请见。"两人说着话，出了东华门。永平侯沈贺径直回府，沈明书直奔睿亲王府。

顾晞推着顾瑾回到明安宫，两人没进屋，坐在廊下。

顾瑾看着院子里已经爆出新芽的石榴树，有几分感慨："又是一年春。"

"我陪大哥出城逛逛？城外春意浓厚，繁台春景这会儿是最好的时候。"顾晞立刻建议道。

"这一树之春和一城之春，有什么分别？"顾瑾笑道。

"还是不一样。"顾晞笑起来。

"嗯。今年要编造五等版簿，这事年前议过，要遣人至各处明察暗访，以防上下勾结，不实不尽。你回去就写份折子，荐沈明书去核查这件事。丁口田财是国之根本，这桩差使对沈明书这位大才，正是大才大用。"顾瑾嘴角往下，似有似无地扯出丝丝鄙夷。

"沈明书担不起，他也不会去，他怎么舍得离开老二？半步都不会！"顾晞干脆直接地啐了一口。

"这件事要是不去，那核查粮仓的事，永平侯肯定有脸再说，杜相断不会再开口了。"顾瑾往后靠在椅背上，看起来十分自在，"沈赟死了，真是令人愉快。"

顾晞笑起来，看着顾瑾："大哥这话……大哥今天心情挺好。"

"最近心情都不错。你去一趟户部，找孙洲说说话，就说我说的，听说孙侍郎在百官中间号称磨勘百事通。"顾瑾笑道。

"大哥不是说让永平侯闹腾个两三个月，再提吏部的事？怎么现在就……"顾晞眉梢扬起。

"唉。"顾瑾叹了口气，"沈赟死了，咱们要是不给永平侯提个醒，他闹都不知道往哪儿闹。让孙洲去提醒他，也让孙洲心里明白，他能权知吏部不是出自永平侯府，而是源于咱们。"

"好。"顾晞笑起来。

李桑柔在廊下晃晃悠悠，一言不发，一直坐到天色将晚。

金毛跟着大常进进出出地忙。黑马睡了一觉起来，见李桑柔跟他睡着前坐得一模一样，便提着颗心，踮着脚绕过李桑柔，凑到大常身边，小心问道："老大这是怎么了？没事吧？"

大常似是而非地"嗯"了一声，拎着串儿腊肠，走到离李桑柔四五步站住，闷声问道："咱们今儿晚上吃啥？"

"嗯？"李桑柔一个怔神，再"噢"了一声，看着大常手里那一长串儿腊肠，"家里全是腌肉咸肉、咸鱼咸鸡了？"

"嗯，鱼市、肉市、菜市都得等出了正月才开市。"

"把炸的鸡块、鱼块和咸鱼、腊鸡炖一锅，瑶柱烧萝卜块，蒸碟子腊肠，再拌个香油白菜丝儿，不想吃馒头，蒸锅米饭。"李桑柔干脆地吩咐道。

"好！"大常愉快应声。老大还能吩咐吃什么，那就没大事。

黑马扬手表示蒸饭这事他来，金毛忙着去刨萝卜、白菜，大常先炖上鸡、鱼，接着泡瑶柱，切萝卜，切白菜。

半个来时辰，大常三人大盆大碗摆了饭菜上来。吃了饭，李桑柔捧着杯茶，这回不坐椅子上了，坐到台阶上，仰头看了一会儿还算圆满的月亮，叹了口气：

"大常，你说这天下，有多少冤死的人？"

"那可数不清，太多了。"大常看着李桑柔。老大从山子茶坊回来就有点儿不对劲，跟"冤死"这俩字有关？

"从前咱们在江都城的时候，那城里，一天有十好几个婴孩出生，一天也要死十几个人，那十几个死人中间，有多少冤死的？这建乐城一天生多少人？死多少人？中间有多少是冤死的？这天下呢？"李桑柔更像是自言自语。

"我们家是过兵的时候，一家人死光的，一个村上的人都死光了。他们都是冤死的。可这冤，找谁去？"黑马抹了把脸。要不是过兵，他现在就是个吃香喝辣的大户子弟！

不过，他现在也吃香喝辣！

"我不记得家人了，就记得我姐，我家这算不算冤死的？"金毛捅了捅大常。大常没理他，看着李桑柔，问道："老大从前是冤死的？"

黑马和金毛眼睛瞪大了，一起看向李桑柔。

"不是我，是有个女孩子，原本应该很幸福，却不明不白地死了。"李桑柔一边说，一边叹气。

"老大要是觉得她冤屈，咱们就替她讨个说法。"大常闷声道。

"我还不知道她是真冤屈还是假冤屈，先让我想想再说。"李桑柔说着，站起来，背着手进了屋。

午后，沈明青进了垂福宫。

沈贤妃皱眉问道："这会儿，你怎么来了？"

沈赟年前刚死，作为侄女儿，沈明青也是有孝在身的。

"阿爹让我过来看看。"沈明青垂眼答了句，随即道，"我就过来看看姑姑。太婆常说，男人们的事，咱们不该多管。"

"你二叔死了，以后，你太婆不会再说这样的话了。"沈贤妃示意沈明青坐到她旁边。

沈明青低低叹了口气，没说话。

"阿蕊和阿樱还好吧？"沈贤妃看着沈明青问道。

"二婶病着，阿蕊搬到二婶院里近身侍候，我把阿樱接到我那儿住着。白天里，要是没事，我就到二婶那里，陪她说说话，都还好。"沈明青委婉答道。

"阿蕊和阿樱都还小，你二婶可怜，唉。"沈贤妃神情哀伤，沉默良久，一声叹息抑郁而悲伤。

"你二叔虽说不是你太婆生的，可一生下来就被抱到你太婆身边，是跟着你太婆长大的，这跟她亲生的有什么分别？她怎么就能狠得下心推他去死？"

"义哥儿过继到二叔名下，阿娘曾经问过太婆，要不要把义哥儿的日常起居和教养交给二婶。阿娘说，养恩大于生恩，让二婶照顾义哥儿，以后义哥儿也能更孝敬二婶。太婆说，不是自己生的，再怎么也养不成自己的骨肉。"沈明青垂着眼，低低道。

沈贤妃脸色微白，片刻，叹气道："不说这个了。初六那天，大爷的生辰可还热闹？"

"跟往年一样。一年一年的，光看着明书长个儿，就是不见他长心眼。"沈明青下意识地松了口气，"世子爷很难得。宁和嘛……"

说到宁和，沈明青下意识地看了眼四周。沈贤妃最疼爱宁和公主，宁和公主也最爱在这垂福宫玩耍。

"她到园子里去了，说是找什么嫩芽。"沈贤妃明了地笑道。

沈明青也笑起来，接着道："她还是想方设法地找文先生说话，文先生嘛，还是不理她。二表哥还是东一下西一下地和稀泥，年年都这样。"

"要是年年都不一样，那就出大事了。"沈贤妃凝神听了，笑道。

"可不是？"沈明青跟着笑起来。

两人又说了一会儿闲话，沈贤妃道："你回去吧，别人怎么样，那是别人，你守好自己。回去替我给你二婶捎个话，要是觉得侯府里处处睹物思人，就搬到城外，你们侯府在城外有两三个庄子呢。"

沈贤妃顿了顿，接着道："要是都觉得不好，那就看哪儿景色好，喜欢哪儿就到哪儿，或置或赁都行，银子我出。这事，就交到你手里。"

"姑姑放心。需用银子，我找阿爹支用就行，家里不差这点儿银子。置办了庄子，就放在二婶名下。"沈明青忙起身答应。

"你是个好孩子。"沈贤妃轻轻拍了拍沈明青。

早上，沈明青从太婆韩老夫人院子里请安出来，吩咐备车，去城外大佛寺。

早几天前，符婉娘就捎信给她，今天她和家人要去大佛寺上香祈福，请她过去说话玩。

符婉娘是沈明青自幼的手帕交，两人无话不谈，交情极好。去年秋天，符婉娘刚刚和礼部尚书周安年的长孙周延莘成了亲。

符家是淮东大族，和身为淮西大族的周家是世交姻亲，周家诸人待符婉娘都极好。可再怎么好，嫁为人妇和做姑娘还是没法相比。沈明青已经小半年没和符婉娘好好说过话了，这会儿，简直有些按捺不住。

沈明青耐着性子坐在车上，进到大佛寺时，周家诸人刚到大佛寺不久，符婉娘还随着众人在大殿里叩拜祈愿。

婆子让着沈明青进了歇息的厢房，喝了半杯茶，就听到外面一阵脚步声，沈明青忙放下杯子迎出去。

符婉娘跟在周家老夫人和夫人后面，看到沈明青，眼睛里都是喜悦。

沈明青忙上前请安，老夫人伸手拉起沈明青，爽朗地笑道："你跟我们婉娘有一阵子没见了吧？正好，你陪着她，去那边捡着福豆，好好说说话。"

老夫人一边说，一边笑着示意符婉娘："好好陪大娘子说说话。"

符婉娘笑应了，垂手站住，看着老夫人和夫人进了厢房，才和沈明青一起，往旁边两间厢房走去。

"这福豆是老太爷的？"进了厢房，沈明青指着屋子中间半人高的福豆篓子问道。

"嗯。"符婉娘示意丫头盛了些福豆端到炕几上，又上了茶水点心，两人对坐，有一下没一下地捡着福豆说话。

"你们老太爷的病怎么样了？说是要让他致仕呢，你听说没有？"沈明青关切道。

"病得……"符婉娘拖着长音，"就那样吧。致仕的事，哪儿还用说，早就都想到了。老太爷好像上过好几道折子了吧，说病得重什么的。"

"你们老太爷才六十岁出头呢，怎么就……这是真要退了？"沈明青皱眉道。

"我们老太爷，"符婉娘往前挪了挪，凑近沈明青，"是在闪姨娘死后病倒的。说病倒不怎么恰当，照我们夫人的话说，叫断了精气神儿了。"

"你们老太爷可真是，这一大家子，有儿有女，有子有孙的，难道还抵不过一个心头好？你们老夫人呢？刚才看她气色还好。"沈明青也往前凑。

"我们老夫人早就看得不能再开了。闪姨娘病倒的时候，我们老夫人还让备过我们老太爷的后事呢。倒是我们夫人有点儿生闷气，不过也就一点儿，一点儿！我们老夫人说，老太爷致仕了也好，说我们老爷在外头十年了，这一退下来，下一任就好给我们老爷在六部谋个差使了。"符婉娘说着，笑起来，坐直了上身。

"也是。那你听说了没有，秦王爷荐了我阿爹接任礼部尚书呢。"沈明青也坐直回去。

"那户部呢？"符婉娘惊讶道。

"就是想把户部拿过去，放到世子手里。"

"那皇上是什么意思？"符婉娘关切道。

"看样子，皇上该是没什么表示。就是昨天的事，我阿爹一回去，就让我赶紧进宫请见娘娘，说让娘娘跟皇上说说，他调任礼部尚书不合适，说什么清查粮仓的事明书就行，让明书去。我出到二门，听小厮说，明书散了朝，先去了睿亲王府——肯定是去找小姑了。唉。"沈明青眉头微蹙。

"你上一回跟娘娘说朝里的事，不是说娘娘发了很大的脾气？那这一回呢？"符婉娘皱起了眉。

"嗯，我去了，不过一个字也没提，一来，娘娘最厌烦我们家从她那里走皇上的门路，说了也没用。还有，"沈明青顿了顿，落低声音，"我二叔的事，娘娘很生气，说二叔无辜，我太婆不该因为二叔不是她生的，就推二叔去死。你想想，娘娘虽说也姓沈，跟我们家，三服都出去了，我太婆这样不讲道理，只论亲疏，娘娘会怎么想？唉。"

沈明青一声长叹："当初听到世子遇刺的事，我心都提起来了，就觉得只怕跟我们家脱不开干系，可直到二叔被押走，我才知道……"

"这不是你能说得上话的事，不是你的错，别多想。"符婉娘伸手按在沈明青手上。

"没法不多想。娘娘爱和二婶说话，召二婶进宫三四回，也就召阿娘一回两回。阿娘和太婆进宫说话时，娘娘常说二叔能干、明白，让我阿爹有事多和二叔商量。现在，太婆把二叔推出去死，娘娘会怎么想，我简直不敢多想！"沈明青一下下捶着炕几。

"已经没办法了，那就别多想，还能怎么办呢？"符婉娘挪过去，抱住沈明青。

沈明青靠着符婉娘，好一会儿才直起上身，哽咽道："我没事了。"

"你以前不是常说，管着户部的不是你阿爹，是你二叔，现在，你二叔没了，你阿爹去礼部倒是好了。再怎么，礼部也不像户部、吏部那样，辖制不住，也不会出什么大事。"符婉娘坐回去，叹气道。

"我阿爹要是有这个自知之明就好了，还有明书。"沈明青苦笑连连。

符婉娘沉默了。好一会儿，她上身前倾，看着沈明青道："那天听说你阿爹跪到睿亲王府门口，我一夜没睡着，你那些打算……"

"不知道。"沈明青眼泪下来了，"本来就是极难的事。可是，"沈明青看着符婉娘，"现在更要尽力了，是不是？"

"唉。"符婉娘一声长叹。

两人相对，沉默良久，符婉娘低低问道："娘娘呢？能看出点儿什么吗？"

沈明青摇了摇头，沉沉叹着气："和二叔一案死了的，还有随太监呢，娘娘能说什么？能有什么？我是半个字都没敢提，连往这事上近一点儿的话都不敢说。"

"害世子这件事，真是蠢极了！"符婉娘攥拳捶了下炕儿。

沈明青脸色苍白，没有说话。

杀手的事，至少暂时告一段落，李桑柔在家里歇了两天。

第三天一早，李桑柔正一边吃早饭，一边琢磨着今天该去哪儿看看。大门外，一个响亮却难听的声音传进来："家里有人吗？"

"我去！"黑马一跃而起，"去"字还没全吐出来，人已经蹿到院子中间了。

金毛斜瞥着黑马，嘴角快扯到下巴了。

黑马去而返的速度照样极快，不过冲进来时，既没有激动，也没有喜悦。

"老大，门外头来了个自称里正的，说咱们家没上户口。我一开门他就往里闯。我没让他进，他那张脸一下子就拉得这么长！"黑马捏着自己的下巴用力往下揪。

"你去税契的时候，这宅子写的是谁的名字？"李桑柔皱眉问道。

"当然是老大您的名字！"黑马一脸的"这还用问"。

李桑柔烦恼地吸了口气，站起来，示意黑马跟她出去。

黑马拉开院门。背着手站在院门外的里正果然一张脸拉得老长。

"你是李氏？"里正啪地翻开手里的厚册子，往手指上呸了点儿口水，翻开册子。

"李桑柔。老先生贵姓？"李桑柔下了台阶，笑着拱手见礼。

里正斜瞥着李桑柔拱在一起的手，侧过头呸了一口，没答李桑柔的问话，直着嗓子接着问道："你男人呢？"

"我没男人。"李桑柔放下手拍了拍，不客气地答道。

"那是谁？"里正下巴冲黑马抬了抬。

黑马胳膊抱在胸前，错牙瞪着里正。

"他是谁这事，归你管？"李桑柔上下打量了一遍里正。

"当然归我管！我是里正！"里正猛一拍册子，瞪着李桑柔吼道。

"娘的……"黑马眼一瞪，就要往前冲，被李桑柔伸手挡住。

"我这兄弟脾气不好，你有什么事？赶紧说！"

"呸！"里正半分惧意都没有，圆瞪着眼，往前跳了两步，"你来！你打！有能耐你打！老子告诉你，敢打老子，那就是不义！十恶不赦！大辟！大辟懂不懂？砍你们的头！"

李桑柔看着伸着胳膊点着她和黑马、喷着唾沫星子要砍他俩头的里正，叹了口气。

"你来这儿一趟，到底什么事？"李桑柔猛地提高声音问道。

"你家上户口了？你家男人呢？"里正的嗓门立刻跟上去，还高过半尺。

"我就是我家男人、户主，李桑柔，你写上吧。"李桑柔落低声音。论嗓门儿，她不如他，不能拼嗓门儿。

"女人怎么上户？叫你家男人出来！"里正一口唾沫吐在李桑柔脚前半尺。

"女人怎么不能上户了？这建乐城几十万户，户主全是男的？"李桑柔极不客气地顶了回去。

"你家里两三个大男人，就为了图女户不纳粮钱，要上女户？要不要脸！"里正这几句是冲着黑马吼的。

黑马瞪着里正。里正明显比黑马凶悍多了，瞪着黑马，猛一拍手里的册子，就要再次跳脚大骂。

李桑柔急忙推了把黑马："黑马进去，把门关上！"

黑马在里正的瞪目中，一个旋身，快捷无比地蹿进去，咣地关上了院门。

李桑柔深吸了口气，转身面对着里正。当年，她在江都城和苏姨娘喝酒聊天时，苏姨娘说乡下的里正，头一样，就是他得是他那一带最厉害的"满地滚"。眼前这个建乐城里的里正，看样子不但能满地滚，还是个见过世面的"满地滚"，至少知道不义和大辟！她这个刀尖上找饭吃的黑灰老大对上这位里正，这会儿也是相当头痛头秃。

李桑柔再次深吸了口气，一只手叉腰，一只手点在里正脸上："我告诉你，你最好好好说话，要不然，我打你个满脸血！你算个屁的官儿！虽然你老了，可我是个女人！老娘不怕你！"

里正瞪着李桑柔："你个臭娘……"见李桑柔错着牙，上前一步，挽袖子作势要打，里正莫名地一阵心悸，"娘"字卡在喉咙里，只敢吐出一半。

"你要上女户，得到府衙！我告诉你，你家里两三个大男人，街坊邻居可都看着呢！你别想瞒过去！"里正一边吼着，一边下意识地往后退了两三步。

"那请教，我们家这三个大男人该怎么办？我们不同姓，报亲戚行不行？表哥？表弟？"李桑柔甩开挽了一半的袖子，不客气地请教道。

"你家仨男人得报客户！"里正恶声恶气道。

"多谢。"李桑柔拱手致谢，"一会儿我就去府衙报女户。"

他答了就行，至于他的态度，她不计较。

"我告诉你，我们这几条街，可都是清清白白的老门老户，你这个关了门戴杏花冠的，你当心着！唾沫星子淹不死你，戳脊梁骨也得戳死你！你趁早搬走吧！赶紧滚！"里正扯着嗓子骂了几句，转过身，背着手，跺地有声地走了。

李桑柔瞪着怒气冲冲的里正呆了一瞬，迎着开门跑出来的黑马问道："戴杏花冠怎么说？"

"这是建乐城的规矩，妓家戴杏花冠。"黑马答得飞快。

李桑柔两只眼睛都瞪圆了。片刻，她双手叉腰，猛啐了一口："大爷的！"

回到廊下，李桑柔接着吃完了她那半碗饭，放下碗，看着大常三人问道："谁知道这户口不户口的事？"

金毛立刻摇头，这事他真不知道。

黑马犹豫不定："这户不户的，都是穷户小家吧？我大……""大户出身"才说出一个字，迎着李桑柔斜过来的目光，黑马脖子一缩，"不知道。"

"听说过一两回。来往咱们行里拉粪的那个张大有一回抱怨，说里正坑他，非得赶着十月里改户丁，明明邻村到十一月。说是他爹十一月的生日，十月里变就是丁口；要是到十一月，就过了六十岁了，过了六十岁就不算丁口了。说户丁三年一变，因为这一个月，他家得多替他爹交三年的丁税。还有一回，说是他家明明只有十来亩地，非要把他家定成四等户……"看着李桑柔耷拉下去的肩膀，大常的声音一路低没了。看来，他说的这些，都是没用的。

"咱们当初在江都城有头有脸，谁敢找咱们的麻烦？哪有什么户不户的事。"黑马回忆过去，有点儿难过。

"在江都城，那不是有头有脸，那是根本连上户的份儿都够不上，有哪个地方找乞丐征粮的？"李桑柔没好气地训斥了一句，接着吩咐道，"金毛去衙门口打听打听这户不户的事，特别是女户、客户什么的。"

"好！"金毛答应着站起来。

"黑马去打听打听城里的里正归哪儿管，还有，咱们这一带的里正上头是谁，什么来历，多打听点儿。"李桑柔接着吩咐。

"啊？噢！"黑马"啊"了一声，立刻就明白了，看样子老大要走上层路线了！老大就是老大！

金毛和黑马一前一后、连走带跑地出了门。大常看着李桑柔，闷声问道："是永平侯府？"

"不一定。"李桑柔皱着眉，"没打听清楚之前，不要妄下论断，心里有了预设，极容易被人诱得偏了方向，上当受骗。"

"是。"大常垂头受教。

"唉！"李桑柔一声长叹，"大常啊，我总觉得那个湛泸……不光那个湛泸，还有叶家，肯定不知道有多少麻烦等在前头。唉！"

"等在前头就等在前头，就是没有这些麻烦，日子也没那么容易过。"大常站起来收拾碗筷。

"这话也是。大常，你有哲学家的潜质。"李桑柔将脚高高跷在柱子上。

大常听到"哲学家、潜质"这些不知所谓的字眼，就知道李桑柔开始进入胡说八道状态，便飞快地收拾好碗筷，端起赶紧走。

李桑柔在廊下呆坐了一会儿，站起来，出了院门，溜溜达达，顺脚往前逛。

从巷子逛进热闹的街市，李桑柔什么都看，什么都没看进眼里。正顺脚走着，一辆大车靠过来，挡在她侧边。车帘子高高掀起，潘相家七公子潘定邦探出半截身子，冲她挥着手，哎哎哎地，明显是冲着她叫。

李桑柔眉梢高高扬起，潘定邦更加用力地挥着手："这位姑娘，就是你，我叫了你几十声了，你过来！我有话跟你说。"

李桑柔一副受了惊吓的模样，往前探了两步。

"你别怕，我姓潘，行七，潘相公是我阿爹，这建乐城的人都知道我，你称我七公子就行。哎，你姓什么？叫什么？"潘定邦一脸笑，不停地招手，示意李桑柔再走近些。

李桑柔用力抿着笑，再往前挪了两步。她当然知道他是潘相家七公子，可他叫她做什么？听他这几句话，他到底是认识她，还是不认识她？

"你别怕。你姓什么？叫什么？怎么就你一个人在外头逛？"潘定邦一脸和气地笑，再问。

"你问这干什么？"李桑柔摆出一脸的害怕，"你看上我了？"

潘定邦一下子呛咳了，一边咳一边笑："你是挺有趣！你别怕，我没看上你，你别多想。咱们见过面，你还记得吧？初四那天，在刘楼，想起来没有？"

李桑柔斜瞥着他，一副似想起来，又没想起来的模样。

"也是，那天，你眼里肯定只有沈大郎了。就是你见沈大郎那天，我跟沈大郎在一起。哎，你跟沈大郎怎么认识的？他对你好不好？"潘定邦一脸的八卦。

李桑柔被他这几句话呛着了，差点儿控制不住表情，只用力绷紧脸，斜着潘定邦没答话。

这货是不是有点儿傻？

"你别怕嘛，我跟沈大郎自小的交情，我俩好得很。我都知道，他都跟我说了。你俩怎么认识的？对了，你还没说你姓什么，你家都有什么人？上回在刘楼，跟你在一起的，是你的兄弟？你们长得可不怎么像。你跟沈大郎怎么认识的？你俩……那个……"潘定邦眉眼乱动，两根大拇指对着她不停地点。

李桑柔慢慢吸了口气，用力压下冲上去揍他一顿的冲动，错牙道："他都跟你说了，你还不知道他跟我是怎么认识的？"

潘定邦咯咯笑出了声："你这小妮子还挺聪明，挺会抓话缝儿。我诈你呢。我问是问了，他没说。初四那回，瞧沈大郎那样子，可有点儿生气。你们刚吵过架？"

李桑柔抬手按在额头。今天是个黄道不吉日，早上刚被"满地滚"里正找上门，现在又撞上个二傻子。

"听说你因为那位世子被劫杀的事被关进了大牢，你什么时候出来的？"李桑柔凑近两步，伸头问道。

潘定邦两只眼睛一下子瞪圆了。

"你这个副使把重伤的世子扔在江都城，悠悠哉哉的，坐着船就走了，你是故意的吧？你肯定是故意的。你刚才说你跟沈明书交情好，自小的交情？"李桑柔又往前半步，几乎凑到了潘定邦脸上。

潘定邦吓得上身后仰："你你你！你别……你是谁？你……"

"是我把世子送回这建乐城的，你没听说过吗？"李桑柔往后半步，愉快地拍了拍手，笑眯眯地看着潘定邦。

潘定邦直勾勾地瞪着李桑柔："你！你！夜香！"

"对，就是我，没想到吧？"李桑柔笑容可掬，抬胳膊先自己闻了闻，再往前送到潘定邦面前，"你闻闻。"

潘定邦猛一口气抽进去，再呼地喷出来，抬手抹了把汗："你竟然是个女的，那你姓什么？"

"你知道我，还不知道我姓什么？是不知道，还是知道了又忘了？"李桑柔胳膊抱在胸前，斜着连抹了两把汗的潘定邦。

"没人告诉我，我怎么能知道？守真就跟我说了夜香行这一件事。你会功夫？你会什么功夫？"潘定邦从一个兴趣点转向另一个兴趣点。

"不会功夫，会杀人。"李桑柔瞄了眼潘定邦喉结下半寸。

"哎，"潘定邦上身又从车里探出来了，"那你是世子的救命恩人了！"

"不是，他出银子，我们保镖。你听说过把接镖的镖师当恩人的吗？"李桑柔上上下下打量着潘定邦。这二傻子倒是傻得别致。

"那倒也是，你这人挺会说话。哎，你到底姓什么？"潘定邦坚持不懈地再问。

"我姓李，李桑柔，'菀彼桑柔，其下侯旬'。"

"这名字好听。你把世子爷从江都城送到建乐城，一路上，你跟世子爷都在一起？一直在一起？"潘定邦那一脸的八卦，比刚才浓烈太多了。

"嗯，一条小船上，有时候还睡一张床呢。"李桑柔斜瞥着潘定邦。

潘定邦咯咯地笑出了声："你这个人，真有趣！你跟世子爷，真，那个，一张床？"潘定邦再次眉飞色舞，两根大拇指对着乱点。

李桑柔忍不住望天翻了个白眼。

"行行行，你别生气，我就是随口问问。我是觉得不大可能，世子爷这人挑剔得很。再说，你们要真是那个啥，他指定不能让你流落在外，世子爷可是个要面子的。再说，他那后院可空得很呢。你现在做什么？天天闲逛？也是，给世子爷保这趟镖，肯定挣了不少银子。"

李桑柔被潘定邦这一番话说的，再一次想揍他一顿。

"那你呢？现在做什么？天天闲逛？看大街上哪个小娘子长得好看，就把人家叫住胡说八道？"李桑柔反问道。

"咦，你怎么这么说话？我叫住你，不是因为你长得好看。我刚才不是说了嘛，我以为你跟沈大郎……这个……那个，沈大郎一个字都不肯说，我见了你，肯定得问问，这不是人之常情嘛。"潘定邦一腔委屈都涌了上来。

李桑柔再次抬手抚额。

"我可是有官有差使的，从五品，领着工部的差使，没职就是了。这趟出来，就是公务，去望江驿看看。那边在修房子，有根大梁要换，我得去看一眼。"潘定邦说到他有差使，抬了抬下巴。

李桑柔斜瞥着他，片刻，眉梢抬起。他这个官身，应该知道点儿户口的事吧？问一问他！总不能白跟他啰唆这半天。

"你这个从五品的官，知不知道你们这建乐城怎么报女户？"

"这我哪能知道，这是户部的事，我在工部。你要报女户？这不用知道啊，你直接去报不就行了？噢，对了，我听谁说过一回，女户不纳粮，好像女户不好报。这是小事。你拿上我的名帖去府衙，让他们给你上个女户就是了。我的帖子呢？带了没有？"潘定邦这闲事揽得一气呵成，从小厮手里接过帖子，递到李桑柔手里。

第十章　起底

李桑柔接过名帖，两根眉毛扬得老高。有这么个儿子，那位潘相公指定很不容易啊。

李桑柔拎着潘定邦那张两只巴掌大小、极其实在的名帖，转圈看了一遍，干脆拎着帖子直奔府衙。没想到潘定邦这张名帖还挺好使。府衙几个小吏都不用李桑柔再回去拿一趟地契，一边往隔壁查了税契底单，一边利落地给李桑柔上了个女户，外加三个浮客，开了张户帖，给了李桑柔。

李桑柔拎着户帖，也不逛了，径直回到炒米巷。

黑马和金毛已经回去，见李桑柔进来，急忙迎上去就要说事，却被李桑柔抬手止住。

李桑柔将户帖递给大常，吩咐道："你走一趟，去里正家，把这个让他录上，再告诉他，他要是再敢嚼舌头根子，说我什么杏花冠、桃花洞的，我就把他家小儿子、小孙子都拐出来，卖进小郎馆！"

"嗯！"大常应了一声，捏着户帖就往外走。

黑马和金毛瞪着那张户帖，从李桑柔手里瞪到大常手里。

"老大真厉害！这户帖，那就是——吹灰之力！"黑马在李桑柔身后竖着大拇指。

"明明是不费吹灰之力！"金毛三步并作两步赶到李桑柔前面，甩袖子掸了掸那把椅子，点头哈腰，"老大，您累坏了，老大，您坐。"

"金毛那头不用说了，黑马说说。"李桑柔坐下。

"我那家宅行跟咱们是一坊的，我就去找小肖问了。这事好打听，一问都知道，说是里正说不上来归谁管。那府衙要是派个什么花灯钱、查个什么六十岁老人，就找里正；刑部、大理寺什么的，要查个什么人犯，也找里正；街道司净个街、出个劳役什么的，也找里正。反正，谁都能管得着。不过，咱们这一坊的张里正是个有主儿、有后台的！张里正的连襟是街道司的范管事。"

"街道司？"李桑柔听得稀奇，"这街道，就是街道？"

"对！满天下就咱们建乐城有这么个街道司，这街道司真就是管街道的。哪儿没扫干净、大雨天积了水、哪家铺子出摊占了道了，都归他们管！"黑马一边说，一边得意地竖着大拇指。

李桑柔听到一句"咱们建乐城"，想笑又忍住了，示意黑马接着说。

"这街道司，反正，但凡做生意的，没哪家不跟他打交道，所以知道的就多。说是二皇子，哎！老大，你听说了吧，皇上就俩儿子，老大是个瘫子，这二皇子就是未来的皇上！"

黑马说到二皇子，刚要兴奋，就被李桑柔打断："说正事！"

"是。说是二皇子领着建乐府尹的名，这街道司就建乐城有，是归在建乐府衙管的，不过不是在府衙里面，好像跟府衙平级。反正就是二皇子是街道司的总老大。可二皇子是未来的皇上，多少大事呢，是不是？说他就是挂个名，事，是永平侯府沈大爷管。不过沈大爷也是办大事的，接着挂名，真正管着街道司的，是永平侯府的周管事。这周管事又挑了十个小管事，一个小管事管五十个人，张里正的连襟范管事，就是这十个小管事之一。整个街道司全是永平侯他们家的。"黑马啧啧有声，"老大，这街道司指定肥得很！小肖说，他们每个月都要往街道司交银子，叫清扫钱。可他们门口那一块儿还是他们自己扫，要是没扫干净，还得罚钱！啧，这跟咱们夜香行一样，两头赚，这得多肥！老大你说，这银子是不是都进了永平侯府了？那永平侯府得多有钱？金山银海了！"

李桑柔听得沉了脸。

金毛捅了一下啧啧有声、感慨永平侯家得多有钱的黑马。黑马瞄着李桑柔的神情，和金毛对视了一眼，不敢再啧啧感叹了。

李桑柔坐着出了好一会儿神，直到大常进来。

"抄好了，那几句话也跟张里正说了。我还没出他家院门，张里正就开始破口大骂了。"大常交代了几句，进屋收好户帖出来，坐到李桑柔手指点着的地方。

"黑马，把街道司的事跟大常说说。"李桑柔叹了口气。

黑马简洁明了地说了街道司。大常看向李桑柔。

"这建乐城里，没什么能做的生意了。"李桑柔连声叹气。

"夜香行也不行？"黑马瞪着眼。

"咱们在江都城的时候，夜香车在城门洞里洒了几滴夜香出来，那几个兄弟就被守城门的打成什么样了！"大常闷声道。

"那咱们怎么办？"金毛一脸苦相。

"江都城又回不去了，咱们现在是南梁要犯。唉，从前是要饭，现在是要犯。"黑马也是一脸苦相。

"金毛去找一趟文先生，问他什么时候得空，我有几件事想请教他，还有，问问他喜欢喝什么酒。"李桑柔沉默片刻，吩咐金毛。

"好！"金毛一跃而起。他又瞎愁乱想了，城里没有能做的生意，还有城外呢，这事，还能难得住他们老大？

"黑马去买包糖炒栗子，快过季了，今年还没吃过糖炒栗子。"李桑柔接着吩咐黑马。

"糖炒栗子最好吃的栗子牛家，离咱们这儿有点儿远，老大别急，多等一会儿！"黑马一边说，一边跳下台阶，连走带跑。

"我去把江米泡上，打点儿年糕，晚上炸年糕吃。"大常站起来往厨房去。

文诚回话很快。傍晚，李桑柔在文诚之前，先到了唐家正店。

店还是唐家正店，雅间却不是顾晞那间。这间雅间也在后院，不过却缩在一个拐角，小巧玲珑。

李桑柔刚把雅间里外看了一遍，文诚就到了。

"多谢文先生拨冗相见。"李桑柔冲文诚欠身致意。

"姑娘客气了。"文诚拱手还礼，"世子爷担心姑娘有要紧的事，一直催我赶紧过来。"

"没什么要紧的事，就是想见见文先生，和文先生说说话。"李桑柔一脸笑，"文先生还没吃饭吧？不知道文先生喜欢吃什么，我没敢先点菜。"

"他们都知道姑娘爱吃什么。"文诚明显有了几分拘谨和尴尬。

"文先生爱吃什么，我就吃什么好了。"李桑柔看着文诚满身满脸的尴尬和拘谨，笑眯眯道。

"让他们拣李姑娘爱吃的做几样。"文诚脸上、身上那份尴尬和不自在更浓了，扭过头吩咐小厮。

李桑柔端起杯子，抿着茶，笑看着拘谨尴尬的文诚。

"李姑娘找我，说是有事？"文诚端正坐下，直接说正事。

"听说建乐城有个什么街道司？"李桑柔往后靠在椅子背上。

"有什么麻烦？"文诚反应很快。

"没有，就是刚刚听说。头一回听说街道司，据说满天下就建乐城有，觉得有意思，想问问。"李桑柔连说带笑。

"街道司是在先皇手里才有的。先皇年轻的时候，诸皇子争斗惨烈，几乎灭国。南梁军前锋曾经直抵建乐城下，到先皇登基时，民生凋敝，建乐城内的宅院至少有三成是空的。先皇刚即位时，为利于民生，对商铺和小摊贩占道这样的事极为包容，不许打扰。之后十来年，建乐城越来越热闹，占道也就越来越严重。最严重的时候，连御街两边的杈子都被挪到了御街中间。先皇往金明池看演武，都要事先派人清上几趟街，车驾才能过得去。到先皇在位最后几年，建乐城实在是拥塞不堪，街道也越来越肮脏，一有大雨，满街污水。先皇就命当时的工部姚尚书统总清理。姚尚书抽调了五百厢兵，统一穿着青衫，清查清理，效果卓著。之后，这五百厢兵撤回。可是不过半个月，占道又严重如前，如此反复几次，先皇下旨，设了街道司。当时街道司挂在工部名下，皇上即位后，街道司归入建乐府。二爷署理建乐府后，这街道司就挂在了二爷名下，现如今，是在永平侯府沈大公子手里打理。李姑娘怎么想起来问这个？"

"唉，我也是刚刚听说建乐城有这么个街道司，现在看来，这建乐城里大约没什么能做的生意了。"李桑柔叹气。

文诚一个怔神："不至于吧，李姑娘想做什么生意？看好了？"

"还没有。我们这样的人，能做的生意多半黑灰不明，不怕县官，怕现管。"李桑柔再次叹气。

文诚刚要说话，小厮百城的声音传了进来："世子爷来了！"

文诚急忙站起来迎出去。

李桑柔慢吞吞地站起来，跟在后面，还没走到雅间门口，顾晞已经大步进来了。

"大哥今天吃素，我可吃不下，一个人吃饭实在没意思，没打扰你们吧？"顾晞说笑着，冲李桑柔拱了拱手。

李桑柔只笑不说话，欠身往里让顾晞。

顾晞坐了上首，李桑柔还在刚才的位子坐下。文诚忙着吩咐小厮去添了菜，又给顾晞倒了杯茶，才重新坐下。

"你们聊什么呢？不用管我，你们接着聊。"顾晞笑着示意两人。

"李姑娘刚刚在问街道司的事。"文诚笑道。

"嗯？街道司耽误你做生意了？"顾晞扬眉笑道，"打算做什么生意？要不，明天我跟二爷说一声，把街道司接过来，交给致和就行，反正他闲着。"

文诚无语望窗外。

李桑柔失笑出声，摆着手道："不用，不用，我没打算做城里的生意，就是问问，毕竟这街道司只有建乐城才有，稀奇罢了。"

"你别因为街道司就不做城里的生意。这件事对我来说举手之劳都算不上。我要是接过来，二爷和沈明书都还要承我一份人情呢，又不是什么好差使。"顾晞认真解释道。

"真不用，我还没想好做什么生意。做生意前，头一件事就是打听，打听这个，打听那个。别的这个衙门、那个衙门的，其他地方都有，没经过，也听说过，就是这街道司头一回听说，所以才顺便问一句。以后，要请教的事还多着呢，大约还有烦劳文先生的时候。"李桑柔说着，冲文诚拱了拱手。

文诚下意识地往后靠在椅背上。

"你找我也行。"顾晞欠身往前，接话笑道。

李桑柔笑眯眯地点了点头。

七八个小厮一溜小跑，送了提盒进来。如意和百城摆了满桌。

李桑柔没吃鱼面，也没再吃菊花鱼。她仔细看了看桌上的各样菜品，让人盛了米饭，对着一碟子葱爆羊肉，连吃了两碗米饭。

"姑娘不爱吃这菊花鱼和鱼面？"顾晞吃了碗鱼面，放下筷子，忍不住问道。

"不是，这是鲜羊肉。肉市什么的，正月里不开张，我已经一个来月没吃过鲜羊肉了。"李桑柔满足地叹了口气。

"姑娘以后想吃什么，只管让金毛或是黑马去我那里要。不敢说什么都有，大体还是齐全的。"顾晞失笑出声。

李桑柔笑看着对面的文诚，嘿了一声。

文诚一脸尴尬难为，忙笑道："世子爷说得是，一点儿吃食，不值什么。"

李桑柔点头笑应："好！"

顿了顿，李桑柔看着顾晞问道："世子知道羊肉多少钱一斤吗？"

顾晞一怔。文诚忙笑答道："腊月里，听说七百文。"

"怎么这么贵？"顾晞皱起了眉头。

"一直这么贵。现在有了世子这句话，以后可以让大常放开量吃羊肉了。"

李桑柔笑道。

文诚失笑出声。

顾晞皱眉道："我记得中县县尉月俸折合起来也就六千多文，只是几斤羊肉钱。唉，前天那份折子，我跟大哥说说，就允了他们吧。"

文诚一个怔神："哪份折子？"

"七品以上官员借用邮驿传递家书那份，不要限于七品了，官吏一体，都许他们传递。"顾晞叹了口气，"民生艰难，官吏也不容易。"

"那给送信的加钱吗？"李桑柔紧跟着问了句。

顾晞被李桑柔问怔了："一样的递送，加什么钱？"

"咱们和南梁不同，递夫由军卒充当，这些军卒的廪给都是按军中规矩，有定数的，可不能随便增加或减少，这不是一个两个人的事。"文诚忙解释道。

"喔。"李桑柔长长应了一声，"要是可以公费递送家书，这家书得有多少？给朋友的书信算不算家书？没法不算是不是？一个官员一个月能发几份公文？能写几份家书？我觉得，很快就得是公文少，家书多了，反正不用花钱，闲着没事就写呗。除非增加递铺里的驿丁，不然的话，分摊到每个人身上的活儿肯定就得多出来很多，可能原本一趟能送完，以后就得两趟三趟了。官吏再不容易，也比这些铺兵、驿丁强太多了。那什么县尉，一个月六千多钱，不算少啦，猪肉肯定是吃得起的。就是羊肉，一年里也能吃上三回五回。大常他们三个跟着我之前，从来没吃过羊肉，要饭都要不到。就那样，黑马还瞧不起信客、递夫呢。你这是损不足以奉有余。"

文诚看着顾晞。顾晞沉默片刻，叹了口气。

文诚的目光从顾晞看向李桑柔，看着李桑柔眯眼斜瞥着顾晞，嘴角一点点地翘起来，心跳了一跳，突然冒出来一个念头：她不会是在算计什么吧？

第十一章　清风明月

李桑柔回到炒米巷，对着围上来的三人笑道："有桩生意，可以试一试。"

"夜香……"黑马脱口叫到一半，就被大常一把按了回去。

"明天一早，大常出城，往哪个方向都行，沿着驿路走，看递铺。递铺近的，十里一个，最远二十五里一个，你走个一二百里看看。黑马和金毛在城里打听，信怎么递送，轻便东西怎么递送，重东西怎么办，到哪儿要几天。驿丁、驿夫听说都是厢兵，打听打听他们一个月多少廪米，加上衣服什么的，一年总计多少，还有，怎么吃，怎么住，一天下来要花多少钱。总之，能打听的都打听打听。"李桑柔愉快地吩咐道。

"老大想做邮驿的生意？这邮驿都是朝廷的。"大常皱眉道。

"先去打听了再说。"李桑柔不知道想到了什么，眯着眼睛笑得十分愉快。

第二天早上，李桑柔起来的时候，大常已经背着一大包咸肉、咸鸡、丸子、馒头，留了话，他先去驿马场看看，接着就去看邮驿了。

金毛出去买早饭，黑马拎了一铜壶开水送进来，往铜盆里倒了热水，走到门口，一个转身，倚着门框，看着正在擦牙的李桑柔。

"老大，这邮驿的生意怎么做啊？那邮驿都是有官管着的，没驿券，门都不让你进，咱们哪能插得进手？要是做信客，那信客都穷得很，哪有能挣到钱的？不饿死就算不错了。老大，你还记得吧？前年的时候，腊月里，黄家铁匠铺一开门，一个信客倒进去了，活生生冻死在黄家门口，黄铁匠晦气得不行……"

迎着李桑柔斜过来的目光，黑马脖子一缩："不是我该操心的事，我去给老大沏茶。"

吃了早饭，黑马和金毛分头去打听邮驿的事。

李桑柔也出了炒米巷，来来回回，似看非看。走了一段，李桑柔决定去找潘定邦说说话，昨天他说他在工部领着差使。李桑柔转了个弯，往东华门走去。

到了东华门外，李桑柔花了十个大钱，请人传了话。没多大会儿，一个小厮一溜烟地出来，和守门的侍卫打了招呼，带着李桑柔往里进。

"你们七公子忙不忙？"听小厮听喜介绍了自己，李桑柔笑问道。

"我们七公子在衙门里的时候，几乎没忙过。"听喜一脸笑。

李桑柔想笑又抿住了："那你们七公子在工部领的什么差使？跟修缮有关？昨天你们七公子说是去望江驿看修房子。"

"就是修房子的差使。"

李桑柔慢慢"喔"了一声。这修房子的差使，那可肥得很。

没走多远，就到了工部门口，听喜带着李桑柔，从旁边角门进去，进了靠墙的两间小屋。

潘定邦正趴在春凳上，被一个花白胡子的老大夫连拍带打地哎哟哎哟。

李桑柔自己找了把椅子坐下，看着老大夫从头往下噼噼啪啪拍下去，再噼噼啪啪拍上来，连拍了三四个来回。老大夫猛地吐了口气："好了！"

"哎哟，舒服多了。"潘定邦撑着春凳坐起来，拱手谢了老大夫，趿着鞋站起来，这才看到李桑柔，"咦？真是你！你怎么来了？我还以为他们传错了话！"

"你这是怎么了？昨天不还好好儿的？"李桑柔没答潘定邦的话，反问道。

"昨天我不是去望江驿看看嘛，说是那根主梁被蛀空了好几处。我站在屋子中间，就这么仰着头看，一不小心，竟然把脖子给扭着了。夜里睡觉光顾着脖子，又把腰给拧了，现在总算好些了。"潘定邦一边说，一边来回拧着脖子，扭着腰。

李桑柔一脸同情地看着潘定邦："你这也太尽心尽力了！干吗不让他们把大梁拿下来给你看？"

潘定邦咯咯地笑出了声："你这话我爱听。我是想让他们拿过来给我看，可他们说，那梁要是拿下来，就是没坏也不能用了。那根大梁，两三百两银子呢，唉！"

"那到底蛀坏了没有？你看出来了？"李桑柔兴致盎然。站在地上看大梁上的虫眼，什么样的眼神能看到？

"你知道那梁有多高？得有这间屋子两个那么高！怎么可能看得出来？我也不是为了看出来，就是去做个样子，显得我亲力亲为，不能随他们说什么就是什么。哎哟，好多了。"潘定邦再扭了几下，舒服地叹了口气。

"咦，你还没说，你来这里干吗？"潘定邦恍过神，又问了一遍。这一回，从神情到声调都透着戒备。

"不干吗，今天没什么事，想着你也应该没什么事，就过来找你说说话。"李桑柔笑眯眯的。

潘定邦更警惕了，往后退了一步："你这是想勾搭我吧？我可告诉你，我不喜欢你这样的！还有，我媳妇儿可是头河东狮！"

李桑柔被潘定邦这几句话呛咳了："咳咳！你放心，我也不喜欢你这样的。还有，我要是看中了谁，从来不勾搭，都是拿着刀直接按到床上。"

"啊？哈哈哈，哈哈哈！"潘定邦笑得上身都抖起来了，"按到……床上！啊！哈哈哈，哈哈！刀子！啊，哈哈哈，哈哈！"

李桑柔站起来，自己找杯子倒了杯茶，慢悠悠地喝了半杯，潘定邦才算不笑了。

"笑死我了！哎哟，我肚子痛。你这话说的，你说你，你是男人还是女人哪？那你没看中世子爷？"潘定邦抹着笑出来的眼泪问道。

"看中是看中了，没敢——不一定打得过他。"

"啊，哈哈哈，哈哈哈！"潘定邦拍着椅子扶手跺着脚，再次放声大笑。

李桑柔喝完一杯茶，再倒一杯，跷起二郎腿看着他笑。

"你……哎哟，你这个人，哎哟，笑死我了！哎哟喂！"潘定邦的肚子，是真的笑痛了。

"你别笑了，我问你点儿正事。你这个从五品的官，一个月能挣多少银子？够你养幕僚、师爷的吗？"

"嗯？"潘定邦再抹了把眼泪，差点儿没反应过来，"这我从来没算过，俸禄都是管事们领回去的，先生们也不从我这里支银子，我不知道他们拿多少银子，我不管这些。"

"咦，那你当官不是为了挣钱养家了？那为了什么？光宗耀祖？治国平天下？"李桑柔高扬着眉毛，一脸虚假惊讶。

"瞧你这话说的，我养什么家？我读书没天分，二十大几岁，又是成了家的人，总不能天天游手好闲吧。这话是我阿爹说的，唉！"潘定邦一声长叹，

"我真羡慕你们这样的，无拘无束，想怎么样就怎么样，不用管人家怎么看、别人怎么想，多好！"

"那你们工部，像你这样的从五品官，有没有穷家出身、光靠俸禄就能过日子的？能养得起家吗？"李桑柔拧眉问道。

"怎么养不起！河道司的蔡郎中，吃百家饭长大的，他媳妇家，比他就好那么一丁点儿，他媳妇的陪嫁，除了一身衣服，就只有两根银簪子、一对银镯子。现如今，在咱们建乐城，宅子都买下了，还是座三进的宅子！咱们大齐，可不像他们南梁那么抠搜，咱们俸禄给得多，养家肯定是能养的！"潘定邦骄傲地跷起二郎腿。

"河道司？管河道的？这个是肥差吧？是靠俸禄买的，还是？"李桑柔上身前倾，冲潘定邦搓着手指。

潘定邦也伸头往前，几乎和李桑柔头抵头，压低声音嘿笑道："肥是真肥，可蔡郎中是个真正朝中没人的，他又是个聪明人，再肥，他也只敢干看着，他要是敢伸手……嘿！多少人盯着这块肥差呢！要说起来，我们薛尚书是个聪明人，真聪明！工部里的肥差，不是在蔡郎中这样的人手里，就是我这样的人管着。啧！聪明哪！"

"那你这样的人，伸不伸手？"李桑柔眉梢高扬，问道。

"别人我不知道，我肯定不伸手。我家不缺这点儿银子。"潘定邦坐直回去，抬着下巴，颇有几分傲然。

"那倒是，就算要挣钱，也该挣大钱，这点儿小钱没意思。"李桑柔冲潘定邦竖着大拇指，笑眯眯的。

从五品的京官靠俸禄，能在建乐城买三进的宅子，这可不是一般的能养家！他们北齐这俸禄，可正经不少。这就好！非常好！非常好她的生意！

李桑柔和潘定邦东拉西扯，一眨眼就到中午了。潘定邦热情无比、愉快无比、坚定无比地请李桑柔吃了顿他们六部供应的御厨餐食。

饭后，就这份餐食是好吃还是不好吃，两人又探讨了半个时辰。

潘定邦再次坚定无比地邀请李桑柔，隔天一定要再去找他。他要请李桑柔尝尝他家送来的餐饭，以便证明他的观点：御厨的厨艺就是一坨屎！

隔天，李桑柔应邀而至，吃了顿相府盒饭，拿着潘定邦送给她的十来个饼茶、七八种香料、四五匣子裁好的纸、一只豪华大鸟笼子，以及一本金玉新书，拎着、抱着出了东华门。

李桑柔找潘定邦头一趟，顾晞就知道了。再到隔天，李桑柔刚走，如意就禀报到了顾晞面前：几时去的工部，几时走的，出东华门的时候，李姑娘一只手拎着只玉竹嵌象牙馒头大鸟笼，鸟笼里塞得满满的，像是茶饼，笼钩上挂着一串像是香料包，走过去一阵香风。另一只手抱着四五个花梨木匣子。他去找潘定邦的小厮打听了，说都是裁好的宣纸，生宣、熟宣都有。

顾晞听得瞪大了眼，对面的文诚也是一脸稀奇。

"她要干吗？"顾晞瞪着文诚问道。

文诚摊手，他哪知道啊！

李桑柔回到炒米巷，挂好鸟笼子，坐在廊下，仔细看那本金玉新书。

从前朝就有了关于邮驿的律法，就是这本金玉新书。到本朝，据潘定邦说，这律法已经十分详细完善。她得好好看看，看懂看透，牢记在心。

黑马和金毛一前一后回来，两个人先围着鸟笼子看了一圈，再一左一右蹲到李桑柔旁边。

"老大要养鸟了？我去买，咱们养什么？八哥？黄莺？画眉？"黑马问道。

"养鸟太麻烦了，挂个鸟笼子看看就行了。家里还有什么菜？"李桑柔合上书问道。

"笋、芹菜，还有后院那棵香椿树能吃了，上好的黑油椿！"金毛急忙答道。

"黑马烧锅开水，去把那只腊猪头洗洗，金毛去掰点儿香椿。"李桑柔一边说，一边站起来。大常不在，黑马和金毛炒的菜难以下咽，只好她老人家亲自动手了。

李桑柔刚把腊猪头用黄酒蒸上，外面脚步声重，大常回来了。

金毛正烧火，赶紧把旁边一个灶也烧上。黑马拎起大铜壶，赶紧舀满了水放到灶上。

李桑柔看着赶得嘴唇爆皮的大常，一手拿杯子，一手提茶壶递给他："喝点儿水，先洗洗，吃了饭再说话。"

"嗯。"大常一口气喝光了一壶茶，摸摸大铜壶外面，有些温热了，提起来去洗澡。

黑马和了面，金毛支起鏊子，一边烧火，一边翻饼，两个人很快烙了一大摞饼。

李桑柔煮了咸肉丁芹菜叶粥，炒了香椿笋丝、香椿鸡蛋，猪头肉蒸得差不多了，拆开切大片，和芹菜一起炒出来。

大常看起来饿坏了，拿了两张饼，卷上芹菜猪头肉，几口就咬完了，端起碗喝了几口菜粥，再拿两张饼卷上香椿笋丝、香椿鸡蛋。一连吃了五六张饼，大常才长舒了口气，放慢了速度。

"我先去了旧宋门，驿马场在那里。我寻思着，不管是南来还是北往，只要用马，都得往那儿去，得先去那儿打听打听。到驿马场门口的小饭铺里坐了小半个时辰，听那些驿卒说，这几年往北的信最多。北边不怎么太平，一年到头大小仗不断，还有就是往江宁城那条线最忙。我想着，这两条线忙，都是因为军务，咱们最好避开，我就去了淮南。这一路上，能搭车我就搭车，往南走了二百来里路，看了十一个递铺，回来绕到另一条路，又看了十二家。"大常端起碗，喝了几口菜粥。

"他们送信，分三种，步递、马递和急脚递。步递什么都送，说是一天六十里，要是递送军械重物，一天四十里。马递只送信，一天一百五十里。不过马递不多，说是因为马少。急脚递又分三种，金牌、银牌和木牌。金牌一天五百里，日夜不停，不走递铺，走驿馆，驿丁和马都是精壮的。人马都带着铃铛，驿馆的人听到铃声，就得赶紧骑在马上等在递铺门口，接了文书赶紧跑。银牌急脚递一天四百里，也是走驿馆，也是不能入铺，在铺门口交接了赶紧走。木牌就是走递铺了，一天三百里，光白天跑马，夜里可以歇几个时辰。急脚递少得很，这一路来回，我就碰到过两回木牌急脚递。驿卒的俸给，米是按月给的，一石五斗，米好、米坏就难说了，就是离建乐城最近的那几家递铺，至少去年一年，就一个月是新米，其余都是陈米，有一个月，米还有点儿霉。其他的，一年三身衣裳，多数是折钱，说是加上其他七七八八的，统共能拿到六七贯钱，一年！还有，离建乐城越远，递铺里的驿卒越少，也越穷。我看到最远的那个递铺，离建乐城也就二百来里路，那几个驿卒出门递信，都穿草鞋。"

李桑柔凝神听着。驿卒俸给这一块儿，比她预想中要少不少。唉，虽说这是好事，但她还是有点儿难过。

"老大，世子爷能让咱们插手这邮驿的事吗？这邮驿，说是什么事关朝廷地方，帝国命脉，说是要紧军务。"大常看着李桑柔，忧虑道。

"试试看，行就行，不行就不行呗。"李桑柔极其不负责任地答了句。

"我还是觉得夜香行好，那信客多穷啊！"黑马用力咬着卷饼，嘟囔道。

"当初老大说要做夜香行，你还说屎能卖几个钱！"金毛不客气地揭短道。

"我哪……老大炒的猪头肉真好吃！咱们老大点石成金，点石成金你懂不懂？"黑马舌头打了个转，就把脸面转回来了。

李桑柔是个行动派。第二天中午，李桑柔在晨晖门外等到顾晞，站在路边，和顾晞三言两语说了自己的打算。

顾晞惊讶得眉毛高挑。

"听说邮驿是兵部和枢密院两家一起管的，七公子说兵部和枢密院你都能说得上话？只要让我们走驿路，在递铺屋檐下避避雨就行。要是我们能做起来，挣了钱，就拿出两成三成，修缮递铺、修修驿路什么的，或是给驿丁们贴补点儿，或者，直接把钱给你们也行。我们要是真把这事做起来了，你们朝廷要是有点儿什么事，能抓起来用的驿递可就是两家了，普天之下都是王土嘛。"李桑柔看着顾晞那一脸的惊讶，接着笑道。

"那天说到官员用邮驿传递家书的折子，守真说你一直笑，像是在打什么主意，我还当他多心了。你怎么想起来打这个主意的？"顾晞的注意点好像有点儿偏。

"我觉得这是门好生意。"李桑柔笑容可掬。

"这事先得跟大哥商量商量。"顾晞应了一句，随即问道，"你拿了潘七的名帖去上的女户？"

"嗯。就是上户那天，在路上碰到七公子，他以为我跟永平侯府沈大公子有点儿什么，叫住我问，话赶话，正好说到户帖什么的，他就给了我一张他的名帖。"李桑柔多解释了几句。

"你跟沈明书有什么？"顾晞奇怪了。

"你看，事儿吧就是这样，一件扯一件，一扯起来就没个完。"李桑柔叹了口气，"初四那天，我们在刘楼吃饭，碰到了沈公子和七公子。我想着吧，永平侯府连银票带工钱，刚刚赏了我们两三万两银子，见了面总要打个招呼。就这么着，七公子就想多了。"

顾晞听到赏了"两三万两银子"一句，失笑出声："那你昨天、前天连着两天去工部，上户的事没办好？里正难为你了？"

"不是，前天是太闲，我在这建乐城也不认识别人，你和文先生都是忙人，想着七公子肯定闲，就去找他说话了。昨天是他邀我过去，请我尝尝他家的饭菜，还有茶，我顺便又跟他讨了本金玉新书。"李桑柔耐着性子回答顾晞一句接一句的问话。

没办法，她正有求于他呢。

"你想要金玉新书，找人往我这儿捎个话就行。"顿了顿，顾晞接着道，"潘相不管邮驿的事。"

158

"不是为了书，也不是为了潘相，你看你想哪儿去了，就是闲了，找人说说话。七公子说话风趣，人又直爽。"李桑柔耐心解释。

"他这个人，成事不足，败事有余。还有，他媳妇儿凶悍泼辣，脸酸嘴利，潘七有点儿什么不好，他媳妇常常迁怒别人，你当心些。"顾晞郑重交代。

"好！"李桑柔点头。

"嗯，你说的事，我先跟大哥商量商量，晚上给你回话。你想吃什么？"

"长庆楼吧，听说他家韭菜篓子做得好，这会儿正是吃韭菜的时候。"李桑柔不客气地点了地方，和顾晞拱手告别。论难订，长庆楼在她那个小本本上排第二，就借他的光了。

看着李桑柔转身走了，顾晞犹豫了片刻，转回身，往晨晖门里去。

大皇子顾瑾正要吃饭，见顾晞进来，惊讶道："有什么事？"

"没什么，想着回去也是一个人吃饭，不如过来和大哥一起吃。这个菜我爱吃。"顾晞搪塞了一句，看着桌子上一碟子清蒸鱼笑道。

"你爱吃葱烧鱼。"顾瑾打量着他，吩咐小内侍，"让厨房把另一条鱼葱烧，再添两样世子爱吃的菜。"

两人吃了饭，小内侍上了茶，顾晞抿了两口，笑道："那位李姑娘，竟然想做邮驿的生意，这主意真有意思。"

顾瑾斜瞥着他，没说话，片刻，笑起来。

顾晞跟着笑起来："我不过是觉得，从来没听说过邮驿能赚钱，朝廷年年用在邮驿上的银子近百万，可不是小数目，不知道她是怎么想的，竟然觉得邮驿能挣钱，我就是觉得这事有意思。"

"那你没问她？"顾瑾笑道。

"问了，她说她也不知道能不能赚钱，先试试再说。"顾晞摊手道。

"她还说了什么？"

顾晞迎着顾瑾的目光，笑道："她做邮驿，肯定要走驿路，借宿递铺，说要是挣了钱，就拿出两成三成，交到朝廷。她竟然还觉得能赚钱，还想着赚了银子拿出来给朝廷，实在有意思，你说是不是？"

"走驿路，借宿递铺，那她这生意，也就是找些脚夫就行了。她挣的递信钱，交一半给朝廷都是便宜的。"顾瑾哼了一声。

"也不能这么算，就算她不借用，朝廷在邮驿上也是一文钱不能省。"顾晞道。

顾瑾再哼一声："她要是只递送书信，那倒还好，要是递送货物呢？只凭你说的那些事，就知道这位李姑娘必定是个极擅钻营、手段百出的，到时候，这儿给点儿好处，那儿塞几个大钱，朝廷的驿路、递铺只怕就是她家的了。"

顾晞眉头拧了起来："是我想少了，那……要不，限定她只能递送信件？"

"让我想想。"顾瑾眉头微蹙，片刻，转头示意小内侍，"叫大福进来。"

顾晞一个怔神。曹大福管着明安宫打探谍报一类的机密事，大哥叫他做什么？

曹大福来得很快，见了礼，顾瑾示意他："跟世子爷说说李姑娘。"

"是。世子爷到北洞县隔天，大爷就吩咐小的彻查李姑娘一行四人。"曹大福转向顾晞，先交代了一句。

"三年前，刚出了正月，江都城的下九流中间，丐帮突兀而起。"曹大福的话微顿，看了眼顾瑾，接着道，"小人无能，在这之前，关于李姑娘和丐帮，没能打听到一字半句。之前，江都城的下九流中间，好像没人听说过丐帮以及李姑娘。住在城南的人，只知道三清观一带有一群小乞丐偷鸡摸狗，府衙哄赶过几次，却总是散了又聚。常山、马少卿和毛峰三人，之前混在乞丐中间，并不出色，能打听到的也极少。大常这个号传出来之前，常山外号竹竿，毛峰外号黄毛，后来改叫金毛，据说是为了尊重。马少卿就是黑马，他们三人跟从李姑娘之前，就已经结伴在一起，乞讨偷摸。

"江都城丐帮的成名之战，是从城南墙根巷一带的泼皮庆赖子手里抢地盘。江都城南门往西、往东，都是娼门子，越靠近城墙的，娼户越下贱便宜。西边四条巷子，东边三条巷子，是庆赖子的地盘，娼户每个月都要交钱给庆赖子。

"庆赖子三十五六岁，据说一身横练功夫，刀枪不入，手下有二三十人，除此之外，七条巷子的帮闲大茶壶也他招呼。这一战，先是在正月二十五一早，一群乞丐排着队，敲着面铜锣，头一回扛出丐帮的招牌，给庆赖子下了份战书。约战就在当天傍晚，南城根下。

"从下了战书起，小乞丐们就在七条巷子里边跑边喊，说是他们桑大帮主说了，以后各家份子钱减半。庆赖子没理会，也没去。庆赖子每月二十六往娼家收钱，隔天是二十六，天刚亮，七条巷子里就守满了小乞丐，看到庆赖子的人往娼家收钱，就呼叫传信，李姑娘就带着常山、毛峰和马少卿三人，拦截、殴打、捆绑庆赖子的人。

"庆赖子得了信儿，带了十来个人，在南二巷撞上了李姑娘一行四人，说是李姑娘一个照面就杀了庆赖子。从此，这七条巷子就成了丐帮的地盘，直到现在。当年四月初，夜香行团头余富病死，余家四代团头，早就富极，余富两个儿子也早就搬到了杭州府。余富死后，余家就弃了夜香行。江都城的下九流都想接手这夜香行，据说李姑娘带着常山三人，一夜血战，拿下了夜香行。

"江都城平常人家，听说过丐帮以及李姑娘的人极少。下九流中间，几乎人人对桑大帮主仰视、仰慕，可见过桑大帮主的极少，至少一半的人甚至不知道桑大帮主姓李，是位姑娘。这两年，江都城的小乞丐们都爱挂一小段桑木，说是大帮主保佑。

"最早跟着李姑娘的那十来个乞丐，如今都已经是江都城下九流中有头有脸的人物了，碰到有人问李姑娘，都极为警惕，几乎一字不提。至于李姑娘的那个船老大何水财，江都城的人知道他的，只有码头上的苦力和牙行的几个牙人，也是看了画影，说这是何老大，并不知道他叫何水财。

"江都城码头上的说法，说何老大是江宁人，家里有几条船，经常来往江都城码头，卸了货再装货，别的就一无所知了。江宁城这边，打听到的多一些，说是何水财生在船上，长在船上，水性极好，会识风，会使船，是个难得的水上人。

"何水财兄弟两个，他是老大，成了亲就搬下船，和媳妇租住在码头街，把家里的船让给了弟弟。他弟弟说是比他小六七岁。他弟弟成亲第二年，媳妇难产，当时船泊在前不着村，后不着店的地方，他弟弟一口气跑到四五十里外的镇上，请到稳婆，再背着稳婆回到船上，媳妇儿熬过去了，他弟弟受了寒，又累脱了力，一场急病死了。说是当时何水财已经攒够了买一条旧船的钱，出了这样的事，何水财发送了弟弟，再给病倒的父母治病吃药，还有月子里的弟媳和小侄女，这笔钱用光之后，还欠了二三十两银子。

"欠了银子，又要多养活三四口人，何水财就铤而走险，上了运送毛毡、绸缎的私船。世子爷也知道，咱们这儿的毛料到梁地，梁地的绸缎到咱们这里，都要收极重的税。有亡命之徒就私运过境，逃避重税。"

顾晞点头。这，他知道，这税重到能让毛料和绸缎的价就地翻个倍。这些年，南梁入境的绸缎一年比一年多，今年的军中棉服，差不多十之一都是那些绸缎税支付的。

"何水财运道不好，第二趟的时候，就遇到了江都城的巡船。船上的人跳江逃命，活着游回江北的，只有两个人，说是其他人都被武家军射死了。可一个月后，何水财不但平平安安回到江宁城，还发了财，之后一年半，竟陆陆续续买了五六条船。何水财应该是在那一个月里投到了李姑娘门下。可到底怎么回事，小人无能。"

曹大福的话顿住，看向顾瑾。顾瑾垂眼道："接着说。"

"是。在山子茶坊和李姑娘见面的，先是安济叶家的叶安生，接着是叶安平。叶安生三年前被逐出了宗族。那天见过李姑娘后，叶安生回去了一趟，然后就立刻起程，一路换马，日夜兼程去了安庆城外的迎江寺。叶安生进了迎江寺就没再出来。隔天叶家去人，把他带走，关进了叶家祠堂。"曹大福的话微顿，头垂了下去。

"跟去的人大意了，没有立刻跟进去，夜里再进去看时，叶安生已经被灌了毒，死透了，没法再询问了。叶安生家人在叶安生起程后，连夜收拾行李，第二天就匆匆起程赶回安庆府，跪进了叶家祠堂。叶安生到迎江寺半个时辰后，叶安平就从迎江寺过来，日夜兼程赶来见了李姑娘。叶安平没住宿，当天就回迎江寺了。

"叶安平是上一代嫡长，二十四岁正式执掌叶家，直到四年前，突然退隐，遁入佛门，现在迎江寺清修。叶安平这边，奉大爷令，没敢惊动。"

"你退下吧。"顾瑾示意曹大福，然后看着顾晞道，"叶安平突然退隐的事，他退隐隔年，我去樊楼，遇到东家邵连成，问过他。邵连成说，叶安平确实是自己退隐的，说是因为想接一位红颜知己回家，他媳妇陶氏生性妒忌，不但不点这个头，还害得那位红颜知己投江而死。叶安平因此心灰意冷，遁入空门。现在，叶安生被毒死了，看来，这个说法恐怕只是对外的说辞。叶家的事，李姑娘跟你说过什么吗？"

"没有，她只说是不足为外人道的私事。"顾晞拧着眉。

"嗯，还有几件小事，"顾瑾接着道，"庆赖子有妻张氏，以及一子两女，最初一年，李姑娘每三个月让人送五两银子过去，一年后，李姑娘在离江都城一百多里的马头镇，以张氏的名义置了一百亩水田和一百亩旱地。曹大福让人到江都城打听，找到张氏想打听李姑娘时，被张氏一簸箕砸了出来。李姑娘接手夜香行后，就没再从南城七条巷子的娼门收过钱，说是约定了，要这七条巷子的娼家给上门乞讨的小乞丐一口热饭。"

顾晞听得眉梢挑起："还有一件事，我当时觉得是小事，没和大哥说。李姑娘应我所请，去江都城查我遇刺的事时，杀了赵明财的妻弟杨贤。"

"告密的那个？"顾瑾问了句。

"嗯。之后，江都城的谍报递了信儿过来，说是一剑刺入喉结下，死时抱着赵明财撞死的那个柜台角。隔天早上，尸首被发现时，说是夜香帮放了半个时辰的鞭炮。江都城衙门定了仇杀，葫芦提就过去了，好像是连案卷都没写。还有，杨贤的媳妇带着两个孩子披麻戴孝闹到赵明财家。赵明财的长子赵锐拿了根水火棍守在家门口，没让他们进门。隔了两天，杨贤媳妇又带着两个孩子跪到赵明财家门口，说要进赵家做牛做马，赵锐还是拿着水火棍守在门口，没让进。赵明财这个大儿子，过了年才十七岁，很不错！"顾晞满意地夸奖道。

"她替范平安说话那件事，以及她说的那些话，那天我听你说过后，好几夜都没睡着。唉。"顾瑾低低叹了口气，"这样的人，我不觉得她能看上叶安平。这红颜知己，就算有这么回事，只怕也是叶安平一厢情愿。"

顾晞连连点头。他也这么觉得！

"你说她从江中被人救起，遗失从前。我问过太医，遗失从前的人不算太少见，多半痴痴傻傻，混沌混乱，日常起居能自理的，都算极好的了，像李姑娘这样的……实在过于少见。这是个有奇遇的。"

"嗯。"顾晞接着点头。

"她想做邮驿，你告诉她，让她先拿个章程给我看看。"顾瑾笑起来。

"大哥真打算让她做？"顾晞扬眉问道。

"嗯。"顾瑾极其肯定地应了一声，"我一直在等着，想看看她在咱们建乐城看中了哪一行。她要是再做夜香行，那就太让人失望了，没想到，她竟然打算做邮驿，真是令人期待。"

大皇子顾瑾要的这份章程，李桑柔想了一夜，想到头秃，还是全无头绪。

这几年，她做事，一向是做一步，看一步。她对过去一无所知，对现实所知有限，别说没有放眼未来的想法，就是有，放眼看去，也只能看到一团迷雾。

这两三年，她都是只看着眼前，一个一个解决眼前的难题。现在，她想做邮驿，就是突然生出的念头，突发奇想而已，反正做不成也无所谓。哪有一做就成的生意呢？这一个不行，再换一个呗。

这会儿，这个帝国的邮驿是怎么回事，她一无所知；这个帝国的民生经济、人文风俗，她同样一无所知，她能有什么章程！这会儿，她的章程只有一步：先看看这桩生意能不能做，能做的话，有什么限制，有什么困难，有什么便利，然后再说下一步。

李桑柔想到傍晚，招手叫过金毛，吩咐他去找文先生。她得找文先生求个援。

文诚这回定了东华门外的小胜元。李桑柔到时，文诚刚到，看到李桑柔，一边拱手，一边苦笑道："李姑娘还没找到要做的事情吗？"

"就是找到了，才来找先生商量商量。"李桑柔看着文诚脸上的苦笑，心里涌起股莫名的酸涩，随即又失笑。他又不是他。

"是我莽撞了，有什么事，总想着找先生商量一二。其实没什么大事，先生要是忙，那就等先生有空的时候，我再找先生说话。"李桑柔没落座，再次冲文诚拱手。

"以前那位友人，姑娘也是这样，有什么难事就找他吗？"文诚欠身，示意李桑柔坐。

"嗯，就是不找，他知道了，也会帮忙。"李桑柔坐到文诚对面。

"这位友人现在何处？姑娘没找过吗？"文诚倒了杯茶推给李桑柔。

"死了。"李桑柔垂眼抿茶。

"你那位友人，姓叶吗？"沉默片刻，文诚试探问道。

"不姓叶，姓赵。"顿了顿，李桑柔看着文诚道，"我和安济叶家，或者别的什么叶家全无关系，和他们有关系的那位姑娘，大约是我的姐妹吧。"

"世子爷说，姑娘是松江府人？"文诚看着李桑柔，接着笑问道。

"我想做邮驿的生意，世子跟你提过吗？"李桑柔没答文诚的话，岔开了话题。

"还没听世子爷提起。"文诚一个怔神，邮驿的生意怎么做？

"世子让我写个章程，这章程该怎么写？"李桑柔直截了当地问道。

"嗯？喔，姑娘不必顾虑格式、讲究，只要把想到的，一样一样列出来就行。世子爷不会计较格式、文笔，至少不会跟姑娘计较。"文诚笑道。

"我知道。我是说，该有什么样的章程？"李桑柔看着文诚，"不瞒先生，我想做邮驿生意，就是因为前天听世子和先生说到官员家书，想着这也许是门好生意。至于该怎么做，我还没开始想。这会儿，我只想到头一步，那就是先看看这门生意能不能做。之前，一直听说邮驿是军国大事。要是能做，我打算沿着驿路走上半个月一个月，先好好看看邮驿到底是怎么回事。在这之前……"李桑柔摊开双手。在这之前，她一无所知，自然也就无所打算。

文诚失笑："姑娘真是实诚，这样的话，"文诚沉吟片刻，"我先跟世子爷说一说，看看世子爷是什么意思。"

"好。"李桑柔站起来，冲文诚拱手，"有劳文先生了。"

"姑娘客气了。"文诚跟在李桑柔后面，一路犹豫，出了雅间两三步，还是扬声笑道，"姑娘要是有什么事，就来找世子爷，或是我，不要客气。"

走在前面的李桑柔脚步微顿，回头看了眼文诚，笑容灿烂："好！"

明安宫里。

大皇子顾瑾听顾晞说了李桑柔那份章程的事，笑起来，一边笑一边挥着手："你跟她说，只要她觉得能做，那就能做，让她先去看吧。"

"大哥？"顾晞惊讶。

"你这是怎么回事？"顾瑾脸上说不出什么表情，手里的折扇敲在顾晞肩头，"你平时也是个极谨慎的人，怎么对这位李姑娘一副全无戒备的样子？她要是真能拿出份章程，邮驿怎样，一二三清楚明白，她这邮驿生意打算怎么做，一二三步骤分明，这些，要是全凭想象，全无依据，这就不是个能做事的人；要是清楚是真清楚，一二三切实可行，那她的来历，她当初接你那桩生意，送你回来的背后，只怕就不简单了，那就不是能不能做生意的事了。不管是咱们还是南梁，邮驿都是军务，她一个下九流，怎么清楚明白的？"

"大哥真仔细。"顾晞有几分尴尬。他确实疏忽了，竟然一点儿也没想到。确切地说，他竟然一点儿也没往这上面想过。他不是这样粗疏大意的人啊。

"你对人一向戒备疏离，怎么对这位李姑娘这么全无戒备？"顾瑾上上下下打量着顾晞。

顾晞拧着眉，出了好一会儿神，垂下头，低低道："也不是全无戒备，我只是觉得，她能信得过。"

顾晞看了眼顾瑾，又沉默片刻，才接着道："在江都城被范平安偷袭后，我以为我绝无生路，当时，也确实生路渺茫。赵明财把我交给李姑娘时，俯在我耳边说，少爷放心，必定平安无事。我咬着舌尖不敢晕过去，却不甚清明，时昏时醒，不辨东西，恍恍惚惚中，甚至不知道是在阳世，还是到了阴间。没多大会儿，我就听到李姑娘的声音，很清亮，很温和，说已经出城了。她叫着黑马的名字，让他喂我喝碗药，又让我忍着点儿，说她要给我重新清洗，包扎伤口。"

顾晞的话顿住，好一会儿，才接着道："我简直不敢相信，可我侧头就看到了江水，映着月光和星辉，美极了。她给我清洗伤口，上了药，伤口清清凉凉，不那么疼了。她喂我喝了半碗鱼肉汤，那汤热热的，喝完之后，热气从里到外，让我觉得自己有了生机，涣散的功力，好像也跟着那碗鱼肉汤一点点地回来了。

"从那一刻起，我就知道，我肯定能够平平安安地回到建乐城，肯定能再见到你。她跟我说，没事了，你好好睡一觉，歇一歇。她话音刚落，我就睡着了，睡得很沉，很安心。

"我一觉醒来，她跟我说江都城正在满城搜捕偷图的北齐暗谍。赵明财死了，是杨贤告的密，他们现在是江都城的逃犯了。北齐的使团一大早就离开江都城北上了，以及江宁城正在大肆搜捕他们。我当时……"

顾晞的话顿了顿，看着顾瑾："大哥，你能想象那种感觉吗？原本绝望漆黑，可因为她的照料、她的话，我的身体有了生机，我看到了事情的轮廓，大体知道了是谁要杀我，甚至知道了他们正在做什么。之后一个多月，她说的'尽快'，我看得清清楚楚，白天有风用风，没风就用纤夫，夜里有风，必定行船，无风就撑杆摇橹，半夜再歇，只有逆风的时候，实在不能行船，才歇上一整晚。每停靠一个码头，我就能知道使团到哪儿了，能拿到一张、两张，甚至一大摞邸报、小报之类的。这一路上，我从没闭塞过。

"一路上行程那样紧张，可看起来，她每天最大的事，就是盘算着吃什么。她说一天三件大事，早上吃什么，中午吃什么，晚饭吃什么。吃了饭，她就坐在窗边，安安静静地看书。天黑之后，她常常坐在船头，喝茶或是喝酒。我常常和她一起坐在船头，迎着风，听着流水拍打着船。

"你常说，清风透心而过，那会儿，我体味到了。我常常想起那一个多月，明明是奔波逃命，一路追杀，可一想起来，竟然都是清风、流水、明月，月光下阴暗苍茫的两岸，酒香、茶香、葱花炝到锅里的声音，鱼汤、肉汤的浓香。

"我活到现在，最艰难、最阴暗的时候，却也是我最自在、最轻松的时候。那也是我睡得最安稳的一个月。刀尖之上，从容自在，我很佩服她。大哥要见见她吗？"

顾瑾点头："等她看好邮驿回来吧。"

"她要是真看好了，觉得能做，大哥真让她做？这可是军务。"顾晞皱眉问道。

"嗯。"顾瑾极其肯定地应了一声，"邮驿每年所耗不菲，太平无事时，腐坏滋生，拨下去的银子，近半中饱私囊。可银子拨少了，又怕战事起时，邮路崩坏。年年算拨邮驿银子时，我都想，怎样才能让邮驿太平年间有事可做，战事起时又能立刻承担起来。李姑娘愿意经营邮驿，这极好，就让她经营。她若真能做得好，把邮驿中民政那一块儿放到她那里也无妨。像她说的，真要是战时，有了必要，咱们说拿也就拿过来了。先让她去看看吧，看看她怎么看，又有什么样的打算。"顾瑾笑意融融。

166

李桑柔得了回话，夹着一卷顺便讨来的简陋《山河图》，回到炒米巷。

对着《山河图》看了小半刻钟，李桑柔就决定往淮南西路去，一路到无为，从无为往扬州，从扬州回建乐城。

两淮是北齐最富庶的地带，文风浓厚，才子成堆。她真要做邮驿生意，头一条线路，肯定是往两淮最佳。

第二天一早，大常忙着收拾行李，黑马和金毛出门买车和路上要用的各种物事。他们那辆半旧太平车可没法出远门，得买辆能遮风避雨的辎车。

李桑柔坐在廊下，正盘算着找谁开几张路引，以及能不能从潘定邦那里骗几张驿券，或是能进驿馆的牌子什么的，如意的声音在院门外响起。

大常忙出去带了如意进来。

如意见了礼，托了只匣子递给李桑柔。

"是什么？"李桑柔接过匣子，随口问了句。

"世子爷没说，只吩咐小的把匣子亲手交给李姑娘。"如意笑答了，见李桑柔没再多问，垂手告辞。

李桑柔打开匣子，看到匣子里一摞四张路引以及路引下面一枚崭新的银牌。

银牌上系着根五彩丝绳，巴掌大小，上面两只凤对飞，下面两只麒麟对着瞪眼，中间一面一个篆体"兵"字，另一面则是隶书"枢密"两个字，边上是虽小却清晰非常的年号，正是今年。

李桑柔仔细看过银牌，从匣子最底拿出张对折的信笺。信没有抬头，没有落款，短短几行，说那银牌是枢密院和兵部联发的驿牌，可以凭牌出入各处驿馆、递铺，并凭牌索要不多于四匹马。

李桑柔将银牌和路引交给大常，愉快地坐回去，对大常笑道："等黑马和金毛买好车回来，咱们就起程。"

"好！"大常笑应。

他们老大从来不讲究什么吉日不吉日的。瞎叔说过，福人居的地方就是福地，吉人赶上什么时候，什么时候就是吉时。

中午，顾晞去明安宫和顾瑾一起吃饭，刚刚坐下，如意一溜小跑进来禀报：李姑娘带着三个手下往陈州门去了，看样子是起程走了。

顾晞大瞪着双眼，点着屋角的滴漏："这大中午的，今天是吉日？"

顾瑾扑哧一声笑出了声，一边笑一边冲如意摆手："不用查黄历了。这位李姑娘，真是百无禁忌，实在令人期待。"

既然有了能调用驿馆马匹的银牌，李桑柔一行又拐到陈州门内的骡马行，买了两匹马。

出了陈州门，挑了家香味儿诱人的饭铺，四个人吃了饭，大常赶车，李桑柔坐在大常旁边，黑马和金毛一人一匹马。大常甩了个响亮的鞭花，一行人愉快地上了路。

十几里路也就一会儿，李桑柔很快就看到了头一家递铺。大常吁着两匹马慢下来。

"怎么样？"李桑柔看着递铺问道。

"规矩大，脾气大，好说歹说都不行，给钱也不行。"大常的总结简单明了。

李桑柔"嗯"了一声，跳下车，招手示意金毛："咱们去看看。"

"好嘞！"金毛愉快地应了一声，跳下马，将缰绳扔给黑马，连蹦带跳地跟上李桑柔。

"走走走！离远点儿！"离递铺还有十几步，递铺门口，高跷二郎腿坐着的一个中年汉子就冲两人挥着手。

"这位大哥，我们是从建乐城来……"

"我管你从哪儿来的！快滚！这儿是你们能靠近的地方？滚！"中年汉子猛啐了一口。

"大哥，我们是来找人的，我四大舅家三侄子，我二狗子哥在这儿。"李桑柔站住，赔着一脸笑，扬声道。

"这儿有人、有马，没狗！快滚！再不走就办你个窥探军务！滚！"中年汉子一个"滚"字吼得字正腔圆。

"走吧。"李桑柔转身就走。

金毛跟着一个旋身，狠啐了一口："娘的！"

一行人越过第一家递铺，看到第二家递铺时，大常闷声道："这家也凶得很。我绕到后门，碰到个老杂役，塞了五个大钱，我说，我听说当驿丁挣钱多，想当驿丁，那杂役跟我一通诉苦，让我挑了担柴装样子，带我进去看了一圈。"

这一回，李桑柔让黑马和金毛过去了一趟，照例被骂了出来。

"嗯，走吧。"李桑柔示意道。这家的情形，大常已经说过了。

到第三家递铺时，天已经黑了。

"这家也不让进，不过管递铺的老厢兵脾气好，心眼好，姓洪，听说我想

168

投军当驿丁，跟我说了半天话，说我这身板当驿丁可惜了，就是当驿丁也当不长，指定得被上头挑走。"大常闷声介绍道。

"嗯，先找家邸店歇下吧。"李桑柔打量着四周。这儿离建乐城不过半天路程，宽阔的驿路两边，店铺相连，还十分热闹。

黑马和金毛挑了家灯光最亮的邸店，要了三间上房。

吃好喝好，大常看向李桑柔。李桑柔摇头："不用看，这儿离建乐城这么近，没什么好看的。早点儿睡吧，明天早点儿起来赶路。"

第二天天还没亮，大常和黑马、金毛三个起来收拾好车辆骡马，等李桑柔起来。吃了早饭，他们又买了些酒肉、胡麻饼带着，起程时，太阳才刚刚露出地平线。

这一天，沿着驿路，一家家递铺走得很快，毕竟离建乐城不远，驿路宽阔平整，间间递铺都十分像样。

一连赶了三天的路，一行人才慢下来。驿路虽说没那么宽阔了，可还是十分平整，两边的树木高大，仲春时节，一片新绿，十分宜人，递铺也算整齐干净。离建乐城越远，驿丁们越和气平易。不少递铺外面搭着棚子，给一两个大钱就能坐下歇歇，还有大碗热水。

远离城镇的地方，几乎每一间递铺两边，都有或多或少的小贩，拿个破篮子、破筐，卖茶水、果菜，或是支个摊，搭个棚，就是间简陋的食铺。有一间递铺边上，竟然还有一家小小的药铺，药铺里还坐着位看起来十分威严的老大夫。

李桑柔一行有时紧赶，有时慢走，一路走一路看，一个月后，一行四人进了无为府。

照李桑柔的计划，他们这一趟，先到无为府，再沿江到扬州府，然后从扬州府返回建乐城。建乐城到无为府，和建乐城到扬州府这两条线，她打算从中挑一条，作为她快递事业的起点。

无为府的繁华热闹，在李桑柔意料之外。黑马和金毛把马拴在大车后面，跟着李桑柔，左看右看。金毛赞了一句"比江都城热闹多了"，黑马就喷一句"跟建乐城可没法比"。

一行人从大街走进小巷，挑了家干净的大车店，住了进去。

这会儿不过申初前后，几个人安顿好出来，李桑柔吩咐黑马和金毛："你们两个到处走走，打听打听这无为府的大族有哪几家，各家都有哪些当官的、哪些人才，各家口碑怎么样，尽量多打听。"

"好！"黑马和金毛一起点头。

李桑柔和大常沿着大街往东，黑马和金毛往西。

"过了江就是南梁，咱们真要从建乐城来往这里，他们会不会想多了？咱们还有好几条船。"大常看着旁边酒楼挂出来的江刀和江豚的招牌，突然闷声说了句。

"嗯？"李桑柔一个怔神，随即笑起来，"噢，别想那么多。他们是不是会想多，不在于咱们来往哪里。他们怎么想，咱们管不了，管不了的事，就不用理会。晚上尝尝江豚？"

李桑柔仰头看着一连几家刀鱼、江豚的招牌。

"好。"大常声调轻松，随即嘀咕了一句，"不知道什么价。"

"咱们赚了钱，就一件大事，吃好喝好。不管什么价，难道咱们吃不起？"李桑柔斜瞥着大常。

"那倒也是。"大常嘿笑着，拍了拍胸口。

李桑柔和大常打听了几个人，听说望江楼的江鲜做得最好。二人回邸店留了话，直奔望江楼，花了块半两的碎银子，买得茶酒博士想方设法倒腾了一张桌子给他们。

两人慢慢悠悠地喝了两三杯茶，黑马和金毛就到了。

李桑柔一如既往，一挥手就一句："将你们店里有的，都上一份，刀鱼、江豚各上两份！"

茶酒博士豪客见得多了，并不以为意，脆声应了，利落地上了茶水茶点。

"这无为府，最大的户，头一个是王家，之后是曹家、利家、魏家、吴家……"黑马看着茶酒博士出去，开始说刚刚打听到的无为大户。

"说说王家。"李桑柔打断了黑马的话。

"王家最厉害，艳压群芳！"黑马竖着大拇指。

李桑柔被他这个"艳压群芳"差点儿呛着。嗯，这个词用得实在太好了！

"王家现在活着的，说是有两个进士、六个举人、二三十个秀才！真真正正人烟鼎盛！"

李桑柔再次被黑马的"人烟鼎盛"给呛着了："你好好说话，别乱用词！"

金毛哈哈一声笑出了声。他虽然不知道黑马哪个词用错了，不过嘲笑还是要嘲笑的。

"老大教训得是，你笑什么笑？"黑马瞪了金毛一眼，接着道，"说是户部侍郎孙洲就是他们王家的姑爷呢。他们王家这两个进士，一个叫王安士，已经做到漕司了，在秦凤路，不过年纪大了，已经快七十岁了。还有一个叫王庆喜，比那个王安士低一辈，是个府尹，在京东东路，青州，年纪也不小了，说是再过个年就六十岁了，是吧？"

黑马看向金毛，金毛连连点头，表示他说得对。

"现在王家的族长叫王庆民，说是那个王庆喜的亲哥，那个王安士的亲侄子。还有，说是王庆喜的大儿子王家九爷，叫什么王宜书的，是什么才子，怎么怎么有才，过了年，刚从青州回到这无为府，说是为了秋闱。"

李桑柔凝神听着，慢慢"嗯"了一声。

"曹家……"黑马接着往下说，却被李桑柔抬手止住："不用了，知道头一家就行了。关于王家，还有别的吗？口碑如何？"

大常看了眼李桑柔。

黑马连连点头："好！都夸好！好得不得了！这城里最大的学堂，就是王家义学。穷人家子弟读书不要钱，一天还管两顿饭，只要月考考及格就行，说是还有女学。城外那什么书院，说是挺有名的，也是王家的。大儒藏书都不少，能考进去就不要钱。那个曹家，说家训是不当良相就做良医。曹家老太爷，说是天下有名的名医，现在一天出来一个时辰，就在这条街街头，就是他们曹家的医馆。曹老太爷这一个时辰是义诊，不要钱，碰到特别可怜、特别穷的，还送药。利家，说是最敬老……"

黑马滔滔不绝，一直说到茶酒博士上齐凉菜，一边吃一边呜呜噜噜了半天才说完。

大常再次看向李桑柔。李桑柔迎着他的目光，解释道："咱们这生意，肯定得跟当地的大族打交道，特别是无为府和扬州府，说不定要跟他们合作，先得知道个大概。"

大常释然，伸手端过一盘子江豚鱼，专心吃鱼。这两份江豚、刀鱼，他们三个一份，他自己吃一份。

第二天一大早，大常去看无为府下辖的庐江、巢县两县，黑马和金毛跟着李桑柔，先从曹家的医馆看起，一圈看下来，三个人又进了望江楼。

今天的望江楼有场文会，东主是王家的几位秀才，其中就有那位九爷王宜书。

望江楼早几天前就被王家包下了。李桑柔找到昨天的茶酒博士，又塞了块碎银子，茶酒博士从后门将三人带上二楼一间偏僻的雅间。

李桑柔将雅间窗户推开一条缝，站在窗边，看着楼下。

楼下已经十分热闹，正中间一张大书案旁边，围着七八个长衫书生。被众人围在中间的，是一个穿鸦青织锦缎的书生，二十六七岁年纪，不高，略胖，也就是不算难看而已。"鸦青织锦缎"一边说着话，一边挑了支笔，濡了墨，写了一行字，将笔递给旁边的瘦高书生。

金毛溜下去，片刻，一溜小跑上来，挨到李桑柔旁边，指着"鸦青织锦缎"低声道："就那个，穿鸦青织锦缎衫子的，就是王家九爷王宜书。"

李桑柔"嗯"了一声，又看了一会儿，坐了回去。三个人安安静静地又吃了顿刀鱼，然后出了雅间，从后门出去走了。

在无为府歇了两天，第三天一早，一行四人起程赶往扬州。在扬州同样看了两天，四个人又一路北上，过了淮扬，又折向东北，从沂州、密州直奔登州，再折返至莱州、青州。每一处都停上一天两天，到处看看。

中午到青州，歇了一晚，第二天又逛了一天，吃过晚饭，夜色才刚刚垂落。

李桑柔走到窗前，推开窗户看了一会儿，转过身，看着大常道："我要去府衙看看，二更前后过去，最多一个时辰就回来。"

"啊？去府衙……"黑马愕然，一句话没问完，就被大常按了回去。

"你叫什么叫！出息呢？"金毛跳起来，趁机拍了黑马一巴掌。

"你小心点儿。"大常看着李桑柔，没多问，只闷声关切了一句。

"放心，你们回去歇着吧，明天赶早起程。"李桑柔挥手吩咐。

大常应了，和黑马、金毛出来，各自回屋睡觉。

李桑柔发了一会儿呆，吹熄了灯，推开窗户，坐在窗下，两只脚高高架在窗台上，看着昏暗不明的天空出神。

远远地，二更的梆子声传过来。李桑柔站起来，换了衣服，用黑布裹紧头脸，从窗户跃下，落进邸店后面的黑巷子里。

一弯上弦月在云层中时隐时现，照着已经静息下来的青州城。昏暗不明的巷子里，李桑柔沿着黑暗跑得飞快。

邸店离府衙不远，李桑柔站在巷子口的黑暗中，看着一缕月光下的八字墙，静等了一会儿，在一片云的掩盖下，穿过衙门口，从八字墙后面的一棵树上跳进了府衙。

府衙里也是一片安静。李桑柔站住，辨认清楚方向，贴着屋檐，从前衙这边往那边查看。整个前衙，亮灯的房子只有一间。李桑柔猫着腰贴过去，靠在窗户边上，伸手摸了摸，窗户上糊的是棉纸。李桑柔沾了口水，轻轻捅开窗户纸。

迎面是一面墙的书架，另一面也是书架，书架上堆满了案卷公文。屋子正中，一张厚沉的桌子后面，一个六十岁左右的矮胖老者正趴在桌子上专心地写着什么。

　　李桑柔眯眼看着老者。老者侧对着她，不过，只这一个侧面就能明明白白地看出来，眼前的老者，和她在无为府看到的那个王宜书是一家人。这肯定就是青州府尹王庆喜了。

　　唉，这形象，就是年轻四十年，跟叶家那位大爷现在比，也差得很远啊！

　　李桑柔贴着墙，转到门口。

　　屋门半掩，从门缝里能看到一个小厮靠门坐着，正磕头打盹儿。

　　李桑柔退过屋角，窝在角落，打火镰点着根安息线香，再悄悄挪到门口，紧挨门蹲下，将线香靠近小厮，用手扇着那缕清烟，将清烟扇进小厮鼻子里。

　　小厮磕头的幅度越来越大。李桑柔看着差不多了，最后扇了两下，掐灭线香收好，屏息盯着桌子上那根明亮的蜡烛。

　　小厮再一个磕头，往前扑撞在半掩的门上。和小厮撞在门上的咣当声同时，李桑柔扣动手弩，细小的弩箭射灭了蜡烛，钉在王庆喜背后的书架上。屋里屋外顿时一片黑暗。

　　"小瑞！"王庆喜有几分恼怒地叫了一声。

　　在王庆喜这声"小瑞"之前，李桑柔已经两步踏进屋，先一掌砍晕了小瑞，然后在王庆喜站起来之前，疾步过去，将一根拇指粗细的丝绳勒在王庆喜脖子上。

　　"别动，别出声，不然我就勒死你。"李桑柔俯在王庆喜耳边警告道。

　　"你是谁？你要干什么？我是……"王庆喜还算镇静。

　　"我知道你是王庆喜，是这青州的府尹。"李桑柔稍稍收紧丝绦。王庆喜顿时觉得呼吸困难。"我问什么，你说什么，我没问话，你就闭嘴！"

　　王庆喜想去拉那根丝绦，手抬到一半，又落在桌子上，只不停点头。

　　"我姑姑是怎么死的？"李桑柔俯在王庆喜耳边，咬牙问道。

　　"你姑姑是谁？"王庆喜茫然。

　　"你这个好色之徒，你奸了她，害死了她，现在，你竟然问她是谁，你连她是谁都忘了吗？"李桑柔的声音听起来是咬着牙，从牙缝里挤出来的。

　　"既然忘了，那好，你就好好说说，你强抢了多少女孩儿？又害死了多少女孩儿？一个一个说！"

　　"姑娘，你一定是找错人了。我从来没强抢过女孩儿，不光女孩儿，别的人也没抢过。我从来没害死过谁。"王庆喜心里有了一丝安稳，但更多的是焦急和恐惧。

"找错人？哈！好啊，那你一个一个说说，你那些小妾、通房，她们都是怎么来的，怎么死的。我可是一个一个查过之后才找到了你。你说吧，一个一个说，说错一个，我就勒死你！"

"我不好女色！真不好！我只喜读书！我自小远视不明，五步之外就不辨妍丑，呃……"

李桑柔手下一紧，勒得王庆喜呃了一声。

"好好好！一个一个说，我说。我头一个小妾，张氏，是从小侍候在我身边的大丫头。张氏生头胎时难产，一尸两命。第二个是内子的陪嫁黄氏，育有一女，现在后宅，就这两个。姑娘的姑姑是哪一个？"王庆喜喘着粗气，明显有几分恼怒。

"你胡说八道，真当我一无所知吗？"李桑柔猛地收紧手里的丝绦，勒着王庆喜和他坐着的那把椅子一齐往后仰倒，"我只想知道我姑姑是怎么死的，你实说，我不怪你。你再敢诡辩，我就勒死你。"

王庆喜被勒得眼珠都凸出来了，椅子被李桑柔拉倒往后。他两条腿紧紧顶在沉重无比的楠木桌子上，想挣扎却挣扎不动。

在王庆喜就要憋死之前，李桑柔猛地松开丝绦："说！"

"我真没有！我喜读书，不好美色！我都看不清楚！我不好那个！姑娘可以去打听，尽管打听！我家在无为府，我在无为府长大，在汝县做过一任县令，在卫县做过一任，再就是青州，任姑娘打听。姑娘的姑姑姓什么？到底是哪位？到底是怎么回事？"王庆喜拼命喘着气，声音颤抖，又是愤怒又是惊恐，连人带椅子抖个不停。

李桑柔垂眼看着一阵接一阵颤抖的王庆喜，抬手砍晕了他，收起丝绦，拔出那根小箭，闪身出门。

第二天一早，一行四人收拾好，吃了早饭，悠悠哉哉地出了青州，直奔济南府。

不紧不慢走了半个时辰，大常看着坐在他旁边嗑瓜子的李桑柔，闷声问道："没什么事吧？"

"没有。"李桑柔知道他问的是她昨天去府衙的事，"湛泸的旧债，正好路过，顺便看看。"

大常看了一眼李桑柔，"嗯"了一声，不再多问。

一行四人在济南府歇了两天，再次起程，直奔建乐城。

　　回到建乐城已经后半夜了，四个人回到家，洗漱吃喝，倒头睡下时，天已经快亮了。

　　没睡多大会儿，李桑柔就给热醒了，一身一身的热汗出来。这份热让人坐立不安，哪儿还睡得着！

　　黑马和金毛出去买了半车冰和四五个粗陋实用的木头大冰鉴推回来。

　　两个人放好冰鉴，大常抱着一块三四尺高的大冰块往冰鉴里竖好，小小的屋里顿时凉快下来。

　　李桑柔一头扎到床上，接着睡。

　　这一觉直睡到傍晚。李桑柔刚一脚踩出门，黑马一张黑脸就伸了过来，眉飞色舞道："老大！世子爷那个小厮，如意，已经来过两趟了！头一趟是巳正前后，听说你还睡着，就走了。第二趟就在刚刚，半个时辰前，说是，要是老大你歇过来了，就跟你说一声，明天中午，世子爷陪你去见秦王爷。"

　　"嗯，吃了饭你跟金毛把账算一算。"李桑柔吩咐道。

　　"好嘞！"黑马答应得兴高采烈，一个旋身，紧接着再一个旋身，又旋回去了，对着李桑柔，一脸渴望，"老大，那明天，您一个人去啊？那账，那么多数目字儿，你一个人，那个……"

　　"我一个人足够了。"李桑柔不客气地堵了回去。

　　"那是，那是。"黑马肩膀耷拉下去，往厢房算账去了。

　　李桑柔洗了把脸，闻着厨房里的饭菜香晃过去。厨房里，金毛烧火，大常正在炒菜。

　　李桑柔站在厨房门口，只觉得热浪扑得喘不过气。他们这一趟来回三个多月，这会儿已经是五月中，正是一年中暑热的时候。

　　一想到夏天，李桑柔就忍不住叹气。冬天有炭盆、火炕、火墙、地龙，可夏天，消暑的法子也就是几块冰，那效果，聊胜于无而已。还有无处不在的蚊子！

　　唉，暑热加蚊子，这里的夏天实在难熬极了。之前在江都城，到了夏天，她还能坐着船到江上漂着睡觉，今年只能靠苦熬了。

　　"黑马！"李桑柔一声吼，"搬个冰鉴过来，搬俩！"

　　黑马扬声答应，拎着个冰鉴小跑过来："我就说，搬俩冰鉴放厨房，大常非说不用，说费冰。看看，老大不高兴了吧！"

李桑柔和大常都没理他，金毛冲黑马连翻了几个白眼。

"明天找个支灶的，在外面支个灶，再搭个棚子，炖炒放外面，好歹凉快些。"李桑柔看着放好冰，再叹了口气。她是真烦这里的夏天啊，热得无处躲藏！

没多大会儿，大常做好饭，辣炒童子鸡、炖大块羊肉、一大盆凉拌菜以及一大海碗青蒜香菜末，一筐馒头，四个人坐在几大块冰中间，一顿饭还是吃得汗水淋漓。

饭后，黑马和金毛在厢房算账。大常收拾好，换了冰块，沏了壶茶拎过来，倒了碗递给李桑柔。李桑柔抿着茶，看了眼明显闷着心事的大常，叹了口气："大常，你说你，五大三粗的，怎么心眼儿小成这样？活得这么仔细干吗？"

大常斜瞥着李桑柔，没说话。

"那位叶大爷有个青梅竹马的表妹，他觉得他表妹是冤死的。我答应了他，他表妹要真是冤死的，我就替他报了这个仇。"李桑柔连叹了几口气，无奈地解释道。

"就是王家？"大常闷声问道。

"嗯，王家是其中一家。这事得先查清楚，不能只听一面之词。你放心，我小心得很。还有，我也没给自己限定日期，就是顺便又方便的时候，顺便看一看，问一问，你放宽心！"李桑柔一边说一边叹气。

"你把前头十几年都忘了，突然冒出来一个叶家，现在又有个什么仇，总得小心点儿。"大常闷声道。

"我知道，你放心，放宽心，不要多想，更不要想得太远，想了也没用不是？"李桑柔想着王庆喜那个形象和他那些话，再次叹气。这事，只怕叶安平说了一半藏了一半，或者根本就没说实话。

她不准备去问叶安平，与其和叶安平这样的人斗智斗勇，她宁愿自己去找出真相。

那个王庆喜。

李桑柔想着他趴在桌子上，鼻尖都快挨到纸上的样子，看来，他这近视是真的，趴得那么近，五步以外看不清人，也是真的。他要真是好色，确实有点儿难度。孙洲夫妻必定是知情人，得想办法找这对夫妻问一问。至少到现在为止，她承受的这个身体是承受了湛泸的恩惠。至少，她要把湛泸的死因查清楚，也许，湛泸还有什么心愿。

力所能及时，她愿意为湛泸的死讨个说法，也愿意替她圆个心愿什么的。

第二天巳正刚过，如意就到了炒米巷。

李桑柔拿着那卷厚厚的账本子，跟着如意，进了晨晖门，没走几步，就看到顾晞迎着两人过来。如意急忙垂手让到旁边。

"听说你从无为府一路看到了济南府？看得怎么样？"顾晞上上下下打量着李桑柔，笑道。

"还好。"李桑柔握着厚厚的账册子，冲顾晞拱了拱手。

"咱们进去再细说，大哥这会儿正好有空。"顾晞示意前面不远处的明安宫。

"这一路看下来，这生意能做吗？"顾晞还是忍不住问了句。

"要做了才知道。"李桑柔笑道。

她是真不知道做不做得成，肯定得试过才知道。事情看起来和做起来，完全两样。

李桑柔跟在顾晞后面，进了正殿旁边的三间耳屋。三间耳屋没有隔断，高大宽敞，迎面是整面墙的书柜，垒着满满的书；西边放着香炉、盆花和一张巨大的书案；东边的大窗户下盘着大炕，炕上坐着大皇子顾瑾，目光锐利，正打量着她。

顾瑾毫不掩饰地打量着李桑柔——头发用一根银簪子绾了个最简单的圆髻，像男人一样顶在头顶，发髻绾得很粗忽，散下来的头发被随手别在耳后。一件本白夏布上衣，本白半裙，本白长裤，裤子在脚踝处用细丝绳松松缠了几道，细丝绳红绿都有，大约是从哪儿随手捡来的。鞋子是男人的式样，包着牛皮边，看起来非常结实。腰间系着根紫红丝绦，足有大拇指粗细。不能叫丝绦，应该叫丝绳了。

这一身打扮和她的发髻一样，实用而粗忽。

这会儿，她也正打量着他。

明眸皓齿，俊眼修眉，让人下意识地忽略了她浑身的粗忽，甚至想不起她的发髻和穿着。眼前的李桑柔让顾瑾有些意外，却又在意料之中。

"王爷。"李桑柔冲顾瑾拱手欠身。

顾瑾眉梢扬起。

"李姑娘不懂礼仪，我刚才忘了告诉她。"顾晞急忙解释。

不管是大皇子还是秦王，这两个身份中的哪一个都足够尊贵。头一回见面，李桑柔这个白身之人是应该三拜九叩行大礼的，而不只是拱拱手。

"我这里不讲俗礼，李姑娘请坐。"顾瑾笑着示意李桑柔。

李桑柔坐到顾瑾指给她的扶手椅上，离大炕略远，正对着顾瑾。

顾晞侧身坐到顾瑾旁边。

小内侍上了茶，顾瑾端起，示意李桑柔。李桑柔直接捏起杯子，抿了一口，品了品，几口喝了。

顾瑾一边笑，一边示意小内侍再上茶。

小内侍撤下盖碗，换了只直身杯，送了茶上来。

李桑柔看着小内侍换上杯子和茶，一边笑，一边冲顾瑾欠身解释道："多谢，这杯子真好。不是渴，是这茶好。"

"这是今年进上的龙凤团茶。拿两饼来，一会儿给李姑娘带上。"顾瑾一边笑一边吩咐小内侍。李桑柔笑谢了。

"邮驿的事，李姑娘看好了？怎么样？"顾瑾看着李桑柔笑问道。

"差不多吧。我们先从建乐城去了无为府，又从无为府到扬州府，再到济南府，最后从济南府回来的。"李桑柔将杯子推开些，摊开那卷厚账簿。

"都是最富庶的地方。"顾瑾笑道。

"嗯，做生意当然要跟有钱人做，从穷人身上可挣不到钱。"李桑柔随口应了句，看着顾瑾问道，"你要听什么？"

顾瑾一个怔神，随即失笑："姑娘都看到了什么？"

"很多，很杂，什么都有，你要听什么？"

"这几条线上的邮驿，姑娘看到了什么？"顾瑾看了眼顾晞，直接问道。

"离建乐城越近，递铺越新，驿丁越精神。不过这三条线经过的，没有很穷的地方，别的地方也还行。递铺里都是厢兵，钱从朝廷拨下去，人头算在兵部，日常管理是归在地方，每个递铺的人数几乎都一样。驿路都修得很好，递铺周围、驿路两边，树种得都很好。"李桑柔的回答简洁、简单。

"怎么做这邮驿生意，姑娘有打算了吗？"顾瑾沉默片刻，微笑问道。

"嗯，我打算先只做急脚递，一天三百里，从建乐城到无为府，十天一个来回。"

顾瑾眉梢扬起。

"我有十万两银子，就照这十万两银子的本钱做。本钱耗完，做不成就不做了，再找别的生意。"李桑柔看着顾瑾扬起的眉梢，摊手笑道。

顾晞噗地笑出了声。这十万两银子是他给她的保镖银。

"那姑娘算过本钱吗？从建乐城递一封信到无为府，要多少钱？"顾瑾也笑起来。

"还没算，这要看马是什么价，养马又是什么价，雇人是什么价。我不打算借用递铺或是驿馆了，等我挑好地方，现买，或是现盖几间屋，养马住人。"李桑柔笑道。

"为什么不借用？"顾瑾看着李桑柔，问。

"递铺的驿丁太穷了，驿馆里南来北往的官员太多了。"李桑柔答得干脆直接。

顾晞扬眉看着李桑柔。顾瑾笑起来："姑娘要是想好了，就去做吧。需要什么，你找世子就行。"

"好！多谢。"李桑柔笑谢了一句，站起来，"那我先告辞了。"

"我送你。"顾晞忙站起来，陪李桑柔出来，一直将她送出晨晖门。

顾晞看着李桑柔走出一段，才转身，回明安宫去。

"送走了？"看着顾晞进来，顾瑾斜瞥着他，明知故问道。

"嗯。大哥觉得怎么样？"顾晞侧身坐到顾瑾旁边。

"极其谨慎，不该管的事一字不提。这邮驿，也许她真能做起来。"顾瑾看起来心情不错，"递铺、驿丁都是一样的俸给，离建乐城越近的递铺就越新越精神，那远的地方只怕是克扣了，这个得让人去查一查。"

顾晞看着顾瑾皱眉道："还有，递铺归在地方管理，人数一样，可各个递铺要递送的文书数量大不一样，必定有的递铺人手不够，有的递铺人浮于事，这些……"

顾瑾抬手打断了顾晞的话："这些都是小事，邮驿的弊端不止这些，所以我才想让李姑娘去试试。唉，"顾瑾叹了口气，"国家积弊到处都是，相比之下，邮驿微不足道。从先皇至今，这几十年休养生息，天下安居乐业，可纳粮的丁口不见增加，浮客倒翻出了数倍。"顾瑾拧着眉头，"户部的事最要紧，你尽快起程，清查粮仓，核查五等版簿，再抽些州县，清量核查一下田亩数目，回来的时候再看看秋收。户部这边我替你盯着。"

"好。"顾晞干脆答应，"我这就写折子，明天请下来旨，后天就起程。"

犹豫了一下，顾晞接着道："京西北路安抚使出自永平侯门下，要是……"

顾瑾抬手抚额，无语至极地看着顾晞："李姑娘那样的精明人，你还担心这个？"

"不是，我这一趟要两三个月，甚至三四个月，我怕她有什么事，找不到人。"顾晞有几分尴尬。

顾瑾斜瞥着顾晞，哼了一声，没理他。

"虽说是保镖，可我还是欠她一份救命之恩……"顾晞站起来，犹犹豫豫，还是多说了一句。

顾瑾再次抬手抚额："要不是因为有这份救命之恩，跟你有这份交情，她敢做邮驿生意？唉！你简直……"顾瑾一声声长叹，"唉，以后，李姑娘求到你那儿的事，你先跟守真商量了再做决断！"

李桑柔回到炒米巷，坐在廊下出了半天神，吃了中午饭，对着那张简易《山河图》仔仔细细看了一下午。

晚饭后，李桑柔吩咐再熏一遍蚊子。金毛沏了茶，四个人，一人一把蒲扇扑扇着。李桑柔指了指那张《山河图》："邮驿这事，我打算先走无为这条线，一路上经过陈州、颍州、寿州，到无为，你们看呢？"

"我看行！"黑马一副沉思状，答得飞快。

金毛用力撇嘴斜着他，简直想呸他一脸。论跟在老大后头装着有见解，这份厚脸皮，他真比不上黑马。

"该往扬州，"大常闷声道，"过应天、亳州、宿州、泗州。扬州旁边，真州、泰州都不远，比无为那条线热闹。"

"要是做生意，确实该往扬州，不光陆路便利，还有条运河，一路上到处都是大码头。可就是太便利了，从水路到扬州，顺风顺水，快了，六七天就能到，走陆路赶一赶，四五天就能到。一路上商船成堆，商队成群，托人带信方便得很，用不着花钱递信。还有，扬州这条线，多半是生意人，生意人可不爱写信，有点儿什么事，他们有的是捎信的人。有事没事就长篇大论写信的，都是读书人。他们会写，可找人捎信的路子就远远不如生意人了。还有，扬州这条线，除了应天府，别的地方，文风都不如无为那条线。考中举人、进士的人数，也不如无为这条线多。在建乐城备考或是游学的读书人，无为府这条线上，肯定比扬州那条线上的人多。咱们这生意，先要从当官的和读书人这里入手。"李桑柔看着大常，耐心解释，顿了顿，又补了一句，"你家老大做事，一向就事论事，一件归一件，不会扯七扯八。"

"嗯，那就无为。"大常干脆地点头道。

"头一步，咱们先只做急脚递，一天三百里，从无为一个来回，十天。"

李桑柔接着道："在陈州、颍州、寿州，寿州和无为中间以及无为府各设一个递铺。不借用朝廷的递铺，咱们得有自己的地方和人手。明天我带着金毛往这四州去，把递铺建起来，还要看看在当地怎么递送，找好在当地递送的人手。你跟黑马留在建乐城，第一，看看马是什么价，哪种马适合咱们用，看好了就买回来。记着，最好避开那些适合冲锋陷阵的马种；第二，去找世子，请他帮忙推荐一天至少能跑三百里的骑手，还有马夫，先找二三十个吧；第三，看看这条线上的读书人喜欢往哪儿去，再就是打听打听建乐城里的小报，哪家一天卖多少，都是哪些人买，几天出一回这些。"

大常点头。

第二天，刚进巳时，如意奉命来请李桑柔吃饭说话时，李桑柔已经带着金毛，赶着大车，早就出城几十里了。

李桑柔和金毛两人，风尘仆仆，赶在中秋前一天，回到了建乐城。

李桑柔刚刚洗好收拾好，一杯茶还没喝完，如意的声音就在院门外响起。

黑马一跃而起，在李桑柔说话之前，已经冲出了二门。

眨眼工夫，黑马一张黑脸红光闪耀，直冲进来："老大！老大！世子爷！是世子爷！给咱们送节礼来了！"

李桑柔刚喝了口茶，被黑马这一个"送节礼"，一口茶呛得狂咳起来。

"世子爷给咱们送什么节礼！"大常一巴掌拍在黑马头上，冲跟在后面的如意拱手赔礼，"他没见识，不会说话，您大人大量。"

"常爷客气了。"如意一句话没说完，就先笑起来。李姑娘这三个手下，他最喜欢的，就是这位黑马，这样的实诚人儿，实在是太少见了。

如意看着狂咳不已的李桑柔，一边笑，一边拱手见了礼，指着后面提着提盒、抱着酒坛子的小厮们，笑道："我们世子爷说姑娘刚刚回来，只怕来不及准备过节的一应物事，就亲手挑了些，吩咐小的给姑娘和几位爷送过来。"

李桑柔还在咳，一边咳一边站起来，冲如意拱手致谢："多谢，谢……"

如意笑得止不住，欠身后退。

看着一群小厮跟在如意后面出了二门，李桑柔又咳了一会儿，才缓过那口气。

黑马缩着脖子，一声不敢吭。他刚才兴奋过头了。

"老大走后隔天，世子爷就起程了，说是什么钦差，好像前几天刚回来。"大常一边将提盒一个个拎到李桑柔面前，一边解释了一句。

金毛蹲过去，掀开提盒。黑马从李桑柔瞄到大常，一边瞄一边挪过去，伸长脖子往提盒里看，看得圆瞪着两只大眼，却一声不敢再吭了。

李桑柔欠身，看着金毛从提盒里一层一层拿出石榴、葡萄、橙子、橘子、栗子、香梨、大枣，堆了一堆，再打开另一只提盒，将满满一盒肥大的螃蟹一只只拿出来。还有两只提盒，一只里面装着半匹鲜羊，另一只里塞满了酱鸭、腊鸡、咸鹅。再就是五六坛新酒，坛子上贴着酒名，都是玉魄。

"晚饭就吃这些，把螃蟹蒸上，这羊肉不错，切两条腿清炖，中间这块羊腩撒点儿盐，明天中午烤着吃，再拌个杂菜。黑马去买点儿胡麻饼。"李桑柔拎起串葡萄，尝了尝，满意地吩咐道。

"还有紫苏叶！"黑马一跃而起，"大常呢？还缺啥不？"

"买捆大葱，还有青蒜。"大常说着，上前提起那半只羊。

大常先蒸好螃蟹端过来，李桑柔慢慢悠悠地吃。金毛坐在旁边，把一根筷子削尖，拿着筷子剔蟹粉。这螃蟹，吃一只就得忙半天，可忙到最后，能吃到嘴里的，最多只有一口肉，那肉还腥气得不得了，他不爱吃，黑马和大常也不喜欢。

李桑柔吃好两只螃蟹，大常炖好了羊肉，又剁了两只酱鸭，蒸了一只腊鸡，撕成丝，和菠菜、胡萝卜丝、香菜一起，拌好，再撒上一大把花生碎。

李桑柔盛了一碗羊肉汤，撒一把青蒜，胡麻饼卷蟹粉，吃着凉拌菜，一顿饭吃得十分愉快。

吃了饭，黑马开了一坛新酒，四个人，一人一只大碗，倒了酒，刚喝了半碗，如意的声音又在院门外响起。

黑马照样蹿进蹿出，只是不敢胡说八道了。

"老大！老大，说是世子爷请你赏月。"

李桑柔"嗯"了一声，仰头喝了碗里的酒，站起来出了院门。

巷子外，几名小厮牵着五六匹马，如意指着马笑道："世子爷说秋高气爽，坐车不如骑马，就让小的挑了匹马来请姑娘。"

"你家世子爷想得周到。"李桑柔从小厮手里接过缰绳，见小厮半跪在地，就往旁边闪过一步，笑道，"不用，多谢。"说着，踩上马镫，翻身上马。

小厮忙站起来，上了自己的马，跟在后面，往金明池去。

到了金明池门口下了马，李桑柔看着空无一人的四周，对如意笑道："你们世子爷把这儿也清场了？这么大的地方？"

"那倒不是。"如意想笑又抿住，"金明池只在冬至、春节，还有演武的时候许市井诸人游玩。一年当中，就那么二三十天。"

李桑柔"喔"了一声，这算是另一种形式的清场。

如意带着李桑柔，沿着低矮的灯笼，进了深入金明池的水阁。

顾晞一身银白长衫，站在栏杆旁，听到动静，转过身，看着李桑柔走近了，笑道："你刚回来？"

"嗯。"李桑柔走到顾晞旁边，从天上月，看向水中月。

"从江都城出来那晚，也是这样的好月色。"顾晞的声音里透着感慨。

李桑柔侧头看了眼顾晞，笑道："那晚的月亮又大又亮，烦人得很。大常背着你，往上游走了二三十里路，才敢上船过江。"

顾晞眉梢高挑，片刻，笑起来，一边笑一边示意李桑柔："今年的新酒不错，咱们尝尝？"

"是不错。多谢你的酒，还有羊肉。"李桑柔坐下，端起放在她旁边的水晶杯，举起来，对着月光看了看，然后斟了酒，举起来再看了看，抿了一口。

"你的事办得怎么样？"顾晞抿了半杯酒，在赞美月色和这句问话之间，犹豫了半杯酒，还是问起了正事。

"勉强算是差不多了。识字的人太少了，但凡能识几个大字的，都特别要面皮，架子搭得十足，实在可恶。"李桑柔连叹了几口气。

顾晞失笑："读书识字，明是非，知廉耻，自然就很要面皮。为什么要找识字的？"

"不识字怎么送信？怎么知道这信是写给谁的？家住哪里？"李桑柔斜了顾晞一眼。他这话，换了潘定邦问还差不多。

顾晞一个怔神，随即醒悟："你这信是要递送上门？也是，你做的是家信生意，自然不能一概投进衙门。要是这样，确实有些难。识字读过书的，多半自重身份，必定不肯做这信客的活儿。"

"你也是刚回来？"李桑柔岔开了话题。

"嗯，你走后隔天，我就领了差使，比你早回来两天。三月中，我就接管了户部。今年是闰年，要清查户丁，重制版簿，还有粮仓调换新旧粮的事，唉，积弊重重。"顾晞也叹起了气。

李桑柔看了他一眼，没接话。

"不说这些。明天中秋节，你们怎么过？"顾晞转了话题。

"明天打算好好睡一天，睡醒了吃饱接着睡。"李桑柔往后伸展了一下身子。她在外面奔波了三个多月，劳心费力，累坏了。

顾晞失笑："中秋佳节，你要睡一天？！那之前的中秋呢？也都是睡一天？"

"之前啊，"李桑柔往后靠在椅子里，声音里透着懒散，"让我想想，今年这个，是我过的第四个中秋。头一个中秋，那时候我们刚刚真正接下夜香行，头一回有了余钱，一百多贯钱吧，沉甸甸好几大箱子。那一年羊肉特别便宜，一贯钱能买将近两斤羊肉，一只羊十五贯、十六贯钱，我们买了四只羊，又买

183

了十来坛酒，一百多贯大钱，几大箱子，中秋一顿吃光、喝光。"

李桑柔抿着酒，眼睛微眯，想着那个晚上的热闹，笑意融融。

"想想都觉得热闹。"顾晞侧头看着笑容温暖的李桑柔，往后靠进椅子里，"那第二年呢？也是这样？"

"第二年中秋，我们已经想吃什么就吃什么了，吃了一年了。那个中秋，我们摆了流水席，有羊肉，有酒，黑马说是丐帮大会。我坐在屋脊上，看着他们吃流水席，后来，又坐了船漂在江上赏月喝酒，再后来救了个人。"

"何水财？"顾晞看着李桑柔问道。

"嗯，何水财是个天生的水上人，肩膀上中了一箭，人都晕过去了，还能仰面漂在水上。大常把他扛回去，养好伤，他就跟了我。第三个中秋嘛，跟你一起过的。"李桑柔冲顾晞举了举杯子。

"去年中秋是哪一天，我记不清楚了。那时候，好像我的伤还没怎么好。"顾晞看着李桑柔。

"嗯，还发着烧，多数时候都在晕睡。去年中秋那天是个阴天，到傍晚还下起了细雨。不过天快明的时候，雨过云收，月亮又大又圆。当时，船泊的地方，岸上是一片果园，天边泛起鱼肚白的时候，月亮还清晰可见，岸边的果树上，一群鸟儿在叽叽喳喳地吵架。那天白天，你一天都没起烧，之后就好起来了。"

顾晞眉毛扬起："我记得那片果园，是梨园，黑马去买了两大筐酥梨，你做了梨肉虾球，又炖了一锅梨肉川贝汤。"

顾晞顿了顿，接着笑道："每年秋天，宫里都要炖雪梨川贝，不如你炖得好，远远不如。"

李桑柔斜瞥着他："潘相府上的饭菜比六部那个御厨做得好吃，这事是真的。我做的饭菜比宫里的好吃，肯定不可能。我的厨艺真要是能比给你们做饭菜的御厨更好，那我肯定就去开酒楼了，这会儿应该早就名满天下，说不定已经被传诏进宫，成了御厨了。"

顾晞听到成了御厨，失笑出声，忍住笑，想要抿酒，杯子刚送到嘴边，又笑起来，笑得杯子都快捏不稳了，干脆将杯子放到旁边几上。

李桑柔喝完一杯酒，又倒了一杯。

"姑娘真是，嗯，这话极有道理！"顾晞笑了好一会儿，才又端起杯子，冲李桑柔举了举。

"你这几个中秋都过得极有意思。我过的中秋，年年都是一个样，除了去

184

年。年年都是在宫里，小时候，先章皇后还在的时候，中秋要拜月，踩月影，那时候大哥还好好儿的，二爷、大哥我们三个人，我踩你的影子，你踩我的影子，玩得很开心。后来大哥病了，再后来先章皇后大行。之后，年年中秋就是一场宫宴，起乐，祝酒，看钦天监祭拜太阴星，无趣至极。"顾晞叹了口气。

"明晚肯定还是这样，听一遍宫乐，再看一遍钦天监祭拜。这几年皇上身体不好，祝酒就免了。不过，今年中秋，得算是跟你一起过的，今晚才叫赏月过节，明晚是廷议朝会。"顾晞仰头喝了酒。

"我不喜欢过节，什么节都不喜欢，就是因为过节太麻烦，规矩太多，还要应酬这个，应酬那个，烦！"李桑柔再给自己斟上酒。

顾晞失笑，也斟了酒，慢慢抿着。

一杯酒喝完，顾晞看着李桑柔，笑问道："你杀了庆赖子，他媳妇好像并不恨你。"

"嗯，庆赖子的媳妇姓张，叫张猫，她娘生她的时候，一只猫蹲在窗台上，她娘就给她起了名，叫猫儿。张猫有一哥一姐和一个弟弟、俩妹妹。俩妹妹都是七八岁上被她爹娘卖了的，等她长到十三四岁，能接下家里的活儿时，她姐就被卖进了南城根下，得了钱，给她哥娶了房媳妇，置了十来亩地。张猫和她姐都长得挺好看，能卖出价儿。张猫是到南城根找她姐时，被庆赖子看上，跟着她到了她家，给了她娘五两银子，拿了她的卖身契，被带回家当了媳妇。庆赖子打她，天天打，不用手，说手疼，拿东西打，抓到什么用什么，经常打出血。就那样，头两年，她还是觉得跟着庆赖子挺好，说她跟庆赖子都是一个桌上吃饭，庆赖子吃啥她吃啥。她说那两年里，她胖了七八斤，她觉得她福气真好。至少比她姐好，是不是？张猫被庆赖子带回家的时候，她姐还活着。过了两年吧，她姐病了，张猫偷了一块二三两的银块子偷偷给了她姐。隔天早上，庆赖子就发现了，把她打了个半死，又把她姐拖出来，当街抽了一顿鞭子，当天傍晚，她姐就死了。我杀了庆赖子那天，半夜里，张猫在外面给我磕头。张猫烙的葱油饼很好吃，她还晃得一手好芥菜。"李桑柔眯着眼，看起来很是怀念。

"刚晃好的芥菜用香油拌一拌，用刚出锅的葱油饼卷上，是真好吃！"李桑柔说着，笑起来，将杯子举了举，抿了口酒。

"看样子你没少吃。"顾晞斜睨着李桑柔。

"嗯！想吃了我就去。"李桑柔尾声上扬，显得十分愉快。

顾晞笑起来。

185

"你怎么不问问，我怎么会知道何水财，还有这个张猫？"顾晞侧头看着李桑柔，好一会儿，慢吞吞问道。

"我到建乐城，头一件事就是想方设法打听你，你们自然也要查清楚我，这还要问？"李桑柔瞥着顾晞。

顾晞"呃"了一声，呆了一瞬，失笑出声："你，不是我……好吧，我也查了，但没查这么细，只知道何水财。张猫这些，是大哥让人去查的。大哥这个人，缜密仔细，凡事都想得很长远。"

"嗯。"李桑柔似是而非地应了一声。她不在意被人查，也不在意是谁在查她。她不想被人知道的，她都会藏好，藏到无处可查。

"我记得在船上的时候，有一回月色也像这么好，你说，要是有管笛子就好了。要听吗？"顾晞看着李桑柔，问道。

李桑柔点头。

顾晞示意如意，片刻，清亮的笛音不知道从哪里响起。

李桑柔往后靠在椅背上，抿着酒，远望着圆月和波光粼粼的水面，有几分恍惚。

这月色湖水、笛音清风，穿越了千年万里，却不见沧桑，清新扑面。

第十二章　开业大吉

李桑柔的顺风速递铺在秋闱开龙门那一天，开门营业。

被关起来考了十天九夜，考得头晕眼花，满身尿味屎臭的士子们一出龙门，几乎每个人都被塞了一张顺风速递的告帖。告帖简单明了：顺风速递铺专职往陈州、颍州、寿州、无为州全境递送信件。陈州淮阳府隔天递到，颍州汝阴府两天送到，寿州寿春府三天，无为府五天。各州下辖县县城内加一天，村镇加两天。

价钱便宜，到陈州一封信二百个大钱，旁边两行小小的标注，一行是每封信不超过一两五钱，另一行是往颍州加一百，寿州加两百，无为州加三百。

建乐城各大衙门、各大商会、各大书院的门房都被放上了厚薄不一的一摞告帖。门下中书以及六部大小官吏进出的东华门外，大常抱着一摞告帖，见人就给。散朝路上的大官们以及早起上班的小官小吏们差不多人手一份。

建乐城当天发卖的各类小报最显眼的地方，四个套红大字：顺风速递，下面印着那份告帖上的内容。

顾晞是在散朝的路上拿到了告帖，才知道李桑柔的速递铺开业了。

顾晞骑在马上，瞪着那张告帖，片刻，吸了口气，把告帖递给文顺之，皱眉吩咐道："去看看！"

文顺之瞄着告帖后面大大的地址，忙示意诸护卫小厮。

李桑柔的顺风速递铺离东华门很近，沿着高头街往南，刚刚掉转马头，顾晞就看到了高高挑起的"顺风"两个大字。

文顺之噗地笑出了声，伸出手，瞄着东角楼和那根顺风大杆子，比画了一下，感叹不已："也就比东角楼矮一点儿，李姑娘这是从哪儿弄来这么高一根

187

杆子？"

"潘七肯定知道。"顾晞冷哼了一声。

顾晞催马，冲到路口。在那根杆子下，一间小小的店铺门口，李桑柔坐在一把竹椅上，一只脚踩在椅子上，正悠闲地嗑着瓜子儿。

文顺之把头仰到最高，看了看高大招眼的"顺风"两个大字，再看看那间小小的门脸，十分叹服。杆子上那俩布幡，只要一块，就足够把她这间小门面盖满，嗯，只怕还能有富余。

顾晞跳下马。李桑柔收好瓜子站起来。铺子里，黑马一头扎出来，一句"世子爷"刚喊出个"世"字，就伸长脖子咽回去，用力收住脚，塌肩缩脖，摆出一副恭敬相，站到了李桑柔身后。

顾晞后退几步，向西看了看，再往北看了看。

李桑柔这间小铺子西边和大理寺的监狱隔了一堵墙，北边是一家靴子店，再过去是一家生药铺子，斜对面，有一家棺材铺。

"你怎么挑了这么个地方？"顾晞看了一圈，紧拧着眉头问道。

"老大说了，那边大理寺，叫以律法为靠；那儿是靴子铺，跑得快；那个，棺材棺材，有官有财。"黑马抢在李桑柔前面，得意地解释道。

文顺之没忍住，再次扑哧笑出声。

"第一，这里多好找；第二，一封信两百个大钱呢，来递信的没穷人，多数有车有马。这是个拐角，铺子门口地方大；监狱那边，前面那一片空地也能用，以后生意起来了，马多车多了，也能停得下；第三，我这铺子后面要能养马，这间铺子门脸小是小了点儿，后头可宽敞得很，一个大院子，还有口井。再说也便宜，这铺子卖了三四年了，卖不出去，我只花了二十两银子就买下了。所有卖不掉的铺面里，就这家最合适了。"李桑柔笑眯眯地一边说，一边招手示意顾晞，往后面进去。

"所有卖不掉的铺子？"顾晞跟着李桑柔往后面走，从李桑柔的话里抓到了重点。

"嗯，钱要用到刀刃上，你看看这院子，怎么样，够大吧？"李桑柔挥着手。

铺子后面的院子果然很大，院子两边已经搭好了马棚，一匹匹马摇着尾巴吃着草，健壮精神。

穿出院子，李桑柔指着前面和左右两边，和顾晞笑道："你看，那是护城河，有水有树；你看那水，多清，夏天肯定凉快；那边是监狱，你看那墙多高，安全。这边，这一排房子，一直到东华门，说全是空仓库；这一排，除了我这家，别的铺子都没后院。你看这多好，养多少马都没人嫌臭。还有，那块空地你看到了吧，小半亩呢，那也是我的，回头种上菜，旁边再刨个坑出来，堆马粪沤肥，这么多肥，菜肯定长得好。这边这些仓库，七公子说，靠近咱们这边的几十间，空关了足有五六年了，他说他帮我问问，看能不能便宜租下来。以后，生意真要做起来了，也有地方多养几匹马。"

跟在两人后面的文顺之左看右看，看着李桑柔手指着的那排房子，再次笑起来。

从他们站的地方，一直延伸到东华门的这排房子，是殿前司和军器监的仓库，中间好像还有几间是工部的仓库。世子是殿前司都指挥使，军器监现在是守真管着，至于工部，看起来，她跟潘七关系不错。

"这是军器监的仓库，你要想赁，去找守真。"顾晞气色比刚才平和不少。

穿过铺子出来，顾晞用力仰头，看着"顺风"两个大字，皱眉道："风无根无由，无依无靠，怎么用了这个字？"

"老大说，顺风比顺水快。"黑马赶紧接话。

文顺之忍着笑，再次仰头看看布幡，片刻，拍了拍黑马，指着布幡笑问道："你们那个，怎么好像……是不是有洞什么的？"

文顺之没好意思说出那个"破"字。

"四爷好眼力！"黑马竖着大拇指先夸了一句，"那是我们老大的主意。这么高，风肯定大，得留出空儿通风，免得刮破了。四爷不知道，就这么两个大字，四两银子呢！最上等的绸子！"

顾晞听得无语，想说什么，话没说出来，却笑出来。行了，就这样吧，她这铺子开也开出来了，告帖已经散得满城皆是，再怎么，也只能这样了。

唉，他已经让钦天监给她挑了几个吉利商号，也替她看好了几间铺面……

"李大掌柜！"一个小厮骑在马上，老远就挥手招呼。冲到铺子前，跳下马，看到顾晞，小厮赶紧上前见礼："世子爷！四爷！"

顾晞见是潘定邦的小厮听喜，扬起眉。没等他问出来，听喜已经喜眉笑眼地答上了："我们七爷吩咐小的过来给他递几封信，七爷还特意吩咐小的，说是李大掌柜小本生意，欠不起账，让小的带好银子铜钱过来。"

顾晞抬手，示意听喜进去递信。

听喜连连欠身，绕过顾晞，进了铺子。

顾晞站在门槛外，看着黑马以及两个老账房和听喜交接。

听喜交接好，付好银子铜钱出来，告退走了。

顾晞看着李桑柔道："有什么事，或是缺人手，只管去找我，或是守真，找致和也行。"

"好。"李桑柔笑应了，看着顾晞上了马，转身进了屋。

饭后，顾晞去户部之前，先去了明安宫。

顾瑾看到顾晞，伸手拿起案子一角的告帖："你看到了？到陈州二百个大钱，隔天就能到，我都想把这一堆公文交给这顺风速递了！"

顾瑾说着，笑起来。

"她把铺子开在了大理寺那座监狱隔壁，说是只花了二十两银子就买下了，铺子前竖了根杆子，只比东角楼略矮一点儿，挂了'顺风'俩大字，半座城都能看到，招摇得很。"顾晞坐到顾瑾旁边，一连串的话里，带着股说不出的意味。

"有生意吗？"顾瑾放下告帖，看着顾晞问道。

"我看看就走了，不过几句话的工夫，中间就潘定邦的小厮听喜送了十几封信过去，我看着黑马和两个新招的老账房收好信才走的。"

"怎么样？"顾瑾饶有兴致地问道。

"很有章法。收了信，先往簿子上登记，谁寄的，到哪里，然后用麻绳交十字捆在信上，两面压漆封，写着号的字条一式两份，一份用封漆和麻绳一起压在信上，一份给了听喜，说是一年内凭号可查，超过一年就不能再查了。靠墙四个大柜子，写着四个州，每个柜子又分成格，看样子，收了信立刻就区分州府县放好了。"顾晞看得仔细，说得也仔细。

"嗯。"顾瑾听得笑起来，"她这生意，收信这头儿没什么，难处在派信那头儿，她怎么安排的？"

"听她说，头一趟递信，准备让金毛去无为，黑马去寿州，大常去颍州，她自己看着陈州，兼管建乐城这边。"

"嗯，建乐城这边，你再挑个老成管事，不用插手进去，就是在旁边看着。那些骑手，"说到"骑手"两个字，顾瑾忍不住笑。她起的这名字，倒是贴切。

"还有马匹、马夫，这一块儿让致和留心一二，在她理顺之前替她看着点儿，不要出什么岔子。"

"好！"顾晞爽快地答应下来。

李桑柔的顺风速递铺新招的三十个骑手，连同照顾马匹的十几个马夫，都是她托他，他又交给文顺之，从退下来的军卒中挑出来的。

这一天，除了潘定邦、文诚以及文顺之的友情支援信，其他的，顺风速递铺只收了总共七封信，七封信三个州，加上那一堆友情信，四个州齐齐全全都有了。

第二天天刚蒙蒙亮，金毛和黑马一人一匹马，大常骑一匹，牵一匹，出陈州门，南下而去。

李桑柔先往铺子里看了一趟，带着几封信赶往陈州。

往陈州的这几封都是友情信，都在淮阳城内。在淮阳城内送信到家这事，李桑柔找的合作者，是药婆行的头儿聂婆子。

李桑柔到淮阳城外的递铺时，聂婆子已经伸长脖子等了大半天了。

"哎哟，大掌柜来了！"看到李桑柔直冲而来，聂婆子顿时眉开眼笑，连走带跑迎上来。

"我今天赶早吃了饭，刚进午时就过来等着了。先是毛大爷，那马骑得，哎哟哟，快得一阵风一样，换了马就走了。后头是位黑脸大爷，那位爷那脸黑的，哎哟，可是福相！再后头，说是姓常？常爷那身膀，可不得了！天神下凡一样！"聂婆子嘴不闲着，手脚更是利落，仰头伸手，虽说够不着，可照样是一副扶到了的模样，扶下李桑柔，一个旋身，提壶拿杯子，倒了茶捧给李桑柔。

"多谢。"李桑柔接过茶喝了，将手里的布袋放到桌子上，示意聂婆子坐下，指着布袋道，"每处一个布袋，你接手时，先看布袋上的字，是不是淮阳城的，不是的，不能收。"

"大掌柜的教导过，记得！"聂婆子伸手推平布袋，手指点过"淮阳城"三个字。

"嗯。"李桑柔抽开布袋，从里面取出薄薄一捆信，解开，将最上面一张清单递给聂婆子，"你核对一遍，数目要对，信上的姓名、地址，和清单也要一样。"

"好！"聂婆子一只手点着清单，另一只手一封封翻过信，仔细对了一遍，不等李桑柔说，摸过印泥，往那张清单上按了手指印，又拉过桌子上空白崭新的厚册子，在上面写上份数，再按上手印。李桑柔也伸手过去，在聂婆子手印后面，按上手印。

"那我走啦，一封信五个大钱，这一共七封，还有每天保底儿的十个大钱，今儿统共四十五个大钱。"聂婆子站起来，抱着信，先和李桑柔算账。

"明天收到七份回执，才是四十五个大钱，少一个，一两银子。"李桑柔冲聂婆子竖着一根指头。

"这您放心，说啥也不能少！"聂婆子抖开一块旧包袱，小心地包了那七封信，出了递铺，简直是一路小跑，往淮阳城去。

李桑柔坐在递铺门口，看着聂婆子走远了，才站起来，远远缀在后面，也往淮阳城过去。

淮阳城这七封信，都是潘定邦的友情信。潘定邦的媳妇田氏，娘家老宅在淮阳府，七封信，都是写给他媳妇娘家诸人的。

聂婆子抱着七封信，直奔城东的田家老宅。

李桑柔远远缀着，看着聂婆子直冲城东，从田家那座三开间门房起，走了半条街，送完了七封信，又将七个连着漆封的回执用包袱包了又包，抱在怀里，脚步轻快地往家回去。

在离家还有一条街的曹家点心铺门口，聂婆子站住，犹豫片刻，靠过去，看过来看过去，掂量算计了好一会儿，买了半斤麻片。

李桑柔看着她一只手抱着包袱，另一只手托着麻片，直奔回家，站住脚，脸上露出丝丝笑意，转过身，找地方吃晚饭去了。

李桑柔吃了饭，回到递铺，挑了匹马，连夜赶回了建乐城。

顾晞和顾瑾两个人，一个位高权重，另一个位更高，权更重。两人在朝中，一个眼神，一个微笑，都是要谨慎的。

李桑柔的速递铺子，虽说是在两人的大力支持下开起来的，可两人都不宜有任何表示。潘定邦就无所谓了。

李桑柔要开间速递铺这事，他觉得他是头一个知道的，顺风速递门口那根杆子，又是他提的建议，再盯着工部那些工匠，直看了一夜做出来，再竖起来的。他觉得他跟顺风速递铺不但关系很不一般，而且还责无旁贷。

等到顺风速递铺一开出来，潘定邦先是一口气写了十几封信递出去，接着从工部起，上到薛尚书，下到最底层的小书办，连门房在内，都走了一遍，问了一遍，说了一遍：新开了家顺风速递铺，你知道了吧？价钱公道，递送快。你家哪儿的？家是北边的啊，那你肯定有朋友亲戚在那四州吧？赶紧写封信哪！多写几封，才二百个大钱，多便宜！

工部说过一圈，潘定邦又晃进隔壁的兵部，从尚书直到门房老头，再次问个遍，说了个遍。这一天下来，但凡潘定邦能想到的衙门，除了门下中书他没敢去，其余的，都被他走了一圈，说了一遍。

皇城内的官吏，个个聪明敏锐。春节前后那份求允官员借邮驿送家书的折子，听说几位相公都点了头，到世子爷那儿，却被驳回了。这样的小事，几位相公点了头，世子爷却驳回的，还真从来没有过。世子爷是个大方人，一向不计较这点儿小钱、小事。后头又上的那几份陈苦情、求允可的折子，都被驳回得毫无余地。

现在，出来了一家顺风速递。

这速递，不就是邮驿嘛，邮驿可是军务！竟然有人堂而皇之地开在了皇城边上！

皇城，甚至整个建乐城的衙门，平静的表象下，被顺风速递背后的这份军务和潘定邦见人就说的宣传怂恿，搅得暗流涌动。

几乎所有的衙门都在暗戳戳地议论这顺风速递的背后水有多深，以及大声地讨论顺风速递的那张告帖。几乎人人都替顺风速递算计过，这两百个大钱一封信，得亏进去多少，以及，从建乐城到淮阳府，隔天就到，这可跟朝廷的急脚递差不多了。可朝廷那急脚递，要几位相公点了头才行呢！

到无为府一千五百里，也只要五天！只要五百个大钱！这么一路递送过去，一天得跑多少里，得养多少人？多少马？这得多少钱？这一封信得亏多少？

除了气氛热烈地计算这些，兵部和枢密院之外的其他衙门，从上到下，一个个伸长脖子，等着看兵部和枢密院的反应。这顺风速递，做的就是邮驿生意，这可是明摆着的！

吃瓜看热闹之余，也有几分忐忑，甚至期待，不知道会不会出什么大事。

兵部谈尚书就有点儿上火了。邮驿是他们兵部和枢密院管着的，可枢密院这个"管"是监察他们兵部这邮驿管得好不好，偶尔出个章程什么的。突然冒出来的这个顺风速递，明摆着做的就是邮驿的事，这真要有什么事，肯定得着落到他们兵部头上。

枢密院那头，不但没责任，说不定还得上折子弹劾他们。而且，潘七可是上门说到他们头上了，装不知道都不行！可这"管"，怎么管？那家顺风速递，能让潘七公子这么卖力地到处拉人寄信，而且，这位七公子折腾了一整天，潘相可是一句话都没有，这背后，必定站着人呢！

他最近光顾着盯大军换防，以及紧跟着世子爷盯着军粮以新换陈、新设粮仓的事，偶尔有一丁点儿闲空，还得竖着耳朵听户部、吏部以及礼部换尚书大调官员这件大事，对这间顺风速递竟然一无所知！现在再四下打听肯定不合适了，人家铺子都开出来了，他还一无所知，这要是传出去，一个失察肯定跑不了，往重了说，简直够得上尸位素餐四个字了。

谈尚书头痛了一两刻钟，决定去枢密院，直接找庞枢密问问：他该怎么办。这邮驿的事，一向是枢密院定出章程，他们兵部负责执行。眼下这家顺风速递可是从来没有过的事，那金玉新书上也从来没提过要是有商家做邮驿生意，那该怎么办。从来没有过的事，那肯定得枢密院先拿个章程出来！

谈尚书打定主意，出了兵部，径直去枢密院找庞枢密。

庞枢密听谈尚书三言两语说完，笑起来："世子爷一大早就把我叫过去，说是只怕一会儿你就要找过来了。顺风速递这事，世子爷说他知道，大爷也知道。世子爷说，这是大爷的意思。一来，让官吏们有个合适的地方递送书信；二来，你也知道咱们这邮驿的事，苦乐不均，太平年间养闲人，养着养着就养废了，真有了事，又极易耽误。世子爷说，大爷早就想看看有没有别的法子。世子爷说，这事，就是先试试看看，不好大张旗鼓，让你我担待一二，什么都别管，先看着就行。"

谈尚书长舒了一口气："既然是大爷的意思，那这个担待，肯定是咱们担待得起的。那这个'看'，你这边打算怎么'看'？"谈尚书上身前倾，压低声音问道。

"那顺风速递铺子里，现用的几十个递夫、马夫什么的，全是文四爷经手挑的，哪还用咱们看？你有要递往那四个州的私信没有？有就写几封，正经挺便宜。"庞枢密也凑过去。

"岂止是便宜，往无为府只要五天！这是急脚递！才五百个大钱，简直就是白送！这急脚递，咱们年年算价儿，不说金牌递，就是木牌，最最便宜，一百里也得砸十六两银子进去。这顺风速递，一封信得贴多少银子？我得多写几封，我总觉得，这顺风速递开不长，这个价儿，也太便宜了。这便宜得赶紧占，要不然，过了这个村，转眼就没那个店了。"谈尚书边说边站起来。

"反正瞧世子爷那样子，笃定得很呢。我是盼着能长长久久地办下去，往淮阳府隔天，往无为府五天，这多便利！"庞枢密跟着站起来，将谈尚书送到枢密院门口。

顺风速递铺开张当天，永平侯沈贺散朝回到府里，长随就禀报了。

永平侯听得拧起了眉头，看着儿子沈明书道："他这是要做什么？拿邮驿那一年近百万两银子酬劳那个乞丐头儿？"

"您看这个。"沈明书将顺风速递铺的那张告帖递给永平侯。

194

永平侯接过，几眼扫过，眉头拧得更紧了："往无为府五天？五百大钱？这是胡闹！他到底要干什么？"

"要不，我跟二爷说说？让二爷问问？"沈明书建议道。

"不用。"永平侯沉吟片刻，"这是极小的事，用不着拿这种小事打扰二爷，先看看吧。"

"嗯，我也这么觉得，邮驿这种小事，不值一提。"沈明书欠身笑道。

李桑柔连夜赶回建乐城，在她那间铺子门口下马时，天还没亮，铺子里却是灯火明亮。

李桑柔牵着马，踏进铺子门。两眼通红的两个账房看到她像看到救星一般："大掌柜的回来了！"

李桑柔瞪着塞得满满的四个大柜子，以及地上成堆的布袋子，还有长条案上堆着的信，咬着舌尖，总算忍住了，没脱口叫出来"怎么这么多"！照她的打算，开张头几天，也就小猫三两只。可眼前，怎么能这么多？这建乐城的官吏、士子，这写信的心都憋成这样了？

"大掌柜的，实在太多了！昨儿个，从您走后，这信就来了。开头还好，临到吃午饭的时候，可不得了！这队排的，都拐弯了！我和老张两个，昨儿一下午，光收信就收得抬不起头，实在顾不上别的，一直到天黑透了，还收着信呢！好不容易关了门，我跟老张就开始理，理了一夜，还有这许多。大掌柜的，您看看，这可怎么办？"老黄都快哭出来了。

"什么时候了？"李桑柔看了眼铺子一角的滴漏。离她定下的骑手出发时间还有一个半时辰。

"你赶紧去一趟睿亲王府，到西侧门，找睿亲王世子身边的小厮如意，见到如意，就说我的话，请他挑五六个聪明又手脚利落的小厮过来帮半天忙，跟他说，急得很，越快越好，快去！"李桑柔点着老张吩咐。

老黄大几岁，又跛了一条腿，跑腿的事得老张。

"好好好！"老张听得两眼圆瞪，一迭声地好着，拔腿就往外跑。

如意带着七八个小厮过来之快，让李桑柔头一回无比羡慕顾晞，身边有这样好用的人手，还是一大群一大堆，实在令人羡慕到嫉妒。

李桑柔简单明了地和如意说了怎么分装。

人手足够，李桑柔干脆把已经装好的也拆开，七八个小厮，一个守着一大堆信，按四个州分四堆，每一堆再由一个小厮按府县分开，再按城里城外分开，填写明细，包扎装袋，压上漆封。也就小半个时辰，就分装整齐，按州府县堆好，只等骑手们过来，起程出发。

"打扰你和世子了。"李桑柔松了口气，对如意拱手致谢。

"小的不敢当打扰二字。世子爷要早朝，天天都起得极早。姑娘的话递到时，世子爷已经起来了，正洗漱，一听姑娘这边要用人，吩咐小的立刻挑人过来。世子爷还吩咐小的，今儿一天就留在这里，听姑娘吩咐。"如意欠身笑答。

"留两三个人就行，多了也用不了。"李桑柔犹豫了一下，笑道。

今天能有多少信，她完全没谱，要是再和昨天一样，老张和老黄两个人肯定还是顾不过来。再说，两个人一夜没睡，都是五十多岁奔六十岁的人了，今天一天只怕要精力不济，得有人看着，要不然，出了差错就太麻烦了。

"那就让他们四个留下吧，要是忙不过来，姑娘只管打发他们去寻小的。"如意没多客气，吩咐了四个小厮，和李桑柔欠身告辞。

骑手们到来之前，一个四十岁左右的中年管事进来，冲李桑柔长揖见了礼，介绍自己是睿亲王府外管事，奉世子爷的吩咐，过来听使唤。

李桑柔不客气地和管事交代了一二三，匆匆吃了早饭，又和骑手们一起，赶往淮阳府。

刚刚整理出来的信件中，往陈州的最多。这个量，和昨天仅仅七封信相比，简直一个天上一个深渊里，她必须跟过去看着。淮阳城里只有聂婆子一个人，其他各县，一个县她也只安排了一个人，都是新手。突然这么大的量砸下来，她不去看着肯定不行。

当天赶到淮阳城外时，比前一天早了大半个时辰。

聂婆子又是早就等着了，听到急促的马蹄声，急忙迎出来，还没来得及和李桑柔见礼招呼，就看到了后面的骑手和紧跟在骑手后面的那匹驮马，一下子瞪大了眼睛。

那马上驮的，全是信？这得有多少？！

"老洪！"李桑柔没理会目瞪口呆的聂婆子，扬声叫出马夫老洪，和骑手一起，从驮马上卸下邮袋。

李桑柔坐在递铺门口的长凳上，看着骑手生疏缓慢地和聂婆子交接淮阳城里的那三四袋子信。

聂婆子先将昨天的七份回执交接给骑手，再提着颗心，将新到的信仔仔细细清点了两遍，画了押，骑手收好回执册子，进屋喝茶。聂婆子对着三四袋子信愁得转圈。

昨天才七封信，她压根儿没想到今天竟然这么多，这三四个袋子，虽然不太大，可三四十斤还是有的，屋里扛到屋外还行，要扛回淮阳城，她肯定扛不动！

"大掌柜的，您看……"聂婆子转身，赔着一脸笑，向李桑柔求援。

李桑柔摇头："你自己想办法。这生意咱们都是头一回做，今天遇到这事，明天还不知道遇到什么难事，你得能自己想法子应付过去。"

"是。"聂婆子咬牙应道，左右看看，直奔隔了四五家的铁匠铺。没多大会儿，聂婆子就推了辆半旧的独轮车回来，将三四袋子信堆上独轮车，推起来，脚底生风地往淮阳城去了。

这一车，统共三百六十四封信，一封信五个大钱，十封就是五十钱，一百封就是五百钱，二百封就是一吊钱！这一天，一吊半还带零头！聂婆子激动得连走带跑，思路却十分清晰。

这三百六十四封信，最慢明天天黑前，一定得递送到各家，递送好回到家，还得把回执数好、理好，她一个人可忙不过来！

她跟媳妇儿……不行，媳妇儿要带孩子，家里一个奶娃娃、一个病孩子，离不开人。把儿子叫回来！大半个月的工钱不要了！也不过三四百个大钱……

李桑柔看着聂婆子走远了，没跟上去。她明天再进淮阳城看看。

骑手一口气喝了两壶茶，吃了两个马夫老洪刚买的烧饼，换了匹马牵出来，和李桑柔笑道："掌柜的，这天还早，宛丘县就在边上，我把宛丘县的送过去，回来再吃饭歇着。"

跑了将近一天，他这会儿一点儿也没觉得累。他送这信，单人单马，一个月跑满三十天，一两银子；要是带驮马，就是二两！人马吃住都是东家的，连外面这一身衣服也是东家的，说是一年给四套！当初他在马场当差，累死累活干上一年，也就能剩个二两多三两银子。现在，一个月，二两银子！净剩！他真的一点儿也不累！

李桑柔笑应了，站起来，也牵了匹马出来，和骑手一起，往宛丘县过去。

第二天一早，李桑柔留了话，让当天过来的骑手捎话给大常三人，让他们留在当地，用心看好各处派送，什么时候回建乐城，等她的话。

再跟着骑手，往项城等三县送信过去，看着交接了信件，骑手径直赶回递铺，换马回建乐城。

李桑柔往几个县看派送，临近傍晚，又进淮阳城看了一圈，天快黑时回到递铺，吃了饭，上马往建乐城赶回去。

进城前，李桑柔先绕到通远码头，给何水财留了话，让他到码头之后，立刻到建乐城找她。

大理寺监狱旁边的顺风速递铺大门紧闭，天还没亮。

李桑柔回到炒米巷，累得也不想再烧水洗漱，从暖窠里倒了两杯凉水喝了，拿了身干净衣服换上，躺在廊下的竹躺椅上，闭上眼睛睡了一会儿。

天色大亮时，李桑柔起来，洗了把脸，牵着马往她的顺风速递铺过去。

铺子刚刚卸完门板，老黄正端着盆水洒在门口，老张在擦桌子、柜子。

李桑柔将马牵到后面，出来时，睿亲王府的小厮和那位中年管事已经到了。

"这几天有劳几位了。"李桑柔冲中年管事欠身拱手。

"不敢当，不敢当！"中年管事侧身避过，连连长揖，"都是世子爷的吩咐，都是小的的本分。"

李桑柔笑着让进中年管事，在屋里看了一圈，出来，往斜对面小饭铺去吃早饭。

一顿饭的工夫，李桑柔看着当天的骑手牵着驮马起程南下，看着顺风速递铺里收了四五封信，这让她暗暗松了口气。一天收个十几、几十封信，这才符合她的预计，昨天和前天那样的量，实在是太不正常了。

李桑柔回到铺子，坐在铺子外，看着络绎不绝的寄信人。人不算少，可也绝对不用排队。这样的量，虽然还是超过了她的预计，可还算好，老黄和老张两个人，应付起来绰绰有余。

李桑柔正要站起来，回炒米巷睡上一觉。如意骑在马上，直冲过来。

离李桑柔十来步，如意跳下马，拱手笑道："姑娘，世子爷让小的问姑娘中午可得空儿，若是得空儿，世子爷说请姑娘吃饭说话，就在潘楼，离这儿近得很。"

"好。"李桑柔极其爽快地点头答应。她正要找他说说话，再好好谢一句。

"世子爷午初从部里出来，午初一刻能到潘楼。"如意再交代了一句，拱手别了李桑柔，回去回话。

李桑柔欠身往屋里看了眼滴漏，站起来，将椅子拖到后院，找个角落，窝着睡了一会儿。

刚到午时，李桑柔就出了速递铺，往斜对面的潘楼过去。

离潘楼欢门还有几十步，一个小厮疾步迎上来，笑让着李桑柔，从潘楼侧门，进了后院一间幽静雅间。

李桑柔把雅间看了一圈，坐下刚抿了两口茶，顾晞就到了。

"你又是连夜赶回来的？"顾晞走到离李桑柔两三步的距离，仔细看了看她，才退后坐下。

"嗯，前几天收的信实在太多了，没预料到，只好多辛苦些，免得出了差错。"李桑柔站着倒了杯茶，端起放到顾晞面前，"多谢你，要不是你让人过去帮忙，我那边这会儿已经乱了套，做不下去了。"

"举手之劳，不值一谢。"顾晞笑容愉快，"那几个人，你要是觉得好，就留给你用吧，我这儿不缺人用。"

"那可不行。"李桑柔失笑又叹气。

"你那四个小厮，还有那位管事，就因为聪明能干，把你吩咐的差使办得极好，帮了我大忙，就要把一份如锦似玉的前程换成破麻袋片儿一样的前程？这可太不公道了。"

"你这是什么话？你那儿怎么成了破麻袋片儿了？"顾晞哭笑不得。

"和跟在你身边当小厮、管事比，我这儿连破麻袋片儿都不如。"李桑柔神情严肃。

顾晞看着她，连笑带叹气，点头道："行行行！我知道了，等你用好了，我重赏他们就是了。"

"多谢。"李桑柔欠身，郑重致谢。

"跟我不用客气。陈州那边怎么样？可还顺当？路上呢？下一步有什么打算？准备开哪条线？扬州？济南府？"顾晞看起来很高兴。

"淮阳城和附近几个县城里都还好，镇上、村里有点儿麻烦。有一封信，天不亮出城，送到地方天都快黑了，光凭人走路，实在太慢了。养马的话，这会儿又太不划算。一时半会儿的，不能再开新线了，得把这条线理顺了，再用这条线把人手养出来。唉，办事容易养人难。"李桑柔叹了口气。

除了人手，还有流程，也要一边做一边优化，现在的流程太粗陋了。她得先借着这条线养出人手，做好流程，定下标准，一切就绪，才能再开下一条线，急是急不得的。

"你想要什么样的人手？让守真或是致和挑给你。"顾晞建议道。

"不用了。我这生意，前所未有，要用什么样的人手，什么样的人手才最合适，我现在根本不知道，要一边做一边看，只能走一步看一步。你帮我找了那些骑手、马夫，已经足够了。万事开头难，只能慢慢来。"李桑柔一边说，一边看着如意从提盒里端出菜，摆了满桌子。

"嗯，先吃饭吧，潘楼的佛跳墙很不错，你尝尝。"顾晞示意李桑柔。

李桑柔先盛了碗佛跳墙吃了，再要盘细嫩的白菜叶，用白菜叶包上米饭，再拌上炒蟹粉，几口一个，吃了一碗米饭。

顾晞看李桑柔吃得香甜，也学着她，用白菜叶包米饭，再拌上炒蟹粉，吃了一碗饭。

两人吃了饭，如意收拾下去，上了茶。顾晞看着李桑柔笑道："大哥很高兴。"

"嗯？"李桑柔一个怔神，随即反应过来，"前几天信那么多，是你大哥发了话？"

"不是。大哥怎么能发那个话，别说大哥，就是我，也不好多说多做。"顾晞笑起来，"你开张那天，潘七从工部起，把皇城内外的衙门都走了一遍，见人就说，高头街潘楼街口开了家顺风速递，又便宜又好，接着问人家家是哪儿的，在陈州等四州有朋友亲戚没有，要是都没有，还得再问一句，那你总有朋友要往这四州写信吧？邻居呢？总之，非得让人家写上一封两封信不可。"

李桑柔"呃"了一声，哭笑不得。原来她前几天那份完全在预料之外的忙乱，都是托了潘七公子的福！他的热情差点儿让她刚开张就趴窝！

"看来我得好好谢谢他。"李桑柔带着几丝无奈。

"他昨天去找我，三两句话就说到你这铺子。瞧他那样子，好像这铺子是他家的。我就问他，你媳妇知道顺风速递的东主是位年轻漂亮的小姑娘吗？他当时脸就白了。"顾晞一边说一边笑。

"他媳妇醋劲儿这么大？"李桑柔惊讶道。

"嗯，正宗河东狮。潘七这个人，也就是憨了点儿，可他真不是个好女色的。他媳妇不放心他，照他的话说，都是托了他小舅子的福。他跟他小舅子田十一郎，从他跟他媳妇议亲前，就十分要好。他小舅子从十四五岁起就是青楼红馆的常客，见一个爱一个。据潘七说，爱的时候是真爱，一眼看中就能爱上，要死要活，可短了不过三两个月，长了也不过半年一年，旧爱消退，就又有了新欢。

"潘七比他小舅子大两岁，当初他小舅子去青楼伎馆，被家里问起，常常推他出去顶缸，说是陪他去的。他小舅子有了心头好，也常常说成是潘七的美人儿。潘七这个人挺仗义，他小舅子把他推出去，他就上前一步顶上。等到他跟他媳妇议了亲，再成了亲，他好色这事就无论如何也说不清楚了。

"他小舅子那个媳妇儿，跟他的媳妇儿一样，也是家里挑着泼辣厉害这一条给他娶回去的。现在，他们郎舅两个，都是家有河东狮，一对难兄难弟，那情分，比从前还要好。"

李桑柔听得哈哈大笑。

顾晞也跟着笑个不停："他小舅子也是个文不成、武不就的，领了份恩荫，现在太仆寺主理兽医这一块儿，你要用兽医，就去找他。"

李桑柔一边笑一边点头。

吃了饭，李桑柔回到铺子里，何水财何老大已经到了，在铺子后面，就着一包卤肉，吃着烧饼喝着茶，等她回去。

李桑柔等他吃完，坐到他旁边，直截了当道："你悄悄去一趟江都城，找米瞎子，跟他说我在这边做生意要用人手，问他愿不愿意过来。还有，跟他说，不要惊动田鸡他们，都是有家有室的人了。"

"好。"何老大答应一句，伸头往铺子里看了眼，犹豫道，"老大，您这铺子里，有女人能干的活儿吗？"

"怎么啦？"李桑柔问道。

"去年死在北洞县那条船上的，有个叫张四标的。张四标他娘生了六个儿子，张四标是老四，还有俩弟弟都不小了，娶不上媳妇。张四标他娘就想让张四标媳妇韩氏改嫁给张四标他弟弟，先越过韩氏，给韩氏娘家送了两条鱼、四五斤猪肉，韩氏爹娘就点了头。可韩氏说什么也不愿意再嫁。初嫁从亲，再嫁从身，韩氏不愿意嫁，照理说，这事就该算了。可张四标他娘劝不下来，就带着张四标俩弟弟冲上门抢人。都抢过两回了，那院子里人多，有几个厉害女人，给挡回去了。那之后，张四标他娘和他俩弟弟就成天在院子外面守着，就等韩氏落了单，把韩氏抢走。这有两个来月了，韩氏和她闺女连院门都不敢靠近，院子里也不敢离了人。这趟回去，韩氏求我，问我能不能把她从江宁城带走，带到哪儿都行。她说她有手有脚，啥都肯干，她能养得活她们娘儿俩。我想着，这事得先跟您说一声，就跟她说，我先看看能不能替她找个落脚的地方，让她等我下趟回去。临走前，我托了隔壁几家看着些，别让张四标他娘把人抢走了。"

"带过来吧。"李桑柔答应得极其干脆，"顺便看看那院子里还有没有这样的，或是因为别的什么事、什么人日子难过的，只要他们愿意，都带过来吧。"

"好！"何老大顿时一脸笑，"那我走了。我从码头上来的时候，两条船都

201

正装着货，正好有一条是往江宁城的，我回去就走，一路上赶一赶，让他们到建乐城过年。"

"嗯。"李桑柔笑应了，看着何老大大步走远了，进铺子看了一圈，打着哈欠出来，回炒米巷睡觉。她累坏了。

接着几天，李桑柔又往陈州看了两三趟。

建乐城和陈州几处的收派都十分顺畅，从无为州、寿州、颍州捎过来的信，也都十分顺当，李桑柔这才将和建乐城差不多的告帖让骑手们捎到各处，开始接收从四州府县寄往建乐城或是到其他三州府县的信件。

到十月初，建乐城到无为府一线，一城四州都开通了收寄、递送，顺风速递的头一条线路基本上理顺。李桑柔暗暗松了口气。

她之前花了四五个月安排准备，除了头几天那一波书信潮差点儿让她乱了阵脚，别的，都在她预料之中。

再磨合上一两个月，等米瞎子到了，让他走一趟看看，一切顺利的话，年后出了正月，她就可以开始下一步了。

到九月底，各处都十分顺当了，大常三人回到了建乐城。

大常和金毛瘦了一整圈，黑马还好，看不出瘦，就是更黑了，黑得发亮。

三个人晕天暗地地睡了一天一夜，早上起来，舒舒服服吃了顿早饭。四个人到铺子里，挤在后面的小账房屋里，盘头一个月的收支账。

大常打着算盘盘账，李桑柔坐在旁边一边看一边嗑瓜子，时不时指点几句。金毛趴在桌子上，给大常翻账本。黑马蹲在炭盆旁边烤栗子，烤好一个，剥出栗子肉，自己吃一个，递给金毛俩，金毛吃一个，塞大常嘴里一个。

也就半个时辰，大常盘好了账，递给李桑柔。

黑马急忙站起来，一边伸长脖子，一边捅了捅金毛："赚了？赚了多少？"

金毛没理他，只一张脸笑成花儿一样，看着李桑柔。他们这一个月，可正经赚了很多钱！

"这些银子，先拿出一半，备着交买路钱，还有说不清什么的钱。今天就开始派月钱，这铺子里的，一会儿就给他们。骑手们回来一个，派一个。递铺和各个地方，大常写个明细出来，黑马走一趟，一家一家当面算好结清。"

"拿出一半，肯定就亏了。"大常闷声道，"这里头只算了工钱、草料钱。咱们买马的钱、买各地铺子的钱都没算进去，还有咱们的工钱，也没算，以防万一的钱也没算。这个月，头几天信多得很，后头就越来越少，往后肯定没有

202

这个月的收信量了，那就更亏了。"

"我知道。"李桑柔语调愉快，"这个量，已经比我预想中好很多了。这个价，就是要亏一点儿才行，放心，赚钱的时候在后头呢。"

"就是，老大高瞻远瞩，大常，你不能只盯着眼前！"黑马急忙接话奉承。

金毛斜瞥着他，嘴角用力往下撇。大常没理黑马，"嗯"了一声应了，拿过账本，照李桑柔的意思，把钱挂一半在账本上，再清点了银票、碎银和铜钱，分别放好。

李桑柔站起来，溜溜达达出了铺子。

黑马紧跟在后面，一直跟到铺子门口。他斜靠着门框，伸长脖子，看着李桑柔拐进了潘楼街。他捅了捅跟在他后面出来的金毛，纳闷道："老大去那边干吗？"

"你连老大干吗都要管？"金毛上上下下打量着黑马，一脸稀奇。

"瞧你这话说的，瞧你这没见识的样儿！这能叫管？这叫关心！关心你懂不懂？唉，跟你这种大字不识几个的人说话真是费劲！我跟你，真是没话说！"黑马昂着头，往里面进去。

李桑柔拐进潘楼街，左看看，右看看，溜达了半条街，进了一家杂物铺，转着圈看了半天，看中了一只长柄的青玉"不求人"，一问，才半两银子。李桑柔给了银子，拎着"不求人"在手里晃着，往东华门走去。

李桑柔熟门熟路地进了潘定邦那两间小屋，把那柄青玉"不求人"递给潘定邦。

"这是什么？"潘定邦接过"不求人"，拎起来看了看，又挠了两下，问道。

"'不求人'，痒痒挠，孝顺子，搔杖，如意，你叫什么都行。"李桑柔认真解释道。

潘定邦乐出了声："瞧你这话，我还能不知道这是痒痒杖？我是问你，你拿这个给我干什么？"

"谢谢你啊。"李桑柔照旧自己拿杯子自己倒茶，"刚刚盘过账，这个月还不错，赚了点儿小钱，得好好谢谢你。可怎么谢你这事，实在愁人。你什么都不缺，我能买得起的东西，你都看不上眼。我就想着吧，请你吃顿饭。可听说你媳妇儿厉害得很，要是我请你吃了顿饭，害得你回家被你媳妇儿教训，那不是谢你，那是坑你，你说是不是？想来想去，正好看到这个，又实用，又吉利，我又买得起，就买来送给你了。"

"你还挺客气。"潘定邦听得先是笑，接着瞪起了眼，"什么我媳妇儿教训我？胡说八道！谁跟你胡说八道的？世子爷？"

"咦，头一回见面，你不是就说过，你媳妇厉害得很？后来你又说过好几回，说你家里有头河东狮，凶得很。"李桑柔一脸稀奇地看着潘定邦。

潘定邦举着"不求人"挠了两下头："我那就是随口说说，你还当真了。行吧，说都说了。我媳妇儿也不是很厉害，厉害是厉害点儿，真算不上河东狮。就算是河东狮吧，其实还好，总归比十一郎他媳妇儿强点儿。你别听人瞎说，特别是世子爷。我跟你说，他说我什么你都别信，我跟他有过节。他这个人，记仇得很，这么多年，他逮着机会就作践我，不管跟谁！"

"十一郎是谁？咦，你怎么跟世子有过节？你不是挺怕他的？"李桑柔奇怪了。

"田十一郎，我媳妇她弟弟。我跟世子爷这过节，唉，你这话说得不对，他再是世子爷，我能怕他？"潘定邦一巴掌拍在桌子上，"唉，算了，你也不是外人。我是挺怕他的，就是因为那次过节，我才怕他的。"

"你说说，到底怎么回事？"李桑柔将椅子往前拖了拖，两只胳膊趴在桌子另一边，一脸八卦。

"这事吧，"潘定邦先扫了一圈，也往前趴到桌子上，先咯咯笑了几声，"你知道吧，世子爷还是只童子鸡！"

李桑柔被潘定邦一句话呛得拍着桌子乱咳。

潘定邦往后倒在椅子背上，也拍着桌子哈哈大笑。

"你怎么知道的？你说，你说！你接着说！"李桑柔连咳带笑。

"老早以前的事了，那时候我还没定亲，一点儿正形没有，跟田十一他们几个成天胡闹。有一回，听说世子爷还是个童男子，我和十一郎，还有好几个，一群人，就想送他份大礼，让他知道知道这男男女女才最乐呵，也让他有点儿人气儿。你不知道，那个时候，他刚出宫没几年，就是冷若冰霜四个字，简直不像个人。阿爹说是因为先章皇后大行，他难过。唉，这父母长辈，都得比咱们先走，难过一阵子就算了，不能成年累月地板着脸难过，你说是吧？我也是好心，就借着十一郎过生日请他出来。我们一群人，都是事先商量好的，把他灌了个差不多，叫了两个最会侍候人的红伎去侍候他。唉，那一回，都怪我多嘴，出来看到致和，说了一句世子爷正开荤呢，让他别等了，致和就冲了进去，眨眼工夫，就把世子爷扛出来了，扛出来的时候，裤子都脱了一半儿了。隔天，世子爷堵住我，把我打得……"

潘定邦心有余悸地咝了一声："就差一点儿，就把我当场打死了。从那时起，我才怕他的，下手太狠了！"

"他打你不应该吧，这也不算什么大事，再说，你是好心哪。"李桑柔撇着嘴，为潘定邦抱不平。

"就是这话！"潘定邦一巴掌拍在桌子上，随即长叹了口气，"隔了一天，守真过府看我，跟我解释了半天，说是世子爷自小就练文家功夫，那功夫没大成之前，不能行男女之事，说什么破了元阳，那功就没法大成了。"

"这种讲究真没听说过，什么叫破元阳？精水外流？就是没女人，他该流还是得流啊，对吧。大清早起来、夜里做个梦什么的，是不是？"李桑柔一脸的不以为然。

潘定邦瞪着李桑柔，片刻，两只手一替一下拍着桌子，笑得声音都变了。

李桑柔慢慢悠悠地喝完了两杯茶，潘定邦才抹着眼泪，总算能说出话了："哎哟哟！哎哟，哎哟喂！李大当家，哎哟，李大掌柜！你厉害！哎哟笑死我了！你说你，你是男人还是女人哪？哎哟哟，我这肚子，哎哟，笑死我了！"

"你当初听说世子还是童男子，这话从哪儿听说的？谁先说起的？这不是坑你嘛。"李桑柔倒了杯茶递给潘定邦。

"早不记得了。这话我阿爹也问过，可就算当时，我也不知道谁先说的，大家一起玩笑，随口说话，谁有工夫去记你说了什么，我说了什么，再说也记不住不是？那时候，我们那一群人个个都是没正形，没正事，不说正经话的，成天瞎闹，谁去管什么说什么、做什么，什么什么的！世子爷那时候那样子，一说他还是童男子，大家都信。不像我跟十一郎，要说我俩还是童男子，那得把人家大牙都笑掉。世子爷那一顿，那下手是真狠，我在床上足足躺了一个月，总算好点儿，能下床了，我阿爹又把我打了一顿！又躺了足足半个月！"

李桑柔噗一声笑起来。

"哎呀，那个惨哪，大半年出不了门！从那之后，我就怕他了。他下手狠成那样，搁了谁谁不怕？还有，他打了我，我阿爹还打我一顿，这谁受得了啊！我跟你说，就是因为这件事，我阿爹才跟我大哥商量，说得给我找个厉害媳妇儿管我。唉！祸不单行！后来吧，我问过守真，世子爷忌色女这事是真还是假。我跟你一样，也觉得守元阳这事挺扯。有一句说一句，守真是个好人，问什么说什么，说得清清楚楚，他这人脾气又好。守真说是真的，还说，就因为这个，文家的男人成亲都晚，二十五六岁、二十七八岁再成亲的，他们文家都多的是。我一想可不是？文家还真是这样。他没说之前，我真没留意。这事是真的，那你说，世子爷不就是一只童子鸡？他那功，我可没听说大成了，你呢？听说过没有？"

潘定邦一脸八卦加幸灾乐祸。

"你都没听说，我上哪儿听说？照你这么说，他们文家这功夫，要是一辈子都大成不了呢？那就一辈子守身如玉？"李桑柔比潘定邦还八卦。

潘定邦笑得咯咯咯，一边笑一边挥手："那就不知道了，我倒是想打听来着，这功法、这讲究，挺有意思是不是？可我阿爹警告过我，说他们文家这功法不功法的事，别说打听，就是多说一个字都犯忌讳，要招祸，不许我多说多打听，我就没敢再打听过。哎，你跟世子爷过过招没有？世子爷功夫好得很，我看到过，瞧你这样子……"

潘定邦上上下下打量着李桑柔，撇着嘴啧啧了几声。

"我这样子怎么啦？人不可貌相。当面一拳一脚的打架，我肯定打不过他。不过，"李桑柔拖长声音，往后靠进椅子背里，再跷起二郎腿，"要论杀人，我能杀了他，他不一定能杀得了我。"

"哟！"潘定邦撇着嘴，斜眼瞥着李桑柔，"反正你也不敢杀了他，大话谁不会说！"

"那你问问世子，看他怎么说。"李桑柔抬了抬下巴。

"我哪敢问他！"潘定邦上身往李桑柔倾过去，"我跟你说，去年出使南梁那回，我一时疏忽，被人骗了，扔下他先走了。这事，到现在，他还生着气呢。我请了他三四回了，一趟也没请出来。"

"虽说那骗子可恶，可这事，你确实对不起他。换了我，我也生气。"李桑柔态度中肯。

"换了我，我也生气！换了谁都生气，可我……唉，算了，算了，不说了，这事，只能慢慢回转了。唉，做人难哪。"潘定邦拍着椅子扶手，十分感慨。

"出使南梁那回，世子怎么没把文四爷带上？听说文四爷是他的侍卫统领，我瞧他走到哪儿，文四爷就跟到哪儿。"李桑柔趴在桌子上，接着八卦。

"这你都不知道？也是，这事知道的人不算少，可也不算多。前朝末年，天下大乱，哪一朝末年，都是天下大乱。文家老家在宣城，在前朝就是仕宦大族，当时的文太师领了皇命，带着几万人平叛，平着平着就平回了他们老家，占了半个江南路。现如今的南梁皇族杨家，老家杭州府的，跟文家是世交姻亲。刚开始的时候，两家互为犄角，守望相助，后来，两家都是越来越兵多将广，江南就数他们两家最厉害。有一年吧，杨家的姑娘和文家公子定了亲，成亲那天，杨家姑娘百里红妆，杨家去了很多人送嫁，抬了很多酒。说是当时热闹的，满城欢庆，那酒，说是就连从城外路过的，都是想喝多少就给多少。到夜里，杨家人就杀起来了，杀了个满城漂血。文家男女老幼，五百多口人，只逃出十来个人，一路往北，投奔了咱们。说是他们文家人，会说话就要立血誓，要诛尽杭州杨家。我跟世子爷上一趟去南梁，是给人家皇上贺寿的，带上文四，那就不是贺寿，是去砸场子了。"

"唉，这个仇……"李桑柔连声叹气。

"我大哥说过，当年的文家和杨家，都是想要谋天下、建帝业的。谋天下这事吧，无所不用其极。咱们不说这个，再说下去就难受了，说别的！"

"那说说进奏院吵架的事。"李桑柔立刻转了话题。

潘定邦咯咯笑起来："人家那不叫吵架，叫时事之辩，其实就是吵架，要现场听才最有意思。我跟你说，打起来的时候都多的是。他们三天两头吵，明天我带你去看。要是他们打起来，你还能点评点评谁功夫好！"

潘定邦说着，拍着椅子扶手，哈哈大笑。

第十三章 一箭之仇

李桑柔和潘定邦聊到中午，吃了顿相府盒饭，回到铺子里，摸过纸笔，将这一个月收了多少封信、多少寄信钱、支出多少、余下多少，写了个大致数目，折了个信封装上，吩咐金毛给顾晞送过去。

金毛还没回到铺子里，如意骑着马先到了，传了顾晞的话，晚上李姑娘要是有空，世子爷请李姑娘一起吃饭，说说话。

李桑柔点头答应，她也正要跟他说说生意上的事。

傍晚，顾晞提前了半个时辰，从户部出来，先去了明安宫。

"大哥看看这个。"顾晞在顾瑾旁边坐下，将李桑柔写给他的那张纸递给顾瑾。

顾瑾接过，仔细看了看那几行数目，笑起来："很不错。"

"她买马、买铺子，还有那根杆子之类的琐细东西，这些本钱没算进去。我让守真估了估，就是全算上，也还有将近一半的利。"

"关键在量，一天一千封和一天三五十封，本钱几乎一样，可进账是天渊之别。"顾瑾再看了一遍那几行数目，递给顾晞，"这个月捧场的多，下个月只怕就没有这么多了。"

"从这个月开始，各地赴考春闱的士子已经陆续到建乐城了。无为这一条线上的士子上千人呢，还有过来长见识、游学会文的，这样的人更多，到了建乐城，总要写封信报个平安。接着就是春节，有了这顺风速递，只怕写信拜年的就要多起来了，实在方便又不贵。她很会选时候。"顾晞接过那张纸，再看了一遍，一脸笑。

"嗯，李姑娘很会做生意。你见了她，问问她下一步怎么打算，有没有再远一步的打算。"顾瑾看着顾晞笑道。

"好！我一会儿就请她出来，好好问一问。"顾晞笑应。

"还有件事，"顾瑾看着顾晞，"从江都城撤回来的那些密谍，你打算怎么安排？"

江都城发生范平安找武将军联手刺杀顾晞这件事后，为稳妥起见，从春节前，顾晞就将江都城的密谍陆陆续续撤换了回来。

"打算把他们放回军中，原来都是极好的哨探，还有一两个捉生将。大哥另有打算？"

"嗯，上次听你说江都城这些密谍，最晚一个到南梁的，也是五年前了。离开军中这么久，最年轻的一个也有三十五六岁了，再回军中，很难再有什么作为。各地吏治民情，要是能时常监察一二，那就好了。这事，很多年前皇上就说过。可这个监察，放在哪儿都不好，单独立出来更不宜了，很怕尾大不掉，成了祸患。这事，皇上说了很多年，也就是说说。前儿我和皇上提了提，不如把这些人送到李姑娘的铺子里去，人头还是归在谍报，还放在你那里，差使上暂时归到我这里。你和李姑娘说说，看看她是什么意思。"

"好。"顾晞沉吟片刻，点头，"这些人真要放进去，能监察吏治民情，也能监察李姑娘那边。她要是不肯，大哥别怪罪。"

"这有什么好怪罪的，你先问问她是什么意思。"顾瑾笑道。

李桑柔到长庆楼雅间时，顾晞已经到了。

看到李桑柔，顾晞笑着示意她坐，拍了拍放在桌子上的那个信封，笑道："一个月一千五六百两银子的净利，这生意真是不错。"

"那不是净利，是毛利。"李桑柔坐下，看着如意沏了茶送过来，端起抿了一口。

"马匹、铺子这些，守真算过，摊进每个月，有个一两百两银子就够了。你这里的铺子，二十两就买下了，其他地方的递铺、铺子，只怕也都是极便宜的吧？"顾晞笑道。

"不便宜。这间铺子是捡了便宜，哪能处处都有这样的好运气。马匹、铺子这些还好，再怎么贵也有限，贵的是以后的买路钱。"李桑柔叹了口气。

顾晞一个怔神，买路钱？

"你上回说，朝廷每年用在邮驿上的钱近百万两，这些钱，至少一半是用在修桥补路上，我现在可是白用这路。白用的事，哪能长久，早晚有一天，朝廷要找我要这修路钱，这笔钱，得留出来。"李桑柔再叹了口气。

"这钱……"顾晞话没说完，就卡住了。这钱，大哥是说过，只是没提要收多少，这钱也确实该收。

顾晞话锋一转："你留了多少？"

"一半吧。"

"那还有多少净利？"顾晞皱眉问道。

"没了。要是算上天灾人祸，比如马突然死了，骑手出事了，或是大风大雨，淋湿了包裹信件，或是丢个一包两包信，或是失了火什么的，那就亏了。"

李桑柔瞄着提着提盒的小厮从外面疾奔进来，将杯子往旁边推了推。

"饿了？中午没吃好？"顾晞看着李桑柔问道。

"不是，我们丐帮的规矩，要尊重饭菜。"李桑柔随口胡扯。

顾晞失笑出声："这规矩好，那咱们不说话了，好好尊重尊重这饭菜。"

吃了饭，顾晞吩咐推开门，又让人温了酒，两个人对着后面虽说不大，却布置得赏心悦目的小园子，抿着酒说话。

"你今天挺高兴？"李桑柔侧头看了眼顾晞。

"是。"顾晞笑起来，"你看出来了？我正要跟你说，咱们算是报了一箭之仇了。"

"嗯？"李桑柔刚抿了一口酒，尾音上扬看向顾晞。

"武怀国，江都城那位武将军，"顾晞解释了一句，"布了网，借刀杀人还不够，还要自己举刀杀了我，这事，总不能一声不响就让它过去吧。武怀国这个人，一心一意要再打到建乐城下。这些年咱们和南梁交好，武怀国没少上折子给他们皇上，说朝中诸人鼠目寸光，贪图安逸，误国误君，和北齐交好是养虎为患，甚至点名道姓，某某是国贼，惹得南梁朝中群臣十分厌烦。我把他私递给江宁城邵明仁的那封信略改动了几个字，放给了他指名道姓的那位'国贼'。从春天里，武怀国就开始上折子解释他写信给邵明仁的事，可这事他怎么解释得清？南梁朝廷里厌恶他的人又实在太多了，借着这个机会，要报一箭之仇的人多的是。解释到上个月，南梁那边已经另外委派了人镇守江都城，调武怀国回杭州府待查。"

顾晞话没说完，就笑起来，一边笑，一边冲李桑柔举了举杯子："我可是有仇必报。"

李桑柔叹了口气，将杯子往空中举了举："武将军是个好官，他治下的江都城很公道。"

"嗯，以后平了南梁，要是武怀国还活着，又愿意效忠，大哥肯定愿意重用他。别担心，新点去的也姓武，武怀义，在兵部做了七八年的侍郎，精明能干，官声很不错。"

"兵部？纸上谈兵？"李桑柔有几分心不在焉。

"那不至于，武家人都会打仗。武怀义也是自小在军中长大的。前儿大哥还担心这个武怀义比武怀国更会打仗。"顾晞说着担心，却是半分担心的模样也没有。

李桑柔看着他，片刻，移开目光，叹了口气。那位明显手握重权的大皇子担心武怀义更会打仗，北齐和南梁又要打起来了吗？

也是，太平了几十年了。唉，米瞎子最厌恶打仗。

"对了，差点儿忘了。"顾晞欠身，话没说出来，先笑起来，"有件事，我就是跟你说说，你觉得行就行，不行就不行，不是大事。"

"嗯，你说。"李桑柔点头。

"范平安找武怀国联手偷袭我，范平安是江都城的谍报总管，这事，江都城的密谍中间还有谁参与其中，有谁知情，或是武怀国通过范平安挖出了哪些密谍，极难清查，所以我就把整个江都城的密谍全数撤回，换了新人。撤下来的这些人，我原本的意思是不追查、不追究，还放他们回军中效力。可大哥的意思，这些人久离军中，又都上了年纪，回到军中再难有作为，倒不如找个地方，还让他们做谍报的差使。大哥就想把这些人放到你这里，借着你邮路，查看各地吏治民情。大哥就是随口一说，我还没答应。你要是觉得不好，有的是让他们效力的地方。"

"好。"李桑柔答应得快而干脆。

"嗯？"顾晞两根眉毛抬得老高，"你听清楚没有？"

"听清楚了。文四爷挑给我的那些骑手、马夫，谁知道都是些什么人。我不管这些，不想管，管不了，也无所谓。不过有句话要说到前头，你或者别的人，文先生、文四爷、潘七公子，或者其他谁谁，不管是谁，荐进来的人，我看中了就要，看不中就不要。在我这里干活儿，干不好就卷铺盖走人，不管谁的人。还有，不管因为什么，都不能耽误干活儿。真要耽误了，我请他卷铺盖走人，你别来找我说项，找了也没用。"

"那是自然。这些人除了我，就是守真知道，到时候，让守真荐人过来。"顿了顿，顾晞接着道，"潘七要是往你这里荐人，一个都不能要。他这个人，眼瞎耳聋，经常被人用到团团转，还浑然不觉。"

李桑柔斜瞥着顾晞。这句"被人用到团团转"，是说她呢？

"我还是跟潘相说一声吧。潘七这个人，就一条好处，听话。"顾晞拧着眉头道。

李桑柔移开目光望天，没接话。

李桑柔回到炒米巷，让大常倒了壶酒出来，坐在院子里，喝着酒，对着炭盆发呆。

"出什么事了？"大常拎了只凳子，坐到李桑柔旁边。

蹲在炭盆旁边，正一边喝酒，一边往炭盆里添炭的金毛急忙抬头看向李桑柔。

"武将军要回杭州城了，新来的还是武将军，就是他们武家在兵部的那个。"李桑柔叹了口气。

"啊？那……"金毛眼睛都瞪大了。直觉中，他觉得这不是好信儿，可哪儿不好，他又想不出来。

"哪儿不好？"大常看着李桑柔，闷声问道。

"听说这位武将军是以军法治家。"李桑柔连声叹气。

金毛一脸茫然地看向大常。大常拧着眉，他也没明白。

"老大，以军法治家，哪儿不好？他们武家都是名将，都通军法，军法治家怎么了？"金毛挪了挪，问道。

"他们武家，武将归武将，用军法治家的，可没几个。太平年间，又是在杭州城，以军法治家的，他们武家只有这位从前的武侍郎，现在的武将军一个人。他这个用军法治家，是因为他这个人禀性苛刻，不近人情。这样的性子，在他治下，可不是什么好事。"

"他会不会翻旧账？"大常拧着眉，问。

"嗯，我就是担心这个。上个月，我让何老大捎信，让米瞎子过来，那时候不知道这件事，现在，已经来不及了。"李桑柔连声叹气。

"就是来得及，田鸡他们也不能走。"大常也叹了口气，"田鸡媳妇儿家，一大家子，几辈人都在江都城，田鸡离不开他媳妇，还有狗蛋他们，都娶了媳妇儿成了家了，日子舒服，根本就不想动。从前一起要饭的时候，在破屋里避雨，你跟他喊，房子要塌了，快走，只要没倒下来砸到头上，他们都不动，非等砸到头上再跑。来得及也没用，老大想开点儿。"

"大常说得对，上趟回去，田鸡问我老大怎么样了，我说肯定不能回江都城了，只怕要在北齐落脚。小陆子说，要过来找老大。田鸡就说，他是在江都城扎了根的人，哪儿都动不了。"金毛急忙补充。

李桑柔似是而非地"嗯"了一声，一口一口喝光了杯中酒，低低叹气道："田鸡他们，应该不会有什么事。赵明财一家，不知道会怎么样。"

大常听到赵明财，眼睛瞪大了："世子爷那边，有什么安排没有？"

"我没问。"李桑柔沉默片刻，再次叹气。

她没问，一是因为她要是问了，就得跟顾晞解释她从哪儿知道武怀义以军法治家，以及，她怎么会知道武怀义的禀性脾气。顾晞那样的精明人，胡扯是扯不过去的，三言两语，只怕就得把苏姨娘姐弟扯出来。顾晞要是知道了她跟苏姨娘的交情，必定不会放过。他跟他那个大哥，会怎么使用苏姨娘姐弟，她不敢想象，这是救一家，杀一家。二是也来不及了，上个月就委派了武怀义，那这会儿，武怀义应该已经到江都城了。他们武家人赶路，都是急行军。

希望吉人自有天相吧。

十月过半，李桑柔的生意已经十分稳妥。每天从建乐城发出，以及从其他四州发出的信件，上下起浮已经不是很大。李桑柔又去找了趟顾晞。

顾晞和李桑柔一起吃了午饭，告辞后，他直奔明安宫。

顾瑾坐在坑上，正对着厚厚一本画册，一页页翻着细看。

"这是什么？"顾晞凑过去。

"尚衣库新出的衣服样子，阿玥让我给她挑些花样儿，特别嘱咐我，一定要挑幅最好看的，她绣在上元节的斗篷上。"顾瑾一边说一边笑一边叹气。

"这个不错。"顾晞手指点过去。

"嗯。"顾瑾拿笔勾下，"这个也不错。"

两个人看着、勾着，厚厚一本册子勾了小半本。顾瑾叫进小内侍，吩咐给宁和公主送过去。

"没什么事吧？"顾瑾打量着顾晞，笑问道。

"不算什么事。"顾晞站起来，给顾瑾换了杯茶，"刚刚李姑娘找我，问我能不能荐个刑名师爷给她，说要个真正厉害的，她坑人的时候，这师爷得能顶得出去。"

"坑人？"顾瑾惊讶道。

"我刚听到，也跟你一样，问了她两三遍，她说就是坑人。我就说她，你要坑人，有大常不就够了，还用得着刑名师爷？她说大常不行，都是直来直去地坑人，只能坑一趟。她说他们都不懂刑名律法，也不懂当官的判案时那什么存乎一心的心到底在哪儿，说他们都不懂从哪儿下手，才能占到这存乎一心的便宜，说是得找个厉害的师爷。还跟我说，她要坑人，这师爷不但要厉害，还不能太一身正气，否则上来先教训她，那就不是帮忙，而是祸害她了。"顾晞摊着手，想笑又忍住了。

顾瑾笑出了声："她倒实诚。她要坑什么人？你答应了？"

"没说死。"顾晞含糊了一句，紧跟着解释道，"我是觉得，我要是不给她找，她指定得去别的地方找，找来的就不知道是什么样的人了，倒不如咱们找给她。"

"李姑娘行事为人，内里有一团正气，她坑人……"顾瑾的话顿住，再次笑起来，"我倒挺想看看。你手头有这样的人吗？"

"有。在守真身边帮办杂务的陆贺朋，极精刑名，因为总是出一些不上台盘的主意，常被守真教训。照李姑娘这意思，他出的那些主意，李姑娘应该觉得挺好。"顾晞一边笑一边答道。

"嗯。其他的人呢，她什么时候要？"顾瑾问了句。

顾晞知道他说的是江都城撤下来的谍报，笑道："她说过几天应该要一两个人，其他的，要等明年出了正月，她开第二条线路的时候了。"

"嗯，这事不急。江都城那些人，辛苦了这些年，先让他们好好过个年吧。"顾瑾笑道。

隔天，陆贺朋领了吩咐，找到李桑柔。两个人坐在铺子后面那块菜地旁，一边看着大常翻地，一边嘀嘀咕咕地说话。说了半个来时辰，陆贺朋冲李桑柔拱手告别，眉开眼笑地走了。

李桑柔将陆贺朋送出铺子，叉着腰站在铺子门口，愉快地欣赏了一会儿风景，叫上黑马，去找她早就看中的那两家小报的东家。

两天后，顺风速递铺的新业务就上线了。

京城卖得最好的两份小报，夜里印出来，一大早就被骑手们和信件一起，带往四州。

两份小报，一个是《新闻朝报》，朝廷昨天出了哪些新的任命；谁谁上了什么折子；朝廷正在议什么大事；谁跟谁上折子互相攻讦，被伍相当庭训斥了；昨天进奏院因为什么吵起来了，吵着吵着打起来，谁谁战力惊人，谁谁战力太差回回挨打；谁跟谁不对付，在东华门外差点儿打起来，以及昨天金水桥下发现无头尸首如何如何。

另一份就风花雪月多了，哪位官员新纳了小妾，结果后院倒了葡萄架，府里直闹了一夜；某官家里河东狮吼，早上去衙门时脸上指痕鲜艳；哪位名妓又新唱了什么曲子，穿了什么新衣；哪个才子迷上了哪位女伎；哪位才子又填了什么新词，以及某条街上新开了家茶坊，布置得十分清雅，可是茶实在不怎么样……

顾晞是隔了两天，才知道顺风速递铺推出的这项新业务，赶紧去了明安宫。

顾瑾听顾晞说到顺风速递铺往四州卖小报时，一口茶呛进了喉咙里。

他一直在想她下一步要做什么，卖小报？！太出乎他的意料了。也是，这小报必定极好卖！

"进奏院的朝报送到地方要几天？"顾瑾一阵猛咳，没等咳嗽停下来，就拍着桌子问道。

"进奏院把当天的朝报理出来，要先拿给庞枢密，庞枢密为人仔细，回回都要改上三五遍。之后再送给三位丞相，快的话，两天审结，要是有什么大事，来来回回改上几趟，三五天都常有，审定之后再现刻出雕版，再将雕版送到地方，走步递，一天四十里，就算到淮阳府，也要一个月左右，到了淮阳府，还要现印出来。建乐城里那些小报，现在都用上了活字排版，当天出来的新闻当天晚上写好，夜里就印出来了，早上被顺风的骑手带走，傍晚就能在淮阳城里售卖了，和建乐城比，只晚了半天。"顾晞知道顾瑾的意思，摊手道。

"这事你记下，明天廷议时你来提。进奏院那边得改一改，当天的朝报，最好当天夜里印出来，就算不能当天，最多隔天。你再告诉李姑娘，她卖一份小报，得搭上一份朝报！"顾瑾再拍桌子，"还有，你告诉她，她再有什么新花样，先得……"

顾瑾一句话没说完，就哽了回去，强咽了口气："算了，算了，要是让她先说了再做，只怕她什么都不做了，先就这样吧。李姑娘那边，你多盯着点儿。她这新鲜花样，一个接一个！"

"就算她不做这生意，建乐城的小报也一样往四处散播。各路官员、各大世家在建乐城都安排的有人，专职递送折子、朝报和建乐城里的各种小报。"顾晞替李桑柔辩解道。

"这能一样吗？啊！"顾瑾的火气都要上来了，"第一，她这顺风速递，让淮阳城的人能看到建乐城当天的小报，就是无为府也不过晚上三四天！那些官员世家凭着安排在建乐城的人手看到小报要几天？第二，你让人去看看，她这小报在四州卖多少钱一份，必定跟建乐城差不多。她必定是想靠量，不是靠价赚钱！必定是但凡识字的都能买得起！那些官员世家拿到一份小报得多少银钱？这能一样吗？现在，淮阳府和建乐城一样看当天的小报，到无为府也不过四五天！这条线上，各个衙门、学子士绅、书院学堂，现在只怕已经人手一份了！"顾瑾忍不住再拍桌子。

顾晞看着顾瑾，不说话了。

"这件事……唉，让我想想。"顾瑾苦恼无比地揉着额头。

"大哥，你之前不是一直发愁，政令不能通达至万民，现在，这不是个好法子吗？我觉得这不是坏事，只要把建乐城这边的源头看紧了，不要让他们造谣生事，就不会有什么大事。"顾晞看着顾瑾道。

"唉，我知道。你去找一趟李姑娘，跟她说说进奏院朝报的事，问问她，有没有什么法子，能让朝报也跟小报一样，隔天就能印出来。"顾瑾揉了半天眉头，看着顾晞道。

"好，今天晚上我就去请教。"顾晞站起来，走出两步，站住，回头看向顾瑾，"大哥，真要是牵涉过多，我跟李姑娘说一声，这小报就不要再卖了。她肯定没想这么多。"

"不用。就是太突然了，略一多想……没事。唉，事情都是这样，没法防患于未然。你刚才说得对，这不是坏事，这是件麻烦事。"顾瑾连声叹气。

李桑柔正对着当天的账簿愉快地畅想着未来，如意进来，一脸笑地传达了他家世子爷的邀请，就在隔不远的潘楼，他家世子爷已经到了。

李桑柔收起账簿，扬声叫进大常，交代了几句，跟着如意往潘楼去。

顾晞果然已经到了，正对着一排四五只白色琉璃杯仔细地看。

"你上回说梅子酒，我找了几桶，你过来看看。这是宫里进上的，这是我在南边的一个庄子里酿的，这是他们潘楼东家的家酿，这一桶是皇庄孝敬大哥的，看这颜色，这一个不错。"顾晞招手示意李桑柔。

李桑柔凑过去，扫了一眼："都是浊梅酒。浊梅酒好喝。这个不能靠看，得喝。我尝尝。"

李桑柔拿过杯子，从四只琉璃杯里挨个儿倒半杯尝了，指着潘楼东家那杯："我喜欢这家的味儿，你尝尝。酒这个东西，因人而异。"

顾晞细细品尝过，指着自己家庄子里酿的那杯，笑道："我觉得这个好。"

不用顾晞吩咐，如意就指挥小厮，从潘楼那桶酒里倒了一壶，放到李桑柔旁边，顾晞旁边，则放了他家庄子里那桶。

吃了饭，李桑柔接着喝她那桶梅子酒。

她酒量很不错，这梅子酒清甜可口，酒度很低，她可以当汤水喝的。

两人坐着，吹着初冬的风，喝着酒，听着周围的笑语丝竹。

好一会儿，顾晞才笑道："你知道朝廷有份朝报吗？又叫邸抄。"

"知道。"李桑柔靠在椅子里，慢慢晃着脚，悠闲自在。

"朝报要发送到地方，极慢，就算到淮阳府，也要一个月之后。因为这个慢，早些年皇上发过几回脾气，这几年大哥也因为这个慢字很是烦心。前儿大哥说，要让进奏院把雕版改成活字，印好了再发到地方，这样不知道能快多少。"顾晞说得很是谨慎。

"快不了多少。"李桑柔自在地晃着脚，"进奏院那一套，我听七公子说过，先是一帮翰林，谁主笔谁润色吵上一通，你推我让，你争我抢，半天一天就过去了。接着就是哪件事上朝报，哪件事上不上，谁的折子得写上去，谁的不能写，又得吵半天，有时候吵着吵着，就会吵成群架。七公子说，他最爱到进奏院看翰林们吵架。听他们吵架，就觉得他们一个个的全是挥挥手就能平天下的大才。等吵完扯完，写出来，说是得两三天，然后拿给上官看，说从前的上官姓什么来着，挺爽气，改个三五回就能过。现如今这个上官，改十回都是少的，说这个上官特别有才，常常因为是用推还是用敲，一斟酌就是两三天。上官改完，送枢密院。听七公子说，庞枢密挺好，也就改个五回八回的，就能过了。之后再拿给几位丞相。七公子说他阿爹最干脆，改上两三回就行了。到最后，说有时候还得拿给你大哥看？说有时候皇上也看？你看过没有？改了几回？"李桑柔笑眯眯地问道。

顾晞被李桑柔这一番话说得哭笑不得，听到最后，只有叹气的份儿了。她这话夸张是夸张了点儿，可跟实情也差不了太多。

"你觉得，有没有什么办法能让这朝报快起来？不说隔天，两天三天总要印出来吧。"顾晞一脸苦笑。

"不用这么审，写出来直接印，就能快了。"李桑柔极其不负责地答道。

顾晞斜瞥着她，闷哼了一声。这么一遍遍地审，一遍遍地改，不就是因为每个人都怕出差错，都要博个尽了全力，万一出了什么事，也好有话说？不审就印，谁来担责？谁担得起？谁敢？

顾晞沉默了好一会儿，转了话题："这个月二十九，是宁和的生辰。她早就说了，让我那天陪她一天，去夷山登高，看夕阳。要不，你也一起去？"

李桑柔挑眉看着顾晞。他这份邀请，实在太突兀，也太不应该了。

"唉，是这么回事，"顾晞迎着李桑柔眉眼间的疑问，苦笑连连，"宁和小的时候，最喜欢跟着我。我和致和都没耐性，守真脾气最好，陪着她做这个，做那个，从来没有不耐烦过。等宁和大一点儿，这心思就生出来了，觉得就守真对她最好。女儿家的小心思，唉。可守真就是脾气好，他对谁都没不耐烦过。"

李桑柔听到对谁都没不耐烦过，眉梢微挑。这话可不对，她多找他两趟，他就烦了。

"从知道了宁和的小心思，守真就躲着她。偏偏宁和是个傻孩子，就是看不见，成天想方设法地找守真，要字帖，让他挑笔墨，让他替她选盆花。唉，也亏得守真脾气好。月底她生辰，缠着要我陪她一天，我知道她的小心思，还是打的守真的主意。她还特意嘱咐了我好几遍，说文先生是一定要到的。毕竟是她生辰，我也不好……"顾晞摊着手，一脸苦相，"你说是吧？可真要让守真对着宁和一整天，实在太难为守真了。而且，这对宁和也不好。所以，我就想着，要不你也去，一来，人多了，好歹能替守真抵挡一二；二来，你看看能不能点一点宁和。再说，这个时候，夷山景色很不错。"

李桑柔斜瞥着顾晞，片刻，笑问道："不是挺好的一对儿嘛。文先生说过，他宁死也不娶公主，他是另有心头爱了？"

"你想哪儿去了，都没有。"顾晞顿了顿，"跟你也没什么不能说的。守真是被人半夜里偷偷放到文氏祠堂门口的，身上系了个布条，说他是文氏子，却没写父母是谁，也没有生辰八字。守祠堂的族老说再怎么也是一条命，就抱回了家。当时看着他有一个月大小，就把看到他那一刻往前推了一个月，算是他的生辰。守真自小聪明，长到六七岁，已经极为出色。当时，文氏子嗣凋零，人才更是稀少，族老们就把他收进文氏，取名文诚，入了族谱，接着送到我身边。他血脉来历不明。"

顾晞垂下眼，后面的话，没再说下去。

李桑柔低低叹了口气。

过了一会儿，李桑柔提高声音，对顾晞笑道："我带上大常他们，热闹些。对了，要不把七公子也叫上吧，还有他那个小舅子，我瞧他是个热闹人儿。照你这么说，那天是越热闹越好，是不是？"

"好！"顾晞爽快答应，"我让致和去请潘七。他跟他小舅子在一起，确实十分热闹。"

听说老大要带他们去给宁和公主贺寿，大常还好，金毛紧张得差点儿睡不着觉，黑马则是兴奋得做梦都大喊大叫。

大常和金毛一人做了一身新衣服，黑马觉得他大家出身，知书识礼，得穿长衫，被李桑柔一口回绝后，心有不甘，挖空心思，做了件似是而非的长衫，上半身和长衫一模一样，不过没长衫那么长，刚过膝盖。

黑马又跑了几家旧货铺子，二十个大钱买了把名家折扇，再缠着大常要了点儿钱，买了顶眼下时新的软脚幞头，这才算准备停当了。

到二十九那一天，李桑柔还是平时那一身，只是换了件新上衣，一条新半裙。

大常和金毛虽说一身新，可还是平常打扮。黑马就大不一样了，穿着他自创的宝蓝半长衫，戴着那顶流行款式、流行颜色的艳橙色幞头，越发衬托的一张脸黑得发亮。

出了院门，黑马抖开折扇，摇了几下，背着手，昂着头，四下顾盼。要不是他家老大下过严令不许声张，他指定得大喊几声，告诉这一条巷子以及隔壁一整条街的人：他要去给公主贺寿啦！

金毛颇为羡慕地看着黑马的幞头和折扇。早知道这么好看，他也该找大常要点儿钱，至少置办顶幞头吧。唉，真是人是衣裳马是鞍！

四人在夷山脚下下了车，大常数着铜板付了车钱，往上走没多远，就看到了潘定邦和另一位与他年纪、打扮都差不多的小郎君，坐在石头凳子上，头抵头说着话。

李桑柔打量着小郎君，中等个儿，眉清目秀，看来这就是田十一郎了。由弟看姐，潘定邦的媳妇肯定长得挺好看。怎么这位十一郎看起来心事重重，一脸晦气的样子？

再往上几步，已经离得很近了，李桑柔扬声招呼："七公子！"

"哟，你们到了。来来来，我来介绍。"潘定邦一跃而起，"这就是我常跟你说的李大当家。这就是我内弟，十一郎。"

"久仰。"李桑柔冲田十一拱手。

田十一笑出了声，一个女人，拱手冲他说"久仰"，他长这么大，头一回遇到。

田十一郎也学着李桑柔，拱手道："久仰久仰。"

"看到了吧，李大当家是个爽快人，很不一般，你把她当男人就行。"潘定邦哈哈笑着，拍了拍田十一郎的肩膀，"这位是大常，你看看这身板，多壮实！这要是从军，定是一员良将！这是金毛，伶俐得很。这是黑马。"

金毛学着大常，冲田十一郎长揖见礼："给十一爷请安。"

黑马自然不能跟大常、金毛一样，他可是读过书的！只见他啪地收了折扇，捏着折扇冲田十一郎拱手："在下马少卿，小字云灿，十一爷叫我云灿就行。"

田十一郎稀奇得两根眉毛都要飞进头发里了，上上下下打量着黑马："你还有字？云灿？这俩字不错。"

"那是，这是我们老大赏给我的。云灿，一朵灿烂的白云！"黑马得意扬扬。

田十一郎失笑出声。潘定邦笑得哈哈哈："一朵白云……李大当家，你这字……啊！哈哈哈，好！实在好！贴切！十一，你看到了吧，我跟你说，李大当家这里都是人才，比翰林院那帮人才可要人才得多了。"

"可不是？我看出来了，云灿兄。"田十一郎笑得差点儿拱不起手。

"客气，客气。"黑马其实没怎么明白他们为什么笑，不过只要笑就行了。笑是好事，这是老大说的！

"走吧，咱们到开宝寺等世子爷和公主他们。云灿兄，请！"潘定邦总算笑好了，也学着田十一郎，冲黑马一拱手。

"公主他们还得一会儿？"李桑柔看着潘定邦问了句。

"早呢，先要等散了朝，皇上吃点儿，喝点儿，公主再去给皇上和娘娘磕了头，领了赏赐和长寿面，还要往大爷和二爷那里走一趟。之后还要什么什么的，规矩多得很。一大早起来，至少忙到进了午时，才能从宫里出来。等他们到这里，肯定就是午饭时候了。咱们先去观风赏景。"潘定邦愉快地挥着手。

潘定邦和李桑柔他们到得也不早，进到开宝寺，住持陪着潘定邦，潘定邦带着大家，把开宝寺里里外外看了一遍，宁和公主和顾晞他们就到了。

听说世子爷到了，潘定邦明显有几分紧张，都没顾上招呼别人，就拎着长衫前襟赶紧迎了出去。

田十一郎急忙跟着潘定邦往外迎。跟得太紧，潘定邦突然停步，田十一郎差点儿撞上去。

李桑柔不紧不慢地跟在后面。大常左边跟着金毛，右边跟着黑马，紧跟在李桑柔身后。

前面，潘定邦已经迎上顾晞，长揖见礼。

李桑柔的目光越过潘定邦，看向跟在顾晞身侧的宁和公主和被宁和公主挽着的沈明青，再从两人看向后面的文诚。

宁和公主大瞪着双眼，上上下下打量着黑马，看得要笑出声来。黑马这一身打扮，实在太出色了！

沈明青却在打量李桑柔。迎上李桑柔看过来的目光，沈明青带着笑，微微颔首致意。

"这是黑马，马少卿。他还有个字，叫云灿。他家老大给他起的，意思就是，一朵灿烂的白云！"见宁和公主一脸稀奇地打量黑马，对着顾晞正浑身不自在的潘定邦一个斜步，赶紧过去介绍。

顾晞的目光从李桑柔看向黑马，只看得一脸说不出什么表情，再看向李桑柔，见她笑眯眯地看着黑马，跟着笑起来。

文诚也打量着黑马，看得眉头蹙起，一脸的哭笑不得。

文顺之最干脆，直接笑出了声，一边笑一边指着黑马道："你这衣服是怎么回事？料子不够长？"

"不是，料子足够，老大说，长衫是读书人穿的，不让我穿。其实我就是读书人。"黑马揪着他的短衫，十分委屈。

文诚瞥了文顺之一眼。文顺之急忙往回转话："读不读书，不在衣服，你这一身……咳，挺别致。"

"你是读书人？那你都读过什么书？读了多少书？"宁和公主一边笑一边问道。

"多得很，数不过来！"黑马得意地挥着手，自信满满。

"我们老大说，要是识一个字就算读过一本书，那黑马是读过不少书。"金毛从大常另一边伸长脖子接话道。

宁和公主扑哧笑出了声，笑开了，就笑得停不下来了。

沈明青也笑个不停。文诚笑得肩膀耸动。

顾晞一边笑，一边用折扇点了点在他前面半步的李桑柔："这话是你说的？"

"嗯。"李桑柔微笑点头，"黑马能识不少字，大常和金毛识的那些字，多半是他教的。"

"当年……那个，都称我先生的！称先生而不名！"黑马立刻骄傲起来了。

宁和公主笑得更厉害了："你教他们识字，本来就是先生啊，怎么能说称先生而不名呢？"

黑马一脸茫然地看着宁和公主。这话，他没懂。

文诚笑出了声。

"称先生而不名，那是尊长对属下、晚辈，比如，你们老大很尊重你，从来不叫你黑马，都是称你先生，才能说是称先生而不名。"沈明青笑着解释道。

"我们老大称他先生？"金毛一声怪叫，"他做梦都不敢这么想！我们老大都是喊他马少卿！"

金毛捏着嗓子，一声尖叫，把宁和公主吓了一跳，随即笑个不停。

"你叫什么？他有字，你也有字吗？"沈明青打量着金毛，笑问道。

"我姓毛，叫毛峰，我没字。我又不是读书人，我这名是一开始就有的。他大名叫常山，他的名是我们老大给起的，说是伟岸如山，稳重如山。我们有老大之前，大常瘦得很，都叫他竹竿，常竹竿，老长的竹竿！那个时候，他一天到晚两眼发绿，就是到处找吃的，睡着了，手也乱摸，摸着什么都往嘴里塞，我们都觉得他有点儿傻。后来老大来了，我们都能吃饱饭了，才知道大常不傻，还挺有心眼的。"金毛问一答一百。

"你们真有意思。"宁和公主听得津津有味。

说笑间，一行人进了开宝寺的斋堂。斋堂里摆了两张桌子，李桑柔在斋堂门口站住，横了眼抬脚就要往里冲的黑马。黑马脖子一缩，赶紧退在李桑柔身后。

"李姑娘请上座。"文诚笑让李桑柔。

"我跟云灿坐一起。"潘定邦一个箭步，拉着田十一郎直奔下首的桌子，坐下来，招手叫黑马。他可不想跟世子爷坐一张桌子。

黑马一脸笑，不停地点头。可老大没发话呢，他不敢动。

顾晞斜瞥了一眼潘定邦。

"我也和云灿坐在一起！"宁和公主瞄着文诚，也要往潘定邦那张桌子过去，拉着沈明青，抢先一步坐到了潘定邦旁边。

一共十一个人，分成两桌，下首那张桌子上摆了五副碗筷，再加上黑马，正好五个人。

宁和公主坐下，才发现只余了下首一个位子，想要站起来又不好意思，满眼委屈地看向文诚。

李桑柔实在忍不住，一脸笑。这位公主跟那位大皇子真是一个娘生的？那位大皇子心眼儿多得数不清；这位，全身上下的心眼儿只怕不超过三个。

"黑马入座吧。"李桑柔示意黑马。

"哎！"黑马兴奋地答应一声，两步蹿过去，坐到空出来的那个位子上。

李桑柔看着宁和公主那满眼的委屈，抿着笑示意大常："大常坐下首。"

大常坐到李桑柔指给他的位子上，后背正对着宁和公主，不管宁和公主往左还是往右，视线都只能落到大常宽厚的后背上。

顾晞坐了上首，李桑柔挨着他坐下，伸手拎起酒壶，一边给坐在她旁边的文诚斟酒，一边扬声笑道："我记得文先生最爱喝这个酒，我陪先生喝几杯。"

文诚下意识地瞟了一眼宁和公主那个方向，尴尬地笑道："我量浅，这个酒我不大爱喝。"

李桑柔瞥着文诚瞟向宁和公主的那一眼。

顾晞看着结结实实挡住了宁和公主的大常，忍着笑，举杯示意众人："今天是阿玥牛辰，祝我们阿玥芳龄永驻。"

"长命百岁！"潘定邦忙举杯接话。

"多福多寿""福寿双全"……众人七嘴八舌地说着吉利话，满饮了杯中酒。

宁和公主挪来挪去，可不管她怎么挪，大常就是如山一般，把文诚挡得严严实实。

沈明青挨着宁和公主，也被大常挡了一大半，再怎么尽力，也只能看到顾晞小半边脸。

文顺之紧挨顾晞坐着，时不时抿着嘴笑。世子说要请李姑娘，一解守真的尴尬时，他就觉得肯定挺有意思，果然。大常这块头，可真够宽大的。

宁和公主满肚皮委屈，又实在说不出什么，低着头只是吃饭，一句话不说。沈明青带着笑，照顾着宁和公主，也不说话。潘定邦和田十一郎一直头挨头嘀嘀咕咕。

黑马倒是非常想说话，特别是想和公主说说话，可他家老大交代过：人家没开口前，不许他先开口！

另一桌，李桑柔目光不离低头吃饭的文诚。顾晞不停地瞟着李桑柔。文顺之看着埋头吃菜吃饭的大常，看得眉毛越抬越高。这位的身膀，确实该有这样的饭量，可这也太能吃了吧！

紧挨着大常的金毛浑身紧张。当初跟世子爷一条船上，一起吃，一起睡，怎么没觉得他是什么什么，这会儿，他怎么就紧张起来了？怎么感觉这位爷跟在船上时，不是一个人了？

两张桌子上，都是闷头吃饭，倒是吃得挺快。

撤了碗碟，一杯茶还没喝完，宁和公主就站起来道："三哥跟这位大帮主说话吧，让文先生陪我去登高就行。沈姐姐，我们走。"

"大家一起去吧。七公子？"顾晞只当没觉察到宁和公主的不高兴和小脾气，站起来，招呼还在和田十一郎头抵头说话的潘定邦。

宁和公主也不理顾晞，挽着沈明青，嘟着嘴走在最前面。

李桑柔一脸笑，欠身让过宁和公主和沈明青，再让文诚。文诚只当没看见李桑柔一把接一把的谦让，拧着头不知道在看哪里。

文顺之背着手，跟在顾晞身边，看着别扭无比的文诚和一脸笑的李桑柔，又是叹气又是想笑。守真是真难为，这位李姑娘，怎么有种恶作剧的味儿呢？

李桑柔没让动文诚，接着让潘定邦和田十一。潘定邦和田十一继续嘀咕着，肩并肩跟在宁和公主和沈明青后面。

顾晞让着李桑柔，两人一起往前。文诚和文顺之并肩，跟在两人后面。大常三人跟在最后。

"公主挺不高兴。"李桑柔看着最前面的宁和公主，笑道。

"嗯，阿玥就这样，高兴不高兴，全在脸上。"顾晞叹了口气。

"她真跟秦王一个娘？"李桑柔问了一句。论心眼儿，眼前这位公主和那位心思深如海的大皇子，实在太不像是亲兄妹了。

"嗯。"顾晞斜看了一眼李桑柔，"阿玥一生下来就特别可爱，眼睛圆溜溜的，一逗就笑个不停，而且越长越可爱。先章皇后很疼爱她，也很宠她。我记得有一回，先章皇后说，她小时候，最羡慕那些无忧无虑、天真可爱的小娘子。她说，她那时候就想，以后有了女儿，要让她的女儿像那些小娘子一样，一辈子无忧无虑、天真可爱。先章皇后还说，阿玥除了她，还有两个哥哥，她这一辈子，肯定能无忧无虑。先章皇后大行的时候，阿玥只有七岁。先章皇后让大哥和我跪在她面前对天盟誓，要守护阿玥，就算阿玥没了阿娘，她也能和有阿娘时一样活着。"

顾晞声音落得很低。

"喔。"李桑柔一声"喔"似有似无，想着潘定邦说的他和顾晞的过节，沉默片刻，看着顾晞问道，"那时候，你才十一二岁吧？已经厌倦尘世了？"

"不是我，是大哥。"顾晞低低叹了口气。

"大哥的腿原本好好儿的，突然就……"顾晞的喉咙哽住，"像现在这样了。头一两年，开始说能治好，后来说也许能治好。太医院一天四五趟地进针，各种熏烫，不管多疼多受罪，大哥都一声不吭，任凭太医折腾。可不管怎么治，都丝毫不见起色。到后来，大哥的话越来越少，常常一个人坐在炕上，一坐一天，一句话都不说，人瘦得……"

顾晞声音哽住，低下头，好一会儿才接着道："后来，先章皇后也病倒了。先章皇后大行前，把我和阿玥都交到了大哥手里。大哥从小就有……有长兄之风。"

李桑柔瞥了一眼顾晞。他大哥从小就有的，是为君之德吧。

"先章皇后把我抱回宫里，和大哥放在一起。大哥那时候才三岁，挪到我旁边，把我抱在怀里，亲着我，叫我弟弟，还和先章皇后说，他来带弟弟，他会保护好弟弟的。我从小到大，最依赖的就是大哥。小时候，不管哭得多厉害，只要大哥抱着我，说弟弟别哭了，我就不哭了。后来阿玥出生，我和大哥一起守在外面。保姆把阿玥抱出来，大哥把阿玥抱在怀里，亲了一口，让我看，和我说，我们的妹妹真可爱。"

"有宁和公主这个妹妹，是秦王的福气。"李桑柔叹了口气。

"嗯，我和大哥要是都不在了，阿玥大约也活不下去。可只要我和大哥还活着，她就要像现在这样，无忧无虑，开开心心，做个小儿女，这样很好。"顾晞背着手，看着最前面的宁和公主。

李桑柔似是而非地"嗯"了一声。现在的宁和求而不得，可不能算开开心心。

宁和公主赌着一股子气，一口气上到观景的亭子里，站在亭子边上，浑身不高兴地眺望着远处。

李桑柔进了亭子，坐在最靠近入口的椅子上，背靠着入口那根粗大的柱子，接过一杯茶，慢慢抿着，看起来是在眺望着远方，眼角余光却始终落在文诚身上。

文诚闷声不响地站在角落里。顾晞站到宁和公主旁边，挑了几次话头，宁和公主都没理他。

"你们两个说了这半天了，说什么呢？"李桑柔从阴郁沉沉的文诚身上收回目光，看向潘定邦，扬声笑问道。

"没说什么！"田十一抢在潘定邦之前，飞快地答道。

"你又看上哪个美人儿了？"李桑柔转向田十一，直截了当地问道。

"你！"田十一被李桑柔一句话问的，连惊带吓，上身往后仰。这位大当家的也太粗野了，一个女人，哪有这么说话的！

潘定邦却咯咯笑出了声，一边笑，一边用力拍着田十一："我跟你说过，你别拿她当女人。李大当家的是个爽快人！"

潘定邦说着，转向李桑柔，冲李桑柔眨了一下眼："他还能有什么事，就那点儿破事呗。"

"姐儿爱俏，你这么玉树临风，只要往那儿一站，我觉得这建乐城的小姐们倒贴也愿意吧？难道还有你搞不上手的小姐？咦，难道你看中的是良家？"李桑柔看着田十一，认真问道。

文顺之正喝茶，差点儿呛着。文诚下意识地看向宁和公主，眉头微蹙。公主在这儿呢，李姑娘过于不拘小节了。

"你这是什么话？要是良家，那我成什么了？那是要犯律法的！"田十一被李桑柔一句"玉树临风"，夸得一脸笑。

"那……"

"咳！"李桑柔的话被文诚猛一声咳打断。

"李姑娘。"文诚转着眼珠，从李桑柔看向宁和公主和沈明青。

"咦，难道你知道他看中了谁？"李桑柔故意曲解文诚的意思，一声惊问。

"咳咳！"这回，文顺之呛得更厉害了。

"对了，"李桑柔挥着手，一副过于心直口快的懊恼模样，"瞧我这个人，我们兄弟都是野人，文先生见谅，世子见谅，公主见谅，沈大娘子见谅。"李桑柔转圈拱手。

"咦，你见谅了一圈，我呢？他呢？"潘定邦见一圈人没有他，挑礼了，"还有致和，你让他们见谅，不让我们见谅，这什么意思？这可不行！"

"文四爷是当兵的，当兵的多粗野，我们这些江湖人可比不了。不信你问他，是吧，文四爷？"李桑柔理直气壮，"我这么几句话，能冒犯了他？不可能啊！"

文顺之笑得说不出话。这话，他也没法答。

"至于二位，"李桑柔从潘定邦指向田十一郎，"你们自己说好了，我刚才那些话，哪一句冒犯你们了？都是你们成天做的事，我不过实话实说，说了一句两句，就能把你们给冒犯了？"

"好好好！你有理，打嘴仗我打不过你，你有理行了吧？"潘定邦立刻撤退。她这些话，可不能追论下去。

"都是雅人，咱们说些文雅的事。听说文先生前儿填了首词？是词还是诗来着？"李桑柔看向大常。大常立刻摇头。老大随口鬼扯的时候，他摇头就行了。

"我哪儿写过什么诗词。"文诚哭笑不得。

宁和公主已经被亭子里的热闹吸引，越靠越近，听说文诚写了诗词，拉着沈明青，几步进来："文先生填了什么词？我要看看！"

"我哪会填词，公主别听李姑娘乱说。"文诚脸都红了。

"先生填的词，阿爹还夸过呢，说比那些翰林强。你填了什么新词？给我们看看。"宁和公主和文诚搭上了话，哪肯轻易罢休？

"真没有。"文诚窘迫地看向顾晞。

"守真这一阵子忙得很，确实没填过词，李姑娘一定是听岔了。"顾晞忙上前给文诚解围。

"填不填词，跟忙不忙有什么相干？是不想给我看吗？"宁和公主不依不饶。

"阿爹？她阿爹是谁？"黑马不停地眨着眼，捅了把金毛，问道。

"我哪知道……她是公主，她阿爹，那不就是皇上？"金毛反应过来，立刻一脸鄙夷地斜睨着黑马。这货真傻！

"老大，她怎么叫皇上阿爹？叫错了！"黑马憋不住，捅了捅李桑柔。

李桑柔往旁边侧过去，斜瞥着黑马："我哪知道，你自己问她。"

"那个，公主，"得了李桑柔的允可，黑马立刻扬着手开问，"你，您，您刚才叫阿爹，那是皇上，你该叫父皇！"

"嗯？"宁和公主被黑马这一问，问傻了。

亭子里的人，除了李桑柔四人，全都一脸茫然地看着黑马。他这话是什么意思？

"您阿爹是皇上，你该叫父皇，要是阿娘，对了，你是嫡公主吧，嫡公主该叫母后，要是庶公主，就叫母妃，哪有叫阿爹的？"黑马理直气壮。

宁和公主被黑马这几句话问的，嘴巴都张大了："什么嫡公主、庶公主，我从来没听说过，你这是从哪儿听来的混账话？"

"戏里都是这么唱的！那说书的也是这么说的！都是父皇、母后、母妃！嫡公主、庶公主、嫡太子、庶太子！"黑马气势如虹。

宁和公主目瞪口呆。

"别胡说八道！这是要杀头的！"潘定邦急得一巴掌拍在黑马肩膀上，"太子就一个，谁敢跟太子论嫡庶？公主也没有嫡庶！从来没听说过！说这种混账话，你是不想活了？"

宁和公主呆了片刻，噗地笑出了声。

沈明青无语至极地看着一脸笑的李桑柔。

"那是唱戏！我们家又不是戏子，宫里也不是戏园子！"宁和公主想板起脸训斥几句，却笑得根本板不起来。

"你说这嫡庶，是想说皇家公主也分品级吧？就是有的地位高一些，有的略低一些？"文顺之好脾气地看着黑马，问道。

"对对对，就是这个意思，那皇后生的，肯定最高，最最高那个！"黑马赶紧点头。

"那可不一定。"宁和公主一边笑一边接了一句。

"确实不一定，这里头就复杂了，咱们不细说，只说这高低。这是要看封号的，比如本朝皇子，最尊贵的封号就是秦。秦王爷是长子，又德行出众，为人子表率，就被封了秦王。公主也是，秦国公主，就是诸公主中地位最高的那个。现如今的宫里只有宁和公主一位公主，宁和公主其实还有个封号，就是秦国公主。因为'宁和'这两个字是先章皇后选给公主的，皇上敬重先章皇后，宁和公主思母之恩，所以就一直用着'宁和'这个号。除了封号，还有很多讲究，那就过于复杂了。"文顺之看着黑马，耐心仔细地解释着。

黑马听得似懂非懂。

"梨园戏班，断不许有僭越之处。戏中称呼，诸如父皇母后、爱卿爱妃，只在戏中。就是衣饰也全不相同。有几样颜色是钦定的梨园服色。我们这样的人家，都是回避不用的。"沈明青看着黑马，微笑道。

黑马看着沈明青，不停地点头。可他还是似懂非懂。

"那戏中跑马行船，不过是个意思而已，听戏何至于听到如此？云灿这些话，真论起来，可是大罪。"沈明青看向李桑柔，又转向顾晞。

"就是啊，唱戏就是做假，你怎么当真了？还敢这么胡说八道！"宁和公主又笑起来。

"乡下人哪里知道这些，那戏台上扮出来的，哪是真，哪是假，更是分不出来。乡下人觉得皇上是天下最有福气的人。这个最有福气，也不过就是一天一顿肉。黑马爱听戏，也爱唱几嗓子。让黑马给公主和大娘子唱一出赔个礼？"李桑柔笑眯眯地道。

黑马一蹿而起，黑脸放红光，屏着气，见宁和公主点了头，立刻踢了一脚金毛。金毛赶紧站到黑马后面，摆出架势，准备给他打下手。

"老大，唱哪出？"黑马用力咳了好几声，理顺了嗓子，看着李桑柔问道。

"你最喜欢的那出，'关公辞曹'。"李桑柔笑眯眯道。

"咳！"黑马再清了回嗓子，踢了脚金毛。金毛立刻挥着手："当当当，当

当当，当当，当当当！"

黑马猛一声吼："曹孟德在马上一声大叫，关二弟听我说你且慢逃。在许都我待你哪点儿不好，顿顿饭包饺子又炸油条。你曹大嫂亲自下厨烧锅燎灶，大冷天只忙得热汗不消。白面馍夹腊肉你吃腻了，又给你蒸一锅马齿菜包。搬蒜臼还把蒜汁捣，萝卜丝拌香油调了一瓢。"

黑马气势如虹地唱完，舔了舔嘴，也不知道是馋的还是得意的。

一圈儿的人，目瞪口呆地看着黑马，只有李桑柔笑眯眯地喝着茶。大常一脸淡定，金毛和黑马一样，得意扬扬，只等喝彩。

"这个曹孟德，是那个曹孟德？"潘定邦不敢置信地问道。

"嗯！"李桑柔极其肯定地应道。

潘定邦圆瞪着两只眼，片刻，哈哈大笑，一边笑，一边用力拍着田十一郎："你曹大嫂烧火燎灶，曹大嫂！曹丞相夫人！曹大嫂！哈哈哈哈！烧锅燎灶！还热汗不消！哈哈哈哈！"

田十一笑得捧着肚子，潘定邦拍着他的肩膀，他拍着潘定邦的大腿："还捣蒜汁儿呢！啊哈哈哈哈！捣蒜汁儿！"

宁和公主也反应过来了，两只眼睛瞪得不能再大了："曹丞相夫人烧锅燎灶？那丫头呢？婆子呢？下人呢？"

"还有一段呢，黑马，唱给他们听听，就是东宫娘娘那个。"李桑柔瞄着目瞪口呆的宁和公主和沈明青，接着吩咐黑马。

"好嘞！"黑马一声脆应。这回不用他踢，金毛立刻"咚锵咚锵咚咚锵"。

"听说那皇上要出京，忙坏了东宫和西宫，东宫娘娘烙大饼，西宫娘娘剥大葱。"

黑马那长长的"嗯嗯嗯"还没嗯完，亭子里已经爆笑成一团。

宁和公主笑得声音都变了，脱力软倒在椅子里，笑得哎哟哎哟。

李桑柔抿着茶，笑眯眯地看着笑得声音都变了的众人。

黑马得意扬扬地四下拱手："见笑！见笑！"金毛一脸荣光，大常照样淡定喝茶。

顾晞笑得眼泪都出来了："这是哪儿来的？是你编的？也就你了！"

"前一个是一出大戏，叫'关公辞曹'。前年吧，有个戏班子，说是颖昌府的，到江都城唱戏，这出戏唱得最好，场场爆满，人人叫好。黑马唱的这一段，大家最爱听，一边听一边流口水。唱得确实好，你说是不是？"李桑柔看了眼沈明青。

229

"我们刚接下夜香行，打算自己沤粪，想请一位沤粪的老把式过来，我跟他说，让他天天有肉吃。他嗤之以鼻，说我哄鬼呢！哪有人能天天吃肉！一听就是假的！后来大常跟他说，一天给他烙两张白面油饼，再捣一碗蒜汁儿，点几滴香油，他立刻就答应了。"

"受教了。"沈明青敛眉垂眼，冲李桑柔屈了屈膝。

"夜香行是什么？"宁和公主站起来，坐到黑马和金毛旁边，兴致盎然地问道。她觉得黑马和金毛两个人，实在是太有意思了！

"你，不是，是您，您不知道夜香行？夜香行你都不知道？那你家，不是，你们宫，不是，您！您！您们宫里！那夜香倒哪儿啊？"黑马稀奇了。

"你别计较您啊你的，我不计较这个，我们宫里……"宁和公主卡住了，"什么是夜香？"

"文先生，你最好看着点儿。"李桑柔看了一圈，一脸为难地示意文诚。

文诚扫了一眼顾晞，"嗯"了一声，站起来，在金毛旁边坐下。黑马和金毛两个人可压根儿不知道什么该说，什么不该说。一圈儿人，确实是他看着最合适，别人，他都不放心。

"刚才的话，是我无知了。"沈明青坐到李桑柔旁边，微笑道。

"嗯？刚才什么话？"李桑柔没反应过来。

沈明青挑眉看着李桑柔："说戏中跑马行船，不过是个意思。"

"噢，你说得挺好，这句怎么了？"李桑柔认真问道。

沈明青哭笑不得："李姑娘真是……"

"你当时有所指？"李桑柔笑起来，"我真没留意。我们这样的人，像黑马和金毛这样的，都是极精明的了。我们平时说话，没有谁会话里有话地说话。就算说了，也是抛媚眼给瞎子看，没人听得出来。我习惯了，听人说话，都是就话论话。"

"倒是爽利。"沈明青沉默片刻，有几分感慨道。

"市井小民，光是吃饱穿暖就已累得筋疲力尽，哪还有工夫去想怎么说话。像大娘子这样的，又苦于怎么说才好，各有各的难处吧。"李桑柔看着沈明青笑道。

"受教了。"沈明青再次颔首。

"大娘子不要这样，您这么客气，咱们就没法说话了。"李桑柔忙拱手还礼。

"确实是受教了。"沈明青笑起来，"那我也学着大当家的，直来直去。听说大当家的功夫极好？"

"我们那些打群架的本事，配不上'功夫'两个字，否则，像世子这样真正的功夫高手，岂不是要委屈死了？"李桑柔示意和文顺之站在一起赏景的顾晞。

"说我什么呢？"顾晞立刻回头接话问道。

"李大当家的说你是真正的功夫高手。"沈明青忙笑道。

"那是李姑娘夸奖了。"顾晞往李桑柔和沈明青这边过来，刚要接着说话，旁边宁和公主一边笑一边叫起来："你肯定是哄我呢！大江里怎么能空手捉到鱼？"

"这个是真的，我亲眼看到他捉了一条又一条。"顾晞接话笑道。

"看看！世子爷真英明！英明神武！"黑马得意地叫了一声，冲顾晞竖着大拇指。

顾晞被黑马一句"英明神武"夸得哭笑不得。宁和公主笑得直不起腰，文诚一边笑一边摇头。李桑柔斜瞥着文诚，看着他又笑起来，再次看向宁和公主。

她瞄了他半天了，看着他不停地笑，一笑起来，必定先瞥向宁和公主。这一眼一眼瞥得她简直想吹一声口哨。那什么心理行为学上说，人笑起来的时候，下意识看向的那个人，十有八九是他心头爱啊！他这是自己还没意识到，还是知道了也只能一层层掩起来？

一趟登高之行，宁和公主笑得真有点儿肚子疼了。顾晞极其满意，李桑柔心情愉快，黑马志得意满，荣光无限。不算头抵头嘀咕了差不多一天的潘定邦和田十一，其余诸人，皆大欢喜。

隔了两三天，一大早，李桑柔拿了两份小报，先抖开那份《新闻朝报》，头一眼，就看到大字当头的一行标题：御史台上了三份折子，弹劾兵部失职，顺风速递图谋不轨。

李桑柔愉快地吹了声口哨。她等这份折子，等了一两个月了。

她原本以为，她这间速递铺开出来，十天八天，就该有弹劾折子了，谁知道竟然一等就等了一两个月。她正纳闷呢，现在总算是来了。

李桑柔仔仔细细地看完了那篇文章，再翻完小报，合上发了一会儿呆。

这折子是昨天刚递上去的，这会儿，潘定邦最多知道有这么一份折子递上去了，嗯，明天再去找他说话。

这几份弹劾兵部和顺风速递铺的折子被皇上发给了秦王和几位相公处理，

231

没能上得了御前的廷议。

廷议结束出来，顾瑾直接去了中书省，在伍相那间小屋外间接着议事，很快就议到了那份折子。

"庞枢密先说说吧。"伍相看向庞枢密。因为折子弹劾的是兵部，兵部谈尚书就不好在场了。这事，就得庞枢密说说了。

庞枢密看向顾瑾。

"这事世子最清楚，你说说吧。"顾瑾示意大马金刀坐在椅子上的顾晞。

"帝国邮驿，年年议论，年年担忧，大哥因为这邮驿的事愁得夜不能寐。我一直留心着，看看有没有什么办法能解开这个困局。这家顺风速递铺现用的骑手、马夫，是致和亲自挑出来的，都是从军中退下来的军户。要说顺风速递图谋不轨……"顾晞拖着声音。

"这一条不必理会。"伍相干脆地接话道，"御史台为了引人注目，常常用这种耸人听闻的字眼，这是惯例了。"

"嗯，顺风速递往无为府等四州递送信件，到今天已经两个半月了，不知道诸位用这顺风速递递过信没有，和咱们的邮驿比起来，如何？"顾晞环视着众人，问道。

"顺风速递的本钱？"潘相看着顾晞问道。

"李大掌柜自己的本钱，我只是紧盯着，以免真有什么图谋不轨。"顾晞干脆地答道。

"顺风速递这事，从八月里开出来，我就一直让人看着、打听着，确实一直非常稳妥。顺风速递这价钱不说，快捷是极其快捷，我觉得这是好事。只是，"伍相话锋一转，"邮驿这事一直是军务，虽说没有明令禁止，可从来没有过民间商号像这样做邮驿生意。现在顺风速递开出来，听说还挺赚钱，必定有其他商号想跟进去做这桩生意，分这杯羹，许还是不许，要先有个说法，才好往下议。"

伍相看向顾瑾。

"我觉得可以许他们进来，一家独大不是好事。"顾瑾的表态直接明了。

"我也是这个意思。"潘相点头。杜相和庞枢密跟着点头。这是明摆着的，要么查封顺风速递，要么就得许可别的商号。顺风速递的开立对帝国的邮驿确实是一股清风，有益无害的事不宜查封，那就只能许可其他商户了。

"那就议一议，这个许可，该怎么许可。头一条，朝廷每年花在驿路上的银子大几十万两，这路，不能白给他们用。"伍相见大家统一了意见，接着道。

"买路钱一定要有！"顾晞干脆直接表态。这个钱，李姑娘早就留出来了。

伍相暗暗松了口气，露出笑容："第一，该交多少；第二，邮驿毕竟是军务，不能全由着他们，得有个章程限制，以免不利于国；第三，我的意思是也不宜让他们想怎么样就怎么样，若是速递的商号太多，驿路过于拥挤，只怕要误了正事军务。这些，要不让枢密院和兵部先定个章程出来？"

伍相看向顾瑾。

顾瑾笑着点头："我也是这个意思。至于该交多少养路钱，你把顺风速递这两个月的账拿给庞枢密瞧瞧，不可太少，也不能太多了，要让他们有利可图才行。"顾瑾看着顾晞道。

"好！"顾晞爽快答应。

隔天下午，李桑柔拎着一包梨肉条进了工部。

潘定邦看着李桑柔摊开那包梨条，用手指拨了拨："我不爱吃这个。"

"不是给你吃的。回回到你这里都是干喝茶，喝得一嘴茶味儿，我只好自己带点儿吃的。"李桑柔一边说着，一边倒了杯茶过来，坐下来捏了根梨条。

"那你早说啊，明天我拿些茶点过来。你喜欢吃什么？就是这梨条？"潘定邦伸头看了看，伸手捏起一根。

"什么都喜欢吃，秋天的梨条、银杏、栗子，冬天的法姜、酸枣糕，春天的桃干、杏干、李子露，夏天的红菱鸡头、冰雪凉水、荔枝膏，什么都吃。"李桑柔说得飞快。

"哎哟，你可真挺会吃！"潘定邦冲李桑柔竖起大拇指。

"一般，一般。"李桑柔又捏了根梨条，"我今天找你，有正经事。"

潘定邦笑出了声："那你从前找我都是不正经的事？"一句话没说完，潘定邦就被自己逗得笑个不停。

李桑柔嘴撇成了八字，用眼角瞥着潘定邦，一脸鄙夷："你敢跟谁不正经？"

"唉，你看你，就是句玩笑。你说你的正经事。"潘定邦不笑了，哎了几声，咬着梨条，示意李桑柔。

"我被人弹劾了，你听说没有？"李桑柔紧拧着眉。

"当然听说了！那折子刚递上去我就知道了。那折子不是弹劾，你又不是官身，'弹劾'这俩字用不到你身上。这事跟你没关系。"潘定邦挥着手。

"怎么跟我没关系？那折子我看了，上面说顺风速递图谋不轨，这是要杀头的！"李桑柔上身前倾，一脸严肃。

"什么不轨？不轨个屁！那天我看到这折子也吓了一跳，当天回去就想着找个什么借口问问我三哥。我三哥不是在翰林院嘛，就是管来回递送折子什么的，这事他肯定知道。我三哥是个聪明人，看折子看得太多了，一看就知道轻重。这次，我三哥倒是爽快了一回，我一问他就说了。我三哥说，这折子没什么，肯定是有人看你赚钱眼红了，找了几个御史上了那几份折子，不是为了弹劾谁，而是为了把你这生意，就是邮驿军务这事公然挑明了，让朝廷表个态。这钱，要赚大家一起赚。我三哥说得委婉，意思就是这么个意思。我一听，这有什么事？不就是有人要来跟你抢生意？你还能怕人抢生意？！"潘定邦拍着椅子扶手，底气十足。

"还是有点儿怕的。"李桑柔松了口气，往后靠进椅子背里，"这两个月，我是赚了点儿，也就一点儿。当初，我把这价定得太低了，利薄得很。送信这事，你也知道，一趟送一千封信跟一百封信，跟十封信都是一趟，这本钱没什么分别，可一趟送一千封和送十封信这进账可就差大了。现在嘛，满天下就我这一家，生意都在我这里，要是再开出一家两家，三家五家，信就那么点儿，不可能全送到我这里，再怎么总要分一些出去，只要分点儿出去，我就亏了。"李桑柔叹气。

"那你那小报生意呢？听说你那些骑手都带两匹驮马了！"潘定邦瞪眼道。

"那小报生意我能做，别人就不能做？跟这信一样的理儿啊。我一家做，赚钱，几家一分，哪还有钱？"李桑柔斜瞥着潘定邦，一脸瞧不上。

"也是，我没想到这个。那怎么办？我在我阿爹面前说不上话，在我三哥面前也说不上话。要不，你去找找世子爷？他权大，让他给大爷说一说，大爷权更大。干脆些，这生意，就许你一家做！"潘定邦说到最后，拍着桌子，一脸愉快。

"呵呵！"李桑柔响亮地呵呵了两声，"你觉得，我在世子面前有这么大的面子吗？那位大爷，能答应这样的说项？换了你阿爹，你阿爹能答应吗？"

"我阿爹肯定不能答应，还真是，那怎么办？"潘定邦发愁了。

"不怕！我要是不赚钱，别家就能赚钱了？他们一样不赚钱！要亏大家一起亏。我本钱小，大常、黑马他们不用给工钱。实在不行，我就把骑手全辞了，让大常他们跑马送信。他们怎么办？也能这样吗？哼，非熬死他们不可！"李桑柔错牙道。

潘定邦瞪着李桑柔，片刻，哈哈大笑，一边笑一边拍着桌子："对对对！

234

熬死他们！哈哈哈，这法子好！熬死他们！"

李桑柔不再提折子的事，和潘定邦东扯西拉，看着天色不早了，起身告辞。

潘定邦将她送到门口，一拍头："对了，有件事，不知道你能不能……"潘定邦看着李桑柔，搓着手指。

"借钱？"李桑柔看着潘定邦不停地搓着的手指。

"借什么钱哪！我虽然月钱不多，但也用不着借钱。是十一郎的事，不知道你能不能……"潘定邦又搓起了手指，他没想好怎么说。

"十一郎要借钱？"李桑柔表示她明白了。

"不是！"潘定邦失笑出声，"不是钱！你看你这生意做的，满心眼里全是钱了。这事，我先跟你说说。就是上个月中，我跟十一郎去逛东十字大街那边的鬼市，碰到了一位小姐，叫竹韵，十一郎一眼就看中了。他这个人就是这样，一眼瞥上，就能看中！他既然看上了，我就陪着他，一路跟到了竹韵家里。她家离鬼市不远，就在小甜水巷里。头一趟，喝了半天茶，说得挺好，眼看就能得手，可天太晚了，我跟十一郎都是要当差的，不能太晚。"

李桑柔撇着嘴，不能太晚，不是因为当差，是因为家有河东狮吧。

"隔了两天，我陪着十一郎又去了。竹韵是不错，柔婉可人，你说什么她信什么，十一郎是真喜欢。可到现在，小半个月了吧，就是不能得手。不过，这也不能怪竹韵，竹韵那个妈妈，实在可恶。竹韵偷偷跟十一郎哭过好些回了，说妈妈天天折磨她，求着十一郎把她赎出来，把身契赏给她，她拿着身契，再找一家花楼依附，以后这日子就好过了。这挺好是不是？可她那个妈妈实在可恶，一口咬死五千两，少一个大钱都不行。"

"五千两不多啊，给她就是了。"李桑柔极其不负责任地挥手道。

"不少！五千两！十一郎没有这些银子，我也没有！"潘定邦不满地斜着李桑柔。

"那还是借钱？"李桑柔再问。

"不是！不借钱，借了还不上。再说，要是让家里知道我俩在外头借钱，那就没活路了！不是借钱！就是，你看，那个，你能不能想想办法，你是大当家的，是帮主，你们混江湖的……"潘定邦又搓起了手指。

"噢！你早说啊！行，我先去看看，叫竹韵是吧？看看她跟她妈妈到底是怎么回事。"李桑柔挥着手，爽快答应。

"哎哟！你真是太仗义了！就在小甜水巷，第三家，门头上挂着的灯笼上画着一丛墨竹，雅致得很。"潘定邦眉开眼笑。

"我知道了，明后天得了空儿，我就去看看。"李桑柔冲潘定邦挥了挥手，出门走了。

速递铺的事，旨意出来得很快。

那份旨意挺长，从黄帝说起，先论证了家信的源远流长，再旁征博引，列举了几个做出大事的信客，说明信客这事由来已久。最后总算说到正事，顺风速递铺为众人递送家信，解父母家人之悬思，善莫大焉。

李桑柔看到善莫大焉，长长吐了一口气，废话终于说完了。

后面只有几行了，总结起来，就是总号得在建乐城；要跑哪个州，走哪条路，得先到兵部报备；为免过于侵占驿路，来往每个州的速递铺不许超过三家。还有就是，每三百里，每个月要交一百两银子的驿路损坏钱。

李桑柔将"善莫大焉"之后的几行细看了两遍，长长吁了口气。

"都说了啥？"蹲在李桑柔右边的黑马伸头看了半天，没看懂。

"咱们现在是奉旨送信了，从下个月起，咱们要往兵部交银子，每三百里，一个月一百两。"李桑柔声调愉快。这个买路钱很合适，不多不少，完全符合她的预期。

"大常呢，你现在就去一趟兵部，说你是顺风速递铺的，去报备线路，就是咱们现做的这四州。"李桑柔吩咐大常。

"好。"大常站起来往东华门去了。

第十四章　坑已挖好

"咱们去一趟小甜水巷。"李桑柔将那卷旨意抄本放到铺子里，出来示意黑马和金毛。

小甜水巷离他们铺子不算远，三个人一边走一边逛。离小甜水巷还有一射之地，李桑柔示意两人："分开走。"

李桑柔脚步不变，黑马和金毛一左一右，放慢脚步，仔细打量起了街两边的铺子。

看着李桑柔走了二三十步，黑马往前跟上，等李桑柔拐进了小甜水巷，金毛也跟了上去。

往小甜水巷里走了没多远，李桑柔就看到了潘定邦说的那只清雅的灯笼。

走到灯笼下，李桑柔抬头，仔仔细细地看着灯笼上的那丛墨竹。

这哪是什么墨竹，明明是大红的！

嗯，灯笼亮起来的时候就看不出红，成了墨竹了，就雅起来了。

李桑柔掀帘进去。

刚刚午后，这间小花楼里还一片安静，帮闲正哼着小调给几盆兰草浇水。

听到动静，帮闲抬头看到李桑柔，嘿了一声，放下水壶，胳膊微张，一副往外赶的样子。

"这位姑娘，你知道这是什么地方吗？这可不是……"

不等他把话说完，李桑柔摸出一小块碎银子，抛起再接住，扔给了帮闲。

"这位姑奶奶！"帮闲一把接住碎银子，顿时从里往外笑出来，"姑奶奶，您贵脚踏贱地，姑奶奶您这是要……"

"听说你家小姐小曲儿唱得不错，过来听听。"李桑柔背着手，径直往里。

"小翠！快去告诉妈妈，有贵人要听小曲儿！"帮闲扬声喊了句，几步绕到李桑柔前面，点头哈腰，带着李桑柔进了里面一间厅堂。

"姑奶奶，您先请坐，妈妈这就来！这会儿有点儿早，还请姑奶奶见谅。"帮闲一句一哈腰，让着李桑柔坐下。

李桑柔坐在正中，屈一条腿，脚踏在椅面上，转着头，细细打量这间厅堂。

纱帘挂得到处都是，上面绣满了梅兰竹菊、山水流云，看样子是把所有清雅的东西都绣上了。角角落落全是满的，摆着一盆盆的兰草，靠着墙角有一大盆紫竹，不管是兰草还是紫竹，都茂盛到密密麻麻。

整间厅堂，看得李桑柔有点儿为难。唉，为了清雅，努力到努尽了吃奶的劲儿，这让李桑柔不知道是该多看几眼，还是少看几眼。多看有点儿残忍，少看吧，人家都这么努力了。

"这位……"妈妈人没到，声音先进来，不过只喊出两个字，就卡住了，回头训斥帮闲，"你昏头了，这是……"

"这是姑奶奶，要听小曲儿。姑奶奶，您说是吧。"帮闲赶紧接话。

"嗯。"李桑柔应了一声，从袖筒里摸出有二两的一块银子，啪地拍到了桌子上。

"您瞧！您瞧见了吧！这是位姑奶奶！"帮闲的声音立刻扬了上去。

"还真是，姑奶奶，您要听什么曲儿？"妈妈一个箭步，上前抓住银子，笑得见牙不见眼。

"有个叫……"李桑柔手指敲着太阳穴，"什么的来？你们家有几位小姐？你说说名儿，我只要听到，就知道是哪个！"

"我家有四位小姐呢，个个花容月貌，一副好嗓子！"妈妈一边说话，一边从帮闲手里接过茶，捧到李桑柔面前，"春艳，夏媚，秋丽，冬娇。"

"不是！"李桑柔坚定摇头，"肯定不是春夏秋冬，看来我找错地方了。"李桑柔说着，撑着椅子扶手就要站起来。

"只怕是竹韵姑娘！"帮闲赶紧接腔。

"对对对！就是这个名儿！说她小曲儿唱得最好，那什么幽思十八转。把她叫出来。"李桑柔拍着椅子扶手叫道。

"竹韵姑娘她……"妈妈看起来有点儿急了，一句话没说完，被外面一声吼叫打断："有人没人哪？"

"来了，来了！"帮闲赶紧往外跑。

"竹韵小姐怎么啦？病了？"李桑柔看着妈妈，笑眯眯地问道。

"那倒不是。"妈妈赔着一脸干笑，"竹韵姑娘这几天有点儿累着了，您……"妈妈话没说完，瞄着李桑柔拍在高几上的银票子，顿时打心底笑出来，"哎哟姑奶奶，您是真贵人！"

妈妈瞄着银票上的数字，伸手去拉，却没拉动。

李桑柔按着银票，看着妈妈笑道："这是听曲儿的钱。"

"姑奶奶，您等一等！"妈妈每一个字里都透着笑，走出去两步，一个转身，"瞧我这糊涂劲儿，要不，请姑奶奶移步，咱们到竹韵姑娘屋里听曲儿，竹韵姑娘屋里可比这儿清雅。"

"嗯。"李桑柔站起来，手里捏着那张银票，眼角瞄见黑马跟着帮闲进来，她跟着妈妈往里进去。

出了厅堂，转了三四个弯，进了一幢小小的两层楼。

李桑柔站在楼门口往厅堂看。从这楼门口到厅堂，也不过十来步，硬生生拗出来三四个弯，堆了两座假山，可真是正宗的螺蛳壳里做道场。看起来，这间小花楼，虽然挤进了这条小甜水巷，但也就是刚刚挤进来而已。

"妈妈！"从楼上下来的小丫头蹙眉看着妈妈，声调中透着不满。

在小丫头说出别的话之前，妈妈一个箭步冲到小丫头旁边，俯耳低低说了几句："快去！跟竹韵姑娘说，姑奶奶要听她唱小曲儿，这可耽误不得。"

小丫头蹙起的眉头舒展开，看了李桑柔两三眼，脆脆答应一声，提着裙子小跑上楼。

"姑奶奶见谅，我们竹韵姑娘这一阵子确实劳累着了，也就是姑奶奶这样的贵人，我们竹韵姑娘就算累着了，也不敢拂了姑奶奶的意。"妈妈连说带笑。

"嗯。"李桑柔似是而非地答了一声，转头打量四周。这间小楼是真小，不过确实挺清雅，是真清雅。

小丫头上去下来得极快："这位姑奶奶，我们小姐请您上去。"

李桑柔抬脚上楼，妈妈站在楼下，仰着头喊："好好侍候姑奶奶！"

竹韵迎在门口，看到李桑柔，惊讶得没能掩饰住。

李桑柔站在她面前两步，仔细打量她：确实挺柔婉，娇娇怯怯的。

李桑柔擦过竹韵，进了屋，站在屋子中间，转圈看了一遍，坐到看起来最舒服的那张美人榻上。

"我这里，头一回招待姑娘这样的贵人。"竹韵紧跟进来，看着自自在在坐在榻上的李桑柔，不知道想到了什么，看起来很不自在。

"是头一回招待女人吧。"李桑柔从塌几上拿过装着各样蜜饯果子的盒子，挑了只金丝梅扔进嘴里。"你放心，我只爱听小曲儿，别的，没兴趣。给你家小姐把那把琵琶拿过来，唱那什么来着？就是你唱的最出名的那支曲子。"李桑柔点着墙上的那把琵琶道。

竹韵明显松了口气，从小丫头手里接过琵琶，调了调弦，试了两个音，弹拨起来。

李桑柔往后靠在厚软的靠垫里，眯着眼，手指点着拍子，看起来听得十分投入。

一曲终了，李桑柔站起来，长长吐了口气："果然不错，好听！"说着，将那张一百两的银票拍到桌子上，站起来往外走。

小丫头一溜小跑送到楼下，看着李桑柔背着手，头也不回地走了，嘀咕了一句："真是什么人都有！"

李桑柔径直回了炒米巷，刚进院子，黑马和金毛前后脚也回来了。

李桑柔坐到廊下，打火镰子点着引火绒，再压上碎木柴点明炭。金毛从屋里拎了一袋子明炭出来，拿火钳夹进炭盆。黑马去厨房捅开火烧水，准备沏茶。

炭盆很快就烧得一盆红旺。黑马沏了一大壶茶拎过来，三个人一人一杯。

"怎么样？"李桑柔先问黑马。

"一间小花楼，总共才四个小姐，大的十七岁，小的那个才十四岁，说姐姐和妈妈都待她们挺好。我往衣领、袖子里瞧了，细皮嫩肉的，没挨打。"黑马的总结简明扼要。

"姐姐是谁？"李桑柔问。

"说是竹韵姐姐。"黑马看着李桑柔脸上的笑，"老大去听竹韵唱小曲儿了？她们那地方太小，里面唱曲儿，外面听得一清二楚。"

"嗯，你那边呢？"李桑柔看向金毛。

"说是从前在宜男桥那边，去年才搬到小甜水巷的，说是她们搭上贵人了，刚搭上的，好像还没得手。"金毛没进去，在外面打听了一圈儿。

"差不多了。"李桑柔愉快地喝了杯中茶，"黑马去把那只瓦罐洗洗，晚上咱们炖红烧肉。"

"好！"黑马一跃而起，奔着厨房直冲进去。

"我去剥葱洗肉！"金毛也一步两跳冲向厨房。老大炖的瓦罐红烧肉，天下第一！

李桑柔站起来，从酒坛子里舀了一斤多玉魄酒出来，拎进厨房，将五花肉切成大块，瓦罐底上码上两层大葱，放上姜片，一层层码上五花肉，倒了一碗酱油，一碗冰糖，再将一斤多玉魄酒倒进去，细布打湿蒙好瓦罐口，盖严，放到似明似暗的炭火上。

李桑柔焖好五花肉，刚要洗手，如意的声音从院门外传进来。

"我去！我去！"黑马跑得飞快。

李桑柔手还没洗好，如意就跟着黑马进来了。

"我们世子爷说，要是李姑娘得空儿，世子爷请李姑娘到宜城楼吃饭。"如意见了礼，直接说正事。

"好。"李桑柔虽然很想叹气，但还是爽快答应。那份圣旨今天刚颁出来，他今天不找她，明后天，她也要去找他，或是文先生。

"炖到大常回来就差不多好了。"李桑柔和黑马交代了一句，拿了鼠皮长袄，和如意一起出门，往宜城楼去。

宜城楼也十分宽敞，顾晞定下的那间雅间，四下一片安静。

顾晞正站在院子里一棵浓艳的红梅树下，见李桑柔进来，笑着示意她："梅花已经开了。"

"真好看。"李桑柔仰头看着那一树梅花，真的非常好看。

"春色入芳梢，点缀万枝红玉。"顾晞深吸了口清冽幽香，"据说这首词就是为这株红梅而写，确实贴切。"

"嗯，写得真好。"李桑柔点头。

顾晞噗地笑起来："算了，咱们不说红梅了。宜城楼的八宝鸭子名气很大，一会儿咱们尝尝，还有这茶，就是用这红梅窨的，你尝尝。他家用鲜枣泡的酒也很不错。"

"先尝尝酒吧。"李桑柔愉快地笑道。她最不喜欢窨的茶，茶香已经足够了，不管用什么窨，都是多余。酒就不一样了，她喜欢喝青梅酒、樱桃酒、鲜枣酒，等酒。

桌子上已经摆好了凉碟，如意斟了酒，垂手退到门口。

"你让大常去兵部报备线路，怎么只报了往无为的这一条线？旨意你看过了吧？怎么不多报儿条？"看着李桑柔抿了半杯酒，顾晞说起了正事。

"除了我，还有别家去报线路吗？"李桑柔没答顾晞的问话，反问了一句。

"嗯，还有两家。无为府这条线，其他两家都报了，已经报满了三家。"顾晞脸色不怎么好看。

"第一，报了线路就要按月交银子，我本钱有限，做不了花钱占线路这种大手笔的事；第二，现在已经有两家了，谁知道后面还有多少家，得看看这两家和其他家会怎么做，做成什么样，得等看清楚再说。"李桑柔说着话，就喝完了半杯酒，自己又倒了一杯。

"一条线路只限三家，万一……"顾晞皱着眉，"银子我有点儿，要不……"

"不用。"李桑柔打断了顾晞的话，"先看看再说。经商如打战，打仗最忌两眼一抹黑对不对？这酒不错，这是我第二回喝枣酒，上一回喝的后味儿有点儿苦，这个好，后味儿清甜。"

"好吧，我不多问了。大哥说不用担心你。我是怕你性子太强，吃了亏。"顾晞端起杯子。

"放心，坑都挖好了。"李桑柔一口一口喝着酒。

"什么？"顾晞觉得自己听错了。

"没什么，八宝鸭子来了！"李桑柔指着一路飞奔而来的小厮。

"坑都挖好了？给那两家？你挖了什么坑？"顾晞瞪着李桑柔。

"八宝鸭子来了，先吃菜，要尊重饭菜，尊重这鸭子。"李桑柔提着筷子，等着如意把八宝鸭子端上来。

顾晞往后靠进椅子背里，斜着李桑柔。大哥让他不要担心她，还说他应该替跟进来的那几家担心。果然，她这里，坑都挖好了！

隔天午后，李桑柔拎了一包炒银杏，进了工部。

潘定邦正两只脚跷在桌子上，靠在椅子里打瞌睡。

"你昨晚干什么去了？这会儿还瞌睡。"李桑柔铺开炒银杏，倒了杯茶过来。

"也给我杯茶。"潘定邦打着哈欠，放下脚，"昨晚被十一揪着，陪他喝了半夜的酒。唉，苦啊！"

"因为竹韵？"李桑柔拽过椅子，坐到潘定邦对面。

"除了竹韵还有谁？真愁人。"潘定邦往嘴里扔了粒银杏。

李桑柔抿着茶，看着潘定邦，好一会儿，才笑道："我去看过竹韵了。"

"啊？你去看过了？怎么样，是不是很可人？很不一般是不是？我跟你说，这一回，我觉得十一郎眼力不错，这竹韵，确实跟一般的小姐不一样，不是那种庸脂俗粉！"潘定邦眼睛亮了。

李桑柔眯眼看着他，举起茶杯抿着，免得自己叹出气来。他这眼，是眼吗？

"我觉得吧……"李桑柔拖着长音。

"怎么样？"潘定邦趴在桌子上，一脸渴望地看着李桑柔。

242

"眉眼很一般啊。"李桑柔皱眉看着潘定邦。

"这你就不懂了，这个，不能看眉眼。竹韵眉眼是一般，可那股气质难得，真像一丛修竹一般。想想她妈妈那样待她，她还能从容自若，这多不简单，像不像雪压翠竹，翠竹不屈？"潘定邦时不时拍一下桌子，说得十分激动。

李桑柔一口茶差点儿喷了他一脸。

"咳！"李桑柔用力咳了几声，"你那个小舅子，有什么打算？他想要什么？"

"他不是没法子嘛，他能怎么打算？你不知道，竹韵那个妈妈有多可恶，牙口咬得死紧，五千两，半分不松。唉，竹韵姑娘可怜哪。"潘定邦拍着桌子，十分难过。

李桑柔斜着他，突然有一点儿体会到了潘相的心情：她现在很想打他！那个竹韵，明明白白是早就自己立了门户，那个妈妈是她请的，那四个小妮子是她买的，她这是明晃晃地要从这两个呆头鹅身上敲上一大笔银子！可她要是跟潘定邦说这些，潘定邦指定说她看错了，误会了可怜的竹韵小姐，回头还得把这件事告诉竹韵！

她真想打他一顿，打得他两个月下不了床！

"你小舅子跟竹韵上过床没有？"李桑柔不打算跟他多扯了，还是直截了当吧，免得她控制不住自己，把他打了。

"瞧你这话说的，你真比男人还粗野！当然没上过！要是上过了，大约能好一点儿。"潘定邦捏着下巴，一脸沉思。

"那你小舅子是想把她搞上床啊，还是打算把她搞出来当个外室？"

"外室！咳！"潘定邦吓得呛着了，"你可真敢说！你知道外室是什么？那是犯律法的，你知道吧？我跟小十一都是官身！就算不是官身，我媳妇、他媳妇都不提，这外室不外室的，我跟他要是敢有，家里能把我们打死！真打死！"

"就是搞上床就行了？"李桑柔直接二选一。

"不是，不全是，哎呀，怎么说呢，竹韵这日子过成这样，十一心里难过，我这心里也不好受。既然认识了，跟十一又有这个缘分，总归要帮一把对不对？搞上床容易，有个三五百两银子，拍到妈妈面前，竹韵不肯，妈妈得上床按着她！可这有什么意思，对不对？"潘定邦一巴掌一巴掌地拍着桌子。

"我懂了，就是第一要把竹韵解救出来；第二，床还是要上的，不过这个上床，得让竹韵感恩戴德地上！是吧？"李桑柔的总结简单明了。

"你瞧你这话说的，真粗野！唉，就是这样。"潘定邦一声长叹，"难啊！"

"这也不难。"李桑柔往后靠进椅子背里，一副大包大揽的模样，"你家小舅子这事，我既然知道了，就没有袖手旁观的理儿。你小舅子能拿出多少银子？"

"他的，加上我的私房银子，统共就两千两出头。"潘定邦竖着两根指头。

李桑柔撇着嘴，鄙夷地哂了一声："那可真不多。这样吧，余下的银子，我帮你小舅子补上，不就是三千两银子嘛，小事！"

"啊？"潘定邦瞪着李桑柔，简直不敢相信。

"不过——"李桑柔拖着长音。

潘定邦喘过来一口气。他就说，三千两银子不是小数目，她哪能说出就出了，她又不是有钱人！

"等我……"李桑柔掐着手指，"后天吧，就后天，你跟你小舅子去把竹韵救出来。"

"你真有银子？"潘定邦不敢置信地瞪着李桑柔。

"三五千两银子我还是有的。"李桑柔往嘴里扔了粒银杏。

"我跟十一哪好用你的银子……"

"别说这种见外的话！"李桑柔抬手止住潘定邦，"咱们兄弟，银子算什么！你要是跟我见外，那就是没把我当兄弟！行了，就这么说定了，后天！我让金毛把银子给你送过来！"

李桑柔从工部出来，绕到鹿家包子铺，买了三十只包子，又买了一大块驴肉，直接回了炒米巷。

天快黑时，大常三人回来了。

大常坐到李桑柔旁边，金毛和黑马直奔厨房，金毛烧水烧锅，黑马煮上一锅大米粥。

"老大，"大常紧拧着眉，"就刚刚，老张跟我说，他明儿就不过来了。我问他怎么了，他支支吾吾。黑马吓唬他，说要么说清楚，要么就揍他，打得他三五天起不了床，他就说了。他说他另找到活计了，比咱们这儿的工钱多了足足一倍。黑马还要打。我想着老大你交代过，要走随意，就和他结了工钱，让他走了。他走之后，老黄过来跟我说闲话，说是另有家速递铺子，这两天就要开张了，说是铺子在马行街上，梁家珠子行隔壁。他说他去看过一趟，那门脸，又大又阔气。听老黄那意思，羡慕得很呢，可人家嫌弃他腿瘸年纪大。"

"嗯，明儿让金毛出去散散话，就说老黄才是咱们这儿管事的，他既然羡

244

慕，就给他个机会。"李桑柔浑不在意道。

"老大，真没事？"大常看起来很忧虑。

"有什么事？他铺子都开到马行街上了，还能有什么事？要有事，也是好事。"李桑柔看起来十分愉快。

"老大是说，他们铺子开在马行街上，本钱高吗？"大常拧着眉问道。

"嗯！咱们挑的无为府这条线，不说是整个北齐最挣钱的一条线，也差不多。到现在，咱们做了两个月了，开门就大红，咱们四个人一分钱工钱没拿，什么都是便宜的，整条线的生意全是咱们家的，你说说，咱们才挣了多少钱？现在呢？第一，要交买路钱，听说他们一口气报了七八条线路，四面八方全有了。报了线路，就要交现银，这钱可是每个月都得交！第二，马行街的铺子多少钱一间？还在梁家珠子行隔壁，最好的地段了，门脸又大又阔气，光那铺子钱，没个十万八万就下不来。嘿，越阔气越好，我就怕他不阔气！第三，他肯定不止挖了老张，其余的人，骑手、马夫，还有咱们在四州的递铺里，肯定也要去挖人。老张翻倍，别人也差不多吧，这一块儿，又比咱们多了一倍。还有他家掌柜、管事，也能像咱们这样不拿工钱吗？第四，由着他们抢，他们能从咱们家抢走多少生意？算他一半吧，进账只有一半，支出却要多好几倍，他能挣钱？"

大常听得眉头舒展。

"他们挖多少人，咱们就给多少，欢送！让他们好好儿地把生意做起来，让他们赶紧把摊子都铺出来。不好好铺开摊，怎么亏钱？不亏死个三家五家，他们怎么知道喇叭是铜锅还是铁？"李桑柔眯着眼晃着脚，十分愉快。

大常一脸笑："我知道了。"要论坑人，还是老大厉害。

"从明儿起，骑手们回来，就跟他们说，要是外头有工钱更高的，随他们走。挡人财路如杀父，杀父这事咱们不能干。再让他们捎信给各个递铺，想走就走。"李桑柔晃着脚，接着吩咐道。

"好！"大常愉快地答应，"我去炒个菜。老大喝点儿酒不？"

"拎一坛子过来，那包子别馏，让黑马烤一烤，皮儿烤得焦黄最好吃。"

四个人吃了饭，李桑柔吩咐金毛："你去一趟睿亲王府，找文先生，跟他说，咱们那铺子走了个人，得再补一个，问他有没有合适的人荐过来。"

"好。"金毛站起来就往外走。

"对了，老大，"黑马挪了挪，先给他们老大把酒倒上，"我今天去跟老董对前一天的账，进门的时候，老董忙得一头热汗。我问他忙什么，他支支吾吾不肯说。对好账，我就没急着走，出去晃了一圈再回去，老董走了，我就和几个伙计闲扯了一会儿。那伙计说，他们忙成那样，是又有大生意了。他们的朝报得多印出来很多，印铺里版盒不够，活字也不够，人手也不够，说他们掌柜急得火气都冲上来了。他们这是什么大生意？肯定不是咱们家的。咱们家的生意，他们添过一回版盒和人手了。"

大常忙看向李桑柔。

李桑柔笑得眼睛弯弯，喝了一大口酒，挥着手道："生意越大越好！"

黑马瞪着李桑柔，连眨了几下眼，凑到大常面前："老大这是啥意思？"

"老大的意思就是生意越大越好！"大常闷声答了句。

"你这不是废话嘛。"黑马横了大常一眼，大口喝酒。看样子不是他该知道的。

"上次去的那家花楼，你明儿再去一趟，先去赁一身好衣服，再赁俩傻小厮。让大常给你拿三百两银子。"李桑柔吩咐黑马，"你扮个钱多人傻的，这个你最拿手。想办法见到竹韵，然后一眼看中，非她不可，要死要活那种。再跟竹韵说，你要在建乐城待半年，要买她出去，陪你半年。为什么只陪半年不带回家，你自己随便编。第一，要装得足够有钱，足够傻；第二，迷竹韵迷到她看你一眼，你就五迷三道了。还有，这半年，她要多少银子你都答应。"

黑马连连点头，这事容易，他擅长！

"衣服别赁一天，赁半天就够用，小厮也是，半天半天赁，都是贵东西。"大常嘱咐了一句。

隔了一天，李桑柔让金毛往工部走了一趟，给潘定邦送去了三张一千两的银票。

第二天一大早，潘定邦就找到顺风速递铺里了。

李桑柔正坐在她那块菜地旁，嗑着瓜子看大常堆肥。

"咦，你怎么这副样子？你小舅子称心如意，把你扔出墙了？"李桑柔看着潘定邦，一脸惊讶。

"称什么心哪！"潘定邦浑身上下就是"晦气"两个字，"昨儿晚上，我跟十一郎到了竹楼，一句话还没说完，妈妈就说晚了，说有位豪客也看中竹韵了，愿意出七千两银子替竹韵赎身。唉，竹韵哭得什么似的，说那客人粗俗丑陋，浑身汗味儿，她昨天哭得一夜没睡，唉！"

潘定邦耷拉着肩膀，唉声叹气。

"什么？！"李桑柔眼睛都瞪圆了，"什么豪客，敢跟咱们兄弟抢人？"

"说是贩马的，也贩毛皮，说是别的没有，就是银子多。一个马贩子，你说说！十一郎难得……唉！"潘定邦也难过得眼圈发红。

"贩马的算什么豪客！这年头，这建乐城，一个'豪'字，这么不值钱了？什么阿猫阿狗都敢称一句'豪客'了？"李桑柔双手叉腰，看起来气坏了，"一个马贩子，我李桑柔还能怕他了？七千两就七千两，你跟十一说！咱们出八千两！"

"啊？"潘定邦看着气得气儿都粗了的李桑柔，有点儿傻。

"我跟你说，我们江湖人，别的就算了，就是这口气，无论如何不能输！人活一口气，树活一张皮！我堂堂大帮主，能让一个马贩子小瞧了？不就几千两银子嘛，银子算什么东西！大常，你告诉七公子，咱们有多少银子！"李桑柔点着大常，气势昂扬。

"那可多得很。"大常抬头看了一眼潘定邦，"咱们那夜香，是叫金汁儿的。"

"听到了吧！银子多的是！你去告诉十一，告诉他，把气势给我撑起来！别说七千八千两，七万八万两都不算什么！"李桑柔一副气坏了的模样。

"大当家的，你别生气，你真要跟那马贩子……"潘定邦真傻了。

"什么真要假要？我桑大当家的，吐口唾沫砸个坑！我告诉你，我们江湖人，什么最要紧？脸面！没有脸面，我们还怎么混江湖？！你去跟十一说，无论如何，他得把这个脸替我争回来！一个马贩子，我呸！你去告诉十一，他七千咱就八千，他八千咱就九千，我倒要看看，到底谁的银子多！"李桑柔猛一巴掌拍在潘定邦肩膀，"快去！"

这一天，到傍晚，有三个骑手辞工。李桑柔爽快至极，当场就让大常结了工钱放人。

晚上，金毛跑了一趟，找文诚又荐了三个人过来。

第二天早上，李桑柔刚到速递铺，一个骑手在铺子外下了马，牵了马进来。

李桑柔惊讶地看着他。骑手都是白天赶路，照理该在傍晚回到铺子，这是急着辞工，连夜赶回来，好赶紧去挣更多的钱？

这个骑手瘸了一条腿，将马牵进铺子后面，交给马夫，穿过院子，出来直奔李桑柔。

"掌柜的。"骑手欠身笑着招呼。

李桑柔微笑点头，等着他说要辞工的话。

"小的姓王，贱名王壮，从前在北边军中做个十夫长，因为这条腿中了一箭，伤了筋，不能再打仗，就退下来守军械库去了。小的媳妇能生，一口气给小的生了七个壮小子，小的守军械库那儿点儿钱实在不够吃，就求了文将军，把小的放了出来。可小的这条腿不好使，放出来是比守军械库挣得多，可也没多多少。后来，掌柜的这边用人，也就是骑骑马，一个月最少也有一两银子，小的就骑马的功夫没落下，文将军就让人找到我，把我荐了过来。"

李桑柔一边听一边点头。辞个工还这么长篇大论，这是怕她不放人，还是怕她不给结工钱？

"小的这一阵子跑无为线，在无为的时候，听说有别家也要开速递铺子，从咱们这里挖了不少人过去，听说掌柜的都是二话不说就放人，工钱一分不少。小的觉得，掌柜的是个厚道人，那家铺子不地道。这一路上小的就在想，咱们这递信能不能再快点儿，快到让他们赶不上。"

李桑柔听到这里，眉毛高高抬起，扬声叫金毛："金毛！给你王大哥拿个凳子过来，再倒碗茶，到对面铺子端几笼包子过来！"

"不敢当，不敢当。掌柜的别客气，对面那包子贵得很，小的一会儿回家吃。"王壮从金毛手里接过凳子，坐到李桑柔对面。

"你接着说。"李桑柔示意王壮。

"小的这一趟回来，都是白天歇着，夜里跑马。从咱们建乐城到无为府都是平坦大路，夜里跑马跟白天差不多，要是大夏天，倒是夜里跑马凉快。咱们这些骑手中，小的知道的，就有八九个像小的这样，从前当过骑兵，这儿或那儿伤了，退下来的。小的们当骑兵那阵儿，急行军是家常便饭，行起军来可不管白天夜里，打仗那阵，哪有像建乐城往无为这样的平坦大路？多数连路都没有。至少这八九个，夜里跑马跟白天一样。掌柜的，要不，咱们夜里也跑马，日夜不停，从咱们这里，当天的信，当天晚上就送走，跑一夜马到淮阳府，换个人，接着往汝阴府走，这么日夜不停，第三天一大早就能到无为府了。"王壮说得两眼闪亮。

"先把茶喝了，吃几个包子。"李桑柔示意王壮。

王壮几口喝光了茶，一口一个包子，一气儿吃了大半笼。金毛又倒了杯热茶端给王壮。

"我看你年纪也不大，你受伤退出骑营，几年了？"李桑柔仔细打量着王壮，笑问道。

"不小了，今年三十二岁了，退出骑营已经十年了，唉，十年了。"王壮声

248

音微涩。

"你当十夫长，是承袭，还是立了功什么的？"李桑柔接着问道。

"小的不是军户，是自己投的军。先是练兵的时候，小的练得好，一伙的兄弟就推小的做了十夫长，后头没打几回仗就伤了腿，只好退下来。"王壮似有似无地叹了口气。

"日夜赶路这事，我也想过，不过也就是想想。骑马这事，我懂得少。现在既然你也这么说，看来这事可行。那这事就先交到你手里。咱们这样，先准备好。第一，你先看看哪些人能夜里跑马，哪些不行；第二，咱们现在是一个人一条线跑到底，白天跑马，夜里睡觉。要是日夜兼程，这样肯定就不行了，得换人，那就得有骑手等在各个递铺，都是有家有院的人，不能一直在外面不回家，这中间怎么交接、怎么安排，你先想想；第三，夜里跑马，再怎么也比白天难，这工钱要是跟白天一样，就不公道了，该多多少，你也想想。我能想到的，现在就这三条。哪儿没想周到的，你再想想。"

"好！"王壮凝神听着，不停地点头。

"还一样，这事，咱们得准备好了再做，这之前，这事，你知我知，省得他们有样学样，倒被他们占了先手。"李桑柔压着声音交代道。

"掌柜的放心，小的懂。"王壮笑起来。

"从今天起，你调到陈州线，这样能每天来回，咱们商量事便当。你先回去歇着吧，累了好几天了。金毛，把那包松子糖给你王大哥拿上，拿回去给孩子吃。"李桑柔边说边站起来，将王壮送到院门口。

李桑柔叉着腰，豪气无比地喊着宁死不输面子，顶着潘定邦和田十一，一口气把竹韵的身价抬到了五万两银子。

黑马这边，总算缩起脖子败退了。

李桑柔哈哈笑着，拍着潘定邦，豪气地表示，五万两银子的身价不算什么，得正正式式、排排场场地给竹韵赎这个身，让竹韵在妈妈面前扬个眉，吐口恶气。

潘定邦十分赞同，和田十一以及竹韵三人，两个精心，一个急切，就安排在黑马败退的隔天傍晚，在竹韵的那间花楼，来个排场气派的赎身仪式。

田十一挖空心思，说要去巡查马场，那马场的马病倒一半儿了，他这个兽医管事，无论如何都得去看看了。马场很远，当天无论如何赶不回来，好不容易从媳妇方十一奶奶那里得了允可，可以在外面过一夜。

田十一这个马场不敢不去，他媳妇儿精明得过分，十有八九，隔个三天两天，就得打发人去马场打听，他去过那马场没有。

田十一这一天赶的，累得舌头都要吐出来了，总算在天黑之前赶进了城门，会合了潘定邦，往小甜水巷过去。

竹韵那间小花楼外面，披红挂彩，灯笼挂了两长串，布置得十分喜庆，十分热闹。

帮闲和妈妈一左一右迎在花楼门外，让进了潘定邦和田十一。

李桑柔躲在小甜水巷对面的茶坊里，远远看着潘定邦和田十一步行而来，忍不住啧啧。骑马招摇，坐车大约要跟家里解释，没风没雨的，为什么不骑马，要坐车？这步行，不显山不露水，人群中几乎没人留意，真是太合适了！

这潘七和田十一，全部的心眼儿都用在偷情上了！

"快去！"李桑柔示意金毛。

金毛一跃而出，招手叫过两三个熟悉的小厮，一人一串大钱："赶紧去潘相府上，找田七奶奶，跟她说，七公子和十一郎借了五万两银子，置了房外室，今天要在小甜水巷大婚呢。快去！"

三个小厮都是七八岁的年纪，对金毛这些话听得半通不通，记个大概，攥着钱，往潘相府飞奔。

田七奶奶在上房侍候了晚饭，刚回到自己院里，一碗汤没喝完，陪嫁的婆子一路小跑进来，急急叫道："七奶奶，角门连来了三个小厮，叫着喊着什么七爷和十一爷在小甜水巷大婚呢，有一个小厮还喊着五万两银子！"

"人呢？"田七奶奶顿时柳眉倒竖。

"跑了，喊一嗓子就跑了。我当时不在，门房上光怔神了，没抓住。七奶奶，您看……"

"去看看！"田七奶奶啪地一拍桌子，饭也不吃了，站起来就往外冲。这小一个月，她就觉得他不对劲儿，果然！

"去个人，跟十一奶奶说，小十一又胡闹了，让她去小甜水巷，我在那儿等她。跑快点儿！把曹嬷嬷她们叫过来，带上家伙！去个人，跟老夫人说一声，我去找七爷了！"田七奶奶一边怒气冲冲地往外走，一边一连串地吩咐下去。

李桑柔看着潘定邦和田十一进了竹韵那座小花楼，慢慢悠悠地喝了两杯茶，示意大常和旁边一张桌子上的陆贺朋："该你们出场了。"

陆贺朋忙站起来，拿着笔墨盒，和大常一起，慢慢悠悠地往竹韵的花楼过去。

花楼里的潘定邦和田十一，已经急得快要出汗了。

大约是这银子来得太容易，竹韵这几天紧张担忧得吃不好，睡不好，恨不能立刻就把这五万两银子捏进手心里。

从潘定邦和田十一进来，也不过两杯茶的工夫，竹韵已经话里话外、明里暗里催了七八回了，直催得田十一和潘定邦一身躁汗。

可这银子是桑大帮主拿出来的，桑大帮主说了，关了铺子就让金毛送过来。这会儿铺子早该关了吧，这金毛不会吃了饭再来吧？

竹韵又催了一遍后，田十一看向潘定邦。潘定邦吸了口气，决定叫个小厮去催一催。

小厮刚出花楼，就看到了高大宽厚的大常，急忙一个转身，赶紧去禀报他家七爷和十一舅爷。这两位爷急坏了，他可是看得明明白白，现在人来了，得赶紧禀报，省得他家爷和舅爷着急。

潘定邦听说大常已经到门口了，长长地舒了一口气。这么几天的工夫，这价一路抬到五万两，虽说他不是那种没见过银子的人，可到底是五万两，他这心里也是一直七上八下的，十分担心李桑柔往外拿银票时，那股子豪气突然没了。现在，总算没出什么意外！

大常将通往厅堂的几步木台阶踩得咯叽作响，进了厅堂。

"怎么是你来了？金毛呢？"潘定邦一颗心安定下来，人也从容自若起来。

"我们老大说，五万两银子不算小买卖，金毛太傻，让我过来看着，还有这位师爷。我们老大说，得当场定好身契。我们老大说，两位爷都是良善人，不懂娟门里那些骗人的伎俩，得让这位师爷看着，别万一给骗子骗了什么的。"大常木着一张脸，闷声闷气，一字一句，看起来呆怔得厉害。

大常旁边的陆贺朋怀里抱着笔墨匣子，一脸笑，转着圈不停地躬身，对着根柱子也弯个腰，躬一礼，一脸笑。

潘定邦失笑出声。这个憨大个儿，一看就是个心眼不多的，再搭上个蒙头蒙脑的三脚猫师爷，这到底是防着他们被人骗，还是送过去给人骗的？

"你们老大可真是小心，竹韵这里能有什么事？你既然来了，就写一份身契吧，这主人……"潘定邦看向田十一。

"主人自然是竹韵姑娘，以后，她自己给自己作主！"田十一立刻接话道。

"都听到了？赶紧写一份吧。"潘定邦示意陆贺朋。

陆贺朋点头哈腰地应了，也不坐，就趴在旁边的高几上，打开笔墨盒，仔仔细细研好墨，正要提笔，就听到外面一片呼喊："这里这里！就是这里！"

"进去瞧瞧！"

潘定邦听到这句"进去瞧瞧"，两只眼睛圆瞪，僵了一瞬，一蹿而起："有后门没有？后门呢？墙高不高？赶紧！"

可竹韵这间花楼实在太小了，再怎么赶紧也来不及了。田七奶奶一头冲进来，就看到了在厅堂中间急得团团转的潘定邦。

"三姐，你听我说……"田十一扑上去拦他三姐，刚扑到一半，就看到了紧跟在他三姐后面的他媳妇方十一奶奶。田十一顿时一声惨叫，一个折身，冲着潘定邦扑过去："快快！快！"至于快什么，他也不知道，他已经吓蒙了。

大常屏着气，用力贴在墙上。陆贺朋紧挨着大常，他不用贴那么紧，还能伸头往外看看——大常比他厚多了。

竹韵眼看着五万两银子就要到手，正如同踩在云端一般，被田七奶奶和方十一奶奶这一冲，冲得僵傻在那儿。

田七奶奶一个箭步，伸手先揪住了弟弟田十一的耳朵："这外室是谁的？是你还是你姐夫的？说！"

"疼！姐，三姐！不是我！姐夫！姐夫！"田十一被揪得惨叫连连。

田七奶奶将田十一甩给方十一奶奶，冲前一步，揪住正用力想往墙上爬的潘定邦的耳朵："你果然长本事了，连外室都有了！听说五万两银子呢！哪儿来的银子？说！"

潘定邦被田七奶奶揪得身子侧歪，惨叫声不亚于田十一："不是我，是十一，是他，我不好这个，不是我，真不是我！"

"你哪儿来的五万两银子？说！"方十一奶奶从田七奶奶手里接过田十一，揪得田十一比刚才惨叫得更惨了。

"没有，还没……不是，是姐夫，真是姐夫！"

"疼！不是我，是他，是十一！是十一看上了竹韵，不是我，哎哟！真不是我！"潘定邦赶紧分辩。真不是他啊！

"我问你，哪儿来的银子？那银子呢？"田七奶奶一声暴喝。

大常吓得赶紧举手："我……我，我们老大，老大……大……"

"不是，没有，还没……"潘定邦痛得鼻涕、眼泪全下来了。

"五万两银子，就她？"田七奶奶揪着潘定邦，甩到竹韵面前，咬牙切齿。

"是你借的银子？哪个老大？你竟然连借银子的胆儿都生出来了，就为了这贱货？"方十一奶奶揪着田十一的耳朵，用力一拧，也甩到了竹韵面前。

田十一惨叫得没人腔，不光鼻涕、眼泪，连口水都滴出来了。

"不是，姑奶奶，不是，没借，哎哟，姑奶奶，您轻点儿，您轻点儿！我错了，我错了！我知道错了！我改！我立刻改！"

一个婆子从外头直冲进来，冲田七奶奶和方十一奶奶道："七奶奶，十一奶奶，打听到了，说是这家是专拿鹅头做仙人跳的，这一回，跳到咱们七爷和十一爷头上了。说是哄了一个来月了，打着给她赎身的名，哄着咱们七爷和十一爷现从外头借了五万两银子，今天就要交银子了！"

"原来是这样！就这么个货色，就能把你骗得死生不顾了！你可真是越长越回去了！"田七奶奶声色俱厉，"把她拿了！把这院里的人都拿了，去见官！青天白日，天子脚下，竟敢有人设这样的骗局，还讹诈到我们府上了！给我砸了这骗子窝儿！"

田七奶奶一只手揪着潘定邦的耳朵，时不时甩一下，在潘定邦的鬼哭狼嚎声中，指挥着众婆子，打砸抄检。

"不是！我不是！我没跳！"竹韵总算反应过来了，惊恐得尖叫连连。

"竹韵姑娘别怕，你是卖身在妈妈手里的人，身不由己，这事，再怎么仙人跳，也跟你没关系。这设局讹诈行骗，要么打死，要么流放，早死晚死，反正都是妈妈，与你无关。到时候，只要把你的身契拿出来，那就一切与你无关。竹韵姑娘别怕，千万别怕。"陆贺朋赶紧上前安慰。

大常抱着头，一脸惊恐地躲过来，躲过去，拦着几个婆子，不让她们靠近竹韵和陆贺朋。

竹韵刚才是吓白了脸，陆贺朋这几句话之后，脸不光白，都青得没人色了。她早就自赎自身了，哪还有什么身契！她确实是设了套想要弄点儿银子……

"咋回事啊？这是闹啥呢？"黑马不知道从哪儿冒出来，一头扎到竹韵面前，转着头一脸茫然。

"乌大爷！"竹韵像看到救命稻草一般，一把揪住黑马，"求求你，救救我，你把我买了吧，求你把我买下！"

"啊？好啊！可我没带银子。你这是怎么了？那俩母夜叉是谁？咋啦？"黑马接着茫然。

"您别问那么多，回头我再给您说。这位先生，求求您，赶紧写份身契，烦您把日子往前写两天。"竹韵急得快哭出来了。

"啊？怎么回事？可我没带银子啊，就这一百两，这是茶钱。"黑马来回地摸，总算摸出张一百两的银票，抖到竹韵面前。

"那就一百两，这位先生，烦您赶紧写！您快点儿写！烦您把日期往前提一提，快一点儿！"竹韵急得团团转，不停地催着陆贺朋，一只手紧揪着黑马，一只手揪着大常的衣襟，躲在大常身后，连急带吓，一头接一头的热汗。真要被拿进衙门，要是没有身契，她这条命肯定就没了，像她们这样的贱命人，一个死字容易得很！

陆贺朋一只手托着笔墨匣子，提着笔，虚空一挥，一份身契就一挥而就。

竹韵急得根本顾不上细看，从陆贺朋手里那支笔上蹭了点儿墨汁，急急按了手印，然后将身契塞到黑马怀里，长长地松了一口气。她至少能逃出条命了。

小甜水巷这一场热闹，起来得快，结束得也快。

田七奶奶揪着潘定邦的耳朵，方十一奶奶揪着田十一，在一群拿着水棍的健壮婆子的簇拥下，各自回府。

两只河东狮带着那些虎虎生威的婆子丫头们呼啦啦走光后，竹韵瘫坐在地上，两眼发黑，金星乱冒，蒙了好半天才回过神，能看清楚眼前了。

四周一片狼藉，能砸的全被砸了，能扯的全被扯了。妈妈面朝下趴在厅堂门口，裤子、裙子团在小腿上，从腰到大腿都露在外面，血污一片，正呻吟一声号哭两声，证明她还活着。她那四个小姐妹正一个揪着一个，揪成一串儿，哆哆嗦嗦挤在厅堂门口，不敢进，也不敢走。她家帮闲一向眼尖腿长，一看不对，早跑得没影儿了。

门外时不时挤进来几个人，伸长脖子，一脸八卦地看热闹。那位乌大爷也不知道哪儿去了，那位师爷和那个大个子也不见了……

竹韵呆了好一会儿，嗷的一声，捂着脸放声大哭。这一回，不是她骗了别人，而是，她被人坑了！

第十五章　逆向思维

第二天一早，李桑柔打发金毛去了趟工部。

金毛来去得很快，穿过铺子后院，看到李桑柔就笑起来："七公子竟然一天都没歇，我到的时候，他已经到工部了。工部的门房说，七公子跟平时一样，不但没晚，还早了一刻多钟。七公子那样子，瞧着还好吧，就是眼里血丝多了点儿，眼睛肿了点儿，晦气多了点儿，脸上、脖子上有好几块乌青，挺青的。还有，他那屋里那么大一个熏炉，烧得旺旺的，他就穿着件薄夹袍，却戴了这么大、这么厚一对儿耳罩。那耳罩挺好看的，绸子的，绣了好多花儿。"金毛一边说，一边笑。

"他媳妇手劲儿真厉害。十一爷那个媳妇更厉害，七爷和十一爷耳朵长得挺结实，要不然，那耳朵当场就得扯下来！拿耳罩子捂着可不好，得晾着，才能好得快。"大常想着田七奶奶和她弟媳妇，心有余悸之外，十分佩服潘七爷和田十一爷。老大说，七情六欲之中，食欲最为凶残。这话放在潘七爷和田十一爷身上肯定不对。这两位爷身上，最凶残的那个得是美人欲。

"对了，这张银票给你，没用上。昨晚实在太热闹了，竹韵看热闹看直眼了，我给她银票，她拿了又往我手里塞，还给你。"黑马猛一拍额头，忙从袖子里摸出一张银票，递给大常，意犹未尽地连啧了好几声，"昨儿个可真是热闹，比大戏好看！"

李桑柔笑听着，嗑完一把瓜子，吩咐金毛和黑马："去打听打听那两家速递铺现在怎么样了，准备什么时候开业大吉。"

"好！"黑马和金毛愉快地答应着，出了门。

"老大，你把那身契给七公子，他不就知道是咱们设的套了？"大常看着

255

李桑柔，关切道。

"唉。"李桑柔叹了口气，"大常啊，他要是真能知道那就好了。就竹韵那样的，都能把他俩骗得团团转，你看着吧，咱们怎么会有竹韵的身契，他指定跟别人想的不一样。"

李桑柔想象着潘定邦拿到那张身契后会怎么想，想了一会儿，发现她竟然想象不出。看来，她虽然能往下兼容一点儿，可还是兼容不到潘七公子这个层次。嗯，明天就过去一趟，她很想听听潘定邦对竹韵那张身契有什么样的不凡见解。

没多大会儿，黑马和金毛就连走带跑回来了。

"老大，老大，定下来了！马行街那家，后天！一大早就开业大吉！西角楼大街那家，说是要晚上一阵子。马行街那家，招牌已经挂出来了，披着红，我掀开看了，叫四海通达。现在铺子开了一半儿了，人进人出的，可热闹。我站在门口往里瞧了瞧，铺子里堆着狮子绣球，说是请的建乐城最好的社戏团，从明天起就开始舞狮子舞龙，说要舞遍建乐城的大街小巷！"黑马一脸兴奋，他最喜欢看舞狮子舞龙。

"咱们的新告帖都印好了？"李桑柔看着大常问道。大常点头。

"把告帖准备好，再跟行里说一声，让他们明天一早跟着四海通达那些舞狮子舞龙的，凑个热闹，把告帖发了。"李桑柔吩咐黑马。

"好，我去找喜乐行！"黑马一跃而起，刚冲出去，就一个急刹，旋过身，"对了老大，还有件事，四海通达找的杂事铺子，也是喜乐行，跟咱们是一家。"

"知道了，赶紧去吧。"李桑柔冲黑马挥着手。就是因为四海通达找了喜乐行，她才找的喜乐行，两家的事一家办，多好！

"金毛去把你王大哥请过来，跟他说要开工了。"李桑柔再吩咐金毛。

"今儿晚上开始跑夜路？"大常堆好最后几锹肥，放好锹，过来问道。

"嗯。你走一趟老董家和老林家，看着他们两家按时按量把咱们的小报印出来，明天一早，淮阳城那边，就要把明天的小报摆出来。"李桑柔吩咐大常。

王壮过来得很快，从怀里摸出一卷纸，和李桑柔又细细对了一遍，站起来道："来的时候，已经让我家大小子、二小子去叫老钱他们了。等他们到了，我们就走。老钱他们，该歇在哪儿就歇在哪儿等着，我一路往无为府去，沿途安排好，回来的时候再看一遍。"

"好，要是有什么意外，该做主的你就先做主。不合适也没事，以后再改就是了，都是没有先例的事。"李桑柔站起来。

"掌柜放心，小的懂，所谓将在外。掌柜留步。"王壮一瘸一拐，精神十足地挑马去了。

隔天一早，从马行街起，锣鼓喧天，精彩热闹的舞狮子舞龙队伍，沿着马行街往北，直奔东华门，再沿着高头街往顺风速递铺而来。

李桑柔站在她那根高得出奇的杆子底座上，伸长脖子看热闹。

杆子底座太小，只能站一个人，黑马和金毛一人踩着一把椅子，一边看热闹，一边喝彩。

潘定邦的小厮听喜从人群中挤出来，站到杆子下，仰头看着李桑柔："大当家的，我们七爷说，您要是得空儿，请您去一趟工部。我们七爷说，想跟您说说话。"

"行，我知道了。等我看完这个。"李桑柔扬声答应了，指了指越来越近的舞龙队伍。

顾晞到明安宫时，东华门外舞狮子舞龙的热闹刚刚过去。

"大哥看看这个。"顾晞将两份告帖递给顾瑾。两份告帖，一份是明天要开业大吉的四海通达速递铺的，也是先开了往无为府这一条线，开业大优惠，每封信比顺风家便宜二十个大钱。第二份是顺风速递铺的，从今天起，顺风速递铺发往淮阳府的书信，次日就到，第三天送进无为府，价钱不变。

"这是要日夜兼程了？"顾瑾拿着顺风速递铺那张告帖，扬眉道。

"嗯，比朝廷的金牌急脚递一天还快了一百多里。顺风这份告帖是跟在四海通达舞狮子舞龙的队伍里发的，说是有个小厮，干脆就是一次发两张，四海通达的一张，顺风的一张，一起塞过去。肯定是找了同一家牙人行。两家这擂台已经开打了。不过，四海通达后头是京西商会，本钱雄厚，顺风速递跟他们比，论本钱，简直就是蚂蚁和大象。"顾晞看起来很不高兴。

"顺风后头站着你呢，可不是小蚂蚁。"顾瑾斜瞥着顾晞，不客气地道，"要不是有你，李姑娘怎么敢借着人家的热闹发自己的告帖？四海通达本钱是厚，不过，我还是看好顺风。那位李姑娘，手段多着呢，放心看着吧。"顾瑾将两张告帖放到案头。

"嗯。对了，还有件事。"顾晞说到还有件事，忍不住笑，"这事，真不知道怎么说。潘七和他小舅子田十一，大哥知道他们两个。说是田十一看中了一个女妓，叫竹韵。这个竹韵，有几个心眼，想从潘七和田十一这两只呆鹅

257

身上敲一笔银子，刚开始胃口不算大，五千两。潘七和田十一都是手里没钱的，凑不起这五千两，潘七就找李姑娘讨主意。李姑娘大包大揽，先是给了潘七三千两银子，说是兄弟义气，送给他的，可另一边，李姑娘让黑马装成个比潘七和田十一还傻的有钱马贩子，一出手就是七千两。李姑娘那边指挥着黑马，这边怂恿着潘七和田十一，说银子她出，她多的是银子。不过两三天，就把竹韵的身价推到了五万两。这五万两的便宜，落到了潘七和田十一这边。"

顾瑾眉梢扬起。

顾晞一边笑一边摇手："不是你想的那样。就是前天晚上，潘七和田十一准备热热闹闹地给竹韵赎身，李姑娘没送银子，把潘七和田十一的媳妇给送过去了，说是潘七和田十一被媳妇揪得耳朵出血，长衫前襟上端的全是脚印子。田十一当天晚上就被关进了祠堂。潘七这边，说是一直跪到后半夜，天快亮了才许起来。潘七和田十一媳妇那边，是听说竹韵仙人跳，骗潘七和田十一的银子。这话倒是没说错，潘七媳妇当场就要拿了竹韵等人送进衙门治罪。竹韵急昏了头，黑马这个假马贩子就凑上去了，当了竹韵的救命稻草，一分钱没花，竹韵自卖自身，把自己卖给了李姑娘。身契上的主人，写的是毛峰的名字。隔天一早，陆贺朋就把身契拿到衙门，交税留底。接着，李姑娘让金毛把竹韵的身契送给了潘七。"

顾瑾听得一脸说不出什么表情："她还敢把身契送给潘定邦？"

顾晞摊着手。

顾瑾听得有点儿呆，这样的荒唐热闹事，极少能说到他这儿来。

呆了片刻，顾瑾失笑出声，一边笑一边叹气："怪不得潘相几乎不提他这个小儿子。"

顾晞和顾瑾说话时，李桑柔托着包鸭脚包，进了工部。

大约是屋里太热了，潘定邦没戴那对大耳包，在桌子上放着。

李桑柔径直过去，伸头看潘定邦的耳朵。潘定邦被她看得极力往后缩："你看你这个人，看什么看！有什么好看的！"

"肿得挺厉害。"李桑柔看着潘定邦肿得发亮的左边耳朵，抬手比画了一下。他媳妇儿这狠手……真挺好！看着舒心解气。

"你媳妇揪的？你媳妇把你这耳朵揪成这样，你阿爹就算了，你阿娘不心疼？"李桑柔倒了杯茶，坐到潘定邦对面，笑眯眯道。

"心疼是心疼，可她说我活该，夸阿甜揪得好，还让人拿了瓶活络油给阿甜擦手。"潘定邦一脸悲伤。

"阿甜？你媳妇姓田叫甜？田甜？"李桑柔扬起了眉。

"嗯。唉，阿甜小时候挺好的，一笑一对小酒窝。唉！"潘定邦抬手碰了下耳朵，疼得"咝咝"个不停。

"田甜，这名字贴切。"李桑柔一边说一边笑，"对了，十一郎怎么样了？他那耳朵，也这样？"

"他可惨透了，他媳妇更厉害，两只耳朵！"潘定邦上身往李桑柔靠过来，一脸同情里，怎么看怎么透着一股子幸灾乐祸。

"后来不是问清楚了嘛，我确实是陪他的，那银子……说到银子这事，你昨天真不该让大常去，大常那个傻大个儿！唉，笨得很！你该让金毛去！开头说是仙人跳……"说到仙人跳，潘定邦一脸不自在，嘴里像被塞进了一整只鸭脚包，含糊不清。

"说到借银子，我和十一都咬死说没借，就没有银子这事！我俩就是去贺竹韵从良的。偏偏大常吓得乱叫，说什么是他家老大的银子。你说说这大常，五大三粗的，怎么胆子这么小？又没打到他头上，关他什么事？他非得把这银子不银子的叫出来！你看看，他这一叫，我是过来了，十一就没过来，给关进祠堂了，唉。"潘定邦抱怨连连。

"好在是十一被关进去，又不是你被关进去。"李桑柔安慰潘定邦。

"你瞧你这话！"潘定邦瞪着李桑柔。

"死道友不死贫道嘛！"李桑柔拍了拍潘定邦，语重心长。

"这话也是。"潘定邦再一声长叹，"再说，这事确实是我陪十一，对吧？也没冤枉他。后头，是谁出的主意把竹韵卖给金毛了？金毛去了？这主意好！我就说金毛最机灵！我那会儿实在没工夫分心。好像看到黑马了，还是我看错了？"潘定邦看着李桑柔，问道。

"你这眼神多好呢，哪能看错！是黑马，那天我让金毛买瓜子去了。"李桑柔笑眯眯。

"黑马也挺机灵，当场就把竹韵买下了。后来，阿甜还有十一媳妇看了身契，也就算了。唉，总算没闹大。你说，真要把竹韵那一院子的人都送进衙门，竹韵……唉，这事不就闹大了？好在黑马机灵，唉！"潘定邦唉声叹气。

"十一爷现在怎么样？没什么事吧？"李桑柔斜瞥着潘定邦，一脸愉快地问道。

"我昨儿个去看他了。唉，惨！真惨！"

"咦，不是被关进祠堂了吗？你怎么看他？"李桑柔大瞪着双眼。

"他常被关祠堂，我常去看他。他们田家那祠堂，有个后门，两扇门这么宽，用铁链子闩着的，能推开，中间这么宽一条缝呢，一瓶子酒都能递进去。昨儿个，他见了我，就问竹韵怎么样了，唉。我就把你拿来的那张身契给他了，唉！十一郎当时就掉眼泪了，那张身契上，才一百两银子，唉！"潘定邦一声接一声地叹气，看起来难过极了。

李桑柔斜瞥着他，捏了只鸭脚包啃着，一句话不说。

她没话说！

"十一看了那身契，头一眼先看到的，是那一百两，一百两啊！十一已经难过得不行了，后头再一看，又看到她是自卖自身！那你说，从前她说妈妈虐待她，都是假的了？唉，十一难过坏了。"潘定邦那样子，一样是难过坏了。

"你也难过坏了吧？"李桑柔啃完手里的鸭脚包，又拿了一个。

"我难过什么，我又没看中竹韵。唉，我确实挺难过，你说，这人跟人，怎么就不能坦诚相待呢？就像咱们这样，有什么说什么，多好！是不是？"潘定邦一边说一边拍着桌子。

李桑柔瞄着潘定邦那只好耳朵，用力啃着鸭脚包。

"十一对竹韵不能算不好，她要是实说，她就是想要银子，十一肯定也是有多少就给她多少。十一这个人，你还不知道，最怜香惜玉。唉，你说这人，怎么能这样呢？唉！"潘定邦唉声叹气。

"那竹韵还在小甜水巷呢，十一郎还想跟她上床吧？要是想上，等他从祠堂出来就去，想上几回上几回，人是他的了。"李桑柔捱着茶。

"你瞧你这个人！粗野啊！唉，十一不想了。他难过得不行，说抬头看到院子里一丛竹子就难受得想吐，都这样了，还上什么床！对了，这张身契还给你，十一不要，我也不要。"潘定邦站起来，从旁边案子上拿了竹韵的身契过来。

"那我还给竹韵了。"李桑柔接过身契。

"咦，你不要？"

"我可养不起。"李桑柔说着，将身契拢进袖子里。

"唉，这人哪，怎么能这样呢？咦，这是什么？"潘定邦说完话，闻到了香气，伸头看向李桑柔带来的那包吃食。

"鸭脚包，你肯定没吃过，连见都没见过。这是我们丐帮的看家菜，大常做的，你尝尝。"李桑柔捏起一只，一边咬着，一边示意潘定邦。

"这是鸭脚？外面包的什么？"潘定邦再抽抽鼻子，拿了一只，闻着是真香。

"鸭脚里放鸭心，外面缠鸭肠，放心吃，大常洗得可干净了。"李桑柔扯了段鸭肠下来。

潘定邦捏了一只，咬了一口，连声嗯嗯："是不错，有嚼劲儿，香。这是风干过的？好吃。"两人你一只，我一只，吃着鸭脚包，扯起了潘定邦和田十一从前遇到的那些美人。

李桑柔照例在工部吃过相府盒饭，晃回铺子，将身契递给黑马，扭头看着大常，问道："小甜水巷这事，咱们花了多少银子？"

"小一千呢。"大常闷声答了句。

"你拿着这身契去一趟小甜水巷，跟竹韵说，要么她写张五千两银子的欠契给我，分五年把银子还给我，要么我就把她卖了。"李桑柔转头吩咐黑马。

"好！"黑马接过身契，正要冲出去，李桑柔又叫住他，"跟竹韵说，她要是本本分分地做她的生意，哄着那些嫖客在她身上花银子，哪怕花得倾家荡产，那是嫖客的错，不是她的错。可她既然使出这种仙人跳的手段，那就不要怪别人再把这手段用到她身上。跟她说，就她那三五个心眼儿，还是老老实实做生意吧。"

"老大放心。"黑马愉快答应，直奔小甜水巷。

第十六章　接招出招

淮阳城里。

天黑透了，聂婆子才回到自家小院。

还没进院门，聂婆子就闻到了油香味、肉香味，忍不住深吸了几口气，眉开眼笑。

院子里三间上房，东西各两间厢房，都十分破旧了。这会儿，只有做厨房的西厢房里灯火明亮。

"太婆回来了！"坐在灶前烧火的大妞儿先看到聂婆子，脆声叫道。

"想着阿娘快回来了，盛了碗肉汤给你晾上了，阿娘先喝汤，今儿咱们吃油渣烩白菜。"媳妇儿枣花笑得眼睛细眯。

案板旁边，一岁多点儿的小孙子招财站在木头车子里，手里抓着块肉，啃得一手一脸的油，看到聂婆子进来，将手里的肉冲聂婆子伸过去："又又（肉肉）！"

"哎哟我的乖孙子，你瞧你这吃的。嗯，又又好吃，招财吃吧。大妮儿吃肉没有？"聂婆子上前亲了口招财，又问了大妮儿一句。

"吃了，啃了这么大一根骨头，上面全是肉，都吃撑了。"大妮儿笑道。

"妮儿她爹呢？"聂婆子端起肉汤。

"打酒去了。阿爹说今天活儿多，太婆肯定累坏了，说打两角酒让太婆解解乏。"大妮儿连说带笑。

说话间，聂婆子的儿子聂大拎着酒回来了。

枣花把油渣炖白菜盛到盆里，掀开蒸笼拿出白面大馒头，一家人就坐在厨房里，吃得呼呼噜噜，香甜无比。

吃了饭，聂婆子拿过那两角酒对枣花道："妮她娘，给招财洗洗，让大妮儿看着他先睡吧，咱说说话。"

"好。"枣花应了，舀出蒸馒头的水，给招财洗了几把，抱起招财。

大妮儿一条腿好好儿的，另一条腿，小腿以下都没了，摸过棍子撑着，跟在阿娘后面进了东厢。

"你把那炭盆烧上，端到东厢去，今儿这天格外冷。"聂婆子又吩咐儿子聂大。

"娘，你看你这……"后面的话，聂大没说出来，不满地瞥了他娘一眼。他们这样的人家，哪有烧炭盆的？就算今年挣得钱多，能烧个一回两回的，那也得等过年的时候，大年三十，守着岁，烧那么一回炭盆。

"大妮儿那腿不顶事，招财又能闹腾，闹个几回，被窝里那点儿热气儿就没了。就放一盆炭，烧完不添了。有这一盆炭，那屋里也能暖和些。"聂婆子抿了口酒。

听聂婆子说到大妮儿的腿，聂大"嗯"了一声，起身去拿炭，引火烧炭盆。

没多大会儿，聂大和枣花先后回来。聂婆子示意两人："坐，咱娘儿仨得说说话。"

聂大挨门口坐着，枣花坐在灯下，纳着鞋底。

"你把封掌柜找你那事跟枣花说说。"聂婆子吩咐儿子。

"回来就说了，就是让咱们给他们四海通达送信，说是一封信给八个大钱。"枣花接话道。

"那你俩说说这事。"聂婆子叹了口气。

"那四海通达一开出来，阿娘不就一直看着呢，说是一天送的信，连咱们顺风一半都不到。"枣花先说话。

"封掌柜还说，除了一封信八个大钱，一个月另给一两银子，有活儿没活儿都给，只要他们四海通达还开着，这活儿就是咱们家的，不换人。"聂大接了一句。

"阿娘啥意思？"枣花看着聂婆子。

"你没跟你媳妇说全，你都说说，说全了。"聂婆子示意聂大。

"那都是没用的话。封掌柜说，咱们顺风的东家是个小娘儿们，说一个娘儿们能干啥，说女人都没长性，干啥啥不成。还问我，从古至今，你听说过女人能成事的吗？说顺风撑不了几天了，说咱们要是跟着顺风，要不了几个月，就落得跟从前一样，吃了上顿没下顿。还说，他请咱们，是看咱们可怜，过

263

了这个村就没那个店，说这一个月一两银子的活儿，他放个风，想接这活儿的，眨个眼的工夫就能排满一条街。就这些。"聂大说得飞快。

"你咋想的？"聂婆子看着儿子，接着问道。

"咋想倒没咋想，就是有点儿愁。那封掌柜说，除了顺风和他们四海通达，还有一家呢，年里年外肯定也要开出来，到时候，咱们这淮阳城里就得有三家。咱们这信是比原来少了不少，那小报少得更多。封掌柜那边，寄一封信比咱们少二十个大钱，还送东西，一份小报比咱们少五个大钱，也送东西。咱们这价，李大掌柜那话说死了的，一文不许少，信不提，这小报，一天比一天卖得少，只怕过了年，咱们的小报就卖不出去了。"

"娘，他们这是要挤垮顺风呢。"枣花没心思纳鞋底了，眉头紧拧。

"枣花这句是实在话。"聂婆子叹了口气。

"阿娘，我也是这么觉得，四海通达财大气粗得很，那个封掌柜，往府衙里都是常来常往的。顺风真要是被他们挤垮了，那咱们……"聂大忧心地看着聂婆子。

"封掌柜腾了三间门面出来，四海通达那招牌挂那么大，他那铺子里都是二十来岁的利落伙计，往乡下送信都是骑着大青走骡，他那铺子里缺啥？啥都不缺！那他找咱们干吗？不就是花几个小钱，买得咱们不做顺风的生意，让顺风在咱们淮阳府的铺子关门嘛。咱们接了他这一个月一两的银子，那铺子关了门，至少这淮阳府往外寄的信，还有小报生意，就全归他们四海通达了。唉，这招毒啊！他们肯定不光在淮阳府用这招，这一路直到无为府，只怕都是这样。唉！"聂婆子连声叹气。

"那咱们怎么办？"聂大愁眉苦脸地看着聂婆子。

"这一路到无为府，好些家铺子呢，指定有动心的。这事，李大掌柜想到没有？"枣花没心思纳鞋底了，把线缠到了鞋底上。

"从有了那什么四海通达，我就想着这事了。那四海通达一开出来，我就知道不是小事。"聂婆子仰头喝光了杯中酒。

枣花和聂大四只眼睛看着聂婆子，等她往下说。

"我想来想去，咱们就跟着李大掌柜！"聂婆子啪的一声，将酒杯拍到了桌子上。

"那……"

"听咱娘说！"枣花拍了聂大一把。

"李大掌柜找到咱们的时候，咱们是啥光景？大妮儿病着，你饿得连奶水

264

都没了，招财饿得一哭一夜。要不是遇到了李大掌柜，这会儿，咱们这一家是什么光景？这人，得讲一份忠义。顺风要是这会儿倒了，李大掌柜关门不做了，咱该到哪家到哪家。顺风没倒之前，咱不能走。现在这样的时候，咱甩手走了，就算不去四海通达，就是甩手走了，不干了，那不就是从背后捅李大掌柜刀子吗？这做人有做人的讲究，这样的事，咱们不能干！这是头一条。"

枣花不停地点头。娘这话，她赞成得很。

"第二条，这速递的生意，可是李大掌柜头一个开始做的，从古至今可从来没有过！这小报也是李大掌柜开始做的，从古至今也没有过！李大掌柜这做的可是开山立派的事！能开山立派的，哪有简单人？四海通达跟在顺风屁股后头四下里挖墙脚，有样学样，就这样做生意，他能做好了？我可不信！我觉得，咱们顺风指定干得过他四海通达！"聂婆子一巴掌拍在了桌子上。

枣花和聂大一起点头。

"你俩觉得好，那咱就这么定了。只要顺风这牌子不倒，李大掌柜没关了铺子，咱们就做顺风的生意！要是李大掌柜关了铺子，那就到时候再说！"

"到现在，咱们手里已经攒了十七两四钱半银子了。"枣花接话道，"就算顺风关了铺子，咱们没活儿干了，那也比从前强！咱们可从来没有过这么多银子！从前咱都过来了，往后还怕啥？"

"枣花说得对！"聂婆子拍了拍媳妇的肩膀，看着聂大笑道，"真要到那一步，有这十几两银子呢，咱就在门口摆个香药摊子，怎么都能活下去！"

"我也是这么想。"聂大笑道。

一个腊月，从淮阳府到无为府，这一路上的顺风派送铺，四海通达挖了一遍，陆陆续续有七家投奔了四海通达。

一共二十家派送铺，只走了七家，竟然没过半！李桑柔心情相当愉快。她看人的眼光，还是相当不错的！

李桑柔在四个州的速递铺里都安排了备用的人手。骑手们都是领过吩咐的，这七家派送铺，骑手送信时见铺门没开，立刻顶上，再找人往速递铺送信。一两个时辰后，后备的人手就赶到了，一家铺子两个人，一个看铺子，一个送信，从骑手那儿接下铺子，照常开门做生意。七间派送铺耽误最长的一间铺子，也不过晚开门了半个时辰。

顾晞从江都城撤回来的那些密谍，在四海通达开出来半个月内，就全部安排进了顺风速递铺。之后，李桑柔还是源源不断地要人。

顾瑾和顾晞叫上文诚，议了半天，把这事交到了文诚手里，由文诚经手挑人。

直到腊八那天，文诚一共挑了二三十号人，全部送进了顺风速递铺。

四海通达这一场挖人之战，李桑柔发话，金毛跑腿，文诚忙了个人仰马翻。

冬至大过年。

建乐城的小民，哪怕借钱，也要热闹隆重地过好冬至。跟冬至比，过年倒在其次了。

不过大常三人对冬至没什么兴趣。对"冬至大过年"这句话，三个人一起嗤之以鼻，不管一年多少节，不管什么节，能有大过"年"的？

那不可能！

大约是"冬至大过年"这句话冒犯了大常心目中至高无上的年，在大常的操办下，冬至这天连顿饺子都没包。

李桑柔对所有的节态度一致：没有最好！

四海通达锣鼓喧天的开业，到冬至后两天，正好一个月。

大常先粗盘了一下账，闷声道："老大，这一个月，咱们铺子里，这信可少了不少。"

"少了多少？"李桑柔嗑着瓜子，随口问道。

"得有三成。"大常拧着眉。

"才三成？"李桑柔愉快地哈哈笑了几声，将一粒瓜子壳吐得老远，"我以为得过半呢。大常啊，你个子这么高，那就得比别人看得远一点儿、广一点儿。四海通达从开业到今天，天天有热闹，回回大手笔。咱们日夜兼程，他们立刻就跟进，一样日夜兼程地送信。可人家一封信比咱们便宜二十个大钱呢，不光便宜，还送东西。头一天送的啥来着？"李桑柔看向金毛。

"头一天送的是定胜糕，连送了十天。一小包，六块，六六大顺。"金毛答得飞快，"孙大头家的，建乐城名牌！黑马去孙大头家问了，那一小包三十个大钱！孙大头铺子里的伙计说，平时零卖，那一包也就二十个大钱，四海通达订得太多了，他们东家做得烦，就把价要高了。伙计还说，他们东家做糕做得发了好几回脾气了。"

"定胜糕送了十天，后头又送……"

"笔墨盒！"黑马赶紧抢着答道，"咱们家陆先生去看过了，说那笔墨盒小是小了点儿，正经不错，比他用的那个强，说那一个笔墨盒，得四五十个

266

大钱。"

"头十天等于便宜五十个大钱，后头等于便宜七八十个大钱，就这样，他们才抢到三成生意，啧！"李桑柔跷起了二郎腿。

"这算头一局，好歹让他们抢走了三成生意，这一局算他们赢了！"李桑柔豪气地挥着手，"下一局让他们看看咱们的手笔。这建乐城的人家，这几天开始请平安符、换长命锁了吧？"

"对！"黑马和金毛一起点头。

"从明天起，把咱们的平安符和百事吉放出来。来咱们这儿寄过信的，凭那张查询条，五封信可以请一串百事吉加一块平安符，三封信请一块平安符。还有，写清楚，这查询条限定是今天以前的，明天寄的就不算了。写块牌子，明天一早把牌子竖到路口，告诉老左，把字写到最大。再给老左说一声，以后凡是来寄信的，都要交代一句，把那查询条收好，以后有大用。"李桑柔吩咐大常。

"啊？要买？不送？"黑马一句话没喊完，赶紧闭嘴。

"那要比大相国寺便宜点儿不？"大常问道。

"干吗要便宜？你们记着，做生意不能成天想着便宜，便宜没好货！大相国寺的平安符和百事吉串，他们要去寺里请，这会儿，怎么着也得排上半天队吧？排个半天，也是这个价。"

"半天可不行！"金毛嘿嘿笑，"这几天我和黑马天天去看。头天天没黑，那队就排得老长了。排上一夜，也不一定请得到。大相国寺那平安符一天多少都是限数的，听说今年格外少，百事吉串更少，就没见谁能请到百事吉串的。"

"嘿嘿。"李桑柔嘿笑了几声，"各府县的平安符和百事吉串明天晚上让骑手们带走。再捎话给各处的递铺，平安符和百事吉许他们加点儿价，加价最多不能超过五成。这多出来的钱是给他们的，让他们给家人、孩子做身新衣服，好好过个年吧。"李桑柔接着吩咐道。

顺风速递铺的平安符、百事吉新业务上线头一天，那张小小的查询条立刻上升为建乐城第一的炙手可热。

顺风铺子门口，请平安符的没排队，寄信的却排起了长队。

大相国寺的平安符和百事吉串，那法力可是全天下第一！

听说大相国寺这平安符和百事吉串，光供在佛前沐浴佛光就得供上足足九九八十一天。这中间，大相国寺的大和尚圆德大师亲自主持的加持法事，要有九回。

圆德大和尚可是年年给皇上祈福的大德！

建乐城的人家，要是能请到一份大相国寺的平安符或是百事吉串，那这一年指定平平安安，百事大吉。可大相国寺的平安符和百事吉串年年就那么点儿，要请到一份，十分不容易。

因为大相国寺这平安符和百事吉串，原本打算去四海通达寄信的，掉头直奔顺风。至于之前贪便宜往四海通达寄过信的，一个个悔得捶胸顿足。跟请到大相国寺平安符、百事吉这件大事相比，那几个小钱省得可就太不值得了！至于从来没往那四州写过信的，赶紧深挖三尺翻出一个两个同年故旧，赶紧写个一封"你好吗、最近怎么样啊、天气不错哈"的废话信，寄了信，赶紧把查询条好好收起。这查询条虽说今年用不上了，那还有明年呢。

明年一年里，说啥也得凑上五张，那明年的平安符和百事吉就有着落了。要知道，能不能请到一份大相国寺的平安符和百事吉，这可是事关一年运道的大事！

顺风速递铺凭查询条请大相国寺平安符这事，顾晞当天能知道，是文顺之告诉他的。文顺之知道，是睿亲王府的门房赔着笑问他：往顺风速递铺寄过信没有？要是寄过，那查询条能不能赏给他。

顾晞忙打发如意跑了趟大相国寺，问清楚了，拍着额头来回转了几圈，赶紧往明安宫去。

顾瑾听顾晞说了平安符和百事吉的事，眉毛扬得老高："圆德大和尚是有德之人，断不会为了银子，大相国寺也不缺银子。她怎么说服圆德大和尚的？确实是大相国寺出来的？"

"嗯，我让如意去了趟大相国寺。圆德大和尚说，李姑娘和他说，大相国寺是国之大寺，不该只福泽建乐城一城一地，应该弘扬佛法，广种福田，让陈州、颍州、寿州以及无为州的众生，也能得到大相国寺的福泽。他觉得这话极是，今年就将平安符和百事吉加了一倍的量。因为这个，他差点儿累病了。"

"那顺风铺子就在建乐城倒卖他这平安符，他知道吗？"顾瑾简直不知道说什么才好。

"知道。圆德大和尚说，佛祖弘法，也要收三升三斗米粒黄金，大相国寺也有知客僧。李姑娘要拿他这平安符支撑生意，事先跟他说过的，他觉得这没什么，这是人之常情，世之常情，佛法不能不近人情。"顿了顿，顾晞苦笑道，

"如意说，圆德大和尚还说李姑娘不容易，他愿意帮她一把。"

如意还说，圆德大和尚一听到顺风速递的李大掌柜，就微笑起来。不知道她说了什么，把圆德大和尚哄成那样。圆德大和尚福慧双修，可不是轻易就能哄骗得了的！这些等他查清楚了，再跟大哥说吧。

顾瑾呆了片刻，失笑出声："这位李姑娘可真是花样百出。四海通达处处学着顺风，这平安符只怕是来不及了。"

"四海通达马行街铺子的管事是从顺风铺子里挖过去的，骑手、马夫、各地递铺，到现在，统共挖了四十一二个人了。"顾晞错着牙，"沈家祖籍京西，京西商会每年都要往永平侯府送各种孝敬，我让人盯着呢，要是……"

"你就不能放宽心？"顾瑾用力揉着额头，"四海通达挖走的那些人，李姑娘就差敲锣打鼓往外送了。"

"这人，李姑娘要不要，跟他四海通达挖不挖是两回事！"顾晞打断了顾瑾的话。

"好好好，四海通达是下贱了点儿，可你只能看着，不能出手！你要是先出了手，京西商会那边或是永平侯府也动用起来，那就成了党争了！"顾瑾声色俱厉。

顾晞咽了口气，勉强点了点头。

"四海通达开业有半个月了吧？生意怎么样？李姑娘吃过亏没有？现在又来了个大相国寺的平安符，你担心什么？怕李姑娘把四海通达赶尽杀绝得太慢吗？"顾瑾简直想点到顾晞脸上，"你平时不算不精明啊，怎么一到李姑娘的事上就昏了头呢？"

"不是。"顾晞摊手，"李姑娘孤身一人……行了，我知道了。不过，要是永平侯府或是京西商会敢先借官府的手欺压，那就别怪我不客气。"顾晞一脸的恶狠狠。

顾瑾抬手拍着额头，连声叹气。

腊八隔天，米瞎子裹着件脏得发亮的狗皮长袄，腰里系着根草绳，开了口的鞋子用破布缠着，左一点、右一点地敲着他那根瞎子竹杖，有气无力地喊着打卦算命，直冲进了顺风速递铺。

"这瞎子可怜！黑马，带他去吃顿饱饭，大过年的。"李桑柔抱着胳膊，靠着门槛，扬眉斜着直冲她过来的米瞎子，扬声道。

"好嘞！金毛！"黑马从屋里直蹿出去，和金毛一左一右，架起米瞎子就往外走。

"这位姑娘，你这声音清亮入云，这主贵啊！姑娘，我送你一卦！"米瞎子扯长脖子喊着，被黑马和金毛架得脚不连地地走了。

李桑柔看着黑马和金毛架着米瞎子拐弯看不见了，到后面和大常交代了一句，往炒米巷回去。

李桑柔回到炒米巷时，米瞎子已经把那座五进小院前后左右看过一遍，蹲在廊下，烤着火，喝着碗酒。

"这酒好！这玉魄越酿越好了！"看到李桑柔进来，米瞎子冲她举了举碗。

"我算着你月初就该到了，怎么今天才到？"李桑柔坐到米瞎子旁边，接过黑马递给她的酒。

"收到你的信儿，耽误了几天才走。唉，江都城换人了，你早知道了吧？"米瞎子喝一口酒，叹一口气。

"何老大走后，我才知道的。你什么时候知道的？"李桑柔脸色微沉。

"我知道得早！"米瞎子仰头喝光了碗里的酒，将碗举给黑马，黑马赶紧又倒了一碗递给他。

李桑柔抿着酒，等米瞎子往下说。

"你是搭上了苏清，还是搭上了他姐苏姨娘？"米瞎子先问了句。

李桑柔没理他。

"刚进十月的头一天，苏清让我给他算一卦，杭州城跟他犯不犯冲，说江都城要换一位武将军了，是他们武家最有出息的那位，武怀义。还说，武怀义那性子可是说一是一，说二是二，眼里半粒沙子不能容，但凡沾上一丝半点儿通敌卖国，都是死罪，一杀一窝儿。我可是一句没问，全是他自己说的！"米瞎子斜瞥着李桑柔。李桑柔还是没理他。

"给苏清算好卦，我就去了赵家，送了一卦给赵掌柜那个儿子。那孩子不错，是个明白人。也不知道他是怎么把他娘哄出来的，一家四口，收拾了二三十个箱子，正好，何老大有条船在码头，就接了他这桩活儿。他们走得早，那时候，我还没接到何老大的信儿。算着再有个三天两天的，赵家母子四个大约就能进建乐城了。"

李桑柔长长地舒了口气。

"还有件事，"米瞎子又喝完了一碗酒，示意黑马再给他满上，"张猫那妮子，带着她那俩闺女、一个儿子也过来了。"

李桑柔眉梢扬起。

"这事真不能怪我，真不是为了贪那口油饼吃。"米瞎子看着李桑柔扬起的眉梢，赶紧辩解，"张猫那妮子觉得有钱没男人，那就是天堂，这你比我知道。可打她主意的男人一轮接一轮，多得很，这你也知道。她本来就生得好，年纪又轻，你又给她置了两百来亩地，她还有座两进的大院子，有财有貌，太招人惦记了。她那儿子又太小。从前你在江都城，什么都好说，现如今……唉，田鸡是个好人，可他是个男人，跟我说好几回了，说谁谁托到他那里，想娶张猫，他觉得那人挺好，俩人挺合适。张猫一个女人，那么大一注家财，没男人支撑不行。后头，何老大捎了话，你说说，我总不能说走就走，总得跟那妮子打个招呼，好歹吃了人家四五年的油饼。张猫这妮子真不错，没等我说完，就说她也要来找你，说她早就想投奔你了，就是不知道你在哪儿。我一想，那妮子是个明白人，也能干，她又有钱，养得活自己，肯定不拖累人。再说，她又做的一手好油饼，我就让何老大把她带上了。何老大说你让他去江宁城接人，反正都是孤儿寡妇，正好一条船。"米瞎子一边说，一边一脸干笑地看着李桑柔。

"嗯，来就来吧，我正好用人。"李桑柔斜瞥着米瞎子，接着问道，"田鸡他们怎么样？"

"好得很。唉，就是日子过得太好了，反正，话我都跟田鸡说到了，唉。小陆子、大头还有蚂蚱，就他们三个要过来找你，找他们大常哥。我让他们别跟着我，自己想办法过来，有本事过来，那就过来；没本事过来，就是来了也跟不上你，还是别来了。要是有本事来，这几天大约就能到了。"

"嗯，你知道顺风速递铺是我的？什么时候听说的？"李桑柔见米瞎子又将空碗递向黑马，便从他手里夺过碗，递给金毛，"别给他喝了，黑马去唐家酒楼叫份上等席面送过来。"

"好！"黑马一跃而起。

"我前天晚上进的城，昨儿逛了一天了。"米瞎子砸巴着嘴。这酒真不错，他还想喝。

"那该知道的，你都知道了？"李桑柔倒了杯茶递给米瞎子。

"差不多吧。你后头站着那位世子，世子跟那位断了腿的秦王爷站在一起，他们兄弟俩顶着你开了这间铺子，做起了邮驿生意。他们想干吗？你知道？"米瞎子仔细看着李桑柔。

"他们想干什么我不知道，我只知道自己想干什么。"李桑柔迎着米瞎子的目光。

米瞎子沉着脸，沉默了好一会儿，干笑一声："想赚钱呗，还能干吗？白花花的银子，人见人爱。"

李桑柔眼睛微眯，看着米瞎子，片刻，"嗯"了一声。

"那家叫四海通达的，这商号名谁给他们起的？四下漏气，再碰上你这顺风，呼！一口气就吹得啥都没了，不顶事。"米瞎子啧啧连声，一脸的不忍，"可怜。"

"你歇两天，替我往无为走一趟，看看我那些递铺、派送铺子，还有路上。"李桑柔没理会米瞎子的啧啧，直接吩咐道。

"行！昨天、今天歇了两天了，明天我就走。"米瞎子愉快应声。

"你现在住哪儿？要给你找个住处吗？"李桑柔接着问道。

米瞎子说他是天生的五弊三缺，靠山山倒，靠水水断，靠近谁就祸害谁，不宜靠近任何人，只宜四下无靠，从来都是独居独行。

"就在南熏门里头的五岳观，那观里的腊八粥熬得不错。"米瞎子"嘿嘿"笑道。

米瞎子在炒米巷吃好喝好，敲着瞎杖回到五岳观。隔天一早，他就搭了辆车，往淮阳府去。

临近中午，李桑柔吩咐金毛去找一趟顾晞，问他什么时候有空，她有事找他。

如意到得照例比金毛回来得快，传了顾晞的话，他中午就有空，请她到潘楼吃饭说话。

李桑柔到得早，站在窗前喝了半杯茶，顾晞就到了。

"最近走了不少人，没事吧？"顾晞看到李桑柔，连客套话都没说，就直接问道。

"没事。人嘛，总是有来有往。"李桑柔关上窗户。

"你喜欢看外面，就把窗户开着，又没什么寒气。"顾晞见李桑柔关窗户，忙笑道。

"寒冬料峭，没什么好看的。"李桑柔坐到桌旁，给自己倒了杯热茶。

"再有一两个月，到二月里，满眼春意，就好看了。"顾晞笑接了句。

李桑柔"嗯"了一声，片刻，看着顾晞，问道："你还记得赵掌柜吗？"

"自然。怎么想起来问这个？"顾晞脸上的笑容没有了，"十月初，赵锐带着母亲、弟妹，和邻居说出门走亲戚，也就带了二三十个箱笼，宅子还在，邸

272

店也在，可到现在，两个来月了，杳无音信，这事，你知道？"问到最后一句，顾晞的声调里充满了期待。

李桑柔听出了顾晞声调中的基调，笑起来："你让人看着他们呢？"

"不是看着他们，是打算接他们走。江都城换了位武将军，为稳妥起见，我想让人接他们到建乐城来。你把他们接走了？"顾晞看着李桑柔。

"不是。你跟我说报了一箭之仇那天，我才知道江都城守将要换了，哪来得及接他们。我也是昨天刚刚得了信儿，说他们一家搭船往建乐城来了，正巧搭的是我的船，说是明后天就能到建乐城了。"李桑柔往后靠进椅子背里，笑道。

"多谢你。"顾晞长舒了一口气，"这一阵子，一看到个'赵'字，我就刺心难受。赵明财为救我而死，他的遗孀儿女要是有个好歹……这事多亏了你。"顾晞冲李桑柔欠身致意。

"真不是我，就是巧了，他们雇了我的船。赵家在建乐城还有什么亲戚吗？"李桑柔避开顾晞的欠身，笑道。

"赵家是跟着我母亲陪嫁到建乐城的，文氏祖宅、宗祠都在泰州，那里大约还有几家姓赵的，肯定都是远亲，几十年不来往了。赵家，你看怎么安置合适？让他们跟着你？"顾晞看着李桑柔，问道。

"我一个下九流，跟着我太可惜了。赵掌柜的大儿子五六岁就进学堂读书了，以前常听赵掌柜夸他儿子聪明、懂事，书读得好。赵家原本就是你的人，你干脆还把他们收回去算了，孤儿寡母的，也有个依靠。"李桑柔不客气地建议道。

"嗯，收回府里就是奴仆，也不怎么好。我让守真安排吧，就当个远房亲戚什么的。"顾晞想了想，笑道。

李桑柔抿嘴笑着，"嗯"了一声。这样最好。

"四海通达还在从你这里挖人？"顾晞转了话题。

"该走的都走了，挖了一遍了。"李桑柔愉快地笑道。

"你……"

"有个笑话，挺应景。"李桑柔打断了顾晞的话，"半夜里，有一家进贼了，家主听到了，装没听见，大声和媳妇儿嘀咕，狗他娘，咱那银子都埋在屋后头地里，你说，肯定没人知道吧？几个贼听到，忙了半夜，把他家屋后的地深翻了一遍。第二天，狗他娘下地，一看她家地被深翻了一遍，大惊失色，狗他爹，你快来看，这是出啥事了！狗他爹眉开眼笑，说，你赶紧去跟张老财说一声，他家牛咱不借了，咱家地翻好了！"

顾晞噗一声笑喷了，一边笑一边摆手："我知道了，你家地翻好了，牛钱省下来了。"

"宾主一场，只要大家各尽本分，那就好聚好散。人往高处走，四海通达给的工钱高，那就去四海通达，人之常情，世之常情。拦着不让人家走，那就是下作了。就是下九流，也不能这么干。"李桑柔笑眯眯，"再说，文先生挑的人，可比走的那些强，工钱都一样。"

顾晞失笑出声："为了挑这些人，守真都累瘦了，都是军中精锐。对了，听说你有了位骑手主管，王壮？"

"嗯，是文四爷挑的人。"

"我知道，这事就是致和告诉我的。就是前两天，致和说，这个王壮，带着一大家子，一长串儿光头小子，大清早堵着门，跪一片给他磕头，把他吓一跳。致和说你让他做了骑手主管，一个月给十两银子？"

"嗯，年底还有花红。王壮为人厚道，心眼足够，人缘又好，骑手们都很服他，十两银子不多。明年再给他涨点儿。"李桑柔笑容愉快。要是能多几个像王壮这样的就好了。

临近中午，黑马和金毛一圈儿忙好，一人一杯茶，正蹲在铺子门口看景儿，一串儿三个乞丐冲上来："大爷！行行好！给口吃的吧！"

"他娘的！"黑马吓得一口茶差点儿呛着，"有你们这么要饭的吗？吃了几年饱饭，本行都忘了？"

"瞧你们那嘴，油都没擦干净！好歹饿上几天再出门！"金毛也被三人吓了一跳，"就你仨这副德行，能要到饭？"

三个乞丐转着圈四下乱看，眉开眼笑。

"可不就是要不到？昨儿晚上，在三十里铺，蚂蚱还被一个大娘打了几扫帚，说有手有脚，身强力壮，干点儿啥不好，非得要饭！"小陆子捏着嗓子学着大娘的腔调。

"就是个要饭的打扮，没要过饭，一路上吃肉吃油饼来的。"蚂蚱紧接道。

"盘缠多！田鸡给我们仨拿了一千……"大头从小陆子和蚂蚱中间挤上前，话没说完，就被黑马一巴掌打了回去，"你他娘的看看地方，到后院！"

黑马和金毛站起来，带着破破烂烂的三人穿过后院，进了菜地边的小草棚里。

"这么多马！"小陆子经过后院，团团转着看两边马棚里一匹匹的马，惊得两眼圆瞪。

"咱们老大，真做大生意了？"蚂蚱缩头缩肩膀，小心地打量着四周。

"马哥，那是啥地方？那前面，那是啥？"大头指着斜对着他们的角楼和皇城高墙，两眼圆瞪，嘴巴半张。

"瞧你们这没出息的样儿！真给老子丢人！"黑马高挺胸膛，昂然无比，"那个就是皇宫，皇上、娘娘还有公主，都住在里面，那里面，你马哥我，还有你毛哥，常来常往！"

"呀！"小陆子、大头和蚂蚱三人，从角楼仰视到黑马。

"金毛带他们去香水巷好好洗个澡，再一人买两身衣裳，洗干净再带他们回炒米巷。"李桑柔穿过院子，在五个人背后吩咐道。

"老大！老大！"小陆子、大头和蚂蚱冲着李桑柔直扑上去。

李桑柔赶紧一步退进院子里，用力挥手："先去洗澡！好好洗干净！"

"老大放心，老大，这是田鸡给俺仁带的盘缠，一共一千两。我说用不了，田鸡说，用不了就给老大。一路上，统共用了九两半，都是买肉买油饼用的。嘿嘿，老大，您说过，俺仁是仁饭桶。"小陆子从怀里摸出个破布包，双手捧给李桑柔。

李桑柔接过破布包，递给黑马，冲三人挥着手："先洗干净，再好好睡一觉，晚上再说话。"

几天后，何老大往江宁城接人的船直接停进东水门。

李桑柔跟着何老大进了东水门码头边上的一家邸店。

小小的一间院子里，张猫正在和面。李桑柔在江宁城见过的那个磨豆腐妇人正用几块砖支灶，还有个温婉妇人，正用力刷着只鳌子。两个七八岁的女孩子正在洗衣服，两个更小的孩子一人举着个风车，嘴里呼呼叫着，围着院子跑。

支锅的妇人面对着院门，看见李桑柔，"呀"了一声："你？"

"是我。"李桑柔微笑。

"这就是李大当家。"何老大跟在李桑柔后面进来，忙介绍道，"这是谷嫂子，这就是张四标媳妇韩嫂子。"

"那回，李大当家是去看我们的？"谷嫂子添了块柴，小跑进屋，搬了张椅子出来。

"嗯。何老大说江宁城还有几家想过来，托你先过来看看这边怎么样？"

275

李桑柔示意张猫等一等，她先和谷嫂子说话。

"是。大当家的也知道，都是孤儿寡妇的，又都年轻，日子艰难，想要守下去，没个依靠不行。何当家的说大当家的是好人，有本事，姐妹几个就托我先过来一趟，不是看什么，大当家的这里哪还用看，是先当面跟大当家的禀告一声。"谷嫂子赶紧赔笑解释。

"想过来就过来吧。不过有句话先说到前头，不管是在江宁城还是在这建乐城，你们都得自己养活自己，我从来不养闲人。"李桑柔带着丝笑，话却直截了当。

"那是，那是，大当家的放心。"谷嫂子赶紧点头。

"嗯，你找条船，愿意过来的，都带过来吧。"李桑柔转头吩咐何老大，又转向张猫，"地和宅子，你都卖了？"

"卖了。"张猫答得干脆利落。

"嗯，你的住处，自己置办吧。你们，"李桑柔看向谷嫂子和紧挨着谷嫂子的韩嫂子，"一家十两安家银，也是自己安置。明天我让黑马过来一天，带你们在这建乐城里逛逛，看看宅子什么的。你们安置好了，去个人到顺风速递铺说一声，我那里有点儿活儿，看看你们能不能做。"

李桑柔说完，和何老大说了声，转身出院子走了。

"他何叔，大当家的这是生气了吧？"谷嫂子看着李桑柔出了院子，惴惴不安地问道。

"大当家的生什么气。"何老大笑起来，"大当家的就是这样的脾气，讲究各人的事各自作主，从来不多说、多做。"

"大当家的是这样。"张猫接话道，"我那男人死后，有小半年吧，大当家的手下有一个想娶我，我不想嫁，就去找大当家的，才说头一句"我不想嫁"，大当家的正吃螃蟹，抬头看了我一眼，就一眼，说，那就不嫁！我当时都傻了。回到家，我越想，这心里越七上八下。后来，说是大当家的当天就发了话，帮里谁敢强娶强嫁，就按进夜香桶里沤粪。大当家的是好人，厉害得很呢。别多想，咱们明天去看房子，今年好好过个年！"张猫声调愉快。

张猫和谷嫂子都是极利落有主意的，不过两三天，谷嫂子就照着要来的几家人口，赁下了一个院子。张猫买下了隔了半条巷子的另一座小院。粗粗收拾好，张猫就和谷嫂子一起，直奔顺风速递铺。

李桑柔不在，两个人在院子后面，蹲在李桑柔那块菜地里拔草，差不多把

276

草拔完，李桑柔回来了。

两人急忙迎上去。谷嫂子有点儿怵李桑柔，赔着一脸笑，小心奉承道："大当家的这儿，真是风水宝地。"

"那可是，大当家的的眼光可好得很！"张猫赶紧捧场。

李桑柔从谷嫂子瞥到张猫，指了指两把竹椅子："坐下说话。金毛，把东西抱过来。"

金毛在院子里"哎"了一声，很快抱了一大抱衣服包袋过来。谷嫂子急忙拎了把椅子过来，给金毛堆东西。

"这是铺子里各处人手要穿的衣服，一人一年四套；那是铺子里要用的邮袋，尺寸都有定规，字要绣上去，你们看看能不能做。"李桑柔指着那一堆衣服包袋道。

"能做！能做！"谷嫂子已经拎起来看过针脚，一边递给张猫，一边满口答应，"说句不怕大掌柜生气的话，这针脚可不算很好。我的针线不算好，也能比这细密些。韩嫂子她们，针线都比我好，张妹子的针线也好。"

张猫跟着点头。这些衣服、包袋，针脚真是相当一般。

"那就好。你俩去找大常，领料子、针线，能做多少领多少，价儿就照现在的价儿。"李桑柔干脆至极。

"大当家的，咱这铺子有多少人哪？这衣服一年四套，分春秋冬夏？"张猫问道。

"人不少，单凭你们几个人，肯定做不下来，先做做看吧。以后，你们要是有本事全包下来，那是最好不过。"李桑柔一边说，一边站起来。

张猫和谷嫂子对视了一眼，两个人都是一脸的惊喜。见李桑柔站起来，两人忙跟着站起来。

"我还有事，你们去找大常，就在那边仓库，找他交接细务。"李桑柔笑着冲两人挥了挥手，出铺子走了。

张猫和谷嫂子抱上那一堆衣服、包袋，一溜小跑，直奔旁边的小院去找大常。

祭了灶没两天，米瞎子回到建乐城，径直去了炒米巷。

今年实在太忙，忙到大常三个外加小陆子三个，全都连买年货的工夫都没有。

黑马往张猫那儿跑了一趟，原本是想让张猫她们帮着办办年货。到谷嫂子

277

那间小院一看，一院子仨大人、四个孩子，就连三四岁那个，都被张猫指使着，跌跌撞撞地递针搓线呢。

三个人只好垂头丧气地接受了李桑柔的建议，拿了银子给唐家酒楼，请他们给办点儿年货。

李桑柔回到炒米巷，正赶上唐家酒楼的小厮过来送刚蒸好的过年馒头，又跟小厮说了一声，让唐家酒楼送几样拿手菜过来。

李桑柔和米瞎子两个，坐在大门敞开的上房正屋吃了饭。李桑柔温了一大铜壶酒，对着烧得红旺的炭盆喝着酒说话。

"看得怎么样？"李桑柔将鞋底靠近炭盆烤着。今年太忙，没来得及装地龙，厚底鞋不利落，薄底鞋利落是利落了，但是冻脚。

"你那些骑手、速递铺里的马夫什么的，好得很哪。"米瞎子这一句"好得很"，有几分阴阳怪气。

李桑柔抿着酒，根本不理会他这几分阴阳怪气。

"派送铺子，除了新换的那几家，别的，都是你找的吧？都很规矩，都是本分人。有两家挺有意思，一个是淮阳府的聂婆子。"米瞎子说着，笑起来，"你那平安符和百事吉，她一文钱没加。不过，要从她手里请这平安符，有个条件，明年一年的小报，得从她这里买。"

李桑柔听得眉梢扬起。

"这份心思活络，不简单；这份长远眼光，也不简单；能舍下就放在眼前的钱，更不简单。而且，这明年一年的小报，当场答应了就行，既不收定钱，也不多说一句，你说行，那就是行了，平安符就让你请；答应明年两份小报都买一年的，那百事吉串立刻让你请一份。这份气度不简单。这是个可用的。还有一个，是汝阴府的邹旺，这邹旺更不得了。你分到汝阴府的平安符和百事吉，百事吉他一个都没拿出去，平安符的七成，他加价五成卖了，余下的三成平安符和那些百事吉串，他拿去送给了几家收信、寄信最多的大户，府学的教谕，衙门里的衙役头儿、书办，还有他铺子那一片儿的里正。你瞧瞧，这份小心计！这个也可用。"

李桑柔专注听了，笑意盈盈，抿了口酒道："我头一回去淮阳府，在一家小茶坊里喝茶时，碰到的聂婆子。她当时正跟一个婆子细细地分说，这个人是什么性子，家里有什么难处，那个人有什么毛病，曾经有什么过往，入情入理，深谙人心，我就留意了。她是个半路出家的药婆。当初，因为独生儿子生下来体弱，常年有病，她就学着自己采药、焙药。来往她家的老药婆无儿无女，看

278

她愿意学，就把药婆的本事教给了她。她丈夫死后，她就做了药婆，养家糊口。她做药婆不过两三年，淮阳城里的药婆就推她做了药婆行的头儿。

"今年春天里，她医死了淮阳府狄秀才家的一个小妾，被狄秀才家捆着游了半座淮阳城，又痛打了一顿。她这药婆的活儿就做不下去了，这药婆行的头儿自然也没法再当下去。我头一回遇到她时，她交代的那个婆子是药婆行的新头儿。她手把手地教带，尽心尽力。她家里人口简单，儿子儿媳，一个孙女一个孙子。她儿媳妇叫枣花，是殷实人家姑娘，读过书，习过字，写过诗的。

"枣花自小儿就定了份门当户对的亲事。快要成亲的时候，她那未婚夫得了过人的重病，她婆家要把她娶过门冲喜，她不肯。她爹她娘她哥说她不贤无德，把她打了一顿，捆进轿子嫁了过去。婆家把她抬回家，就把她和她丈夫关在一起，她也染上了病。她丈夫死的时候，她也病得快要死了。她婆家就把还有一口气的她和她丈夫一起，封进口薄棺，抬进了城外的漏泽园。

"当天晚上，聂婆子给人看病回来，路过漏泽园，坐着歇一会儿，正巧听到敲棺材的声音，撬开棺材，把枣花救了出来。聂婆子看病的本事很不错，说她当时就看出来枣花的病过人，也看出来她已经熬过来了，就借着漏泽园的那间棚屋，托守园人买了米柴过来，在附近采药熬药，没几天枣花的病就好了。枣花好了之后，宁死也不回婆家娘家，说是已经死过一回，重生为人，不是从前的自己了。

"枣花这个名字，聂婆子说，是枣花醒过来后，头一眼看到屋外的枣子树正开着花儿，自己给自己取名叫枣花，说她就叫枣花，没有姓。枣花跟着聂婆子回了家。嫁给聂大前，她婆家娘家都去找过她，说是她站在墙头上痛骂了两回。"李桑柔说着，笑起来，一边笑一边冲米瞎子举了举杯子。

"枣花头胎生下大妮儿，大妮儿七八个月的时候，爬得飞快，有一天，她一时没看住，大妮儿竟然爬过了院门槛，出了院子，正好一辆车经过，没看到大妮儿，把大妮儿一条腿压断了。车子是辆拉货的破车，比他们还穷。聂婆子一家，花光了家底，又借了二三十两银子，大妮儿一条命才保住了，一条腿却没了。一家人都愧疚得很，为了照顾大妮儿，隔了十年，枣花才生了老二，叫招财。这事上看，聂大很不错，毕竟，要想不生孩子，也只能不同房是不是？只看这一件事，聂大很难得。"

"我在聂婆子家吃了顿饭，那俩孩子都是福相。"米瞎子听得津津有味。

"邹旺这个人，是我在汝阴府的大车店里，听掌柜的和人闲扯时听到的。"李桑柔给自己满上酒，又给米瞎子满上，接着说邹旺。

"邹旺四五岁就没了爹，家里只有个老娘。五六岁起，邹旺就在酒楼茶坊帮人跑腿，挣几文赏钱，后来长大些，就开始跑单帮，贩些应季好卖的东西。他身强力壮，心眼好使，能干肯吃苦，从小就比别人能赚钱。跑单帮之后，赚的钱就多起来，攒了钱，他就去买地。到二十来岁时，邹旺已经置下了四十亩地，也说好了一房媳妇。

"大前年吧，端午前，他往亳州贩香药，回来的路上，离家不远了，过颍河时，赶上大汛，过桥过到一半，桥垮了。他不会凫水，一同贩香药的汪老焉揪着他，刚把他推上岸，一个浪头过来，把精疲力竭的汪老焉冲没影儿了。邹旺沿河找了几十里，找到了汪老焉的尸首，把汪老焉背回了家。

"汪老焉比邹旺大四五岁，已经有了一儿一女俩孩子。汪老焉死时，他媳妇正怀着身子，已经四五个月了。邹旺托人问了汪老焉媳妇，得了个好字，回去把他那四十亩地送给了和他定亲的姑娘做陪嫁，解了婚约，回来娶了汪老焉媳妇。汪老焉媳妇后来又生了个儿子，两儿一女都姓汪。"

"这人义气，做事厚道，是个讲究人儿。"米瞎子感叹。

"嗯，他那时候还在跑单帮，我等他回来，问他愿不愿意跟我干，他细细问了我半个时辰，问完了就点头说好。他人极聪明，很有心计，从小就知道得识字。在酒楼帮人跑腿传话时，就常拿着一个字两个字让人教他，见了识字的人，不管是算命的还是媒婆、药婆，都请人家教他一个字两个字，一句话两句话。到我见到他时，他能看八字墙上贴的文书了。"李桑柔一脸笑意。

"这两个，都能大用。"米瞎子喝了一大口酒。

"嗯，等出了正月，把这四州生意上的事交给聂婆子，让邹旺跟着陆贺朋去长长见识。"李桑柔眯眼笑着，十分满意。

"你跟上头走得近，最近，听到啥信儿没有？"沉默片刻，米瞎子看着李桑柔问道。

"你说的啥信儿，是啥信儿？"李桑柔反问了句。

"我到无为府的时候，沿着江，全是哭祭的人，多得很，说是到江北的船被南梁军抓住，砍了头。"米瞎子神情阴郁。

"贩毛料绸子的？"李桑柔拧起了眉。

"说是有不少是正正当当的货船。那边乱抓乱砍，这边也跟着又抓又砍，都是把船和人拉到江中间，砍人烧船，我看到了两回，说是私运绸缎的。这十来年了，私运毛料绸缎，不过是把货抢了，碰到狠手的，也不过是连船一起抢，人只要跳进江里，就不管了，生死由命。像这样全数抓住，在江中间对着砍头烧船的，上一回，已经是好几十年前的事了。你听到什么信儿没有？"米瞎子看着李桑柔，再问。

"没有。"李桑柔的话顿住，片刻，声音落低，"初十那天，我见过世子一回，从那天到现在，一直没看见过他，他也没上早朝。"

"今天都腊月二十七了。唉，太平了几十年了，也是该不太平了，唉。"米瞎子一声接一声叹着气，仰头喝光了半碗酒。

李桑柔默然看着他，片刻，站起来，拎了一坛子酒过来，往铜壶里倒满，将铜壶放到旺炭上。

顺风速递铺终年无休，年节时最忙，不能休息，平时轮休，这是招人进门时，事先讲明了的。

今年这个春节，格外繁忙。

好在李大掌柜是个大方人，早就说过，从年三十到正月十六，一天算三天工钱，加上余下的半个月，正月一个月，就能拿到两个月还多一点儿的工钱。

顺风速递铺的工钱本来就高！

再加上腊月里李大掌柜派送的那厚厚的花红，这些都让顺风速递铺从上到下忙得一团喜气。各人家里也都是全家出动当好后勤。

炒米巷的年夜饭吃得匆匆忙忙。

眼看着天黑下来，从大常到蚂蚱赶紧往铺子里赶。骑手们快到了，得最后查看一遍要带到各处的东西，还有他们老大早就挑好的几处要摆摊的地点。现在可以把棚子、招牌、桌子、椅子，还有他们的新年新花样统统摆出去了。

到天黑的时候，院子里只余了李桑柔和米瞎子两个人，对着一桌子年夜菜慢慢悠悠地吃。

吃好喝好，李桑柔穿着她那件绝不好看但绝对实惠的狗皮袄，和米瞎子一起出来，先往张猫她们那条巷子逛过去。

"你上回在建乐城，是什么时候？"出了巷子，李桑柔闲闲地问道。

"二十年前了。"米瞎子打量着四周。这会儿的建乐城，热闹都在各家门里，门外的大街小巷，空无一人，却弥满了过年的喜庆气息。浓浓的硝烟味儿，家家户户飘出来的油香、肉香、酒香，远远近近的鞭炮声，混合成厚重的过年气息，包裹着两人。

"有什么变化吗？"李桑柔背着手，闻着四周的喜庆气息。

"干净多了，玉魄酒比那时候好一点儿。"米瞎子挥着瞎杖，敲在街边的铺面门上。

"二十年前，睿亲王府那位世子刚刚出生。"李桑柔闲闲道。

"过了明天，他都二十二岁了。也是，二十年前，也算刚出生。你对他可真上心。"

米瞎子斜瞥着李桑柔。

"我背靠着他，不对他上心，难道对你上心？"李桑柔不客气地戗了回去。

"这话也是。他出生前一天，我找了个地方观星，就在夷山上，看了整整两夜。"米瞎子砸巴了下嘴。

"看到什么了？"李桑柔看着他，问道。

"刚爬上去就下雨了，下了一夜。那一片全是栗子树，我吃了一夜烤栗子。第二夜倒是没下雨，可烤栗子吃多了，拉肚子拉了一天连一夜。"

李桑柔极其无语地斜着米瞎子，不客气地问道："你会观星吗？"

"那时候会，现在，撂下二十来年了，观不了了。"米瞎子答得干脆而光棍，"我走那天，睿亲王府新王妃进门，锣鼓喧天。"

"挺着急。"李桑柔嘴角往下扯了扯。

"他们是天上的神仙，跟咱们凡人不一样。"米瞎子竖着一根手指往上戳了戳。

李桑柔似是而非地"嗯"了一声，抬了抬下巴，"前面就是。"

前面一条巷子里，住着谷嫂子她们。守着巷子口的是个大院子，两扇院门半开。

两人站在院门旁边的阴影里，仰头看了看糊了一圈绿纸条的大红灯笼。

米瞎子嘴往下撇成了八字："这纸条糊的，不伦不类。这指定是张猫那妮子的主意，当年她男人死的时候，她就是这么糊的。"

"她那时候就黏了两三根又细又小的白纸条。这对灯笼，糊得诚意多了。"李桑柔也多看了几眼那对灯笼。

院子里一阵笑声传出来，一个小孩子兴奋的尖叫声夹杂在其中："娘！娘！"

"乐呵得很呢，咱们走吧。"米瞎子挥起瞎杖转了一圈。

李桑柔"嗯"了一声，和米瞎子一起出了巷子，往顺风速递铺逛过去。

两人从灯火通明的顺风速递铺再逛到贡院门口，从贡院门口再到西景灵宫，再到金梁桥。

到金梁桥时，金梁桥头，几个伙计忙忙碌碌着，正在竖顺风速递铺的大招牌。

铺子管事老左正站在金梁桥栏杆上，蚂蚱在下面抱着老左的腿，免得他掉下去。

老左扯着嗓子，指挥着往那边挪挪，再挪挪。

两人远远站住，米瞎子啧啧有声："你这地方选得好，我就说，光做夜香行，太委屈你了。"

建乐城的学子，每年的大年初一，有条不成文的祈福路线，天刚亮，先到贡院朝圣，再到西景灵宫求保佑，再走一趟这座金梁桥。

明年是大比之年，二月初九就开龙门了。应考的举人，这会儿都已经赶进了建乐城。

明天的祈福，应考的举人是必定要走一趟的，不管管不管用，不走肯定不行。

至于其他没资格应考，只是来长长见识的秀才书生们，也都会沿着这条线走一遍。

他们倒不全是为了求吉利，更多的，是看个热闹。毕竟这条祈福线路是漫长的科考过程中传说最多，也最热闹，而且是人人皆可参与的大景致。

"宣德门前才是好地方，可惜找不到空地儿。"李桑柔遗憾地叹了口气。

米瞎子斜着她，片刻，哈了一声："金銮殿前更是好地方！"

"唉，退而求其次，只能东华门了。"李桑柔不理会米瞎子的金銮殿，只接着自己的话往下说。

"你这个管事不错，福相。"米瞎子用瞎杖点着老左。

"你明天往哪儿逛？"李桑柔也没理会米瞎子的福相。

"啥事？"

"替我看个人，吏部尚书孙洲夫人娘家侄子王宜书，今年……过子时了没有？"李桑柔示意米瞎子往回走。

"还没有。还是今年，你说错也没事，我懂。"

"王宜书今年秋天刚考过秋闱，腊月里到的京城，看那样子，明年春闱大约不会下场。你替我看看这个人，不急，慢慢看。"李桑柔接着道。

"这人怎么了？"

"这人没怎么，我想看看无为王家。"李桑柔背着手。

"顺便再看看孙洲？"米瞎子斜瞥着李桑柔。

李桑柔"嗯"了一声。

米瞎子不说话了。

283

两人沉默着走了半条街，米瞎子突然挥起瞎杖，举起来转了几圈："大事！"

李桑柔看都没看他一眼，背着手只管走路。

第十七章　过年

大年初一，天刚蒙蒙亮。

拥往贡院朝圣的士子以及观看士子们朝圣的闲人们，先看到的，是大得出奇的"顺风"两个字，以及旁边一排十几块巨大的招牌。招牌精美华丽。每一块招牌的右上角，都有一个占了横一半的大红姓氏。

略凑近一丁点儿，就能看到姓氏旁边的名、字和号，以及下面能把招牌上的名家夸到脸红的介绍，个个都是什么当世工笔牡丹、鸟雀什么什么第一人，什么前无古人，后待来者，什么天上人间，只此一人……一长串马屁拍的，当时连黑马都有点儿脸红。

招牌旁边，几张长案排成长长一条，长案上铺着崭新的雪白毡垫。长案一头，十二摞精美喜庆的拜帖摆得整齐无比。

拜帖之外，每隔一个人的空，就摆着一套笔架、砚台、笔洗，笔架上一排上等湖笔，砚台是很过得去的端砚，墨是上等好墨，笔洗简单大方。案子后面，两个干净利落、一脸喜庆的小厮垂手站着，专管磨墨。

整条案子，看起来干净整洁，极其养眼。

穿着崭新的顺风工作服的小陆子和另外两个铺子的伙计拿着一把十二张足有人脸那么大的拜帖，高高举着，卖力无比地吆喝不停："名家字画，翰林亲笔，精美贵重，体面吉祥，拜年首选！免费寄送！走过路过，不要错过！"

和长案隔了四五尺，摆着张八仙桌，也铺着崭新的毡垫，不过是大红的，八仙桌三面坐着三个伙计，每人面前一个收寄账本。

这名家字画的拜帖，现买现写，现场收寄。

贡院龙门旁边，潘定邦和田十一踩着贡院门口的下马石，各人按着各人小厮的头顶稳着身子，伸长脖子看着被士子们围在中间的顺风家拜帖摊子。

"你看看，多热闹！我就说，这拜帖出来，万人追捧！怎么样，我没说错吧！"潘定邦得意得声音都变调了。

小厮听喜从人群中挤回来，将手里一摞十二张拜帖举给潘定邦，总算腾出手扶正幞头，再擦把热汗。

潘定邦接过一摞拜帖，一张张地细看，看完一张，递给田十一一张，一边看一边兴奋地说个不停。

"你看看，你看这张！还有这张，这张！真是好看啊！多气派！多雅致！你看看！这雕版！这上色！多不简单！我瞧着，这印出来的比刚画出来时可好看多了！你看看这纸，极品好纸！你看看这金线压的，你看看这暗纹！你看看！都是极品！不惜工本啊！你看看姚翰林这幅《富贵牡丹图》，做成这拜帖，你瞧瞧，可比他那画强太多了！十一，你肯定不知道，做这拜帖，这主意，是我出的！我！"潘定邦实在忍不住，得意地哈哈大笑起来。

"我跟你说，不光这主意是我想出来的，这十二个名字，十二位翰林也是我挑给桑大掌柜的。别的她厉害，这上头她可不懂！都是我挑的人！还有，你看姚翰林这张，精心，上乘！我三哥说了，姚翰林这幅牡丹，极用心了！我告诉你，原本姚翰林就画了两朵牡丹，好是好，可不够喜庆，我一看就觉得不行，当时就找到他家了，看着他现画了好几张，才挑中了这张，怎么样？这张喜庆吧？大过年的，就是要喜庆！"潘定邦说着，又哈哈笑起来。

"我跟你说，我怕我这眼光，别万一，一时没看好，拿出来，要是让人家说一句，这画、这字没用心，那就不好了，你说对吧。我就去找我三哥，我三哥的眼光你是知道的，一等一！找了七八趟，总算请动了我三哥，过了一遍眼。你别说，还真有三四张，我三哥说略有些敷衍。我就拿回去，看着他们重新画，重新写！直到我三哥都点了头！我告诉你，这些，全是精品！"潘定邦再次得意地哈哈大笑。

"还有……算了，不说了。"潘定邦抖着眉毛，说着不说了，还是没忍住，往田十一耳边凑了凑，"我跟你说，这主意出来，李大当家说，咱们得悄悄地来，等所有的印社、纸铺都歇业过年去了，大年初一再突然拿出来，让那什么四海八荒的，眼看着，就是追不上！我当时……"潘定邦满足地啧了几声。

"我跟你说，我真就谁都没说，连你……你那会儿还给关在祠堂里。"潘定邦满意地拍着田十一。

幸亏十一给关在祠堂里，潘定邦觉得他真是运道好，要不然，他真怕自己

286

没管住嘴跟十一说了，十一这货可是大嘴巴！

"下次再有这样的热闹事，你叫上我！"田十一总算插进话了，"这拜帖真不错，我得多买几套，今年就拿这个当拜帖，比我写的强多了。"

顾瑾的明安宫里，也陆陆续续收到了一摞十来张顺风家的名家拜帖，包括沈明青沈大姑娘送过来的一张。

顾瑾又让人跑了一趟，把一套十二张买全了，一张张细细看过，叹为观止。

这十二张拜帖，书画都是精品，所用纸张质地极佳，书画周围的纹路颜色，纸张质地，甚至外面的封套，张张都是搭配着字画，一张一个样儿，每一张都搭配得极为合适，很能衬托那些字画。

这位李姑娘，眼光极好。

这些书画，是潘定邦替她跑的腿，听说姚翰林因为潘定邦过于挑三拣四，还发过两回脾气。

因为这个，潘相特意找了他一趟，含含糊糊地打过招呼。他当时猜想过，她要用这些书画做什么用，没想到，竟然是做成了这样的拜帖。

这份拜帖确实好看极了，也实用极了。这拜帖之风，今年是始，到明年，只怕就要风行开来了。

到明年，跟进做这样拜帖的商家，必定很多，不知道她是放弃不做了，还是会再想出什么新花样儿来。

顾瑾欣赏着拜帖，想着明年，竟然有几分期待。

"这些拜帖卖得怎么样？"顾瑾看着近身内侍清风，笑问道。

"极好。小的排了两刻多钟才买到，那幅《富贵牡丹图》，排到小的时，已经没几张了，说是库里也没有了，都卖光了。"

"这牡丹画得是不错，富贵逼人，确实喜庆。"顾瑾拿过那张《富贵牡丹》，再次仔细看了看。

"小的回来时，在东华门外，看到马翰林正拉着潘相说话。潘相看到小的，招手叫小的，看到小的手里拿着这些拜帖，和小的说，马翰林正和他抱怨呢。马翰林又跟小的抱怨了一回。马翰林说，若论丹青功底，姚翰林肯定不如他，就是现在，姚翰林也常向他请教呢。说姚翰林那牡丹卖得最好，不是因为他画得好，而是人家看中了那牡丹富贵。说他画的那幅《墨竹》，亏就亏在太不喜庆，说这太不公道。还说潘七公子当时没跟他说清楚，要不然，他肯定不会画那幅《墨竹》，他肯定也挑幅喜庆的画。潘相说，他除了擅长画竹，画梅也是无人可及，等明年，让他千万别画墨竹了，画一幅《喜上梅梢》，指定比牡丹卖得好。"

顾瑾听得失笑出声。

马翰林过了年，就七十岁了，听说他这几年唠叨得厉害，看来还真是这样。

顾瑾拿起马翰林那幅《墨竹图》，仔细看了看，笑问道："这幅《竹报平安》卖得怎么样？"

"十二摞里面，这张《竹报平安》确实摞得最高，卖得最少。"清风想笑又抿住。

"他这竹子确实越画越好了。你去一趟马翰林府上，跟他说，我很喜欢他这幅《竹报平安》，请他得空时给我画一幅。"

清风笑应了，正要垂手退出，顾瑾又吩咐道："留心看看其他几位翰林。"

"是。"清风应了，见顾瑾没了其他吩咐，垂手退出，先往马翰林府上传话。

顺风速递铺的名家拜帖，成了建乐城新年里第一大新鲜事。

十二位名家，个个都是翰林，都是进士出身，有几位是进士及第，身份贵重，才华横溢。那字，那画，确实都是公认的好，求都没地方求的，现如今五百个大钱一张，买一张回来，自己留着看都值得！

那些字不怎么样，年年因为写出来的拜帖太丑，都不好意思往外拿的，对这些拜帖更是爱不释手，一买就是好几摞，只写个抬头，写个落款，就能送出去了，又好看又体面！

就连几位相爷，也觉得这拜帖新颖别致不说，还十分雅致不俗，贵重精致得一点儿烟火气都没有，确实比单写几行字好多了，也都让人买了些，送往各家。

顺风速递铺四处摊点，都是午时前后就卖光了拜帖，再忙着收摊回去，一个个忙得连中午饭都没顾上吃。

大常等人忙了一夜加半天，一个个瘫在椅子上、地上，累得不想吃饭，只想吐舌头。

大年初一这天，李桑柔往卖拜帖的几个摊位看了一遍，就回了炒米巷。

刚到巷子口，张猫和谷嫂子三人带着四个孩子，都是一身新，从旁边货郎摊上呼啦啦冲过来，七嘴八舌地说着吉利话，给李桑柔拜年。

李桑柔吓了一跳，被他们围在中间，赶紧往荷包里摸，给孩子们一人发了一个银角子。

还算她想得周到，一早上找了只大荷包，装了满满一荷包银角子。刚才在铺子前，已经撞上了几拨拜年的。唉，明年得准备点儿好看的小银锞子，这银角子实惠是实惠，实在太难看了。

"让大当家的破费了，这……"谷嫂子和韩嫂子见李桑柔发银角子，顿时窘迫起来。

张猫拉了拉两人："这是大当家的心意，大当家的高高兴兴地给，咱们就高高兴兴地拿着。"说着，又上前半步，和李桑柔低低道，"刚才好像看到赵掌柜家大小子了，在你们门口躲着呢。他们也到建乐城来了？"

"嗯。"李桑柔似是而非地应了一声。

"那我们走啦。"张猫退后一步，招手示意谷嫂子和韩嫂子，弯腰抱起小儿子。

谷嫂子和韩嫂子恭恭敬敬地向李桑柔屈膝告辞，牵着孩子，出巷子走了。

李桑柔走到离院门口两三步，看到一只手牵着小妹妹，一只手牵着弟弟，从门当后面走出来的赵锐。

"都安顿好了？可还好？你阿娘怎么样？"李桑柔仔细打量着赵锐兄妹，见兄妹四人虽是一身素服，却干净整齐，气色也好，微笑问道。

"极好，阿娘也很好。文先生帮我们请了位极有学问的先生，又请了太医给阿娘看病。多谢姑姑。"赵锐说着，示意弟妹，一起往地上跪下去。

李桑柔一步上前，拉起赵锐："地上脏，姑姑不讲究这些。往后好好读书，好好过日子。"

赵锐还是跪下磕了个头，才站起来笑道："姑姑放心。侄儿还在孝中，不祥之身，本来不宜出门，只是，不过来一趟，侄儿心中不安，也怕姑姑担心。"

"我知道，回去吧。"李桑柔摸出三个银角子，一人发了一个，和两个小的笑道，"听哥哥的话。回去路上，让哥哥给你们买点儿好吃的。"

赵锐再谢了李桑柔，牵着弟妹，一路上不停地回头，往巷子口走了。

大常他们六个，直到天黑透了才回来。

李桑柔已经炖上了一大锅羊肉，将唐家酒楼大厨腌的大青鱼泡上，洗好几棵大白菜，切成大块。

大常几个回来，将那一大锅羊肉连锅端到院子里的大铁架子上。金毛和小陆子、蚂蚱在大锅下烧上炭盆，再烧上一个炭盆架上烤盘。李桑柔将几条泡好的青鱼切成大块，往烤盘上浇上油，将鱼块放到烤盘上。大头跟着黑马，用小筐端了丸子、小酥肉、炸鸡块、馒头等过来。

一群人围着大锅烤盘，连汤带菜，吃得十分痛快。

"还是老大做饭好吃！老大做的饭，天下第一！"小陆子连吃了两大碗，打了个嗝。

"那当然！这鱼好吃！"大头也吃了两碗，打着嗝再夹一大块鱼。

"老大，"金毛吃饱了，夹了条鱼尾咬着当零食，"陆先生今天过来，让我问你一声，说你上回跟他说，出了正月去陈州，他来问，是出了正月起程，还是出了正月就得到地方。"

"出了正月起程。你明天去找他一趟，让他十六或是十七，看他哪天得闲，让他去铺子里找我一趟。"李桑柔吩咐道。

"老大，"黑马端着碗站起来，挪过去挨着李桑柔，"今天我不是在贡院门口看摊儿嘛，老黄凑上来跟我说话。我忙得根本没空理他。他就跟着我，我忙到哪儿，他跟到哪儿，叨叨个没完，说什么还是老大您厚道，说什么还是咱们顺风会做生意，还说什么当初老大不嫌弃他腿瘸年纪大，是好人，没完没了说了一大通。我忙着，没空理他。老大，瞧他那意思，不是那意思了，后来他都明说了，说还想回咱们顺风做。我还是没理他，我忙着呢。"

大常看向李桑柔。

"想走就走，有去无回。"李桑柔咬着块青鱼，"这是老规矩。"

大常松了口气，接着吃饭。他是个直性子，不喜欢反反复复的人。

"拜帖的生意忙过去了，从现在直到月底，都没什么大事了。你们三个从到建乐城就一直忙，从明儿起，歇一歇，找你们大常哥拿点儿钱，好好玩一玩，逛一逛。"李桑柔看着小陆子三人笑道。

"咱们明天去逛金明池？"小陆子顿时两眼放光。

"还有鳌山！还有皇上的大驾！我听老史他们说好几天了！"大头兴奋得一口鱼差点儿噎着。

"还有瓦子！马哥说那什么戏班子，天下第一！"蚂蚱兴奋得嗷嗷叫了两声。

黑马嘴角往下扯成了八字，一脸瞧不上地斜着三人：瞧这没见过世面的样儿！

金毛斜瞥着黑马，也是一脸瞧不上。去年他可比小陆子他们仨兴奋多了！

照张猫大闺女秀儿的话说：她娘跟谷大娘，四只眼睛就是四个大钱，大钱看大钱，除了大钱，什么都看不到。

秀儿说这话，是因为她和曼姐儿无比想去看闻名天下的建乐城鳌山花灯，说一回被她娘训一回。

这句话抱怨完，她娘往她头上拍了一巴掌："我不看钱，我看你？不看钱，你哪儿来的新衣裳？哪儿有肉吃？赶紧去把那几个扣眼儿锁出来！快去！"

韩嫂子看着眼泪汪汪的秀儿，忍不住笑道："她张婶子，就歇一天吧，咱带孩子去逛逛，到这建乐城一个来月了，天天忙。"

"就歇一天吧，咱赚钱，不就是想让孩子们日子过得好些？带她们去玩一天吧。这建乐城的花灯我是从小就听说，听说好看得不得了，我也想看看。"谷嫂子也笑道。

"那行！"张猫是个干脆性子，放下手里的针线，伸了个懒腰，"一个两个，都替这妮子说话，那咱们就去逛逛！"

秀儿和韩嫂子的闺女曼姐儿顿时欢呼出声，把针线一扔。曼姐儿直奔进屋，秀儿一把揪起妹妹翠儿，再去拎弟弟大壮。曼姐儿跑到一半，掉头回来，从秀儿手里抢过翠儿："我给翠儿穿，你给大壮换，快快！"

新衣服他们都有，一人四套呢！

张猫三人也换了新衣服，谷嫂子和韩嫂子都还在孝里，不过上元节这一天本来就要穿白。

一行三个大人、四个孩子，先往宣德门外看鳌山百戏。

韩嫂子眼睛盯着四个孩子，张猫和谷嫂子落在后面，没几句话，就又说到了挣钱这件大事。"他谷婶子，我还是想赶紧把大当家手里的活儿都盘过来。"张猫皱眉道。

"那得多少？就咱们接的这些，照那位常爷说，十停不到一停，咱们都做不完了。要是全盘下来，就算江宁府那几家都到了，也就比现在多一倍的人手。这事咱们说过好几回了，要盘下来，咱们就得招人手，还得招不少。我可从来没用过人！"谷嫂子拧起了眉，"我不是不赞成招人手，我是觉得，咱们是不是别这么急，一步一步来？咱先等江宁府的那几家到了，多接一点儿活儿，做一阵子看看再说？要是这会儿就全盘下来，少说也得招上十几二十个人吧，那不就成了开针线坊了？咱哪开过针线坊？别说针线坊，连生意都没做过，咱啥都不懂！还有，真招上十几二十个人，咱就仨人，连看着干活儿都看不过来！她张婶子，不瞒你说，我不是不想，是不敢。你不怕？"

"我不怕。这有什么怕的！咱后头有大当家的呢。你看看大当家的，她怕过啥？"张猫颇有几分虎气。

"瞧你这话！大当家的多大的本事呢，咱哪有那本事！"谷嫂子斜瞥了张猫一眼。

"本事都是长出来的。当初，大当家的给我买了二百亩地，我一听说二百亩地，头皮发麻，那么多地，我一个人怎么种得过来？后头把地往外租，我找大当家的，大当家的根本不听我说话，她说，头一回不会，下一回就会了。后来我就会了。这生意不生意的，现在不做，难道等一阵子就能等会了？还有啊，我跟你说，大当家的这个人，那天何叔说过一句，大当家从不替人做主，这是一条。还有一条，大当家的这个人，你能跟得上你就跟着，她护着你；你要是跟不上，她不会拽着你，跟不上你就别跟了。咱到这建乐城才一个来月，您瞧瞧大当家的手段，大相国寺的平安符、翰林的拜帖，多厉害！这一回，大当家的肯定是要做大生意的，只怕是要满天下做生意了。咱要是就接几件衣服回来，自己做做，挣几个辛苦钱，这辛苦钱能挣一辈子，可跟着大当家的，咱就挣几个辛苦钱，多可惜！你甘心？反正我是不甘心，我想发财！我想买辆大车，再买几身绸子衣裳穿穿。"张猫两只眼睛亮光闪闪。

"那，咱就试试？"谷嫂子深吸了一口气，咬牙道，"反正，就算做不成，也就是钱没了，死不了人。"

"就是这话！真做不成，咱就死了心，老老实实挣辛苦钱！"张猫愉快地低笑道。

第十八章　开年开战

一年之中，正月过得最快，说过去就过去了。

李桑柔正坐在椅子上，对着新绿盎然的菜园子感慨，黑马兴奋的声音从后面冲上来："老大！老大，如意来了！是如意！"

李桑柔忍不住翻眼看青天。这黑马长了一年的见识，也就是从世子爷，世子爷，长到了是如意，是如意！

李桑柔转身，看着瘦了一圈、黑了不少的如意。

"姑娘好！"如意虽然又黑又瘦，精神却相当不错，"我们世子爷昨儿个回来的，一直忙到现在，问姑娘可得空儿。姑娘要是有空，我们世子爷请姑娘到对面潘楼吃饭说话。"

"现在吗？"李桑柔笑问道。

"是！"

"那走吧。"李桑柔站起来，跟着如意往外走。

潘楼大门紧闭，李桑柔眉梢挑起。

如意瞄了她一眼，笑道："世子爷说潘楼后园春色不错，可要是人多就不好了，小的就让他们清了场。"

"很贵吧？"李桑柔又看了一眼紧闭的潘楼大门，顺口问了句。

"还行。"如意想笑，赶紧抿住。

潘楼后园，一片新绿中间，摆着桌子椅子，上风口竖着屏风，顾晞背着手，正欣赏着满头新翠的几株垂柳。

听到动静，顾晞转身看向李桑柔。

李桑柔脚步微顿，将顾晞从上到下打量了一遍。

他也瘦了不少，神情和目光都有些咄咄逼人，带着丝丝隐隐的杀意。

"去江宁城了？"李桑柔走近几步，问道。

"看出来了，还是猜出来了？"顾晞笑起来。

"年前听说无为府那边在江中间砍人头，你看起来带着杀气。"李桑柔笑答。

"武怀义到任一个月，就拿了几十艘咱们的船，说是私贩丝绸毛料，船在江中间锁成一排，在船上砍了一两百人的头，又把船点了一把火，江水都染红了。"顾晞说到最后，声音和神情里都是一片狠厉。

李桑柔脸色微白。

顾晞看了她一眼，眼皮微垂，接着道："江都城夜香行也被他全数抓了，当天就押到江中间砍了头。"

李桑柔虽然有所预料，但听了顾晞的话，还是微微有些目眩，往前一步，坐到了椅子里。

"武怀义捉夜香行诸人前，大约没弄清楚夜香行是什么行当，也没做准备，杀了夜香行诸人隔天，江都城屎尿满城，恶臭难忍，一直乱了七八天。这件事让武怀义露出了短处——疏忽小处，做事冲动，准备不足。"顿了顿，顾晞接着道，"大约还十分暴躁武断，所以下属不敢多说。夜香行这样的后果，当时肯定有人想到了，大约没人敢或是没人愿意出声提醒。"

李桑柔低低"嗯"了一声，站起来，拿过酒壶，倒了杯酒，仰头饮尽。

顾晞默然看着她，看着李桑柔连喝了四五杯酒，正要开口，李桑柔看向他，苦笑道："没事，之前已经想到了。唉。"

"没有殃及妻儿。"顾晞想了想，补充了句。

李桑柔低低"嗯"了一声："那些船，也不全是私运丝绸毛料的吧？"

"嗯。"顾晞极其肯定地应了一声。

"江宁城报复回去了？"李桑柔接着问道。

"我去之前，杀了几船人；我到之后，禁止滥杀，拿到私船，人罚去做三年苦役，船货没收。"

"嗯，南梁老皇帝死了，还是快死了？"李桑柔默然片刻，问道。

"老皇帝还好，蔡贵妃死了。当月，蔡家诸多不法之事都被翻了出来，件件都是人证、物证俱全，罪不可恕，蔡家被灭了门，皇三子以尽孝为由，削发守墓以求活，不过……"顾晞低低叹了口气，"没能求到活路，说是孝心虔诚，不舍生母，自己把自己封进了蔡贵妃的墓道。如今南梁上下，到处都在称颂皇三子的孝心，诗词歌赋，一堆一堆的。"

李桑柔低低叹了口气。

蔡贵妃独宠专房十几年，这十几年里，皇三子被无数人目为太子，觉得他仅仅是没正名而已。如今，蔡贵妃不过四十岁出头，竟然死在了老皇帝前头。

"皇四子虽然没被立为太子，但继位已经确定无疑。"顾晞说着，叹了口气，"皇长子、皇二子都死在蔡贵妃手里，蔡贵妃却是为他人做了嫁衣。"

"皇四子更有才干？"李桑柔看着顾晞，问道。

"嗯，算得上雄才大略。我出使南梁的时候见过他，风仪极好，反应敏锐，谈吐有趣，让人如沐春风。大哥仔细看过他经手的几桩政务，说他精于政务，见识不凡。"

"和你大哥不相上下？"

"我觉得他才能上不如大哥，可是……"后面的话，顾晞戛然而止。

"他以后自己就是皇上，你大哥可不是。"李桑柔接话道。

顾晞看着她，片刻，移开了目光。

"听说进了腊月，四海通达那边收到的信就极少了？你打算什么时候收尾？什么时候开新线？"好一会儿，顾晞再开口，转了话题。

"我没打算替四海通达收尾。他做他的生意，我做我的生意。我可从来没对他们动过手，虽然他们一直挖我的墙根。新线还没有打算。你有什么打算？"

"嗯，要开新线，先把扬州那条线开出来吧。"顾晞垂眼道。

"还能太平多久？要是打起来，会打成什么样？"李桑柔看着顾晞，问道。

"大哥的打算，是不想让皇上忧心。南梁那边，大约也是这样。我见过南梁皇帝，和皇上类似，年纪大了，雄心消退，不喜欢变动。"顾晞含糊道。

"今年元旦，听说皇上精神很好，南梁那位呢？病得怎么样？"李桑柔看着顾晞。

"应该还好，郊祭是自己去的，回来的时候还骑在马上，接受万民朝贺。太平了三四十年，也准备了三四十年，大哥不急在这一年两年，那位皇四子应该也不急在这一年两年。一年两年的太平总还是有的。这些年大哥一直想着要一统天下；南梁那位大约也是这么想。一旦打起来，要么江南，要么江北，只怕就是一片焦土了。"顾晞语气淡然。

这一仗，大哥和他，已经准备了十余年。

李桑柔默然。

李桑柔从潘楼出来，径直回了炒米巷。大常等人回去时，李桑柔坐在廊下，已经喝得半醉。

"出什么事了？"大常几步冲到廊下，看着蜷缩在圈椅里的李桑柔。黑马和金毛以及小陆子三个，跟在后面跑得呼呼啦啦。

"武怀义血洗了夜香帮。"李桑柔仰头看着大常，一句话说完，头往后仰靠在椅背上。

大常呆怔住了。黑马两眼圆瞪，捅了把金毛："老大这话啥意思？"

金毛瞪着黑马，却没能说出话来。

黑马和金毛后面，小陆子嘴巴半张，傻子一样。大头和蚂蚱也和小陆子一样，目瞪口呆地傻在了那里。

好一会儿，李桑柔直起头，低低吩咐道："明天你去趟大相国寺，好好做场法事，送送大家。"

"好。"大常一个"好"字没说完，就哽住了。

刚出正月，陆贺朋就找文诚告了个长假，直奔淮阳府，在淮阳府会合了邹旺，当天就赶往项城。

建乐城里，二月初二龙抬头那天，大常带着蚂蚱，往府衙递了份状子，状告现如今建乐城最火的两家小报东家：董叔安和林建木。

顾晞听说大常往府衙递了建乐城开年头一状，急忙打发如意过去看热闹。

乔推官接了状子，一目十行，看到中间一百六十多万两的银子数，惊得两只眼睛都瞪圆了，赶紧让人去请石府尹。这案子银子太多，他不敢审，也审不了。

石府尹过来得极快，从乔推官手里接过状子，仔仔细细看了两三遍，又拿过大常递上来的两份契约，再仔仔细细看了两三遍，瞄着蚂蚱抱着的一大摞账册，忍不住抽了口凉气。

这案子，要么，就是个坑，这两家小报，踩进了人家挖的坑！

要么，就是另有所指。